BASTEI
LÜBBE
TASCHENBUCH

Weitere Titel der Autorin:

Von Schwalben und Mauerseglern
Inseltochter

Über die Autorin:

Marlies Folkens wurde 1961 in Stollhamm-Ahndeich geboren, einem kleinen Dorf direkt an der Nordseeküste. Als jüngstes von vier Geschwistern wuchs sie auf einem Bauernhof auf. Nach dem Abitur zog sie zum Studium der Geschichte und Politik nach Oldenburg, wo sie bis heute mit ihrer Familie lebt. Schon früh entdeckte sie das Schreiben für sich.

Marlies Folkens

Küsten-träume

Ein Nordsee-Roman

BASTEI LÜBBE TASCHENBUCH

BASTEI LÜBBE TASCHENBUCH
Band 17688

Dieser Titel ist auch E-Book erschienen

FSC
www.fsc.org
MIX
Papier aus verantwortungsvollen Quellen
FSC® C083411

Textredaktion: Anke Pregler
Umschlaggestaltung: Kirstin Osenau
Unter Verwendung von Motiven von © shutterstock: Annareichel | Flas100 |
Pawel Kazmierczak | nuruddean | Gerhard Wiessner
Satz: Olders DTP.company, Düsseldorf
Gesetzt aus der Minion Pro
Druck und Verarbeitung: CPI books GmbH, Leck – Germany
ISBN 978-3-404-17688-5

2 4 5 3 1

Sie finden uns im Internet unter www.luebbe.de
Bitte beachten Sie auch: www.lesejury.de

Für Anke, die Annegret ihr großes Herz gab.
Und für Jürgen.

Eins

»Blödmann!«, murmelte Judith beim Hinausgehen und ließ die Bürotür mit Schwung ins Schloss fallen. Am liebsten hätte sie ihrem Chef noch ganz andere Schimpfwörter in sein mitleidiges Lächeln geschleudert.

Das Knallen gab ihr ein kurzes Gefühl von Befriedigung, das aber schon wieder verflog, als sie den Gang zum Personalausgang entlangstürmte. An der Tür lief sie ihrer Kollegin Nadine in die Arme, die neben den Mülltonnen des Biomarktes verbotenerweise eine Zigarette geraucht hatte.

»Was ist denn mit dir los?«, fragte Nadine erschrocken.

»Gekündigt hat er mir, der Drecksack!«, rief Judith aufgebracht.

»Gekündigt? Aber warum das denn?«

»›Jetzt, wo meine Tochter hier im Geschäft ihre Ausbildung anfängt, kann ich dich leider nicht weiter beschäftigen, Judith. Dafür musst du schon Verständnis haben.‹« Judith äffte den weinerlichen Ton ihres Vorgesetzten nach und übertrieb dabei maßlos in ihrer Wut über die ungerechte Behandlung.

»Aber ich dachte ...«

»Ja, hab ich auch gedacht, aber das war wohl ein Fehler. Ich konnte ja nicht ahnen, dass Heiners ach so schlaue Tochter hochkant von der Schule fliegen würde und jetzt hier eine Ausbildung macht. Wird wohl nichts mit ihrem Medizinstudium, mit dem Heiner so geprahlt hat. Jetzt darf die liebe Rebecca Einzelhandelskauffrau lernen. Na, die wird sich schön bedanken.«

Judith schnaubte. »Und Heiner erst! Rebecca hat doch außer Jungs und Klamotten nur Stroh im Kopf. Weißt du noch, wie das war, als sie hier bei der Inventur geholfen hat?«

Nadine nickte. »Sie sollte die Vollkornriegel zählen und hat sich gedrückt, wo sie nur konnte. Das Ende vom Lied war, dass wir beide die Schütte mit den zweihundert Riegeln durchzählen durften. Aber ihr Geld hat sie natürlich trotzdem bekommen.«

»Darauf kannst du wetten«, sagte Judith wütend. Als sie sah, dass Nadine sich umschaute, ob auch niemand ihr Gespräch belauschte, zog sie sie mit sich hinaus auf den Hinterhof und schloss die Tür. »Ich hab ja schon geahnt, dass so was passiert, als Heiner erzählt hat, dass Rebecca jetzt doch nicht in die Oberstufe geht, weil ihr das Praktikum in Papas Firma so gut gefallen hat. Pah! Dass ich nicht lache!« Sie ballte die Fäuste. »Die schafft den Abschluss nicht, wollen wir wetten? Und weil sie ab August hier arbeitet, kriege ich die Stelle nicht. Heiner hatte sie mir fest versprochen, aber davon war jetzt nicht mehr die Rede. Jetzt sagt der Holzkopf mir, dass Ende Juli für mich Schluss ist. Vielleicht könne ich danach auf 400-Euro-Basis arbeiten. Aber das könne er natürlich nicht garantieren. Das hinge davon ab, ob der Laden läuft oder nicht. Im Moment sähe es ja nicht so gut aus.«

»Wenn Heiner nicht immer Mondpreise nehmen würde, würde der Laden auch laufen! Seit die großen Discounter auch bio führen, kannst du eben nicht mehr jeden Preis auf die Bananen tackern«, sagte Nadine und zog ihre Zigaretten aus der Tasche. »Willst du auch eine?«, fragte sie und hielt Judith die Schachtel hin. »Ich weiß ja, eigentlich rauchst du nicht mehr, aber es beruhigt die Nerven.«

Judith betrachtete stirnrunzelnd die Packung. »Ach, was soll's!«, sagte sie mit einem Seufzen und griff zu. Nadine gab ihr

Feuer, und Judith sog zum ersten Mal seit acht Jahren Rauch tief in ihre Lunge. Ein heftiger Hustenanfall war die Folge. Außerdem schmeckte es scheußlich. Trotzdem zog sie noch einmal an der Zigarette.

»Ist nun auch egal«, krächzte sie. »Jedenfalls hab ich Heiner gesagt, dass das natürlich nicht geht. Zum einen kann er nicht so einfach meine Stunden kürzen, und zum anderen hätten wir doch die Abmachung gehabt, dass ich die Vollzeitstelle kriege. Und dann fragt mich dieses Arschloch, wo ich denn die schriftliche Vereinbarung darüber hätte, und fängt an, schmierig zu grinsen.« Judith schnipste die Asche auf den Boden. »Da hab ich ihm gesagt, wohin er sich seinen blöden Aushilfsjob stecken kann und dass ich sofort gehe und bestimmt nicht wiederkomme.«

Nadines Augen weiteten sich. »Judith! Das war aber wirklich blöd von dir.«

»Ist doch wahr. Der glaubt doch, er kann mit jedem machen, was er will.«

»Stimmt schon, aber ausgerechnet jetzt kündigen? Hast du denn inzwischen eine neue Wohnung in Aussicht?«

Judith kaute auf ihrer Unterlippe herum, zog die Nase hoch und schüttelte dann den Kopf. »Du weißt doch selbst, wie das ist. Kleine Wohnungen gibt es kaum, und wenn du eine findest, kannst du sie nicht bezahlen. Dass ich ein Kind habe, macht es nicht gerade einfacher. Dann hörst du nur: ›Wir melden uns bei Ihnen.‹ Zum Kotzen ist das.«

Nadine nickte und machte ein mitfühlendes Gesicht, ehe sie verstohlen auf ihre Armbanduhr sah.

Judith warf die halb gerauchte Zigarette auf den Boden und trat sie aus. »Geh mal lieber wieder rein, Nadine«, sagte sie. »Wenn Heiner mitkriegt, dass du deine Pause überziehst, schmeißt er dich sonst auch noch raus. Ich muss jetzt sowieso los. Anna kommt gleich aus der Schule.« Sie streckte ihrer Kollegin die Hand hin. »Mach's gut, Nadine. Und halt die Ohren steif in dem Saftladen.«

Statt nach der Hand zu greifen, zog die Kollegin sie kurz in ihre Arme. »Ist echt schade, dass du gehst, Judith. Du warst die Einzige, mit der man hier gut zusammenarbeiten konnte. Wir bleiben aber weiter in Kontakt, versprichst du mir das? Mit wem soll ich sonst über Heiner ablästern?«

Jetzt, da ihre Wut allmählich verrauchte, breitete sich ein flaues Angstgefühl in Judiths Magen aus. Vielleicht war das aber auch nur die Folge der ungewohnten Zigarette. Sie drückte Nadine an sich und spürte plötzlich einen dicken Kloß im Hals.

»Ja, sicher melde ich mich bei dir. Spätestens, wenn ich was Neues habe«, sagte sie wider besseren Wissens. Es war immer so: Egal, wie sehr man sich auch vornahm, mit ehemaligen Kollegen oder alten Schulfreunden in Kontakt zu bleiben, es klappte nie. Spätestens, wenn man zum dritten Mal miteinander telefonierte, wusste man nicht mehr, was man dem anderen erzählen sollte. Die Erinnerungen verblassten im Laufe der Zeit, und neue gemeinsame Erlebnisse gab es nicht. Judith hatte das peinliche Schweigen, das dann entstand, oft genug erlebt.

Nadine winkte ihr an der Tür noch einmal zu und verschwand im Personaleingang des Biomarktes, in dem sie zwei Jahre lang zusammengearbeitet hatten. Nachdenklich sah Judith ihr einen Moment lang nach, ehe sie sich losriss, um sich auf den Heimweg zu machen. Ihre Wut auf Heiner war inzwischen fast verraucht und einer bleiernen Müdigkeit gewichen, die es ihr schwer machte, die Füße voreinander zu setzen. Außerdem war ihr Rucksack so schwer, als würde sie Betonklötze transportieren. Kein Wunder. Sie hatte all ihre Sachen aus dem Spind wahllos hineingestopft, damit sie nicht gezwungen war, diesen *Drecksladen* noch einmal zu betreten.

Die U-Bahn, die hier oberirdisch verlief, fuhr direkt vor ihrer Nase davon. Auch das noch. Niedergeschlagen ließ sie sich auf eine der Bänke fallen. »Verdammt«, murmelte sie. Die ältere Dame neben ihr betrachtete sie abschätzig von oben bis unten und rückte ein Stückchen von ihr weg. Nach zehn Minuten kam die nächste Bahn, und Judith quetschte sich in den völlig überfüllten Wagen.

Eine halbe Stunde Fahrt in dieser miefigen Luft, dann noch der Fußweg bis nach Hause. Vermutlich würde Anna schon auf der Treppe zur Wohnung sitzen und zetern, weil ihre Mutter sich verspätete. Das konnte sie prima. Sie war zwar erst acht Jahre alt, wusste aber ganz genau, was sie sagen musste, um ihrer Mutter ein möglichst schlechtes Gewissen zu machen. Was Anna wohl erst sagen würde, wenn Judith ihr erklären musste, dass aus den Ferien auf Wangerooge nun nichts werden würde, weil das Geld dafür nicht da war. Judith hätte sich ohrfeigen können, dass sie überhaupt erzählt hatte, sie würden in diesem Jahr endlich verreisen, so wie die anderen Kinder aus der Schule auch. Sie mochte sich das enttäuschte Gesicht ihrer Tochter gar nicht vorstellen.

Du weißt doch, wie es endet, wenn du so hochfliegende Pläne machst, Judith, sagte eine vorwurfsvolle Stimme in ihrem Kopf, die mit der näselnden Stimme ihrer Mutter sprach. Irgendwas kommt immer dazwischen. Besonders, wenn du dich sehr darauf freust.

Sie lehnte den Kopf an die Haltestange neben sich und schloss für einen Moment die Augen. Zurzeit kam aber auch alles zusammen. Zuerst war die alte Frau Münstermann gestorben, die nette Vermieterin, die ihr die winzige Zweizimmerwohnung in ihrem Obergeschoss für einen Appel und ein Ei überlassen und ihr zudem immer wieder mal ein paar Lebensmittel oder eine Tüte Gummibärchen für Anna zugesteckt hatte. Als sie noch lebte, war es kein Problem gewesen, wenn Judith zu spät von der Arbeit gekommen war. Dann hatte Anna einfach bei Oma Münstermann in der Küche gewartet und sich dort mit Keksen vollgestopft. Aber nun war die alte Dame tot, und ihre Wohnung stand leer. Das Haus hatte ihr Neffe geerbt, und der hatte auf der Stelle Eigenbedarf für sich und seine Familie angemeldet und Judith eine Kündigung zugeschickt.

Das ist nun mal sein gutes Recht!, sagte die Stimme der Vernunft in Judiths Kopf näselnd.

Sicher ist es das, dachte Judith. Aber finde erst mal in Hannover eine bezahlbare Wohnung, die so liegt, dass Anna nicht die Schule wechseln muss. Es hat lange genug gedauert, bis sie ein paar Freundinnen gefunden hat.

Das liegt nur daran, dass du sie so maßlos verwöhnst, Kind, meldete sich die Stimme wieder.

Ach, halt die Klappe, Mama!

Judith seufzte. Wenn sie doch im wahren Leben nur ein Mal den Mut hätte, ihrer Mutter oder gar ihrem Vater so etwas an den Kopf zu werfen. Aber bei ihren Eltern zu Hause war sie sofort wieder das kleine Mädchen, sobald sie durch die Eingangstür kam, und kuschte, wenn ihr Vater auch nur leicht die Stimme erhob.

Bei der Vorstellung, jetzt, da sie Wohnung und Job verloren hatte, bei ihren Eltern zu Kreuze kriechen zu müssen, um über die Runden zu kommen, drehte sich Judith der Magen um.

»Schwarzer Bär«, säuselte die Stimme aus dem Lautsprecher über ihr. »Danach Markthalle, Kröpcke und Hauptbahnhof…«

Judith blinzelte, aber das Brennen in ihren Augen wollte nicht nachlassen.

Der Zug, in den sie am Hauptbahnhof umstieg, war nicht besonders voll, und sie fand einen Sitzplatz neben einem älteren Herrn, der ihr mitleidig zulächelte, als sie neben ihm Platz nahm.

»Kein Kerl ist Tränen wert, Kindchen«, sagte er. »Über kurz oder lang kommt der Richtige, und dann ist alles vergessen. Sie sollen mal sehen!«

Judith öffnete den Mund, um ihm zu antworten, aber der alte Herr hatte sich schon wieder seinem Kreuzworträtsel zugewandt und bewegte stumm die Lippen, während er die Buchstaben abzählte und zu schreiben begann. Dass sich selbst ein alter Knilch in der U-Bahn weit mehr für das Kreuzworträtsel in seiner Zeitung interessierte als für sie und ihre Misere, war der Tropfen, der das Fass zum Überlaufen brachte. Die Tränen, mit denen sich ihre Augen füllten, machten sie für einen Moment blind. Sie zog den Rucksack, der zwischen ihren Füßen auf dem Boden gestanden hatte, auf ihren Schoß. Irgendwo ganz unten musste ein Päckchen Taschentücher liegen. Mit Mühe zog sie den störrischen Reißverschluss ein Stück auf und begann, in den Tiefen der Tasche danach zu tasten. Ihr Schlüsselbund, eine Zeitschrift, die Brotdose, ein Apfel, jede Menge Krimskrams glitten durch ihre Finger, bis sie schließlich auf das knisternde Päckchen stieß und es hervorzog. An dem Klebestreifen hing ein Briefumschlag, den sie morgens aus dem Briefkasten gefischt und achtlos eingesteckt hatte, weil sie so spät dran gewesen war.

Judith wollte den Brief schon wieder zurück in die Tasche stopfen, als ihr Blick auf die Adresse fiel. Der Brief war offenbar ursprünglich an die Adresse ihrer Eltern gegangen, und sie runzelte die Stirn, als sie die geschwungene Handschrift ihrer Mutter erkannte, die die Hannoveraner Anschrift der Tochter neben das Fenster geschrieben hatte. Merkwürdig. Das war eigentlich nicht Mamas Art. Normalerweise hätte sie angerufen und gefragt, ob sie ihr den Brief vorlesen sollte.

Statt sich die Nase zu putzen, wie sie es vorgehabt hatte, wischte sich Judith mit einer schnellen Bewegung die Tränen von der Wange, ehe sie das Kuvert öffnete und dickes weißes Büttenpapier herauszog. In verschnörkelten Buchstaben war im Briefkopf *Schnur und Meier, Rechtsanwälte und Notare, Nordenham* zu lesen.

»Rechtsanwälte?«, murmelte Judith verdutzt, faltete den Briefbogen auf und begann zu lesen.

Sehr geehrte Frau Reimann,
in der Sache des verstorbenen Bauern Heinrich Reimann teile ich Ihnen mit, dass ich als Notar mit der Vollstreckung des Testamentes beauftragt wurde. Ich möchte Sie bitten, sich zur Eröffnung des letzten Willens am 24. Juni, um 14.00 Uhr, in meiner Kanzlei in der Bahnhofstraße 52 in Nordenham einzufinden. Sollten Sie an diesem Termin verhindert sein, kontaktieren Sie bitte die Kanzlei unter einer der oben angegebenen Telefonnummern bis zum …

»Mist!«, entfuhr es Judith. Der Termin, um die Testamentseröffnung zu verschieben, war bereits seit einer Woche verstrichen. Vermutlich hatte ihre Mutter den Brief ein paar Tage liegen lassen, ehe sie ihn an sie weitergeleitet hatte. Typisch Mama! Ihrer Meinung nach hatte sich Judith an jedem Wochenende zu Hause einzufinden oder aber wenigstens bei den Eltern anzurufen. Das gehörte sich so für eine gute Tochter.

Eine gute Tochter zu sein hatte Judith schon seit einer halben Ewigkeit aufgegeben. Wozu auch? Die Ansprüche, die ihre Eltern stellten, waren Lichtjahre von allem entfernt, was sie erreichen konnte: ihr Pharmaziestudium mit *summa cum laude* abschließen, einen erfolgreichen, vorzugsweise gut aussehenden Schwiegersohn heimbringen, in ein hübsches Einfamilienhäuschen in der Nachbarschaft ziehen, die väterliche Apotheke übernehmen und den Honoratioren des Ortes ihre Blutdruckmedikamente verkaufen. Dann ein paar wohlgeratene, bildhübsche Kinder in die Welt setzen – nicht so was wie diesen ungezogenen und eigensinnigen Bankert mit Sommersprossen auf der Nase und einer feuerroten Mähne auf dem Kopf, den sie ihre Tochter nannte.

Seit sie ihr behütetes Zuhause verlassen hatte, war Judith für ihre Eltern nichts als eine einzige Enttäuschung gewesen.

Der Einzige in der Familie, der immer auf Judiths Seite gestanden hatte, war Onkel Henry, der ältere Bruder ihres Vaters. Liebevoll strich sie mit dem Zeigefinger über seinen Namen auf dem Brief.

»Wir zwei sind eben die schwarzen Schafe der Familie«, hatte er immer lachend gesagt. »Und schwarze Schafe müssen zusammenhalten.«

Dass Onkel Henry gestorben war, hatte Judith erst zwei Wochen nach der Beerdigung erfahren, als sie wie beinahe jeden Sonntag bei ihren Eltern angerufen hatte. Ihre Mutter hatte es beiläufig erwähnt und verständnislos reagiert, als Judith sich entrüstet beschwert hatte, dass sie gern zur Beerdigung gefahren wäre.

»Wieso das denn? Du kennst doch keine Menschenseele in diesem komischen Dorf! Außerdem ist es eine halbe Weltreise bis dorthin. Erst fährst du Stunden mit der Bahn bis nach Nordenham und dann noch mal ebenso lange mit dem Bus. Und wie hättest du das mit Anna regeln wollen? Die kannst du doch nicht einfach für ein oder zwei Tage aus der Schule nehmen.«

»Vielleicht hätte Papa mich ja mit dem Auto mitnehmen können.«

»Papa ist auch nicht hingefahren. Just an dem Tag war abends Gemeinderatssitzung. Er hätte es nie pünktlich zurück nach Hause geschafft.«

Die patzige Frage, ob denn eine Gemeinderatssitzung wirklich so viel wichtiger war als die Beerdigung seines einzigen Bruders, hatte sich Judith mit Mühe verkniffen. Es wäre zwecklos gewesen. Mama hätte gar nicht verstanden, was sie eigentlich wollte.

Ihre Eltern hatten Onkel Henry beide nicht leiden können. Für sie war er immer nur *Henry, der Bauer* oder *der idealistische Spinner* gewesen, der eine blendende akademische Karriere an den Nagel gehängt hatte, um eine Bauerstochter aus Butjadingen zu heiraten und mit ihr einen Hof im Windschatten des Deiches zu bewirtschaften. Talentverschwendung nannte ihr Vater das, und für so etwas hatte er überhaupt kein Verständnis.

Die Brüder hatten sich seit Jahrzehnten nichts mehr zu sagen gehabt. Solange Tante Alma noch gelebt hatte, hatte sie zwischen den beiden zu vermitteln versucht, aber sie war vor zehn Jahren an Krebs gestorben, und seither hatte Onkel Henry sich ganz zurückgezogen.

Onkel Henry und Tante Alma … Judith musste lächeln, als sie an die beiden dachte.

Onkel Henry war ein Bär von einem Mann gewesen, groß und breitschultrig, mit tiefer, dröhnender Stimme und strahlend blauen Augen, in denen der Schalk blitzte. Tante Alma das genaue Gegenteil von ihm, klein und zierlich, mit rundem, freundlichem Gesicht und leiser Stimme, aber sie hatte, wie

Onkel Henry es ausgedrückt hatte, die Hosen angehabt. Seit sie denken konnte, hatte Judith jede Sommerferien bei den beiden verbracht, war in ihren roten Gummistiefeln neben Onkel Henry hergestapft, ihre Hand in seiner Pranke, wenn sie die Kühe zum Melken in den Stall getrieben hatten, und hatte mit ihm über Gott und die Welt gesprochen. Oder sie hatte bei Tante Alma in der Küche gesessen und gewartet, dass der Apfelkuchen im Ofenrohr fertig wurde – der nach dem Familienrezept von Großtante Meti, mit viel Schlagsahne, die von der Milch der eigenen Kühe abgeschöpft wurde. Wie das geduftet hatte!

Tante Alma und Onkel Henry hatten keine eigenen Kinder gehabt.

»Wozu brauche ich eigene Kinder?«, hatte Onkel Henry einmal gesagt, als sie ihn danach gefragt hatte. »Ich hab doch dich, Judith!« Und dann hatte er schallend gelacht und ihr die dunklen Locken verstrubbelt. Zuletzt war Judith im Sommer vor ihrem Abitur bei ihnen gewesen. Im Jahr darauf war sie nach Hannover gezogen, um zu studieren, und wegen der vielen Seminare, Praktika und Klausuren, die sie völlig in Beschlag genommen hatten, war an Besuche bei Onkel und Tante nicht mehr zu denken gewesen. Stattdessen hatte sie die beiden zu den Geburtstagen angerufen und ihnen jedes Jahr eine Weihnachtskarte geschickt. Von ihnen hatte sie immer eine Karte mit einem Geldschein zurückbekommen – zuerst in der peniblen Handschrift von Tante Alma, später dann in der geschwungenen Schrift ihres Onkels. Die letzte hatte sie im März zu ihrem Geburtstag erhalten. Bei dem Gedanken, dass sie nicht einmal richtig von ihm Abschied hatte nehmen können, blutete ihr immer noch das Herz.

Onkel Henry hatte zwar mal erwähnt, dass Judith den Hof eines Tages erben sollte, aber dass er das wirklich ernst gemeint hatte, war ihr nicht in den Sinn gekommen.

Das Ganze gehört doch bestimmt längst der Bank, sagte die näselnde Stimme in Judiths Kopf. Da wird es sicher nur noch um ein paar wurmstichige Möbel und ein bisschen Gerümpel gehen. Nichts, was sich zu erben lohnt! Wer will denn so was schon haben?

»Ich!«, antwortete Judith.

Der alte Mann neben ihr sah erstaunt auf. Erst jetzt fiel ihr auf, dass sie laut gesprochen hatte. Judith räusperte sich und lächelte ihm verlegen zu. Er schüttelte den Kopf und wandte sich wieder seinem Kreuzworträtsel zu.

»Leinaustraße«, sagte die freundliche Stimme aus dem Lautsprecher über ihr, und Judith schrak zusammen. Hier musste sie aussteigen. Sie stopfte den Brief eilig zurück in den Rucksack, stand auf und schob sich an den anderen Fahrgästen vorbei zur Tür.

Die Testamentseröffnung war am nächsten Freitag, und sie würde hinfahren, komme, was da wolle – das war sie Onkel Henry und Tanta Alma schuldig. Und weil nächste Woche die Ferien begannen, würde sie Anna einfach mitnehmen.

Die Stadtbahn hielt, Judith trat in die helle Nachmittagssonne und blinzelte ins Licht hinauf, ehe sie den Fußmarsch um den Häuserblock antrat.

Das war die Idee! Statt auf eine Insel zu fahren, würden Anna und sie einfach ein paar Tage Urlaub auf dem Bauernhof machen. Sie freute sich schon darauf, ihrer Tochter zu zeigen, wo sie selbst als Kind immer ihre Ferien verbracht hatte und wie schön es dort war.

Zwei

»Kurz gesagt, Olaf ist ein Riesenarschloch!«, schloss Tanja ihre Ausführungen und schlug mit Schwung die Tür ihres Cabrios zu. »Ich war nur zu doof, dir zu glauben. Du hast mir immer wieder gesagt: ›Sei vorsichtig mit dem Typen, der nutzt dich nur aus.‹ Und du hattest ja so recht damit.«

Aus dem Lautsprecher ihres Handys drang die Stimme ihrer Freundin Bärbel. »Und jetzt? Was soll jetzt werden?«, fragte diese.

»Was glaubst du wohl? Ich hab denen meinen Job vor die Füße geschmissen. Es blieb mir ja auch gar nichts anderes übrig, ohne völlig das Gesicht zu verlieren. So was wie in dem Saftladen finde ich überall. Mir kocht immer noch die Galle hoch, wenn ich an das mitleidige Grinsen meines Chefs denke. ›Es tut uns ja so leid, Frau Merker, aber wir haben uns letztlich für Herrn Krüger entschieden. Seine Qualifikation ist einfach … Sie wissen schon.‹ Qualifikation, dass ich nicht lache!« Tanja ging zum Heck des Wagens, öffnete den Kofferraum, holte ihre Badetasche heraus und hängte sie sich über die Schulter. »Es geht nur darum, dass die keine Frau in dem elitären Männerclub haben wollen, den sie Geschäftsleitung nennen. Ich sag's dir: Als Frau musst du doppelt so gut sein wie die Kerle, wenn du da rein willst. Außerdem hat sich Olaf derartig beim Chef eingeschleimt, du machst dir keine Vorstellung. Er hat zum Beispiel …«

Tanja bemerkte plötzlich, dass einige Passanten auf dem

Bürgersteig vor dem Hotel stehen geblieben waren und sie neugierig beäugten. Eine ältere Dame, die trotz des warmen Sommerwetters ihren Pelzmantel spazieren führte, schüttelte sogar missbilligend den Kopf. Tanja funkelte sie böse an. »Das erzähle ich dir, sobald ich in meinem Zimmer bin«, sagte sie etwas leiser. »Jedenfalls habe ich gekündigt und mich freistellen lassen. Bloß weg von hier, hab ich gedacht, bin zu Olaf in die Wohnung gefahren, habe meine Koffer gepackt und bin losgefahren. Seit vorgestern bin ich auf Sylt, um meine Wunden zu lecken.«

»Jetzt sag nicht, in *eurem* Hotel!«

Tanja seufzte. »Ich gebe zu, das war vielleicht nicht meine brillanteste Idee. Hier ist jeder Blumentopf voller Erinnerungen.«

»Oder hoffst du insgeheim, dass Olaf dir nachfährt?«, fragte Bärbel.

»Ich? Nein! Der Kerl kann mir gestohlen bleiben!«, beeilte sich Tanja zu versichern, aber das flaue Gefühl in ihrer Magengrube verriet ihr, dass Bärbel mit ihrer Vermutung vielleicht gar nicht so danebenlag. Wenn er jetzt hier wäre und sie mit zerknirschtem Gesicht und Dackelblick aus seinen blauen Augen um Verzeihung bäte, würde sie vermutlich schwach werden und mit ihm zurück nach Frankfurt fahren. Dann aber fiel ihr wieder ein, wie sehr er sie ausgenutzt und als Trittbrett in die Geschäftsführung missbraucht hatte, und sie genoss das Gefühl des gerechten Zorns, das augenblicklich in ihr hochstieg. Sie schob ihre Sonnenbrille in die Haare hoch und drückte auf die Zentralverriegelung, bevor sie auf das kleine exklusive Hotel am Ortsrand von Kampen zuging, in dem Olaf und sie seit drei Jahren jeden Urlaub verbracht hatten.

»Nein. Olaf ist Vergangenheit, definitiv!«, behauptete sie forsch. »Nur gut, dass ich immer nur aus dem Koffer gelebt habe, solange ich mit ihm zusammen war, so musste ich jetzt nur meine Schrankhälfte leeren und nicht noch irgendwelche Möbel mitnehmen. Das heißt, ein Ende mit Schrecken und kein Schrecken ohne Ende.«

»Dann wirst du dir doch tatsächlich mal selbst eine Wohnung suchen müssen, was?« Bärbel lachte leise. »Ob ich das noch erlebe, dass du endlich sesshaft wirst?«

»Erst mal abwarten. Vielleicht suche ich mir auch wieder einen Job im Controlling bei einer großen Firma und gondle durch die Weltgeschichte, so wie früher. New York, Rio, Tokio!«

»So wie früher? Damals hast du permanent auf deinen Job geschimpft und gesagt, dass du endlich den ewigen Jetlag loswerden willst. Und seither bist du nicht jünger geworden, Tanja.« Bärbel konnte manchmal so erschreckend ehrlich sein. Aber so war das nun mal unter besten Freundinnen.

Bärbel und Tanja waren Nachbarskinder gewesen, hatten sich schon im Sandkasten gegenseitig die Schippchen auf den Kopf gehauen und jahrelang in der Schule nebeneinandergesessen. Sogar das Jurastudium hatten sie zusammen angefangen, aber dann hatte Bärbel sich verliebt, ihren Peter geheiratet und drei Jungs bekommen, bei denen Tanja Patentante war. Jetzt führte sie ein stinknormales Spießerleben im Speckgürtel von Frankfurt und vertrieb sich die Zeit damit, Haus und Garten immer wieder umzudekorieren, und stand dem Förderverein der Schule vor, auf die ihr Jüngster ging. Obwohl ihre Lebenswelten längst nichts mehr miteinander gemein hatten, war der Kontakt zwischen den beiden Freundinnen nie abgerissen.

»Was soll das heißen, ich bin nicht jünger geworden? Zweiundvierzig ist doch wohl kein Alter!«, sagte Tanja entrüstet. »Außerdem ernähre ich mich gesund und mache Sport ohne

Ende. Eben erst bin ich eine Stunde lang im Meer schwimmen gewesen, obwohl das Wasser nach dem Sturm vor ein paar Tagen lausig kalt war. Da siehst du mal, was ich alles für meine Figur tue!«

Bärbel lachte. »Wenn du erst mal in mein Alter kommst, dann wird das alles schwieriger, glaub mir.«

Die Tatsache, dass sie zehn Monate älter war als Tanja, sorgte schon seit ihrer Kindheit für zahllose liebevolle Wortgefechte zwischen den Freundinnen.

»Jaja, dann werden die Haare grau und die Zähne wackelig, und schließlich geht man furchtbar aus dem Leim«, erwiderte Tanja grinsend. Sie drückte die Eingangstür zur Hotelhalle auf und ging auf die Rezeption zu. Lächelnd nickte sie der Besitzerin, Frau Mayer, zu, die heute am Empfang saß, und streckte ihre Hand aus, um ihren Schlüssel entgegenzunehmen. Doch statt ihr ebenfalls nur zuzunicken, räusperte sich Frau Mayer. »Wie gut, dass ich Sie erwische, Frau Merker«, sagte sie freundlich. »Da ist ein Eilbrief für Sie aus Frankfurt gekommen, mit dem Vermerk *wichtig* darauf.«

Tanja runzelte die Stirn. »Für mich?«, fragte sie erstaunt.

Frau Mayer nickte, nahm einen braunen DIN-A5-Umschlag aus der Ablageschale neben sich und reichte ihn Tanja über den Tresen.

»Bärbel, ich ruf dich später wieder an«, sagte Tanja und beendete das Gespräch, ohne eine Antwort abzuwarten, ehe sie nach dem Umschlag griff. Als sie den Absender las, wurden ihre Augen schmal vor Wut. »Das ist doch …«, murmelte sie.

Frau Mayer sah sie schuldbewusst an. »Herr Krüger rief gestern an und fragte, ob Sie schon eingecheckt haben. Natürlich habe ich ihm wahrheitsgemäß geantwortet. Ich hoffe, das war kein Fehler?«

»Wie?«, fragte Tanja abwesend und starrte noch immer auf den Umschlag. »Nein, nein, Sie können nichts dafür. Ich hätte nur nicht gedacht, dass er die Unverfrorenheit hat, sich …« Sie brach ab, bemühte sich um ein professionell freundliches Lächeln für Frau Mayer und bedankte sich. Dann machte sie auf dem Absatz kehrt und ging schnellen Schrittes zur Treppe, die in die Räume im ersten Stock führte.

In ihrem Zimmer warf sie die Tasche auf den Sessel und setzte sich aufs Bett. Eine Weile starrte sie unschlüssig auf den Umschlag in ihren Fingern, dann fiel ihr Blick aus dem Fenster, durch das man eine Panoramaaussicht auf die Dünen, den breiten Strand und den strahlend blauen Sommerhimmel über Sylt hatte.

»Na, komm schon, mach ihn auf«, murmelte sie. »Du bist doch sonst nicht so ein Feigling.«

Sie seufzte, öffnete die Lasche des Umschlags und zog einen handbeschriebenen Zettel und einen kleineren ungeöffneten Briefumschlag heraus.

Von einer Rechtsanwaltskanzlei in Nordenham?, dachte sie. Wo zur Hölle ist das denn? Sie legte den Brief neben sich und faltete den Zettel auf, der dicht mit Olafs schwungvoller Handschrift bedeckt war.

Hallo Tanni,

ich kann ja verstehen, dass Du sauer auf mich bist, aber Dich einfach so ohne ein Wort aus dem Staub zu machen ist doch kindisch und passt so gar nicht zu Dir. Glaub mir, die Geschäftsführung hat sich die Entscheidung nicht leicht gemacht, und Du warst bis zum Schluss mit im Rennen. Und dass ich Dir kein Wort gesagt habe, dass ich mich ebenfalls um die Position beworben hatte, hing damit zusammen, dass der Chef mein Schweigen zur Bedingung gemacht hat. Du glaubst nicht, wie schwer es mir gefallen ist, nicht *mit Dir darüber reden zu können.*

Natürlich musst du jetzt über alles in Ruhe nachdenken, das verstehe ich, und Sylt ist der richtige Ort dafür. Nimm Dir so viel Zeit, wie Du brauchst, um Abstand zu bekommen und alles rational bewerten zu können, aber dann melde Dich wieder bei mir.

Tanni, wir hatten doch wirklich eine schöne Zeit miteinander. Willst Du das alles wegwerfen, bloß weil Du sauer bist, dass ich die Stelle bekommen habe, die Du unbedingt haben wolltest? Hör bitte auf zu schmollen, und lass uns darüber reden wie Erwachsene. Wenn Du die ganze Sache nüchtern betrachtest, besteht überhaupt kein Grund, nicht an unserer Freundschaft festzuhalten, auch wenn wir nicht mehr in der gleichen Firma arbeiten.

Ruf mich einfach an, oder besser noch, komm zurück nach Frankfurt.

Selbst Rosella vermisst Dich schon.

Bis hoffentlich bald!

Olaf

In die untere rechte Ecke des Briefes hatte Olaf einen kleinen Pfeil gemalt, und Tanja drehte das Papier um.

Dieser Brief ist heute hier eingetroffen. Dein Vater hat ihn weitergeschickt. Sah wichtig aus, darum habe ich ihn dazugelegt.

O.

In Tanjas Magen begann die Wut zu brodeln. Sie knüllte den Brief so fest sie konnte zusammen und warf ihn mit Schwung gegen die Fensterscheibe.

»Drecksack!«, knurrte sie. »Erst über Leichen gehen und dann so tun, als sei er der Erwachsene in der Beziehung.«

Vermutlich hatte Olaf nur Angst, was sein elitärer Freundeskreis aus Ärzten, Rechtsanwälten und Politikern sagen würde, wenn herauskäme, was er abgezogen hatte. Vor ihnen hatte er sich stets mit seiner gut aussehenden, ehrgeizigen und gebildeten Freundin gebrüstet und vermutlich noch dazu damit angegeben, was für eine Granate sie im Bett sei. Tanja war sich oft genug vorgekommen wie eine Trophäe. »Du hättest dir besser ein junges Büromäuschen gesucht. Hübsch, aber blöd«, murmelte sie.

Nur hätte ihm das Büromäuschen nicht zu dem Job in der zweiten Reihe des Versicherungskonzerns verholfen, für den sie gearbeitet hatte. Und an so einer hätte er auch nicht vorbeiziehen können, um in den Vorstand zu kommen. Tanja spürte, wie ihre Hände zu zittern begannen.

Und nach alldem faselte er noch was von *trotz allem Freunde bleiben!*

»Das vergiss mal schnell wieder, mein Lieber!« Für einen kurzen Moment kniff sie die Lippen fest zusammen. »Und das Mistvieh von Papagei kannst du zukünftig allein versorgen, das geschieht dir ganz recht. Von wegen *Rosella vermisst dich!*«

Rosella war ein Haubenkakadu, um den Olaf und seine Exfrau nach der Scheidung eine halbe Ewigkeit prozessiert hatten. Olaf hatte schließlich gewonnen, doch Rosella nahm die Trennung vom Frauchen übel und attackierte ihn, sobald er das Zimmer betrat, in dem der Vogel untergebracht war. Nicht, dass Tanja was gegen Tiere hatte – im Gegenteil –, aber Rosella war definitiv nicht ganz bei Trost und außerdem bösartig. Sie hing kopfüber von ihrem Ast herunter und ging kreischend zum Sturzflug über, um auf ihrer Schulter zu landen, sobald Tanja mit Futter hereinkam. Tanja klingelten vom Geschrei des Vogels jedes Mal die Ohren, und wenn sie nicht höllisch aufpasste, nutzte Rosella sofort die Gelegenheit, nach ihrer Ohrmuschel zu hacken, bis sie endlich das Futter auf den Boden gestellt hatte.

»Blöder Psychopathen-Vogel«, sagte Tanja, die bei dem Gedanken, dass Olaf das Mistvieh zukünftig allein versorgen musste, sofort etwas milder gestimmt war. Vielleicht sollte er sich eine schusssichere Weste samt Helm von der Bereitschaftspolizei ausleihen, dachte sie und grinste bei der Vorstellung. »Vergiss es, Olaf«, sagte sie bestimmt. »Ich komm erst wieder nach Frankfurt, wenn man in der Hölle Schlittschuh laufen kann!«

Sie holte tief Luft und genoss die Erleichterung, die sie bei diesem Entschluss fühlte. Einen Moment lang sah sie den Möwen zu, die immer wieder auf die Touristen am Strand hinunterstießen, die ihnen offenbar irgendetwas zu fressen zuwarfen. »Psycho-Möwen!«, sagte sie grinsend und griff nach dem Brief, der noch immer neben ihr auf der Bettdecke lag.

»*Schnur und Meier, Rechtsanwälte und Notare*«, las sie halblaut und runzelte die Stirn. »Nie gehört …« Dann öffnete sie den Umschlag und zog den Briefbogen heraus.

Sehr geehrte Frau Merker,

in der Sache des verstorbenen Bauern Heinrich Reimann teile ich Ihnen mit, dass ich als Notar mit der Vollstreckung des Testamentes …

»Heinrich Reimann?«, murmelte sie. »Wer zur Hölle ist Heinrich Reimann?«

Einen Moment lang dachte sie an einen Erbonkel, von dem sie nichts geahnt hatte, doch dann fiel ihr ein, um wen es sich bei Heinrich Reimann handeln musste.

Tanja hatte erst an ihrem achtzehnten Geburtstag erfahren, dass der Mann, den sie bis dahin für ihren leiblichen Vater gehalten hatte, gar nicht ihr Erzeuger war. Ihre Mutter, die damals schon ein paar Jahre tot war, hatte während des Studiums eine kurze Affäre mit einem Kommilitonen gehabt, aus der sie hervorgegangen war. Den Namen dieses Mannes hatte Tanja nicht wissen wollen und ihrem Vater versichert, dass er für sie immer ihr Papa bliebe. Auch wenn das Verhältnis zu ihm und ihren zwei jüngeren Brüdern nicht mehr so eng war wie früher – jeder hatte inzwischen sein eigenes Leben –, so war es doch herzlich.

Heinrich Reimann. Das also war der Name ihres Erzeugers. Und der war nun gestorben. Jetzt konnte sie niemanden mehr fragen, wie es zu ihrer Entstehung gekommen war. Sie war versucht, den Brief ebenso zusammenzuknüllen und wegzuwerfen wie den Schrieb von Olaf. Alles hinter sich abbrechen und komplett neu anfangen – ein schöner Gedanke. Aber dann siegte doch ihre Neugier.

Offenbar hatte ihr leiblicher Vater Tanja in seinem Testament erwähnt, sonst hätte sie keine Einladung zu dessen Eröffnung erhalten. Vielleicht gab es ja so etwas wie eine Nachricht an sie. Die Testamentseröffnung war in ein paar Tagen.

Ich sollte wirklich hinfahren, dachte sie. Wenn schon mit der Vergangenheit aufräumen, dann auch gründlich.

Seufzend stand Tanja auf und ging zu dem kleinen Schreibtisch hinüber, auf dem ihr Notebook stand. Nachdem sie es aufgeklappt hatte, leuchtete der Monitor auf, und sie gab die Adresse des Notars bei Google ein, um die Wegbeschreibung nach Nordenham abzurufen.

Drei

»Sie haben Ihr Ziel erreicht«, säuselte die freundliche Frauenstimme aus dem Navigationsgerät. »Das Ziel befindet sich auf der rechten Seite.«

»Wenn du mir jetzt auch noch sagen könntest, wo ich in diesem Kaff parken kann, wäre ich dir sehr verbunden«, brummte Tanja missmutig, während sie ihr heiß geliebtes Cabrio durch die Bahnhofstraße von Nordenham lenkte. Gleich nach dem Frühstück war sie von ihrem Hotel auf Sylt aufgebrochen, aus Sorge, sonst nicht pünktlich zum Termin beim Notar einzutreffen. Zwar hatte das Navi für die Strecke nur etwa vier Stunden veranschlagt, aber wochentags durch Hamburg zu fahren war immer eine heikle Sache, das wusste sie aus leidvoller Erfahrung. Vor dem Elbtunnel hatte sie schon etliche Male im Stau gestanden. Aber diesmal war sie so gut durchgekommen, dass sie schon kurz nach zwölf Uhr in Nordenham eingetroffen war. Jetzt musste sie die eineinhalb Stunden bis zur Testamentseröffnung irgendwie totschlagen.

Endlich sah sie ein blaues Schild, das auf einen Parkplatz hinwies, und bog dem Pfeil folgend nach links ab. Was hier so großspurig als Marktplatz angepriesen wurde, war in Wirklichkeit nichts weiter als ein großer Parkplatz, begrenzt durch eine Reihe von zweistöckigen Gebäuden mit kleinen Ladenlokalen im Erdgeschoss.

Tanja stellte das Cabrio ab und stieg aus. Nachdem sie ihre Handtasche vom Rücksitz geangelt hatte, schloss sie das Verdeck des Wagens. Sicher ist sicher. Für den Nachmittag war Regen angekündigt, und wer konnte schon sagen, ob sich die hiesigen Möwen nicht ebenso geschickt auf den Sitzen erleichtern würden wie die Tauben in Frankfurt.

Sie zog die Jacke ihres Hosenanzugs glatt und strich sich über die Haare, um zu prüfen, ob sich der Knoten im Nacken nicht aufgelöst hatte, dann schob sie die Sonnenbrille hoch und sah sich um.

»Na ja, idyllisch geht anders«, sagte sie halblaut. Die Bebauung am Marktplatz schien aus den Neunzigern zu stammen und gab dem Platz etwas Austauschbares. So oder so ähnlich sahen alle Kleinstädte aus, die sich damals den Anstrich urbanen Flairs hatten geben wollen. Neben dem Durchgang zu einer Parallelstraße sah Tanja ein Bistro und ein Eiscafé.

»Ene, mene, muh, Kaffee oder Baguette?«, murmelte Tanja und entschied sich wegen des engen Hosenanzuges für Kaffee. Sie nahm an einem der Tische vor dem Eingang Platz und holte ihren E-Book-Reader heraus. Nachdem sie bei der fülligen Kellnerin, die sie freundlich anstrahlte, einen Café Latte und ein halbes Käsebrötchen, aber bitte fettarm, bestellt hatte, schaltete sie den Reader an und vertiefte sich in die Historien-Schmonzette, die sie am Vorabend zu lesen begonnen hatte.

Den Reader hatte sie angeschafft, damit Olaf nicht mitbekam, was sie zur Entspannung so alles für einen Schund las. Er selbst las nur Klassiker, höchstens mal die Krimis eines skandinavischen Autors, dessen Namen sie sich nicht merken konnte und wollte.

Allein schon der Blick, mit dem er früher mit spitzen Fingern ihre Schmöker ins Schlafzimmer getragen hatte, damit seine Freunde, die sich für den Abend angekündigt hatten, sie nicht zu Gesicht bekamen. Es hatte ausgesehen, als würde er einen toten Nager hinaustragen. Was auf ihrem Reader war, interessierte Olaf nicht die Bohne.

Als der Kaffee und das dick mit Camembertscheiben belegte Brötchen gebracht wurden, schmachtete die Protagonistin ihres Romans gerade ihrem Helden nach, der edelmütig in irgendeinen Feldzug gezogen war, und Tanja war so gefangen von der Geschichte, dass sie glatt vergaß, sich bei der Bedienung über den alles andere als fettarmen Käse zu beschweren. Sie aß mit Appetit, trank ihren Kaffee und war so versunken in den Roman, dass die Zeit wie im Flug verging. Erst als ihr Handy piepste, um sie an ihren Termin zu erinnern, hob sie den Blick wieder.

Sie winkte der Bedienung, zahlte und stand auf. Einen Augenblick lang war sie versucht, mit dem Auto zur Kanzlei des Notars zu fahren, aber die Sonne war herausgekommen, und so beschloss sie, trotz ihrer hohen Absätze die kurze Strecke zu Fuß zu gehen.

Die Kanzlei befand sich in einer Backsteinvilla aus den Zwanzigerjahren mit tief gezogenem Walmdach, grünen Fensterläden und einem breiten Treppenaufgang, der zu einer schweren Eichentür mit einem Türklopfer in Form eines finster dreinschauenden Löwen mit Ring in der Schnauze hinaufführte. Tanja zog mit einem spöttischen Lächeln die Augenbrauen hoch. Ehe sie klopfen konnte, wurde die Tür geöffnet, und ein freundlich lächelndes junges Mädchen, vermutlich eine Auszubildende, begrüßte sie.

Scheint ja nicht viel los zu sein in dem Laden, dachte Tanja amüsiert. Wenn die Angestellten schon am Fenster auf der Lauer liegen und auf die Klienten warten.

»Guten Tag, mein Name ist Tanja Merker«, stellte sie sich vor. »Ich habe …«

»… einen Termin zur Testamentseröffnung um zwei Uhr«,

vollendete die Auszubildende den Satz und strahlte über ihr sommersprossiges Gesicht, während sie Tanja eintreten ließ. »Wir haben Sie schon erwartet, Frau Merker.« Sie deutete auf eine offene Tür ein paar Schritte den Flur hinunter. »Wenn Sie noch einen Moment Platz nehmen würden? Herr Schnur ist sofort bei Ihnen. Kann ich Ihnen etwas anbieten? Kaffee vielleicht? Oder Tee?«

»Ein Glas Wasser wäre nett«, sagte Tanja.

»Gern.« Die Auszubildende nickte ihr zu und verschwand hinter einer der vielen Türen, während Tanja ins Wartezimmer weiterging, das mit Ledersofas und -sesseln eingerichtet war wie ein protziges Wohnzimmer aus den Siebzigern.

Zu ihrer Überraschung war sie nicht allein. Eine junge Frau und ein Mädchen von vielleicht zehn Jahren saßen nebeneinander auf einem der Sofas und sahen auf, als Tanja eintrat. Beide murmelten einen Gruß als Antwort auf Tanjas »Guten Tag!«.

»Dauert es noch lange, Mama?«, fragte das Mädchen gelangweilt.

»Woher soll ich das wissen?«, gab ihre Mutter knapp zurück.

»Menno!« Das Mädchen rollte die Augen und ließ sich nach hinten gegen die Lehne des Sofas fallen. Jetzt lag sie mehr, als dass sie saß, und schlenkerte mit den Beinen, die in einer löchrigen Jeans steckten.

»Anna, bitte, setz dich wieder hin«, sagte ihre Mutter gefährlich leise. Mit einem theatralischen Seufzen kam Anna der Aufforderung nach. Dabei ließ sie Tanja, die sich ganz vorn auf der Kante eines Sessels niedergelassen hatte, nicht aus den Augen.

Und da sage noch einer, alle Kinder sind niedlich, dachte Tanja. Na, Ausnahmen bestätigen ja bekanntlich die Regel.

Anna war so dünn, dass sie geradezu mager wirkte. Sie

hatte krauses kupferrotes Haar, das ihr schmales Gesicht wie eine lodernde Flamme umgab und von einem Haarband daran gehindert wurde, ihr in die Stirn zu fallen. Kluge hellgrüne Augen musterten Tanja so durchdringend, dass diese dem Blick kaum standzuhalten vermochte. Ohne die rotblonden Wimpern, die Tanja an die eines kleinen Ferkels erinnerten, wären sie vermutlich bildhübsch gewesen. Das Gesicht des Mädchens war sehr blass, jedenfalls dort, wo es nicht von Myriaden von Sommersprossen bedeckt war, die sich so dicht über Stirn, Nase und Wangenknochen zogen, dass sie beinahe eine durchgehende Fläche bildeten.

»Willst du vielleicht was malen?«, fragte die Mutter, zog ihren Rucksack näher zu sich heran und begann, darin zu kramen.

Während sie Mutter und Tochter beobachtete, sprang in Tanjas Kopf der *Geschichtengenerator* an, wie Olaf es immer genannt hatte. Sie bildete sich viel auf ihre Kombinationsgabe ein, die der eines Sherlock Holmes in nichts nachstand, wie sie selbst glaubte.

Annas Mutter stufte sie sofort als Typ *graues Mäuschen* ein. Die junge Frau mochte um die dreißig sein, vielleicht auch ein oder zwei Jahre älter. Jeans und T-Shirt stammten vermutlich vom Discounter, und das karierte Herrenhemd, das sie geöffnet darüber trug, hatte sie wohl ihrem Mann abgeschwatzt. Tanja tippte auf einen Fernfahrer. Mit ihm war die junge Frau bestimmt schon zusammen, seit sie gemeinsam die Hauptschule besucht hatten. Dann war sie schwanger geworden, die beiden hatten geheiratet und waren in eine winzige Sozialwohnung gezogen. Zuerst waren sie mit ihrem Leben ganz zufrieden gewesen, doch dann war die Frau ein wenig aus dem Leim gegangen, was ja kein Wunder war, wenn man den ganzen Tag auf dem Sofa herumlümmelte, Chips futterte und Doku-Soaps schaute. Und ihrem Fernfahrer war aufgefallen, dass es in anderen Städten hübschere Frauen gab. Oder aber er hatte sein Geld in die Spielothek getragen und damit begonnen, seine Frau anzuschreien und zu prügeln, wenn er mal nach Hause kam.

Irgendwann hatte es ihr gereicht. Sie hatte ihre Koffer gepackt, und jetzt war sie hier in der Kanzlei, um beim Rechtsanwalt die Scheidung einzureichen. Tanja war die große bunte Reisetasche nicht entgangen, die neben dem Sofa stand.

Mitleidig lächelte Tanja der jungen Frau auf dem Sofa zu, die einen Block und eine Stiftmappe aus ihrem Rucksack gezogen und vor ihre Tochter auf den Tisch gelegt hatte. Sie erwiderte das Lächeln und strich sich mit einer schnellen Bewegung eine braune Haarsträhne zurück, die sich aus ihrem Pferdeschwanz gelöst hatte. Dann beugte sie sich ein Stückchen vor und zwinkerte Tanja zu.

»Haben Sie auch Kinder?«, fragte sie.

Tanja hob abwehrend die Hände. »Ich? Gott bewahre!«, sagte sie und schüttelte den Kopf.

In diesem Augenblick klopfte es an der geöffneten Tür, und ein jovial lächelnder Mittvierziger mit Schnauzbart und einem Wohlstandsbäuchlein trat in das Wartezimmer.

»Guten Tag, die Damen«, sagte er. »Bitte entschuldigen Sie die Verzögerung, doch manche Klienten finden am Telefon einfach kein Ende. Aber jetzt können wir starten.« Er lachte dröhnend und kam auf sie zu. »Wie schön, dass Sie es einrichten konnten. Mein Name ist Schnur … wie Bindfaden.«

Mit einer angedeuteten Verbeugung reichte er erst Tanja, dann Annas Mutter die Hand. »Kollegin Merker, Frau Reimann, freut mich sehr … Und du bist?«, fragte der Notar und beugte sich mit einem Verschwörerlächeln zu Anna hinunter.

»Anna Reimann«, sagte das Mädchen knapp und verschränkte die Arme vor der Brust. Aus ihrem Blick war deutlich abzulesen, dass Herr Schnur ihr herzlich unsympathisch war.

»Willst du vielleicht lieber hier warten, Anna?«, fragte er. »Es wird nicht lange dauern und ist für Kinder eher langweilig.«

Anna warf ihrer Mutter einen flehenden Blick zu. »Kann ich nicht mitkommen?«

Annas Mutter seufzte hörbar. »Aber nur, wenn du mucksmäuschenstill bist.«

Anna grinste nur.

Na, da sieht man doch, wer bei den beiden das Sagen hat, dachte Tanja. Sie hatte das schon oft im Bekanntenkreis beobachtet – Eltern, die so viel Angst vor Stress mit ihren Kindern hatten, dass sie einfach immer nachgaben und einknickten, wenn die lieben Kleinen etwas wollten. Und ihre Prinzen und Prinzessinnen nutzten das natürlich weidlich aus und führten sich auf wie Attila, der Hunnenkönig – vorzugsweise, wenn sie Publikum hatten.

»Ganz, wie du möchtest. Aber sag hinterher nicht, ich hätte dich nicht gewarnt. Wenn die Damen mir in mein Büro folgen würden?« Herr Schnur ging voraus und machte an der geöffneten Tür zu seinem Büro eine einladende Handbewegung. »Immer herein in die gute Stube.«

Anna, die ihren Block und die Stifte mitgenommen hatte, setzte sich wortlos auf einen Sessel im Hintergrund, zog den Tisch ein Stück zu sich heran und begann zu malen, ohne auch nur ein Wort zu verlieren.

Herr Schnur deutete auf die beiden großen lederbezogenen Sessel, die vor dem Schreibtisch standen. »Nehmen Sie Platz, meine Damen.«

Sein Chefsessel knarzte etwas, als er darin Platz nahm. Umständlich setzte er eine randlose Lesebrille auf, dann öffnete er den Aktendeckel vor sich und begann, das Testament zu verlesen. Tanja hatte erwartet, es handele sich um einen Standardtext, wie sie ihn hundertfach im Studium gesehen hatte, aber Heinrich Reimann hatte seinen letzten Willen wie einen sehr persönlichen Brief formuliert.

»Liebe Judith, liebe Tanja,

wie gern wäre ich dabei gewesen, wenn Ihr zwei Cousinen Euch endlich kennenlernt. Ich habe sogar mal überlegt, Euch beide zusammen zu mir einzuladen, aber das ging nicht. Ich habe vor langer Zeit versprochen, mich aus Tanjas Leben herauszuhalten. Warum, das werde ich an anderer Stelle erklären. Hier ist nur wichtig, dass ich mich an dieses Versprechen gebunden fühlte.

Seit meine Alma nicht mehr ist, seid Ihr beide die wichtigsten Menschen für mich gewesen, auch wenn ich einen von Euch nicht persönlich kennenlernen durfte. Darum möchte ich Euch das hinterlassen, was mir am meisten am Herzen liegt – meinen Hof, mit allem, was sich darin befindet und was dazugehört.

Um zu erklären, was mir dieses Haus und das Land, auf dem es steht, bedeuten, muss ich etwas ausholen. Als ich Alma kennen- und lieben gelernt habe, stand ich mitten im Studium und dachte nur daran, Karriere zu machen und endlich richtig viel Geld zu verdienen. Sie hat mir gezeigt, dass es Wichtigeres gibt als das. Dass die kleinen Dinge einen viel glücklicher machen können: ein Sonnenaufgang im Winter. Zuzusehen, wie ein Kalb geboren wird. Die blühenden Obstbäume im Garten. Mit dem Menschen, den man liebt, auf dem Deich zu sitzen und aufs Watt zu schauen. Ich habe großes Glück gehabt, das alles erleben zu dürfen.

Auch wenn ich nicht aus dieser Gegend stamme, ist Bördiek

meine Heimat geworden, der Ort, wo mein Herz zu Hause ist. Wie wichtig es ist, solch einen Ort zu haben, hätte ich früher nie für möglich gehalten. Es gibt einem Frieden, einen Platz zu haben, zu dem man immer zurückkehren kann.

Dieses Gefühl möchte ich an Euch weitergeben, darum hinterlasse ich Euch beiden zusammen und zu gleichen Teilen meinen Hof in Bördiek. Weil ich aber weiß, dass sich dieses Gefühl nicht über Nacht einstellt, habe ich eine Bedingung an Euch. Der Hof muss ein Jahr in Eurem Besitz bleiben, ehe Ihr ihn veräußern dürft, und Ihr müsst vier Wochen dort verbringen. Bitte sorgt dafür, dass der Hof während des Jahres in meinem Sinn weitergeführt wird.

Ich bin davon überzeugt, dass Ihr diesen ganz besonderen Ort ebenso ins Herz schließen werdet wie ich, und wünsche Euch beiden für Eure Zukunft alles Glück der Erde.

Ich umarme Euch.

Henry«

Herr Schnur machte eine Pause, holte zwei Briefumschläge aus dem Aktendeckel und reichte sie Tanja und Judith über den Tisch hinweg. »Herr Reimann hat für jeden von Ihnen einen Brief hinterlegt.«

Tanja nahm ihren entgegen und drehte ihn um. *Für Tanja.* Das war alles, was darauf stand. Unschlüssig, was sie damit tun sollte, ließ sie ihn in den Schoß sinken.

In ihrem Kopf schossen die Gedanken herum wie Schwärmer beim Silvesterfeuerwerk. Die junge Frau auf dem Stuhl neben ihr hieß Judith und war ihre Cousine, das Mädchen mit den feuerroten Haaren und den Sommersprossen ihre Nichte zweiten Grades. Sie hatte einen halben Bauernhof irgendwo im

Nirgendwo geerbt und würde im kommenden Jahr vier Wochen dort verbringen müssen. Und der Mann, den sie in Gedanken höchstens ihren *Erzeuger* genannt hatte, hatte ihr einen Brief geschrieben.

Der Notar trank einen Schluck Wasser, ehe er fortfuhr zu lesen. Es handelte sich um die genauen Modalitäten des Erbes und den weiteren Ablauf, formuliert im typischen verklausulierten Juristendeutsch. Tanja gab sich nicht einmal Mühe, seinen Worten zu folgen. Als Herr Schnur schließlich nach einer gefühlten Ewigkeit das Schriftstück herumdrehte und auf die Stelle deutete, wo sie das Protokoll unterschreiben sollte, griff sie nach dem Kugelschreiber, den er ihr reichte, und setzte ihre schwungvolle Signatur darunter, ehe sie es an Judith weiterreichte.

»Damit hätten wir den offiziellen Teil erledigt«, sagte Herr Schnur freundlich. »Vielleicht sollten Sie beide jetzt erst einmal einen Kaffee zusammen trinken und sich ein bisschen kennenlernen. Oder Sie fahren nach Bördiek zum Hof hinaus, dann können Sie sich ansehen, womit Sie es zu tun bekommen.« Er zog einen weiteren Umschlag aus der Akte, dem er zwei Schüssel entnahm, die er vor sie auf den Tisch legte, ehe er sich erhob. »Alles Weitere regeln wir beim nächsten Mal. Ich bin ein wenig in Eile, weil ich heute Nachmittag noch einen Gerichtstermin habe.«

Er brachte sie noch zum Eingang und gab allen zum Abschied die Hand. Als er sich zu Anna hinunterbeugte, die zu Tanjas Erstaunen während der gesamten Testamentseröffnung nicht ein einziges Mal gestört hatte, zog das Mädchen einen zusammengefalteten Zettel aus ihrer Jackentasche heraus und gab ihn Herrn Schnur. »Da, das hab ich vorhin für dich gemalt«, sagte sie wichtig. »Das ist der Bauernhof, wo Mama und ich Ferien machen. Guck. Mit Kühen und Hühnern!«

Er faltete das Papier auseinander und betrachtete es mit dem bewundernden Kennerblick des geübten Vaters. »Und das da ist ein Hund, oder?« Er deutete auf etwas, was für Tanja wie ein schwarzes Wollknäuel aussah. »Das ist ein tolles Bild. Das hänge ich mir ins Büro.«

Anna strahlte über das ganze sommersprossige Gesicht, als die drei vor der Treppe auf dem Bürgersteig standen.

»Und jetzt?«, fragte Judith. »Wollen wir seinem Vorschlag folgen und nach Bördiek fahren oder lieber erst mal einen Kaffee zusammen trinken?«

Tanja lächelte schief. »Mir wäre ein doppelter Schnaps lieber«, seufzte sie.

Anna sah von einer zur anderen. »Was ihr trinkt, ist mir egal. Hauptsache, ich kriege ein großes Eis!«

Vier

Judith sah zu, wie ihre Cousine, von deren Existenz sie bis vor zwei Stunden keine Ahnung gehabt hatte, ihr Cognacglas nachdenklich zwischen den Fingern hin und her drehte. Sie saßen seit einer halben Stunde vor einem der Cafés am Marktplatz in der Sonne, aber noch war eine wirkliche Unterhaltung nicht in Gang gekommen. Tanja wirkte nachdenklich und in sich gekehrt. Im ersten Moment hatte Judith sie für so eine arrogante Yuppie-Tante gehalten, wie sie sie zu Dutzenden als Kundinnen aus dem Biosupermarkt kannte. Sie kamen immer erst kurz vor Ladenschluss hereingestürzt, das Handy am Ohr, über das sie wichtige Businessgespräche führten, Dates verabredeten oder mit Freundinnen über diese Dates oder andere Freundinnen lästerten. Den Verkäuferinnen gegenüber waren sie ungeduldig und herablassend.

Doch so eine arrogante Kuh schien Tanja gar nicht zu sein. Gewiss, auf den ersten Blick schrie ihre ganze Erscheinung: Aufgepasst, ich bin eine Geschäftsfrau, die sich und ihr Leben total im Griff hat! Ich lass mich nicht über den Tisch ziehen. Und von so jemandem wie dir schon mal gar nicht!

Zu einem dunkelblauen Business-Hosenanzug, der sehr nach Maßanfertigung aussah, trug sie eine blütenweiße Seidenbluse und eine dünne Goldkette mit einem kleinen Brillantanhänger, der in der Nachmittagssonne funkelte. Alles sehr dezent und geschmackvoll. Der Schnitt des Anzugs betonte ihre sportliche Figur, dazu war sie sehr groß – mindestens einen halben Kopf größer als Judith, selbst wenn man die blauen Pumps mit hohem Absatz abzog. Sie sah aus wie eines dieser Models in den Hochglanzmagazinen für die erfolgreiche Chefsekretärin, die Judith höchstens mal beim Friseur in die Hand nahm. Nur Tanjas Gesicht passte nicht so recht ins Model-Bild, dazu war es nicht ebenmäßig genug.

Tanjas dunkelblonde Haare waren straff nach hinten gekämmt und zu einem Knoten im Nacken festgesteckt. Zusammen mit der langen, geraden Nase und den Fältchen in den Augenwinkeln ließ die Frisur ihr schmales Gesicht fast wie das einer altjüngferlichen Lehrerin wirken. Judith legte den Kopf ein wenig schief, zog die Augenbrauen zusammen und stellte sich vor, wie ihre Cousine wohl mit offenen Haaren aussehen würde. Vermutlich immer noch wie eine strenge Lehrerin, dachte sie und musste sich ein Lächeln verkneifen. Tanjas Alter zu schätzen war für sie unmöglich. Zwischen Anfang dreißig und Mitte vierzig war alles vorstellbar.

Judiths Blick wanderte zu Anna hinüber, die mit Begeisterung ihren Eisbecher in sich hineinschaufelte. Sie beugte sich in ihre Richtung und flüsterte: »Iss mal ein bisschen langsamer. Du kleckerst.«

Anna warf ihr einen entrüsteten Blick zu. »Gar nicht!«, sagte sie und bedeckte mit einer Hand die verräterischen braunen Schokoeisflecken auf dem Tischtuch. Judith rollte die Augen und seufzte.

»Und du hast nie Kontakt zu Onkel Henry gehabt?«, fragte sie Tanja, die noch immer nachdenklich in ihren Cognacschwenker starrte.

»Nein. Ich hab erst mit achtzehn erfahren, dass mein Paps gar nicht mein leiblicher Vater ist.«

»Aber hast du nicht den Wunsch gehabt, deinen richtigen Vater kennenzulernen?«

Tanja hob den Blick und sah sie verwundert an. »Nein,

wozu? Ich dachte, er will nichts von mir wissen. Für mich ist er nie mehr als der Name gewesen, den ich auf Formularen im Feld Vater eintragen muss.«

»Und deine Mutter? Was hat die gesagt?«

»Mama hat nie mit mir darüber geredet, ich war in ihren Augen wohl noch zu jung dafür. Sie ist ganz plötzlich gestorben, als ich fünfzehn war. Sie hatte sich das Bein gebrochen und eine Lungenembolie bekommen.«

»Oh, das ist bitter.«

»Ja, das war es.« Tanja nahm einen Schluck aus ihrem Glas und verzog das Gesicht. »Besonders, weil meine Brüder erst zehn und acht waren. Paps hat ein paar Jahre lang halbtags gearbeitet, um sich um uns zu kümmern.« Ein trauriges Lächeln umspielte Tanjas Gesicht. »Und du?«, fragte sie. »Hast du Geschwister?«

»Nein, ich bin Einzelkind.«

»Eine kleine Prinzessin also.«

Judith zuckte mit den Schultern. »Na ja, vielleicht ein bisschen. Jedenfalls in dem Sinn, dass man dazu erzogen wird, später mal die Krone zu tragen, ob man nun will oder nicht. Mein Vater hat eine Apotheke und ging wie selbstverständlich davon aus, dass ich Pharmazie studiere und das Geschäft übernehme«, fügte sie hinzu, als sie Tanjas erstaunten Blick sah. »Dabei hätte ich alles andere lieber gemacht: Biologie zum Beispiel oder Tiermedizin. Vielleicht auch Deutsch und Geschichte auf Lehramt. Alles, nur nicht irgendwelche Tabletten verkaufen und Salben zusammenrühren. Aber niemand hat gefragt, ob mir das Studium nun liegt oder ich Lust dazu habe. Das wurde einfach als gegeben vorausgesetzt. Und als ich dann Anna kriegte …«

Judith brach ärgerlich auf sich selbst ab. Ihre Eltern vor einer Fremden schlechtzumachen gehörte sich nicht, ob sie es nun verdient hatten oder nicht. Das war irgendwie schäbig.

Einen Moment schwiegen beide Frauen und sahen zu, wie Anna sich abmühte, mit dem langen Löffel die Erdbeeren ganz unten aus dem Becher zu angeln.

»Was ist denn mit Annas Vater?«, fragte Tanja schließlich.

»Wir haben keinen Kontakt mehr«, sagte Judith knapp. »Wir waren nicht sehr lange zusammen.«

Plötzlich hatte sie Peters Bild vor Augen: groß, schlank, muskulös, mit wildem feuerrotem Haarschopf und einem gewinnenden Lächeln. Sie hatte ihn während des Urlaubs auf Ibiza kennengelernt, den ihre Eltern ihr in den ersten Semesterferien spendiert hatten. Peter war Mathematikstudent und kam aus Edinburgh in Schottland. Nach der dreitägigen Affäre, während der sie rund um die Uhr Party gemacht hatten, hatte sie nie wieder von ihm gehört. Da sie seinen Nachnamen nicht wusste, hatte sie ihm noch nicht einmal mitteilen können, dass die Liaison Folgen gehabt hatte. Woher hätte sie denn auch wissen sollen, dass die Pille nicht sicher ist, wenn einem nach zu viel Sangria schlecht wird? Als sie sich endlich getraut hatte, ihren Eltern die Wahrheit zu beichten, war ihr Vater so sauer geworden, dass er ihr eine Standpauke gehalten hatte, als wäre sie erst vierzehn gewesen. Was das für eine Schande sei, und wie er denn jetzt dastehen würde vor seinen Ratskollegen, ob sie daran schon mal gedacht habe.

Zum Glück war er nicht auf die Idee gekommen, von ihr zu verlangen, das Kind besser gar nicht erst zu bekommen. Das war der einzige Punkt, bei dem Judith seiner Meinung war: Eine Abtreibung war nie infrage gekommen.

Wie sie denn jetzt klarkommen wolle, hatte er gefragt, allein mit Kind. Und was jetzt aus ihrem Studium werden würde? Judith solle nur nicht glauben, dass Mama und er das Kind so lange nehmen würden. Sie habe sich die Suppe eingebrockt, sie solle sie gefälligst auch auslöffeln.

Vorstellungen wie im Mittelalter, aber wirklich!

Zugegeben, Judith hatte es sich leichter vorgestellt, Studium und Kind unter einen Hut zu bringen. Außerdem hatte sie sich geschworen, ihre Eltern auf keinen Fall um Geld zu bitten, daher war sie zusätzlich arbeiten gegangen, um über die Runden zu kommen. Eine Sache musste dabei zwangsläufig auf der Strecke bleiben, und das war das ungeliebte Pharmaziestudium gewesen. Judith war zwar bis heute an der Uni eingeschrieben, aber nur noch pro forma. Vorlesungen hatte sie schon seit Jahren nicht mehr besucht.

»Was ist mit dir?«, fragte sie Tanja, um von dem heiklen Thema abzulenken. »Hast du jemanden?«

»Nein. Seit ein paar Tagen nicht mehr. Den Arsch bin ich Gott sei Dank losgeworden.«

Anna, die gerade die letzte Erdbeere auf ihrem Löffel balancierte und im Begriff war, sie sich in den Mund zu stecken, hielt mitten in der Bewegung inne und starrte Tanja ungläubig an. Sie beugte sich ein wenig zu Judith hinüber. »Mama, sie hat *Arsch* gesagt«, flüsterte sie mit einem Gesichtsausdruck, der irgendwo zwischen Schock und unverhohlener Bewunderung lag.

Tanja errötete sichtlich. »Entschuldige, das ist mir so herausgerutscht«, sagte sie zu Anna. »Das passiert manchmal, wenn ich wütend auf jemanden bin.«

Anna strahlte. »Ja, mir auch! Und dann schimpft Mama immer, dass ich solche Wörter nicht benutzen soll.«

»Da hat deine Mama vollkommen recht. Man sollte sich besser im Griff haben, auch wenn man sauer ist. Besonders als Erwachsene.« Tanja hob ihr Glas, stürzte den Cognac hinunter und verzog das Gesicht.

Judith warf ihrer Cousine einen überraschten Blick zu. Tanja hatte mit Anna gesprochen wie mit einer Erwachsenen. Da war nichts Gekünsteltes und keine Spur von Herablassung in ihrer Stimme gewesen. Sie schien einen guten Draht zu Kindern zu haben, was Judith ihr nach den Bemerkungen vorhin beim Notar nicht zugetraut hätte.

»Wir versuchen gerade, die Anzahl der blumigen Ausdrücke, die Anna aus der Schule heimbringt, etwas zu reduzieren«, erklärte Judith. »Wobei das A-Wort noch zu den harmloseren gehört.«

»Ich verstehe«, sagte Tanja mit einem kleinen Lächeln und blinzelte dem Mädchen zu. Anna grinste breit zurück. Sie steckte sich die letzte Erdbeere in den Mund und legte den Löffel neben das Glas auf den Teller. »Fertig!«, sagte sie mit vollem Mund. »Meinetwegen können wir jetzt zum Bus gehen und losfahren. Und du kommst mit, oder, Tanja?«

»Mitkommen?«, fragte Tanja verständnislos. »Wohin denn?«

»Na, zu Onkel Henrys Hof. Da ist es wunderschön, es gibt jede Menge Tiere, und Mama hat versprochen, dass wir da Url…«

»Das war, bevor ich wusste, dass Tanja der Hof auch gehören wird, Anna«, beeilte sich Judith, Annas Redeschwall zu unterbrechen. »Wir beide werden uns einfach hier in der Gegend irgendein Zimmer suchen.«

»Aber du hast es versprochen!«, rief Anna mit so viel Entrüstung in der Stimme, als habe sie ihre Mutter bei einem Meineid ertappt.

»Ja, ich weiß«, sagte Judith zerknirscht. »Aber, wie gesagt…«

»Du sagst immer, dass man Versprechen halten muss!«

»Anna, bitte. Etwas leiser. Die Leute gucken schon.« Sie seufzte. »Wie ich schon sagte, suchen wir uns hier in Nordenham ein Zimmer in einem Hotel, und dann bleiben wir…«

»Aber ich will nicht in ein blödes Hotel! Rieke aus meiner

Klasse sagt, im Hotel muss man ganz leise sein, damit die anderen Gäste nicht gestört werden, und richtig spielen kann man da auch nicht. Du hast mir fest versprochen, dass wir auf Onkel Henrys Hof Ferien machen, so wie du früher immer.«

Judith verwünschte sich dafür, Anna den Spaß, den sie früher bei Onkel Henry und Tante Alma gehabt hatte, in so glühenden Farben geschildert zu haben. Vor allem ihrer Tochter etwas zu versprechen war ein Fehler gewesen. Judith machte nur selten Versprechungen, und bislang hatte sie diese immer einhalten können. Anna war zu Recht enttäuscht, aber diesmal ging es wirklich nicht anders.

Judith überlegte fieberhaft, wie sie ihrer Tochter die Sache mit dem Hotelzimmer doch noch schmackhaft machen konnte. Hinzu kam, dass sie jetzt statt der drei Wochen, die sie geplant hatten, höchstens für ein paar Tage an der Küste bleiben konnten. Mehr gab ihre äußerst schmale Urlaubskasse einfach nicht her.

»Hör zu, Anna«, begann sie zögernd zu erklären. »Wir …«

»Du hast ganz recht, Anna«, unterbrach Tanja sie. »Versprechen muss man halten.« Sie wandte sich Judith zu. »Mal im Ernst, Judith, was spricht denn dagegen, dass ihr zwei im Haus Urlaub macht? Gesetzt den Fall, das geht überhaupt«, fügte sie hinzu. »Ihr müsst natürlich gucken, in welchem Zustand das Haus ist. Wie lange hat es denn leer gestanden? Ich meine, wann …« Sie brach ab.

»Seit ungefähr vier Wochen steht es leer«, erwiderte Judith nach einer kurzen Pause. »Onkel Henry hatte einen schweren Schlaganfall. Die Postbotin hat ihn bewusstlos im Flur gefunden und ins Krankenhaus bringen lassen. In der Nacht darauf ist er dann gestorben.«

»Oh«, sagte Tanja leise und sah auf das leere Glas in ihren Fingern.

Einen Augenblick herrschte Stille am Tisch. Anna sah abwechselnd ihre Mutter und ihre Tante an. »Also, was ist jetzt, Mama? Du hast doch gehört, Tanja hat nichts dagegen, dass wir in Onkel Henrys Haus Urlaub machen.«

»Bist du sicher?«, fragte Judith Tanja. »Ich meine, es ist ja auch dein Haus.«

»Ja, natürlich bin ich sicher.«

Anna rollte die Augen. »Hat sie doch eben schon gesagt!« Sie ließ sich nach hinten gegen die Stuhllehne fallen. Ihr Blick wanderte zu Tanja hinüber, die sie lächelnd beobachtete. »Kommst du mit, Tanja? Biiiittteee!« Bei diesen Worten setzte Anna ein gewinnendes *Ich bin ein süßes kleines Mädchen, dem man keine Bitte abschlagen kann*-Gesicht auf und strahlte Tanja an. Ganz offensichtlich hatte sie die neu gefundene Tante sofort ins Herz geschlossen und in ihre Urlaubsplanung integriert.

»Anna, jetzt hör aber mal auf!« Judith zog streng die Stirn in Falten. »Das geht doch nicht, und das weißt du auch. Bestimmt muss Tanja nach Hause zurück und morgen wieder zur Arbeit.«

»Zeit hätte ich schon, das wäre nicht das Problem«, sagte Tanja mit einem bitteren Lächeln. »Ich bin gleichzeitig mit meinem Freund auch meine Arbeit losgeworden. Aber ich muss nach Sylt zurück. Fast alle meine Sachen sind noch dort im Hotel.« Ihr Lächeln wurde breiter und herzlicher. »Aber ich kann euch zwei mit dem Auto zum Hof bringen und mir das Haus schon mal anschauen. Was meint ihr?«

Anna strahlte über das ganze Gesicht und sprang auf. »Prima!«, rief sie. »Dann lasst uns losfahren. Ich will endlich die Kühe und Schweine sehen!«

Fünf

»Wow! Ein Cabrio!« Anna nickte anerkennend, als die drei Tanjas Auto erreichten. »Können wir mit offenem Verdeck fahren?«

Tanja warf einen skeptischen Blick zum Himmel. Zwar blitzte immer wieder mal die Sonne zwischen den Wolken durch, aber Tanja vertraute eher auf den Wetterbericht als auf ihr Glück und hatte keine Lust auf nasse Sitze. »Ich weiß nicht, ob das so eine gute Idee ist.«

Anna verlegte sich aufs Betteln. »Ach, bitte! Ich bin noch nie in so einem schicken Auto gefahren.«

Judith rollte mit den Augen. »Anna, hör auf zu nerven«, sagte sie.

Beim Anblick von Annas flehendem Blick musste Tanja lachen. »So schick ist der Wagen nun auch wieder nicht. Immerhin ist er schon über zwanzig Jahre alt und zickt inzwischen immer wieder mal herum, aber ich hänge an ihm. Ich habe ihn mir damals von meinem ersten Gehalt gebraucht gekauft, und heute ist er schon fast so was wie ein Oldtimer.«

Sie drückte auf den Funkschlüssel, öffnete die Fahrertür und klappte den Sitz nach vorn. Gut gelaunt kletterte Anna auf den Rücksitz, während Judith ihre riesige Reisetasche neben sie wuchtete. Tanjas holte einen Weekender und ihre Notebooktasche aus dem Kofferraum und stellte sie in den Fußraum.

»Alte Gewohnheit«, erklärte sie ihrer Cousine ein wenig verlegen und deutete auf das Gepäck. »Immer für alle Gelegenheiten gerüstet sein und nie ohne Handwerkszeug aus dem Haus gehen, sonst kann man nicht arbeiten.« Judith lächelte höflich, hatte aber ganz offensichtlich keine Ahnung, wovon Tanja sprach.

Als alle im Wagen saßen, öffnete Tanja das elektrische Verdeck. Anna gab ein lang gezogenes »Coooool!« von sich, während sie beobachtete, wie sich das Dach langsam anhob, zusammenfaltete und unter einer Klappe hinter dem Rücksitz verschwand.

»Wir müssen nicht offen fahren. Wirklich nicht«, sagte Judith leise zu Tanja.

»Weiß ich«, erwiderte Tanja. »Aber wo Anna doch noch nie mit offenem Verdeck gefahren ist.« Sie drehte sich zu dem Mädchen um. »Irgendwo dahinten müsste eine Baseballmütze liegen. Setz die mal besser auf, sonst zerzaust dir der Wind die Haare.«

Anna kramte einen Moment herum und zog schließlich ein schwarzes Basecap mit den Buchstaben *N* und *Y* darauf hervor. »Diese hier?«, fragte sie.

»Ja, genau. Gib mal her, das Ding. Ich mache sie enger.« Sie zog die Lasche so weit es ging durch die Schnalle und setzte Anna die Mütze auf die roten Locken. »Steht dir!«, sagte sie mit einem Nicken. »Jedenfalls deutlich besser als dem vorigen Besitzer.«

Olaf hatte das Basecap im Cabrio nur getragen, um auf der deutlich sichtbaren kahlen Stelle am Hinterkopf keinen Sonnenbrand zu bekommen, und nicht etwa, weil er, wie er immer behauptete, ein großer Fan der *New York Yankees* war. Den Zorn, der beim Gedanken an ihn in ihr hochkochte, schob sie beiseite. Sie setzte ihr fröhlichstes Lächeln auf und nickte Judith zu. »Also dann, auf nach Bördiek!«

Nach einem kleinen Umweg über einen der örtlichen Discounter, wo sich Judith noch schnell mit ein paar Lebensmitteln eindeckte, lenkte Tanja eine halbe Stunde später ihr BMW Cabrio am Ortsausgangsschild von Nordenham vorbei. Verstohlen warf sie einen Blick auf die Uhr im Armaturenbrett. Schon fast fünf Uhr nachmittags. Selbst wenn sie die beiden nur am Hof absetzen würde, wäre es pures Glück, heute Abend noch den letzten Autozug vom Festland nach Sylt zu erwischen.

Am besten, ich such mir nachher in Nordenham ein Hotel. Die beiden vor dem Haus einfach aus dem Auto zu werfen wäre auch blöd, dachte sie. Und sie musste sich eingestehen, selbst neugierig zu sein, wie das Haus aussah, das ihr Vater ihr und Judith vermacht hatte.

»Geht's dir gut dahinten?«, rief Tanja über ihre Schulter und sah in den Rückspiegel. Anna lehnte sich ein wenig zur Mitte der Rückbank, und ihre Augen wurden im Spiegel sichtbar.

»Ja!«, rief sie. »Cabriofahren ist toll!« Sie lachte. »Nur, ich muss aufpassen, dass mir die Mütze nicht wegfliegt.« Wie zur Bestätigung ihrer Worte griff sie nach dem Schirm des Basecaps und zog es sich tiefer in die Stirn. Dann verschwanden ihre Augen wieder aus dem Spiegel.

»Wie lange fährt man denn bis Bördiek?«, fragte Tanja ihre Cousine, die den Blick aus dem Seitenfenster gerichtet hatte.

»Hm?«, machte Judith, die scheinbar tief in Gedanken versunken war. Tanja wiederholte ihre Frage.

»Ungefähr zwanzig Minuten. Das nächste Dorf ist Burhave, danach kommt Langwarden, und da müssen wir in die Wisch abbiegen.«

»Die Wisch?«

Judith nickte. »Plattdeutsch für Wiesen. Da führen nur einspurige Straßen hindurch. Bördiek liegt mittendrin.«

»Ach du meine Güte …«, murmelte Tanja. Inzwischen hatte sich die Sonne endgültig gegen die Wolken durchgesetzt, und sie angelte nach ihrer Sonnenbrille. »Da, wo sich Fuchs und Hase Gute Nacht sagen.«

»Hasen schon, Füchse nicht«, sagte Judith. »Onkel Henry meinte immer, der lehmhaltige Boden ist zu schwer für jedes Tier, das sich einen Bau graben möchte. Aber Bördiek ist sehr idyllisch – fast wie im Bilderbuch: In der Mitte liegt eine große Wurt mit zwei Bauernhöfen darauf, zwei weitere sind ganz in der Nähe. Dazu gibt es einen Gasthof und ein paar kleinere Häuser, in denen früher die Pächter gewohnt haben. Köter nannte man die, hat Onkel Henry erzählt, und dann hat er gelacht und gesagt, dass das nichts mit Hunden zu tun hat.«

»Lass mich raten, auch Plattdeutsch!«

Judith lachte. »Richtig geraten. Viele der Einwohner sprechen noch Plattdeutsch, besonders die älteren Leute. Tante Lola zum Beispiel.«

»Wer ist denn jetzt wieder Tante Lola? Ich dachte, Henrys Frau hieß Alma.«

»Stimmt. Die ist auch nicht gemeint. Tante Lola wohnt in der Nachbarschaft in einem der Köterhäuser. Eigentlich heißt sie Köhler, aber das konnte ich nicht aussprechen, als ich klein war. Für mich war sie damals nur Tante Lola. Vormittags fährt sie die Post aus, und nachmittags ist ihr Tante-Emma-Laden geöffnet.« Judith hielt kurz inne, und ihr Lächeln verschwand. »Jedenfalls war das so, als ich vor zehn Jahren zuletzt hier war.«

»In zehn Jahren kann sich eine Menge ändern.«

»Stimmt natürlich. Aber dass Tante Köhler ihren Laden aufgibt, kann ich mir einfach nicht vorstellen.«

Sie ließen Burhave hinter sich, einen typischen Touristenort direkt hinter dem Deich. An jedem Haus hing ein Schild, auf dem in geschnörkelter Schrift *Ferienwohnung* stand. Meist hing darunter ein zweites mit der Aufschrift *belegt.* Es gab ein paar Cafés und Gaststätten, einen Edeka in einem flachen Neubau, die Gemeindeverwaltung, eine Kirche mit einem wimpelgeschmückten Parkplatz davor und einen Wegweiser, der zum Strand, zum Campingplatz und zur Spielscheune zeigte.

Tanja verzog das Gesicht. »Gruselig!«, sagte sie.

Langwarden, das nächste Dorf, entsprach schon eher ihrer Vorstellung von einem idyllischen Ort an der Küste. Schon aus einiger Entfernung konnte man die Kirche sehen, die auf einer kleinen Anhöhe vor dem Deich stand. Die Kirchturmspitze ragte ein Stück über die Bäume hinaus, die sie umstanden. An der gewundenen Straße, die durch das Dorf führte und von der rechts und links schmale Klinkerstraßen abzweigten, reihten sich die Giebel kleiner Bürgerhäuser aneinander. Auch hier gab es vereinzelt Hinweisschilder auf Zimmervermietung, aber das Dorf schien nicht ausschließlich vom Tourismus zu leben. Den Kennzeichen nach gehörten die meisten Autos, die an der Straße standen, Einheimischen. Nur die Radfahrer in teuren Outdoorjacken, die sich gegen den strammen Wind abstrampelten, schienen Urlauber zu sein. Hier ist das Leben langsamer getaktet, dachte Tanja, als sie an einigen alten Frauen vorbeifuhren, die über einen Gartenzaun hinweg ein Schwätzchen hielten. Man könnte es hier bestimmt eine Weile aushalten.

Am Ortsschild überholte sie eine Gruppe Radfahrer und gab erleichtert Gas, als sie endlich die leere Straße vor sich sah.

»Fahr mal bitte ein bisschen langsamer«, hörte sie Judith neben sich sagen. »Wir müssen gleich abbiegen.« Ihre Cousine deutete mit dem Finger nach vorn. »Da hinter der Kurve geht es rechts nach Bördiek.«

Tanja setzte den Blinker. Die schmale Betonstraße, die durch die Wiesen Richtung Deich führte, war wegen eines üppigen Holunderbusches am Straßenrand erst im letzten Moment zu sehen. Ein Wegweiser nach Bördiek fehlte ebenso wie ein Schild mit einem Straßennamen.

»Das hätte ich auch mit Navi nie im Leben gefunden«, sagte sie kopfschüttelnd.

Judith grinste breit. »Wie sagtest du vorhin so schön? Wo sich Fuchs und Hase Gute Nacht sagen! Ja, Bördiek ist ziemlich weit ab vom Schuss.«

Tanja bog in den einspurigen Weg ein, hielt den Wagen an und runzelte die Stirn, als sie den Zustand des Weges sah. »Ach du meine Güte, was ist denn hier passiert?«, murmelte sie.

Solche Straßen kannte sie sonst nur aus dem Fernsehen. Sie führten zu abgelegenen Landhäusern, in denen schreckliche Verbrechen geschehen waren. Der Ermittler auf Mörderjagd verfügte dann aber in der Regel über einen kapitalen Geländewagen und nicht über ein tiefergelegtes BMW Cabrio älteren Baujahrs.

Jede einzelne der Betonplatten, aus denen der Weg bestand, war in der Mitte und an den Ecken zerbrochen und seitlich abgesackt. Zwischen den Bruchstücken klafften Lücken, aus denen Löwenzahn und Grasbüschel hervorlugten.

»Als ich zuletzt hier war, war es noch nicht so schlimm«, erwiderte Judith. »Oder es ist mir nicht aufgefallen.«

Tanja gab sich alle Mühe, die Löcher in der Fahrbahn zu umfahren. Trotzdem wurden sie ordentlich durchgeschüttelt. Judith zeigte auf ein kleines Wäldchen vor ihnen. Über und zwischen den Bäumen waren undeutlich einige Hausdächer zu erkennen. »Da ist es«, sagte sie. »Aber wir müssen vorher abbiegen. Onkel Henrys Hof liegt ein bisschen außerhalb.«

»Noch weiter außerhalb?«, fragte Tanja mit einem spöttischen Lachen. »Geht das?«

Judith schien die Bemerkung zu überhören. »Da am Gatter links«, sagte sie nach ein paar Hundert Metern auf der Schlaglochpiste. »Da geht es zum Hof.«

Wie gewohnt setzte Tanja den Blinker, bevor sie abbog, obwohl außer ein paar Kühen, die auf der Wiese hinter dem Gatter standen und ihr wiederkäuend hinterherschauten, niemand zu sehen war. Die lange Zufahrt zum Hof, die von Kastanien und Pappeln beschattet wurde, bestand aus grobem Kopfsteinpflaster und war in noch schlechterem Zustand als die Betonstraße. In den Spurrillen rechts und links der Erhebung in der Mitte standen Pfützen, sodass Tanja nicht abschätzen konnte, wie tief die Löcher dort waren. Obwohl sie Schritttempo fuhr und sich bemühte, mit den Reifen auf der Erhebung in der Mitte und der Berme zu bleiben, schaukelte der Wagen wild hin und her, und ein paarmal war ein lautes metallisches Knirschen zu hören, als das Bodenblech die Steine der Auffahrt berührte. Sie verzog das Gesicht und sah aus dem Augenwinkel, dass sich Judith am Haltegriff über der Tür festhielt.

Endlich machte die Löcherpiste eine Neunziggradkurve, und sie bogen auf den Hof, der von einem lang gestreckten Haupthaus mit einem Anbau aus etwas hellerem Klinker auf der einen und einem Misthaufen auf der anderen Seite umgeben war.

»Da wären wir!«, sagte Judith.

»Gott sei Dank.« Erleichtert lenkte Tanja das Cabrio vor das grün gestrichene Dielentor. Sie stellte den Motor aus und stieg aus.

»Ach du meine Güte!«, entfuhr es ihr, als sie sich umschaute.

Die ganze Anlage machte einen ziemlich heruntergekommenen Eindruck. Hier war seit Ewigkeiten nichts mehr aufgeräumt oder repariert worden. Vor der Wand des Nebengebäudes stand ein großer Stapel Ziegelsteine, daneben lag ein Bündel alter Bretter. Der Wind hatte einen Haufen Erde und Blätter vom Vorjahr in den Winkel zwischen Haupthaus und Anbau getrieben, auf dem inzwischen Unkraut wuchs. Am Dielentor direkt vor ihr platzte überall die grüne Farbe in großen Fetzen ab, und verwittertes graues Holz kam darunter zum Vorschein. Ein großer Teil der Mauer daneben war mit Efeu und wildem Wein überwuchert.

Tanjas Blick wanderte weiter. Links vom großen Dielentor gab es drei Sprossenfenster, dann zwei kleinere Türen, die sich in ähnlichem Zustand befanden wie das Tor. Weiter oben im Giebel war zwischen zwei weiteren altersblinden Fenstern eine Zementplatte in die Klinker eingelassen, auf der zu lesen stand: *Erbaut von Johann Diekmann anno 1875. Gott schütze dieses Haus und alle, die darinnen wohnen.*

Judith, die inzwischen auch ausgestiegen war, trat neben Tanja und folgte ihrem Blick nach oben. »Tante Alma war eine geborene Diekmann«, sagte sie. »Uralter Landadel, könnte man sagen. Die Familie muss früher mal richtig Geld gehabt haben. Na ja, wirst du ja sehen, wenn du drinnen bist.« Sie lächelte Tanja zu. »Du kommst doch noch mit rein, oder?«

Tanja sah auf die Uhr. »Nach Sylt komme ich heute sowieso nicht mehr. Der letzte Autozug auf die Insel fährt um neun. Da müsste ich schon fliegen, um den noch zu erreichen. Ich glaube, ich nehme mir irgendwo ein Zimmer und fahre morgen zurück.«

»Du kannst auch gern hier schlafen. Betten gibt es genug!« Judith zwinkerte ihr zu. »Es sei denn, du lässt dich von den rustikalen sanitären Einrichtungen abschrecken.«

»Rustikal?« Tanja verzog das Gesicht zu einer Grimasse. »Wie hab ich denn das zu verstehen?«

Judith lachte. »Keine Sorge! Das Plumpsklo ist schon seit den Sechzigerjahren nicht mehr in Betrieb. Aber das Bad ist hier natürlich etwas einfacher als im Hotel.«

Tanja wollte etwas erwidern, aber Judith war bereits zum Auto zurückgegangen und holte ihre Reisetasche. Auch Anna war inzwischen aus dem Fond des Wagens geklettert.

»Das ist aber schön hier!«, verkündete sie. »Bis auf die Brennnesseln.« Sie deutete mit ausgestrecktem Arm auf den Kiesweg, der zwischen dem Haupthaus und einer Remise mit windschiefen Türen entlang in den Garten führte. In den Beeten neben dem Weg hatten die Brennnesseln eindeutig die Oberhand gewonnen. Sie wuchsen überall zwischen den Johannis- und Stachelbeerbüschen, lugten aus den blauen und rosa Hortensien hervor und beugten sich von rechts und links so weit über die Kiesfläche des Weges, dass sich die Spitzen der Nesseln beinahe berührten.

»Besser, wir gehen durch den Stall ins Wohnhaus«, meinte Judith leichthin. »Um die Brennnesseln kümmern wir uns in den nächsten Tagen. Kommt mit, ihr zwei!«

Sie schulterte ihre Reisetasche und ging zur Dielentür, die ein protestierendes Quietschen von sich gab, als sie sie aufdrückte und hineinging.

Tanja folgte ihr. Ihre Augen brauchten einen Moment, um sich an das dämmrige Licht im Inneren der Diele zu gewöhnen, das durch die wenigen Sprossenfenster und ein paar Glasziegel im Dach hoch über ihr hereinfiel. Der Boden bestand aus festgestampftem Lehm und war im Gegensatz zum Hof draußen sorgfältig gefegt. Die Luft war stickig, und es roch nach Heu und Staub. Ohne sich umzuschauen, ob die anderen ihr folgten, ging Judith schnellen Schrittes an dem alten Trecker und dem Ackerwagen vorbei auf die Metalltür am anderen Ende der Diele zu.

Sie kramte in ihrer Jackentasche herum, zog den Schlüssel heraus, den der Notar ihr gegeben hatte, und schloss auf.

»Dann mal rein in die gute Stube«, sagte sie lächelnd und hielt für Anna und Tanja die Tür auf. Zögernd betrat Tanja den Flur und sah sich um.

Rechts von ihr befand sich eine Eingangstür mit einer Glasscheibe, durch die man auf einen Wirtschaftsgarten mit Kartoffeläckern und Obstbäumen hinaussehen konnte.

»Nach links und um die Ecke herum«, sagte Judith. »Und dann die letzte Tür auf der rechten Seite. Da ist die Küche. Jetzt machen wir erst mal Tee!«

Hinter der Biegung wurde der Flur breiter. Auf beiden Seiten gab es weitere Türen. Das andere Ende des Flurs beherrschte eine doppelflügelige Glastür mit geriffeltem und farbigem Glas, durch die ein wenig Licht auf die grauen Steinplatten am Boden fiel.

»Wollt ihr hier Wurzeln schlagen?« Judith lachte, überholte Tanja und Anna und öffnete die Küchentür. »Jetzt wollen wir nur hoffen, dass niemand den Strom abgestellt hat, sonst wird es wohl nichts mit Tee. Ich weiß nämlich nicht, ob ich den Kohlenherd ankriege.«

»Meine Güte! Hier drin kann man ja tanzen!«, rief Tanja verblüfft, als sie die Küche betreten hatte. Der Raum war riesig, mindestens dreißig Quadratmeter groß, vielleicht sogar mehr, aber das war auch schon das Beste, was sie über ihn sagen konnte. Die weißen Fliesen an den Wänden sahen aus, als hätten sie schon um die hundert Jahre auf dem Buckel. Beinahe jede einzelne von ihnen hatte feine Sprünge, die sich wie ein Spinnennetz über die Glasur zogen. An der Wand hinter einem o-beinigen Tisch mit Wachstuchdecke stand ein altes, verblichenes Küchensofa, dessen roter Bezug an den Kanten durchgewetzt war. Auf der Sitzfläche lagen ein paar bestickte Kissen, in die jemand sorgfältig einen Knick geschlagen hatte. Tanja zog die Augenbrauen in die Höhe.

Judith stellte ihre Tasche auf einen der Stühle am Tisch und ging zum Elektroherd hinüber, der neben einem altmodischen Kohleherd auf der anderen Seite der Küche stand. Sie drehte an einem der Schalter und hielt für einen Moment die Hand über die Herdplatte. »Alles paletti! Wir haben Strom«, sagte sie fröhlich. Sie nahm den Wasserkessel vom Herd, ging zur Spüle und drehte den Hahn auf. »Tee müsste oben rechts im Küchenschrank sein!«, rief sie über die Schulter. »Und auf der linken Seite sind Tassen und die Teekanne.«

»Können wir uns nicht zuerst die Zimmer ansehen, Mama, bitte?«, fragte Anna. »Ich möchte wissen, wo ich schlafe.«

Judith stellte den gefüllten Kessel auf den Herd zurück. »Wenn Tanja nichts dagegen hat?«

»Nein, gar nicht.« Tanja machte die Tür des alten Küchenbüfetts wieder zu und zwinkerte Anna zu. »Ich bin genauso neugierig wie du.«

»Also gut«, sagte Judith. »Dann machen wir zuerst eine Besichtigungstour.« Sie ging voraus.

Die Küche hatte neben der Tür, durch die sie eingetreten waren, noch eine zweite, die auf einen weiteren Flur hinausführte.

Jetzt verstand Tanja, was Judith damit gemeint hatte, dass die Familie früher mal Geld gehabt hätte. Im Gegensatz zum schlicht weiß gestrichenen Flur, durch den sie hereingekommen waren, war dieser hier brusthoch mit dunkelbraun gebeizten Holzpaneelen ausgekleidet. Über den Kassettentüren waren aufwendig geschnitzte Türaufsätze angebracht, und auf dem Fußboden schimmerte dunkler Terrazzo. Von einer Stuckrosette in der Mitte der über drei Meter hohen Decke hing ein Messingleuchter herunter, der jeder Kirche Ehre gemacht hätte.

Tanja unterdrückte ein Keuchen. So was kannte sie sonst nur aus alten Edgar-Wallace-Filmen. Es sah aus, als könnten jeden Augenblick Elisabeth Flickenschildt und Klaus Kinski um die Ecke kommen. Fehlte nur noch das Eisbärenfell auf dem Fußboden.

»Ich sag doch, früher waren die Diekmanns reiche Leute. Tante Alma hat erzählt, ihr Großvater hätte ein Vermögen mit Ochsen gemacht, die nach England verkauft wurden«, sagte Judith. »Aber dann hat er sich verspekuliert, und später war nie Geld da, das Haus umzubauen. Seitdem ist alles ziemlich heruntergekommen, aber als Kind ist mir das gar nicht aufgefallen.«

Heruntergekommen traf es. Die geschwungenen Türdrücker aus Messing waren angelaufen, der Terrazzoboden hatte einen Sprung, und die Tapete oberhalb der Täfelung war vergilbt. An der Garderobe, die einen Teil der Täfelung bildete, hingen ein paar Arbeitsjacken. Der Spiegel war so angelaufen, dass er beinahe blind war, und Onkel Henrys verbeulter Strohhut baumelte an einem Rehgeweih, das neben der Garderobe an der Wand hing.

»Das ist das Zimmer, in dem ich immer geschlafen habe, wenn ich hier war«, fuhr Judith fort und öffnete eine der Türen. Der Raum grenzte an eine Veranda mit Glasfenstern, durch die eine Wäscheleine gespannt war. An einer Wand stand ein Bett mit geschnitzten Pfosten, über das eine Tagesdecke gebreitet war. Gegenüber davon gab es einen riesigen Kleiderschrank und eine Waschkommode mit Spiegel, auf der ein altes Waschgeschirr mit aufgemalten Rosen prangte.

»Das war Tante Almas Gästezimmer«, erklärte Judith. »Was meinst du, Anna, willst du hier schlafen?«

»Au ja!«, sagte Anna und strahlte. Sie bemühte sich, die Tagesdecke vom Bett zu ziehen, aber es gelang ihr erst, als ihre Mutter mit anpackte. Dann ließ sie sich längelang auf die Bettdecke fallen und verschränkte die Arme hinter dem Kopf. »Gemütlich!«, rief sie.

»Willst du schon mal deine Sachen holen?«, fragte ihre Mutter. »Die Tasche steht in der Küche. Tanja und ich gehen dann mal weiter.«

»Okay«, sagte Anna. Sie stand auf und hüpfte hinaus.

Das nächste Zimmer war die *gute Stube*, wie Judith sie nannte. Der große Raum wirkte freundlich und war lichtdurchflutet. Die Abendsonne fiel durch vier hohe Fenster, die nach Westen in den Obstgarten zeigten. Ein wildes Sammelsurium an Möbeln stand hier: zwei samtbezogene Sofas aus der Gründerzeit, dazu mehrere Großvatersessel, zwei Tische und eine Blumenbank, auf der ein Gummibaum seinem Tod entgegentrocknete.

»Das ist ja der reinste Ballsaal!«, rief Tanja und sah sich staunend in dem gut vierzig Quadratmeter messenden Raum um.

»Du wirst lachen! Hier haben Onkel Henry und Tante Alma tatsächlich ihre Hochzeitsfeier gehalten. Die gesamte Verwandtschaft passte hinein.« Sie ging zur hinteren Ecke der Stube und öffnete eine weitere Tür. »Dahinter ist Tante Almas Nähzimmer.«

Der Raum war kleiner, aber ebenso mit alten Möbeln vollgestopft wie die vorigen. An der Wand stand ein Bett mit einer Tagesdecke darüber. Das Einzige, was neuer zu sein schien, war ein großer Schreibtisch, auf dem eine elektrische Nähmaschine stand, die von einer dünnen Staubschicht bedeckt war. »Ich glaube nicht, dass Onkel Henry den Raum nach ihrem Tod oft betreten hat«, sagte Judith traurig. »Nähen war Tante Almas große Leidenschaft. Sie hat Quilts gemacht, die sie vor Weihnachten auf dem Kirchenbazar in Langwarden verkauft hat. Hier drin müssten noch ihre Stoffe sein.« Sie öffnete einen alten Wäscheschrank, der bis in den letzten Winkel mit bunten Stoffballen gefüllt war. Mit der Hand strich sie über die Stoffe, ehe sie die Schranktüren wieder verschloss. »Sie wollte mir immer zeigen, wie das geht, aber dazu ist es nicht mehr gekommen.«

»Du musst sie sehr gern gehabt haben«, sagte Tanja leise.

»Ja.« Judith lächelte wehmütig. »Tante Alma war eine Seele von Mensch.«

Beide schwiegen einen Moment, ehe Tanja sich leicht verlegen räusperte. »Das ist ein ziemlich großes Haus«, sagte sie. »Eigentlich zu groß für zwei Personen. Die beiden hatten keine Kinder, oder?«

»Nein, hatten sie nicht. Darum haben sie mich auch immer bis zum Abwinken verwöhnt, wenn ich zu Besuch kam. Jeden Tag durfte ich mir aussuchen, was es zu essen gab, Tante Alma hat Kuchen gebacken, und ich durfte abends so lange aufbleiben, wie ich wollte. Heute denke ich, die beiden haben das hauptsächlich gemacht, um meinen Eltern eins auszuwischen. Onkel Henry und mein Vater kamen nicht besonders gut miteinander aus, um es mal nett auszudrücken. Mir war das egal, ich fand es toll, hier zu sein.« Judith lächelte breit. »Na, komm, lass uns die anderen Zimmer ansehen.«

Auf der anderen Seite des guten Flurs befand sich die sogenannte *kleine Stube*, die aber immer noch riesig war. Hier und in der Küche hatte sich das Leben von Onkel Henry und Tante Alma abgespielt, erzählte Judith. Die gute Stube benutzten sie nur zu Weihnachten oder wenn alle Nachbarn zu Besuch kamen.

Die kleine Stube war mit den gleichen dunklen Holzpaneelen verkleidet wie der Flur. Auch hier gab es die allgegenwärtigen dunklen alten Möbel: einen Vitrinenschrank voller Nippes und Pokale, ein Vertiko, einen Schreibtisch, ein Großvatersofa hinter einem ovalen Holztisch mit gebogenen Beinen, zwei dazu passende Sessel. Im Gegensatz zu den Räumen davor gab es hier aber Zeichen, dass das Zimmer bewohnt worden war. Auf dem Schreibtisch stand ein relativ neuer Computer mit Flachbildschirm, neben der Tastatur lagen Schreibblock und Kuli. Auf dem Tisch stapelten sich einige Zeitschriften, und die Wolldecke auf dem Sofa sah aus, als habe jemand dort ein Nickerchen gemacht. Durch die beiden hohen Sprossenfenster konnte man auf einen Ziergarten sehen, in dem das Gras beinahe hüfthoch stand.

»Ein Fernseher!«, rief eine helle Stimme von der Tür hinter den beiden Frauen. »Und du hast gesagt, du weißt nicht, ob Onkel Henry einen hat, Mama.« Anna griff nach der Fernbedienung auf dem Tisch und schaltete das Gerät an. Sie drückte auf den Programmschalter und zappte ein paarmal. »Sogar Disney! Klasse!« Das Mädchen warf seiner Mutter einen flehenden Blick zu. »Kann ich bitte *Clone Wars* gucken? Das kommt gleich! Bitte!«

Tanja entging nicht, wie Judith die Augen verdrehte und ihr einen verstohlenen Blick zuwarf. »Ich glaube nicht, dass …«

»Ach, Mama, biiiiittte!«

Judith seufzte. »Anna guckt eigentlich gar nicht so viel Fernsehen, aber an *Star Wars: The Clone Wars* hat sie einen richtigen Narren gefressen«, sagte sie mit gedämpfter Stimme zu Tanja. »Außerdem ist die Serie gerade angesagt, und wer sie in ihrer Klasse nicht guckt, ist unten durch. Dabei ist das so ein computeranimierter Sch…« Den Rest des Wortes formte sie lediglich mit den Lippen.

»Lass sie doch gucken.« Tanja schmunzelte. »Sie hat doch

auch Urlaub bei Onkel Henry, und da darf man mehr als zu Hause. Hast du selbst gesagt. Wir können ja schon mal weitergehen.« Sie zeigte auf die zweite Tür in der Stube. »Wohin führt die?«

»Dahinter ist das Schlafzimmer von Onkel Henry und Tante Alma.«

Tanja wollte abwinken, aber Judith hatte die Tür schon geöffnet, und so blieb Tanja nichts weiter übrig, als ihr zu folgen, auch wenn es ihr widerstrebte, das Zimmer zu betreten, in dem Henry vor ein paar Wochen gestorben war. Aber nein, das war ja nicht hier gewesen, er war ja noch ins Krankenhaus gekommen, korrigierte sie sich.

Wegen der heruntergezogenen Rollos vor den Fenstern war das Schlafzimmer in gelbliches Licht gehüllt. Die Möbel waren neuer – aus den Siebzigern, schätzte Tanja. Vielleicht hatten sich Henry und Alma das Schlafzimmer zur Hochzeit neu gekauft, dachte sie. Die Betten waren frisch bezogen und gemacht. Nur auf einem der Stühle neben der Frisierkommode lagen ein paar Arbeitshosen und ein Hemd.

»Ich glaube, ich werde wohl hier schlafen«, sagte Judith nachdenklich und strich mit den Fingern über die glatte Oberfläche des Bettrands. »Willst du nicht doch über Nacht hierbleiben? Du siehst ja, es gibt reichlich Platz. Du musst wirklich nicht ins Hotel gehen.«

Tanja schüttelte den Kopf. »Nee, lass mal! Ich mach mich gleich auf den Weg nach Nordenham. Dort nehme ich mir für die Nacht ein Zimmer und fahre morgen in aller Frühe weiter nach Sylt. Ich würde euch nur am Ausschlafen hindern.«

»Ausschlafen? Pustekuchen! In den Ferien ist Anna immer schon mit den Hühnern wach.« Judith verdrehte die Augen. »Aber wenn Schule ist, ist sie nur unter Androhung körperlicher Gewalt aus den Federn zu kriegen.«

Tanja grinste. »Ging's uns etwa anders, als wir in dem Alter waren?«

»Vermutlich nicht, aber das dürfte ich Anna gegenüber nie im Leben zugeben.« Judith lachte glucksend und zwinkerte Tanja zu.

Tanja musste sich eingestehen, dass ihr die junge Frau immer sympathischer wurde. Für einen Moment war sie versucht, das Angebot anzunehmen und in diesem innenarchitektonischen Albtraum zu übernachten, statt in ein unpersönliches Hotel zu gehen. Bestimmt wäre es nett, am Abend mit Judith zusammen auf dem Großvatersofa in der Stube vor dem Fernseher zu lümmeln und die Flasche Merlot zu köpfen, die sie als Seelentröster für den moralischen Notfall ganz unten in ihre kleine Reisetasche gepackt hatte. Vielleicht würde Judith davon erzählen, was für ein Mensch ihr Onkel gewesen war, und sie hätte die Gelegenheit, ihren leiblichen Vater ein bisschen besser kennenzulernen.

Das Gefühl von Wehmut, das sie bei dem Gedanken an einen Mädelsabend voller Erinnerungen empfand, brachte sie schnell wieder zur Vernunft. Keine Sentimentalitäten, immer den professionellen Blick wahren. Das war schon seit Jahren ihr Motto, sonst hätte sie sich nie in der Männerwelt, in der sie arbeitete, behaupten können. Das alles hier hatte nichts mit ihrem tatsächlichen Leben zu tun, und es war besser, sich gar nicht erst darauf einzulassen.

Morgen, wenn sie wieder auf Sylt war, würde sie sich endlich aufraffen und ihre Kontaktliste abtelefonieren, um sich einen neuen Job zu besorgen. Einen noch viel besseren als den letzten! Genug damit, sich in Selbstmitleid zu suhlen. Das wäre doch gelacht.

Und höchste Zeit ist es auch, dachte sie. Seit sie ihr Konto geplündert hatte, um ihrem Bruder Thomas das Startkapital für seinen Traum vom eigenen Restaurant zu leihen, herrschte bedrohliche Ebbe auf ihrem Konto. Und ihn zu bitten, ihr das Geld vorzeitig zurückzugeben, war mit ihrem Stolz nicht zu vereinbaren. Für ein paar Wochen reichte das Geld, das noch da war, zum Glück noch, und bis dahin würde sich schon ein anderer, tollerer Job finden. Sie würde es allen zeigen, vor allem Olaf! Sie würde den Blinker setzen und an ihm vorbeiziehen, und das mit erhobenem Mittelfinger. Und wenn er wieder bei ihr angekrochen käme, würde sie ihn am ausgestreckten Arm verhungern lassen. Der sollte sich noch vor Wut in den Allerwertesten beißen, sie so behandelt zu haben.

Wie immer, wenn Tanja wütend war, fühlte sie einen ungeheuren Tatendrang und war ungeduldig, endlich durchstarten zu können. Sie drückte das Kreuz durch und hob das Kinn, während sie ihr bestes freundlich-geschäftsmäßiges Lächeln aufsetzte.

»Gibt's noch mehr zu sehen?«, fragte sie. »Weißt du, ich möchte nicht unhöflich sein, aber ich würde mich jetzt doch gern auf den Weg machen. Der Tag heute war anstrengender, als ich gedacht habe.«

»Da sind jetzt nur noch zwei Räume, die Tante Alma als Bügelzimmer und als Abstellraum benutzt hat. Und das Bad, natürlich. Aber wenn du es so eilig hast, können wir das auch ein anderes Mal …«

»Nein, das geht schon noch«, beeilte sich Tanja zu sagen. »Bringen wir es lieber hinter uns. Wer weiß, wann ich wieder mal hier bin!«

Judith sah sie einen Augenblick lang so durchdringend und fragend an, dass sie automatisch den Blick senkte. Dann ging Judith ohne eine weitere Bemerkung zur zweiten Tür des Schlafzimmers, die auf den Flur mit den Steinplatten führte, und öffnete die Zimmer neben der Küche. Beide waren verglichen mit den anderen Räumen nur schmale Schläuche. Im Bügelzimmer standen zwei einfache Kleiderschränke und ein großer Tisch, auf dem ein Stapel Handtücher lag. An den Wänden des Abstellraums reihten sich ein paar schlichte Holzregale mit leeren Einweckgläsern, daneben stand eine große Gefriertruhe, die in regelmäßigen Abständen leise gluckste.

»Und das Bad?«, fragte Tanja. »Ehe ich mich auf den Weg mache, wäre es wohl eine gute Idee, wenn …«

Judith drehte sich wortlos um und führte sie in die Küche. Sie deutete auf eine Tür neben der Spüle. »Das war früher mal die Waschküche. Ist natürlich ein bisschen blöd, dass man immer durch die Küche muss, wenn man ins Bad will, aber man gewöhnt sich schnell daran.«

Tanja nickte ihr lächelnd zu, ging ins Badezimmer und verschloss die Tür hinter sich. Sie stieß ein halblautes »Puh!« aus, während sie sich umsah. Der Farbgebung nach war hier zuletzt in den Sechzigern renoviert worden. An den Wänden klebten bis zur Augenhöhe hellblaue quadratische Fliesen, den Boden bedeckte grau gemustertes Mosaik, Waschbecken und Toilette hatten die damals übliche geschwungene Form. Nur die Dusche in der Ecke neben dem Fenster hatte offenbar vor ein paar Jahren eine neue Kabine bekommen. An der Wand gegenüber standen Waschmaschine und Trockner der vorvorigen Generation neben einem altertümlichen Badeofen.

Als sie wieder in die Küche kam, sah sie, dass Judith inzwischen den Kessel aufgesetzt hatte.

»Möchtest du vielleicht noch einen Tee, ehe du losfährst? Ich wollte gerade welchen aufbrühen.«

Tanja schüttelte den Kopf. »Nein, nur keine Umstände meinetwegen. Ich mach mich jetzt einfach auf den Weg. Grüß Anna schön von mir.«

Sie streckte ihrer Cousine die Hand entgegen, um sich zu verabschieden.

Judith lächelte dünn. »Ich komm noch mit raus«, sagte sie.

Schweigend gingen die beiden nebeneinanderher, bis sie durch das Dielentor ins Freie traten.

»Tja, das wär's dann wohl«, sagte Tanja, als sie neben ihrem Cabrio standen. »Ich wünsch dir einen schönen Urlaub auf dem Bauernhof.«

»Danke«, erwiderte Judith. »Wir sehen uns sicher noch. Ich meine, es gibt doch bestimmt eine Menge zu besprechen, wenn wir entscheiden, was wir mit dem Hof machen wollen. Und dann musst du ja auch noch deine vier Wochen hier verbringen.«

»Ich denke nicht, dass ich dafür die Zeit haben werde«, sagte Tanja. Und vor allem habe ich keine Lust dazu, fügte sie in Gedanken hinzu. »Im Moment weiß ich ja nicht mal, wohin es mich zukünftig verschlagen wird. Könnte durchaus sein, dass ich wieder in der Weltgeschichte herumgondeln muss. Damit habe ich früher schon mal mein Geld verdient. Aber wir sehen uns sicher irgendwann beim Notar wieder, wenn der Hof verkauft wird. Bis dann!«

Sie stieg ins Auto, steckte den Schlüssel in das Zündschloss und drehte ihn herum. Der Motor startete mit einem sehr hässlichen, knirschenden Geräusch und ging dann aus. Dafür gab es einen die Ohren beleidigenden, schrillen Warnton, während das Armaturenbrett leuchtete wie ein Weihnachtsbaum.

»Was zur …«, keuchte Tanja und drehte den Schlüssel eilig wieder zurück.

»Oh, oh«, sagte Judith. »Das klingt aber gar nicht gut.«

»Das kann doch nicht wahr sein! Der Wagen war vor gerade mal drei Wochen in der Inspektion!« Tanja sprang aus dem Auto. Obwohl sie wusste, dass es sie keinen Deut weiterbringen würde, beugte sie sich dann doch noch einmal ins Wageninnere und tastete nach dem Griff für die Motorhaube.

Nachdem sie diese geöffnet und arretiert hatte, starrte sie für einen Augenblick auf den Motorblock, aber alles schien wie immer.

Judith war neben sie getreten. »Kennst du dich damit aus?«, fragte sie.

»Nein, gar nicht. Du vielleicht?«, fügte Tanja hoffnungsvoll hinzu.

Judith schüttelte den Kopf. »Ich finde ja nicht mal den Tank, wo man das Wischwasser nachfüllt. Leider!«

Tanja schnaubte. »Na prima! Das kann alles Mögliche sein. Der Anlasser vielleicht, oder die Zündkerzen. Möglicherweise ist es ja auch …«

Judith deutete mit ausgestrecktem Arm in die Tiefen des Motorraums hinein. »Sag mal, was ist denn das für ein dunkles Zeug, das da auf den Boden tropft? Da steht schon eine Riesenpfütze unter dem Auto.«

»Was?« Ohne auf ihren guten Anzug Rücksicht zu nehmen, ging Tanja auf die Knie und spähte in das Halbdunkel unter dem Fahrzeug. Judith hatte recht: Unter dem Auto befand sich eine große Öllache, in die mit einem leisen *Plitsch-Plitsch* weitere Öltropfen fielen. »So ein gottverdammter Mist! Ich muss mir vorhin in der Auffahrt die Ölleitung abgerissen haben.«

»Und was bedeutet das?«, fragte Judith unschuldig.

»Dass mein Auto im Eimer ist. Das bedeutet es!«, rief Tanja aufgebracht. »Damit komme ich keinen Meter mehr weiter. Wo kriege ich denn jetzt in dieser gottverlassenen Gegend einen Abschleppdienst her?«

»Vielleicht können wir morgen früh einen der Nachbarn fragen, ob er vielleicht mit dem Trecker …«

»Mit dem Trecker?« Tanjas Stimme überschlug sich fast. »Das ist ein Cabrio, kein Ackerwagen!«

»Ich meinte ja nur.«

»Ja, herzlichen Dank auch!«

Judith sah Tanja eine Weile fragend an und begann schließlich zu grinsen.

»Was?!«, schnappte Tanja.

»Ich musste gerade an Onkel Henry denken. Dem lag doch so viel daran, dass wir uns den Hof eine Weile lang ansehen. Er hatte immer so einen Lieblingsspruch: Alles, was passieren soll, passiert auch. Wenn der von da oben mal nicht seine Finger im Spiel hat, dass du doch noch hier übernachten musst.«

Sechs

Als Judith erwachte, dauerte es einen Moment, bis sie wieder wusste, wo sie war. Sie drehte sich auf den Rücken und starrte nach oben. An der hohen Zimmerdecke hing eine Schlafzimmerleuchte in Schalenform, in der eine beachtliche Zahl toter Fliegen zu liegen schien. Sie beschloss, nach dem Frühstück mit dem Großreinemachen anzufangen. Oder doch besser am Nachmittag? Erst mal musste der Brummschädel wieder verschwunden sein.

Was trinkst du auch Rotwein?, fragte ihr schlechtes Gewissen mit der Stimme ihrer Mutter. Du weißt doch ganz genau, dass du von dem Zeug jedes Mal Kopfschmerzen bekommst.

Stimmt schon, dachte Judith. Aber der Wein, den Tanja auf den Tisch gestellt hat, war dermaßen lecker, dass ich das billigend in Kauf genommen habe.

Als feststand, dass ihr Auto keinen Meter mehr fahren würde, hatte Tanja ihren kleinen Koffer aus dem Auto geholt und war schlecht gelaunt wieder mit ins Haus gekommen. Judith hatte ihr das Bett im Nähzimmer frisch bezogen und sie allein gelassen. Zusammen mit Anna hatte sie eine Packung Spaghetti mit Tomatensauce gemacht, die sie zur Feier des Tages vor dem Fernseher verdrückt hatten. Zu ihrer Verblüffung war Tanja, bekleidet mit einem Designer-Jogginganzug, zwei Stunden später mit einer Weinflasche in der Hand in der kleinen Stube aufgetaucht. Nachdem Anna zweimal gegähnt und sich über das stinklangweilige Fernsehprogramm beklagt hatte, hatte Judith sie ins Bett gebracht. Als sie in die Stube zurückkam, hatte Tanja die Flasche bereits geöffnet und ihnen beiden eingeschenkt. Sie schien sich inzwischen damit abgefunden zu haben, über Nacht auf dem Hof bleiben zu müssen, und so wurde es noch ein sehr lustiger Abend.

Ja doch. Tanja war eine wirklich Nette, auch wenn Judith das nach dem ersten Eindruck nie für möglich gehalten hätte.

Sie drehte den Kopf, kniff die Augen ein wenig zusammen und plierte unter dem Rand des Rollos zum Fenster hinaus. Ein leichter Wind bewegte die Blätter der Zierkirsche vor dem Schlafzimmer, zwischen deren Ästen ein kleines Stück blauer Himmel zu sehen war. Es schien ein schöner Tag werden zu wollen.

Wie auch schon früher, wenn sie zu Besuch bei Onkel Henry und Tante Alma gewesen war, wunderte sie sich darüber, wie still es hier war. Keine Motoren, keine Flugzeuge, nichts. Höchstens mal, dass ein paar Kühe muhten oder die Schafe blökten. Judith kuschelte sich wieder unter die dicke Daunendecke und stieß einen wohligen Seufzer aus.

Ohne den Brummschädel wäre wirklich alles perfekt gewesen. Aber da würde vielleicht ein starker Kaffee helfen. Langsam setzte sie sich auf und ließ die Füße aus dem Bett baumeln.

Ihr Blick fiel auf den Umschlag, der auf dem Nachttisch neben ihrem Bett lag. Es war der Brief, den Onkel Henry für sie beim Notar hinterlegt hatte. Eigentlich hatte sie ihn gestern noch lesen wollen, aber dann war sie einfach nur noch stumpf in ihr Bett gefallen.

Zögernd griff sie nach dem Umschlag, auf dem in Onkel Henrys schwungvoller Handschrift ihr Vorname stand, und öffnete ihn.

Liebe Judith,

sicher wunderst Du Dich, dass Du nicht allein bei der Testamentseröffnung bist. Ich hatte Dir ja immer gesagt, dass Du den Hof eines Tages erben wirst, und nun ist da jemand, mit dem Du ihn teilen musst.

Ich habe lange darüber nachgedacht, wie ich Dir die Tatsache beibringen soll, dass ich eine Tochter habe, von der Du ebenso wenig wusstest wie sie von Dir. Glaub mir, ich habe hundert Anläufe gemacht, aber es ist mir einfach kein Weg eingefallen. Vielleicht war ich auch einfach zu feige. Ich wollte mir keine Vorwürfe anhören, weder von Tanja noch von Dir.

Die Einzige, die von Tanjas Existenz wusste, war Deine Tante, und für sie war es sicher nicht leicht, damit zurechtzukommen. Wir hätten gern eigene Kinder gehabt, aber dazu ist es ja leider nicht gekommen. Umso glücklicher waren wir beide, in Dir, meine Judith, so etwas wie eine Ersatztochter zu haben – und sei es nur in den Ferien. Ich habe es sehr bedauert, dass der Kontakt zwischen uns in den letzten Jahren ein bisschen eingeschlafen ist, aber das ist nun mal der Lauf der Dinge. Du bist erwachsen geworden und hast jetzt Dein eigenes Leben. Es gibt Wichtigeres, um das Du Dich kümmern musst, als Deinen alten Onkel. Da ist zuerst mal Deine kleine Anna, und dann musst Du endlich einen Beruf finden, der für Dich Berufung ist.

Solltest Du Letzteres noch nicht geschafft haben, wenn Du diesen Brief in Händen hältst, dann überleg doch mal, ob es nicht vielleicht eine Möglichkeit wäre, diesen Hof in irgendeiner Form weiterzuführen. Ich weiß, wie sehr Du das Leben hier geliebt hast, wie sehr Dir meine Tiere am Herzen gelegen haben und wie glücklich Du hier warst. Du könntest keinen besseren Platz finden, um Deine Tochter aufzuziehen, als dieses ruhige kleine Dorf mit seinen manchmal schrulligen, aber alles in allem liebenswerten Bewoh-

nern. Dieses Leben in der Großstadt, wie Du es jetzt führst, ist doch nichts für Dich und schon gar nichts für die kleine Anna.

Lass es Dir einfach durch den Kopf gehen, probiere es aus, und entscheide dann ganz in Ruhe. Der Hof ist schuldenfrei. Im Moment ist das Land zwar verpachtet, aber Jürgen Peters – Du wirst dich sicher an ihn erinnern – lässt bestimmt mit sich reden.

Außerdem habe ich eine große Bitte an Dich, meine Kleine: Kümmere Dich ein bisschen um Tanja. Sei ihr eine Freundin. Vielleicht sollte ich eher sagen, nimm sie ein bisschen unter Deine Fittiche.

Ich weiß, sie hat es nicht immer leicht gehabt. Sie ist, wie soll ich es ausdrücken, ein unruhiger Geist, jemand, der nirgendwo wirklich zu Hause ist. Eine Getriebene. Dabei ist ihr grenzenloser Ehrgeiz nur eine Äußerlichkeit, denn tief in ihrem Inneren ist sie unsicher und immer auf der Suche nach Bestätigung.

Du wirst sicher fragen, woher ich das weiß. Nun, ich habe den Kontakt zu ihrer Mutter gehalten, solange sie lebte. Auch wenn wir später beide andere Partner hatten, waren wir einmal sehr gute Freunde und dann auch ein Liebespaar, wenn auch nicht für lange. Und wir hatten ein Kind miteinander. Das schweißt einen zusammen. Wir haben von Zeit zu Zeit telefoniert, und sie hat mir viel von unserer Tochter erzählt – was sie für ein Mensch ist, was sie macht, ob sie glücklich ist. Alles in allem bekam ich so ein ziemlich klares Bild von Tanja. Ihre Mutter war der Meinung, dass es für Tanjas Seelenfrieden besser ist, wenn sie nichts von mir weiß, bevor sie nicht erwachsen ist. Ich habe das akzeptiert, auch wenn es mir schwergefallen ist. Tanja hat von mir erst erfahren, als sie achtzehn wurde, und ich hatte die Hoffnung, sie würde sich bei mir melden, damit ich ihr meine Sicht der Dinge schildern kann. Aber das hat sie nicht getan. Leider.

Ich hoffe, dass Tanja ein wenig zur Ruhe kommt und zu sich selbst finden kann, wenn sie eine Weile auf dem Hof ist. So war es jedenfalls bei mir, als ich damals vor bald vierzig Jahren herkam. Ich war damals genau wie sie und brauchte Zeit, um Luft zu holen und nach innen zu blicken. Zu sehen, was man wirklich für ein Mensch ist, und zu entdecken, was man tief in seinem Herzen will. Das wird für Tanja bestimmt nicht leicht sein, denn sie scheint immer vor sich davongelaufen zu sein und hat doch immer gedacht, sie jagt ihrem Glück hinterher. Ich kenne das Gefühl nur zu gut.

Dann braucht man nichts dringender als einen guten Freund an seiner Seite, einen mit Geduld und Herz, und es gibt niemanden, der dafür geeigneter ist als Du, Judith. Du bist eine Seele von Mensch, das warst Du schon als ganz kleines Mädchen.

Ich lege Dir ans Herz, was mir außer Dir am wichtigsten ist: meinen Hof und meine Tanja, und ich weiß, dass beides bei Dir in guten Händen ist.

Ich umarme Dich in Liebe
Dein Onkel Henry

Judith kramte mit blinden Augen auf dem Nachttisch herum. Wenn man schon mal Taschentücher brauchte, waren keine da. Typisch.

Sie wischte sich mit den Fingern die Tränen aus den Augen und zog die Nase hoch. Noch einmal überflog sie die letzten Sätze des Briefes und nickte dann.

»Ich werde dich nicht enttäuschen, Onkel Henry. Ich verspreche dir, ich werde mir alle Mühe geben«, sagte sie halblaut. Sie faltete den Brief zusammen, steckte ihn in den Umschlag zurück und verstaute ihn in der obersten Schublade des Nachttisches, wo auf unzähligen Tablettenstreifen ein Päckchen Papiertaschentücher lag. Als sie es sah, lachte sie unter Tränen. »Danke, Onkel Henry!«

Zehn Minuten später stand sie bekleidet mit ihrer ausgebeulten Jogginghose, dem verwaschenen Micky-Maus-Sweater und selbstgestrickten Socken in Gesundheitslatschen in der Küche und kämpfte mit den Tücken der altertümlichen Kaffeemaschine, deren Kanne nicht unter den Filter zu passen schien. Gerade als sie es aufgeben wollte und überlegte, ob sie das Kaffeepulver vielleicht einfach so in die Kanne kippen und mit kochendem Wasser übergießen sollte, hörte sie im großen Flur eine Tür klappen. Eine tiefe Männerstimme rief ein lautes »Moin!«, dem augenblicklich wildes Hundegebell folgte.

Judith schrak so sehr zusammen, dass ihr fast das Paket mit dem Kaffee aus der Hand gefallen wäre.

»Gustav! Hermann! Haltet die Klappe!«, rief die Männerstimme aufgebracht. »Das ist ja nicht zum Aushalten mit euch beiden.«

Gustav und Hermann schienen nicht sehr beeindruckt. Während ein Hund in den höchsten Tönen jiffelte, steuerte der andere gelegentlich ein sonores »Wuff!« bei.

»Herrgott noch mal! Aus, sag ich! Sitz! Aber alle beide«, befahl die Stimme. Als das Gebell etwas leiser wurde, rief der Mann erneut: »Moin!«, worauf das Kläffen sofort wieder von vorn begann.

Judith stellte Kanne und Kaffeepaket auf den Tisch, lief zur Küchentür und öffnete sie.

Im großen Flur stand ein Mann um die fünfzig, bekleidet mit Arbeitshose und -jacke. Er trug eine Schirmmütze und hatte einen wilden Zauselbart im zornesroten Gesicht. In der Hand hielt er die Leinen von zwei Hunden, die sich so miteinander verheddert hatten, dass der kleinere Vierbeiner kaum noch Luft bekam und bei jedem Atemzug röchelte, als habe sein letztes Stündlein geschlagen.

Der Mann war so damit beschäftigt, die Leinen zu entwirren, dass er Judith gar nicht bemerkte. »Nun halt doch mal eine Sekunde still, du Döskopp!«, sagte er zu dem kleineren Hund. »Wenn du Hermann dauernd um die Beine rennst, ist es kein Wunder, wenn sich alles vertakelt!« Der Hund warf ihm einen Blick zu, der übersetzt hieß: Ich liege hier im Sterben, und du schimpfst auch noch mit mir!

Der andere Hund, Hermann, war ein riesiges Ungetüm mit grauem, zotteligem Fell. Er schaute dümmlich in die Gegend und sabberte beim Hecheln auf die Fliesen. Als er Judith erspähte, lief er auf sie zu und zog dabei mit einem solchen Ruck an der Leine, dass er beinahe den unbekannten Besucher und den etwa mopsgroßen Gustav umgerissen hätte.

Mit einem Satz war Hermann bei Judith, richtete sich zur vollen Größe auf die Hinterbeine auf, um sie mit einem Küsschen zu begrüßen. Um ein Haar wäre sie nach hinten in die Küche gekippt.

»Hermann, runter!«, donnerte der Fremde, griff nach dem Halsband des riesigen Hundes und zerrte ihn daran zurück. Hermann fiel auf alle viere und setzte sich dann, während Gustav die Gelegenheit nutzte, wie ein braun gescheckter Gummiball um den Mann und Hermann herumzuhüpfen. Erst als der Fremde an seiner Leine riss und ihn mit einem strengen »Aus, Gustav! Nun hör doch mal auf!« von Hermann entfernt hatte, kehrte ein wenig Ruhe ein.

Der Mann drehte sich zu Judith um und lächelte verlegen.

»Eigentlich sind sie jeder für sich ganz harmlos, aber zusammen sind die beiden eine Zumutung!«

Judith, die sich immer noch schwer atmend die Hand auf die Brust hielt, konnte nur ein heiseres Krächzen von sich geben.

»Hermann würde keiner Fliege was zuleide tun, aber das hier ist nun mal sein Zuhause, und er freut sich über jeden, den er hier sieht, und möchte Küsschen geben. Tut mir leid, wenn wir Sie erschreckt …« Er hielt kurz inne und zog die Augenbrauen zusammen. »Judith? Judith Reimann?«, fragte er.

Judith nickte.

Ein breites Lächeln erschien auf dem braun gebrannten Gesicht des Mannes und brachte seine blauen Augen zum Strahlen. Sein Zottelbart sträubte sich wie eine grau melierte Drahtbürste. »Erkennst du mich nicht? Ich bin's, Jürgen Peters! Ich hab den Hof …«

»… ein Stück weiter den Weg entlang und dann rechts!«, ergänzte Judith mit einem Nicken. »Als Kind war ich manchmal bei euch und hab mit deiner kleinen Schwester gespielt.«

Jürgen lachte. »Die hat eher auf dich aufgepasst und dich rumkommandiert, wie ich sie kenne.«

»Könnte man auch so ausdrücken, ja!« Judith grinste. »Vergeben und vergessen. Ist lange her.«

Jürgen Peters kam auf sie zu und gab ihr die Hand. »Schön, dich wiederzusehen, Judith«, sagte er herzlich. »Tut mir leid, wenn wir dich erschreckt haben. Aber heute in aller Herrgottsfrühe war Annegret Oltmanns bei mir. Sie tauchte im Stall auf, als ich gerade mitten beim Melken war, und erzählte völlig aufgelöst von einem fremden Auto auf Henrys Hof. Du erinnerst dich sicher an sie. Groß, dünn, inzwischen um die fünfzig, war mit dem alten Oltmanns verheiratet, der in Burhave den Elektroladen hatte? Sie wohnt im Köterhaus am Ortsrand und kann von ihrem Wohnzimmerfenster aus direkt auf euren Hof gucken. Jedenfalls, wenn sie ein Fernglas benutzt.« Er grinste über seinen eigenen Witz. »Annegret wollte schon die Polizei rufen, weil sie Angst hatte, jemand könnte auf Henrys Hof eingebrochen sein. Oder dass Spekulanten aus der Stadt auf der Suche nach Ferienhäusern hier wären. Sie hat erst Ruhe gegeben, als ich ihr versprochen habe, mal nach dem Rechten zu sehen und die Hunde mitzunehmen. Als ob die beiden Knalltüten mich vor irgendwas beschützen könnten.« Er sah über die Schulter zurück auf die beiden Hunde, die ein Stück voneinander entfernt auf den Fliesen saßen. Hermann legte den Kopf schief und winselte leise. »Die würden mit dem Einbrecher eher Freundschaft schließen. Besonders, wenn der ein Stück Fleischwurst dabeihat.«

Beim Wort »Fleischwurst« spitzten beide Hunde die Ohren. Gustav bellte, und Jürgen rollte kopfschüttelnd die Augen, ehe er sich wieder Judith zuwandte. »Ich komme sowieso jeden Tag her, um Henrys Tiere zu füttern.«

»Tiere?«, fragte Judith verständnislos.

»Ja, er konnte die Landwirtschaft nicht wirklich aufgeben, als Alma gestorben war, und hat drei alte Kühe aus seiner Herde behalten. Von den anderen Bauern der Nachbarschaft hat er dann auch noch welche aufgenommen. Das hier wurde so was wie ein Gnadenhof, und wir waren eigentlich alle ganz froh darüber. An manchen Viechern hängt einfach dein Herz, davon kann sich kein Bauer ganz freimachen. Die kannst du nicht zum Schlachter bringen, weil sie keine Milch mehr geben. Eine meiner alten Kühe ist auch hier in Rente. Im Laufe der Zeit kamen zu den Kühen noch ein paar Schafe, Kaninchen, einige Hühner und jede Menge halbwilde Katzen dazu, die das Tierheim in Nordenham nicht vermitteln konnte.« Jürgen deutete auf den grauen Riesenhund. »Und vor einem Jahr kam Hermann zu Henry. Sein Herrchen war gestorben, und keines der Kinder wollte ihn, da hat Henry ihn aufgenommen.« Er tätschelte dem grauen Hund den Kopf. »Und jetzt ist er bei mir gelandet. Armer Hermann!«

Judith wusste nichts zu erwidern. »Ich wollte mir gerade Kaffee machen«, sagte sie dann in die entstandene Stille hinein. »Magst du auch einen?«

Jürgen grinste breit. »Da sag ich nicht Nein!«

Nachdem er die beiden Hunde in entgegengesetzten Ecken des Raumes angeleint hatte, um weiteren Streit zu vermeiden, setzte er sich auf einen der Küchenstühle und sah stirnrunzelnd dabei zu, wie Judith mit der Kaffeemaschine kämpfte. Schließlich erhob er sich und half ihr, die Kanne unter den Filter zu schieben. »Wir haben früher auch mal so eine zu Hause gehabt«, erklärte er, aber Judith wurde das Gefühl nicht los, dass er das nur sagte, damit sie sich nicht so dumm vorkam.

Als die Kaffeemaschine röchelnd ihren Dienst getan hatte, füllte sie zwei große Becher und stellte einen vor Jürgen auf den Tisch. »Leider hab ich keine Kekse dazu«, sagte sie entschuldigend.

Jürgen winkte ab. »Die sollte ich sowieso nicht essen. Kekse setzen bei mir sofort an.« Dabei klopfte er sich mit der Hand auf den kleinen Bauchansatz, der sich unter seiner Arbeitsjacke abzeichnete. Dann nahm er einen Schluck aus seinem Kaffeebecher, über dessen Rand hinweg er Judith einen interessierten Blick zuwarf. »Und du? Was machst du jetzt so?«, fragte er. »Immer noch in Hannover?«

»Woher …«, begann Judith mit gerunzelter Stirn.

»Henry hat oft von dir gesprochen«, unterbrach er sie. »Und was ich nicht von ihm weiß, hat mir Annegret erzählt. Der Bundesnachrichtendienst ist ein Haufen Amateure gegen sie. Ich bin gut im Bilde. Du wohnst in Hannover, hast eine Tochter im Grundschulalter und arbeitest neben dem Studium in einem Biomarkt.«

»Im Prinzip richtig, aber der BND ist nicht ganz auf dem neuesten Stand«, sagte Judith. »Richtig ist jedenfalls, dass ich in Hannover wohne und Anna nach den Ferien in die dritte Klasse kommt«, sagte sie. »Ich wusste gar nicht, dass ich hier Dorfgespräch bin.«

Jürgens Lächeln wurde breiter. »Hier passiert nicht viel, da wird sich auf jede Neuigkeit gestürzt, nicht erst bei Mord und Totschlag.« Er nahm noch einen Schluck aus seiner Tasse. »Aber so grundsätzlich scheint es dir ja gut zu gehen. Du hast dich mächtig herausgemacht, seit ich dich zuletzt gesehen habe. Wie lange ist das her, acht Jahre?«

»Eher zehn, würde ich meinen«, sagte Judith. »Ich gebe zu, ich hätte dich nicht auf Anhieb wiedererkannt. Damals hattest du noch keinen Bart.«

»Ist bequemer«, gab Jürgen zurück und rieb sich mit der Hand über den grau melierten Vollbart. »Und als Bauer brauchst du keine Eitelkeit.« Er zwinkerte ihr zu. »Aber es ist wahr, du bist in den letzten Jahren eine hübsche junge Frau geworden, und finanziell scheint es dir ja auch ganz gut zu gehen. So ein Auto, wie du fährst, kostet doch bestimmt ein hübsches Sümmchen, auch wenn es nicht mehr neu ist.«

»Das BMW Cabrio? Nein, das gehört nicht mir, sondern meiner Cousine Tanja. Sie hat Anna und mich hergefahren. Wir waren gestern zusammen bei der Testamentseröffnung beim Notar.« Mit kurzen Worten erzählte sie Jürgen von dem Termin und von ihrer Überraschung, dort auf eine Cousine zu treffen, von deren Existenz sie bislang keine Ahnung gehabt hatte.

»Na, so was?«, meinte Jürgen kopfschüttelnd und lachte leise. »Da hatte Henry eine Tochter aus Jugendtagen und hat all die Jahre nichts gesagt. So ein Schlawiner.«

Er griff nach der Kanne auf dem Tisch und schenkte sich noch einmal Kaffee nach. »Und ihr beide habt den Hof geerbt? Gibt es eine Chance, dass ihr den Gnadenhof weiterbetreibt? Das wäre schön.« Er sah Judith fragend an und füllte auf ihr Nicken auch noch einmal ihre Tasse.

Judith blies über die dampfende Oberfläche, um den Kaffee etwas abzukühlen. »Tanja und ich haben bisher noch nicht in Ruhe darüber gesprochen, was mit dem Hof passieren soll. Es wäre natürlich ein Traum, ihn zu behalten, aber ich gehe eher davon aus, dass er verkauft wird. Tanja hat bestimmt nicht viel Interesse an ihm. Sie scheint eher eine Stadtpflanze zu sein. Sie hatte es gestern sehr eilig, gleich wieder von hier wegzukommen, aber dann hatte ihr Auto eine Panne, und sie konnte nicht fahren. Der Wagen verliert Öl.«

Jürgen verzog das Gesicht. »Das klingt nicht gut. Ich könnte den Wagen nachher zu Frerichs nach Langwarden schleppen. Wenn das einer hinbekommt, dann der alte Frerichs. Der hat schon etliche Oldtimer wieder zum Laufen gebracht. Ich ruf ihn nachher mal an.«

Judith strahlte. »Das ist wirklich nett von dir, Jürgen.«

Er winkte ab und warf dann einen Blick auf seine Armbanduhr. »Schon nach acht. Wie die Zeit vergeht, wenn man in netter Gesellschaft ist«, sagte er. »Tut mir leid, aber ich muss los. Gegen neun krieg ich eine Lieferung Kuhfutter, und wenn dann keiner auf dem Hof ist, werden diese Fahrer wirklich ungemütlich.«

Er griff nach der Tweedmütze, die auf dem Stuhl neben ihm lag, und setzte sie wieder auf, ehe er sich erhob. »Freut mich sehr, dass wir uns wiedergesehen haben, Judith«, sagte er herzlich und streckte ihr seine Hand entgegen. »Hoffentlich bleibst du ein paar Tage, damit wir den Klönschnack fortführen können.«

»Wir bleiben drei Wochen hier, Anna und ich«, sagte Judith lächelnd. »Da wird sich bestimmt eine Gelegenheit ergeben. Du musst doch auch noch Anna kennenlernen. Die ist ebenso eine Tiernärrin, wie ich es in dem Alter war. Also wenn wir vielleicht mal bei dir auf dem Hof vorbeikommen könnten?«

»Jederzeit gern! Aber jetzt muss ich mich wirklich beeilen. Kann ich dir vielleicht das Füttern der Hühner und Kaninchen aufs Auge drücken? Und natürlich sind da noch die Katzen auf dem Heuboden. Deren Dosen stehen gleich vorne im Kälberstall. Kannst du gar nicht übersehen! Um die alten Kühe kümmere ich mich.«

»Ja klar, das krieg ich hin.«

Jürgens Augen strahlten, und trotz der Fältchen in seinen Augenwinkeln und der weißen Strähnen, die den zottigen Bart und seine Schläfen durchzogen, sah er wieder aus wie der junge Mann, den Judith von ihrem letzten Besuch in Erinnerung hatte. Er griff nach den beiden Leinen, tippte sich an die Mütze und ging mit den Hunden hinaus.

Judith sah ihm einen Moment lang nach, dann goss sie sich den Rest des Kaffees ein, setzte sich und sah durch das milchige Fenster in Tante Almas verwilderten Küchengarten hinaus.

»Den Hof weiterführen. Was für eine verrückte Idee«, murmelte sie. »Andererseits …«

Sieben

»Bobby? Bobby!«, rief Tanja verzweifelt, doch von dem gescheckten Mischling war nichts zu sehen. Nur ein wütendes Kläffen war in der Ferne zu hören.

Sie hatte einen Sekundenbruchteil nicht aufgepasst, die Leine nicht fest genug in der Hand gehalten, und als Bobby dann den Hund auf der anderen Seite der Wiese gesehen hatte, hatte er sich mit einem Ruck losgerissen. Bei dem Gedanken daran, was alles passieren konnte, wurde ihr ganz flau im Magen. Vor allem fürchtete sie sich davor, was Frau Müller wohl sagen würde, wenn Tanja ohne deren geliebten Bobby vom Spazierengehen zurückkam. Bestimmt durfte sie nie wieder mit dem Hund losziehen, und sie freute sich doch schon immer den ganzen Vormittag in der Schule auf diese eine Stunde mit Bobby. Paps war dagegen gewesen, dass sie mit dem Hund der Nachbarin Gassi ging, aber Mama hatte gesagt: »Lass sie sich doch ein paar Mark zu ihrem Taschengeld dazuverdienen.« Schließlich hatte Paps nachgegeben. Tanja hatte versprochen, immer gut aufzupassen und den Hund nie von der Leine zu lassen.

Bobby war zwar eigentlich furchtbar lieb und lief brav neben ihr her, aber er konnte diesen blöden Rottweiler nun mal nicht leiden. Sobald er ihn sah, war es mit seinen guten Manieren vorbei. Dann kläffte er wie verrückt und zog so sehr an der Leine, dass er würgen musste. Obwohl Bobby nur mittelgroß war, musste sich Tanja dann mit ganzer Kraft gegen die Leine stemmen, damit er sich nicht losriss.

Und jetzt war es passiert: Bobby war abgehauen, wie ein geölter Blitz über die Wiese gestürmt und zusammen mit dem Rottweiler, den sein Herrchen immer frei herumlaufen ließ, in Richtung des Wäldchens weggelaufen, hinter dem die Autobahn entlanglief. Beide Hunde bellten wie verrückt.

»Bobby, komm wieder her!«, wollte Tanja rufen, aber sie bekam keinen Laut heraus. Ihre Stimme wollte ihr einfach nicht gehorchen, und je mehr sie sich abmühte, desto größer wurde der Kloß in ihrem Hals. Dann war sie plötzlich zwischen den Bäumen am Rand des Wäldchens, hörte die Hunde kläffen und das schrille Quietschen von Bremsen, als ein Lastwagen auf sie zukam…

»Nein!«, wollte sie schreien und riss sich die Arme vors Gesicht, als sie mit einem Schlag wach wurde. Schwer atmend saß sie aufrecht im Bett und brauchte einen Moment, um sich zu orientieren.

Sie befand sich im Nähzimmer mit den klobigen Großvatermöbeln in dem heruntergekommenen Bauernhof, den sie zur Hälfte geerbt hatte. Die dicke Daunendecke hatte Judith gestern neu bezogen, und nun saß Tanja zwischen lauter hellrosa Rosenblüten. Der Traum jeden Teenagers!

Allmählich hörte ihr Herz auf zu rasen wie das eines Sprinters nach dem Hundertmeterlauf. Sie holte tief Luft und ließ sie langsam und zitternd wieder aus ihren Lungen entweichen.

Bobby, der Hund von Frau Müller… An den hatte sie seit Jahrzehnten nicht gedacht! Ein paar Wochen lang war sie mehrmals jeden Tag mit dem Hund der alten Dame spazieren gegangen, die nach einer Hüftoperation nicht gut zu Fuß gewesen war. Damals war Tanja neun oder zehn Jahre alt gewesen, und sie hätte ihre Backenzähne dafür gegeben, wenn ihre Eltern ihr einen Hund geschenkt hätten.

Was man doch für einen Quatsch zusammenträumt!, dachte sie nun kopfschüttelnd. So etwas wie einen Unfall auf der Autobahn hatte es nie gegeben. Allerdings hatte sie immer Angst davor gehabt, was wohl passieren würde, wenn sich Bobby wegen dieses blöden Rottweilers mal losriss.

»Verrückt«, murmelte Tanja und schwang die Beine aus dem Bett. Der geblümte Bettvorleger fühlte sich ganz rau unter ihren Zehen an. Wie der Rest des Hauses hatte auch er seine besten Tage hinter sich. Eine Weile lang schaute Tanja zum Fenster hinaus, das zum Küchengarten ging. Vor einer Reihe Kastanien, die den Garten als Windschutz umgaben, sah sie Obstbäume im hohen Gras, das die aufgegebenen Gemüsebeete bedeckte. Noch immer konnte man Wege zwischen den Beeten erkennen. Sie lagen ein bisschen tiefer als die gewölbten Beete und waren mit Steinplatten befestigt, zwischen denen sich das Unkraut einen Weg ans Licht suchte. Zottige Buchsbaumhecken umgaben zwei Blumenbeete, in denen Margeriten, Dahlien und Gladiolen verblühten.

Henry hatte offenbar nur noch ein einziges der Gemüsebeete bepflanzt. Dort kämpften blühende Kartoffeln und einige Reihen Bohnen einen aussichtslosen Kampf gegen blühende Wildkräuter. Tanjas Oma Gertrud hatte einen Schrebergarten gehabt, in dem sie als Kind oft gewesen und beim Jäten und Ernten geholfen hatte. Aber der war nicht einmal ein Viertel so groß wie die Fläche gewesen, die hier verwilderte. Oma Gertrud hätte mit dem Kopf geschüttelt und sich gefragt, wie man so einen schönen Garten nur so verkommen lassen könne. In ihrem Schrebergarten war immer alles *picobello* gewesen, wie sie es ausgedrückt hatte, und sie hatte mit abschätzigem Blick die Laubennachbarn betrachtet, bei denen sich ein einsames Gänseblümchen zwischen den Möhren blicken ließ.

Tanja hingegen fand den Garten, den sie durch das Fenster betrachtete, zauberhaft.

Wie in *Der geheime Garten*, dachte sie und musste lächeln. Das Buch hatte sie als Kind bestimmt zwanzig Mal gelesen, so sehr hatte sie es geliebt. Einen großen Garten zu haben, in dem man spielen konnte … Mit Baumhäusern und Apfel- oder Birnbäumen, einer Stelle für ein Lagerfeuer, einer Schaukel, Rutsche und Sandkasten … Was für ein Traum!

Ihre Eltern hatten nur den kleinen Balkon im ersten Stock gehabt, und auf dem Spielplatz konnte man wegen der Scherben und dem Hundedreck nicht im Sandkasten spielen.

Tanja richtete sich auf. Egal, dachte sie. Wir hatten auch ohne Garten eine schöne Kindheit mit Eltern, die sich für uns beide Beine ausgerissen haben. Wer kann das schon von sich sagen?

Sie griff nach dem Handy, das auf dem Nachttisch lag, und seufzte. An Handy-Internet war nicht zu denken. Der Empfang war jammervoll.

»Na ja, vielleicht kann ich nach Dusche und Kaffee mein Notebook an das LAN-Kabel anschließen«, sagte sie zu sich selbst. »Vorausgesetzt, der alte Herr hatte überhaupt Internet. Bei diesen Bauern weiß man ja nie.«

Sie zog sich ihren seidenen Morgenmantel an, der über dem Fußende des Bettes hing, und klemmte sich den Kulturbeutel unter den Arm. So ausgestattet machte sie sich auf den Weg in die Küche.

Judith hob den Kopf, als sie eintrat, und lächelte ihr entgegen. »Guten Morgen«, sagte sie fröhlich. »Ich hoffe mal, die Hunde haben dich nicht geweckt.«

Tanja runzelte die Stirn. »Hunde? Was denn für Hunde?«

»Jürgen Peters war hier, einer der Nachbarn. Er hatte seine

zwei Hunde dabei, und die haben ziemlichen Krawall gemacht. Jürgen hat übrigens angeboten, nachher deinen Wagen zur Werkstatt zu schleppen.«

»Oh, das ist …« *… doch nicht nötig*, wollte Tanja sagen, aber Judith kam ihr zuvor.

»Das macht er gern, hat er gesagt. Die Werkstatt ist gleich im Nachbardorf. Da hat Onkel Henry seinen alten Mercedes auch immer hingebracht, wenn was war.«

Bei dem Gedanken an einen Wald- und Wiesenschrauber im ölverschmierten Overall, der sonst nur Traktoren reparierte, wurde Tanja ganz flau. Ihr Schmuckstück in den Fingern eines Dilettanten?

Sie wollte sich schon eine höfliche Absage ausdenken, warum das völlig unmöglich war, doch dann stand ihr auf einmal vor Augen, was der Abschleppwagen und der Transport in ihre Lieblingswerkstatt wohl kosten würde, und sie musste an ihr klammes Bankkonto denken.

Zwar hatte sie gut verdient, aber sie hatte auch immer gern und viel Geld ausgegeben – besonders in der Zeit, als sie mit Olaf zusammen gewesen war. Und beinahe alles, was sie auf der hohen Kante gehabt hatte, hatte sie vor ein paar Monaten ihrem Bruder Thomas geliehen, der sich zusammen mit einem Kompagnon ein Restaurant gekauft hatte. Das Geld jetzt in der Startphase zurückzufordern würde dem Restaurant den Todesstoß versetzen. Nein, völlig unmöglich, das konnte sie Thomas nicht antun.

Der Wald- und Wiesenschrauber sollte einfach mal einen Blick auf den Schaden werfen. Vielleicht war es ja nur eine Kleinigkeit, die er hinbekommen konnte, ohne das Cabrio zu ruinieren.

Tanja zwang sich ein Lächeln ab. »Oh, das ist aber nett.«

»Möchtest du auch eine Tasse?«, fragte Judith und deutete auf die Kanne, die vor ihr auf dem Tisch stand. »Ist gerade erst fertig geworden.«

»Kaffee?«

Judith nickte. »Ich fürchte allerdings, der ist Marke *Lazarus.*« Sie grinste, als sie Tanjas fragenden Blick sah. »Weckt garantiert Tote auf.«

Tanja lachte. »Das kommt mir entgegen. Ich mag keinen Blümchenkaffee!«

Jetzt war es an Judith, verständnislos zu gucken. »So dünn, dass man die Blümchen im Tassenboden sehen kann«, erklärte Tanja. Beide Frauen lachten.

Während Judith einen giftgrünen Becher mit der Aufschrift *John Deere* unter einem springenden Hirschen aus dem Küchenschrank holte und Kaffee *Lazarus* eingoss, nahm Tanja ihr gegenüber am Tisch Platz. Sie nahm den Becher und trank, während sie einen Moment gedankenverloren aus dem Küchenfenster sah, das ebenso wie das Fenster im Nähzimmer in den Küchengarten ging.

Als sie sich wieder ihrer Cousine zuwandte, sah sie Judith zufrieden lächeln.

»Was?«, fragte Tanja.

»Nichts. Ich freue mich nur, dass dir der Garten so gut gefällt.« Judith lehnte sich zurück und trank einen großen Schluck Kaffee, ehe sie weitersprach. »Ist wirklich schön hier, oder?«

»Ja, vor allem so ruhig. Man könnte sich glatt daran gewöhnen.«

Judith nickte. »Ich wette, es ist hier erholsamer als auf Sylt.«

Tanja öffnete den Mund, um etwas zu erwidern, hielt dann aber inne. Nein, ruhig war es auf Sylt wirklich nicht. Jetzt im

Sommer wimmelte die Insel vor Besuchern. Besonders am Wochenende bei schönem Wetter, wenn die Tagestouristen die Insel überschwemmten, musste man für einen Spaziergang lange suchen, um einen Strandabschnitt zu finden, der nicht völlig überfüllt war. Ihr war klar, worauf Judith hinauswollte, auch ohne dass ihre Cousine es deutlich aussprach. Aber hierbleiben, am Ende der Welt? Das, was sie jetzt noch als idyllische Ruhe empfand, würde ihr in spätestens drei Tagen furchtbar auf die Nerven gehen.

Auf Sylt war wenigstens immer was los! Man konnte schick essen gehen, es gab Vernissagen in den Inselgalerien und etliche Konzerte.

Nein, sagte sie sich, ich muss zurück. Meine Sachen sind auch noch dort im Hotelzimmer. Sie hatte ein irres Glück gehabt, dass ein paar Tage zuvor jemand von seiner Reise hatte zurücktreten müssen, sonst hätte sie *ihr* Zimmer in *ihrem* Hotel nicht für zwei Wochen buchen können, auch wenn das jetzt in der Hauptsaison ein Vermögen kostete. Aber das Geld war ihr in diesem Moment egal gewesen.

Ihr Zimmer… Jedes Jahr waren sie dort gewesen, seit sie zusammengekommen waren, Olaf und sie. Was für eine Schnapsidee, ausgerechnet dorthin zu fahren, wo sie alles an diesen intriganten Schweinehund erinnerte, den sie geglaubt hatte zu lieben. Wieder kochte in ihr eine unbändige Wut auf ihn hoch, und die Unruhe kehrte zurück. Tanja stürzte den letzten Rest Kaffee hinunter und erhob sich. »Ich geh erst mal duschen.«

Als sie eine Viertelstunde später wieder in die Küche zurückkam, schlotterte sie am ganzen Körper. »Irgendwas stimmt mit dem Badeofen nicht«, sagte sie zähneklappernd. »Zuerst hatte ich eine unfreiwillige Wechseldusche, und dann gab es zum Ausspülen des Shampoos nur noch eiskaltes Wasser.«

»Das war schon früher immer so«, sagte Judith. »Deshalb habe ich den Badeofen höchstens zum Haarewaschen genutzt. Wozu gibt es Waschlappen? Das hat Onkel Henry immer gesagt, und darum hat er ihn nicht reparieren lassen.« Sie machte ein zerknirschtes Gesicht. »Entschuldige, Tanja. Ich hätte dich warnen müssen.«

Tanja erschauderte und zog das geblümte Badehandtuch enger um sich. »Soll ja gut für den Kreislauf sein«, sagte sie mit einem schiefen Grinsen. »Ich geh mich anziehen.«

»Und ich mache in der Zwischenzeit Frühstück für uns drei. Als Entschuldigung für die unfreiwillige Wechseldusche«, fügte Judith hinzu und erhob sich. »Ich hoffe mal, du magst Toastbrot mit Nutella oder Marmelade?«

Tanja unterdrückte den Impuls, ihr zu sagen, dass sie vor zwölf Uhr kaum je etwas aß und schon gar kein Kinderfrühstück wie Nutella-Toast. Lauter Fette und Kohlenhydrate der übelsten Sorte. »Ich kann Brötchen holen«, sagte sie. »Hier gibt es doch sicher irgendwo Vollwertbrötchen.«

»Aber dein Auto ist doch kaputt, und der nächste Bäcker ist in Langwarden. Wir sind gestern dran vorbeigefahren. Das sind locker drei oder vier Kilometer.«

»Ich werde hinjoggen. Damit habe ich gleich meine Morgenrunde erledigt«, sagte Tanja. »Zu Hause laufe ich jeden Morgen drei Kilometer. Minimum!«

»Okaaay?«, sagte Judith lang gezogen. Sie musterte Tanja mit gerunzelter Stirn, so als habe diese gerade behauptet, von Außerirdischen abzustammen. »Und ich gehe dann mal Anna wecken. Normalerweise ist sie in den Ferien um diese Zeit längst wach, aber vermutlich steckt ihr die lange Bahnfahrt von gestern noch in den Knochen, und die Seeluft tut ein Übriges. Ich hab auch geschlafen wie ein Stein.«

So sieht die Welt doch gleich ganz anders aus, dachte Tanja, als sie eine halbe Stunde später auf der schmalen Betonstraße in Richtung Langwarden joggte. Über ihr wölbte sich ein strahlend blauer Sommerhimmel, der nur von einigen zerfransten Kondensstreifen durchzogen war. Der warme Wind spielte mit ein paar Haarsträhnen, die sich aus ihrem Pferdeschwanz gelöst hatten, und trug den Geruch von Seewasser und frisch gemähter Wiese mit sich.

Sie hatte vor über zehn Jahren mit dem Laufen begonnen, damals, als alle Kolleginnen sich im Fitnessstudio auf Spinning-Rädern abmühten, weil es gerade schick war. Das hatte sie auch mal ausprobiert, aber es war so gar nicht ihr Ding gewesen. Aufrecht stehend auf dem Rad so schnell zu strampeln, dass ihr der Schweiß vom Kopf ins Handtuch tropfte, und dabei immer den kritischen Blick der aufgetakelten Frauen um sich herum auf sich zu spüren? Nein danke.

Tanja hatte nicht gern Publikum, wenn sie sich ihrer Figur zuliebe abkämpfte. Zuerst war sie jeden Morgen zum Laufen in den kleinen Park gegangen, auf den man aus Olafs Wohnung hinuntersehen konnte, aber als die ersten Jogger ihr beim Entgegenkommen freundlich zugenickt hatten, war sie dazu übergegangen, jeden Tag eine andere Strecke zu laufen. Im Winter oder bei Regen kostete es Überwindung, sich auf den Weg zu machen, aber wenn sie nach ihrer Runde nach Hause kam, genoss sie das Gefühl, den inneren Schweinehund besiegt zu haben. Und gut für die Figur war es obendrein.

Ihr Atem fand nach ein paar Minuten von ganz allein seinen Rhythmus. Eine Weile hing sie noch ihren Gedanken nach, ehe der Kopf ganz leer und ruhig wurde. Laufen hatte etwas so wunderbar Meditatives an sich. Aus den Kopfhörern ihres MP3-Players erklang Rockmusik. Musik auf den Ohren gehörte zum Laufen immer dazu. Musik mit schnellem Rhythmus, sodass sich die Beine wie von allein bewegten, und so laut, dass Tanja das Dröhnen der Autos neben sich nicht mehr hörte. Es fühlte sich dann so an, als sei sie ganz allein auf der Welt, von einer Blase aus Musik umgeben, die sie von allem abschirmte, was den ganzen Tag über auf sie einprasselte. So fand Tanja Ruhe bei sich selbst.

Den Blick auf die schmale Betonstraße vor sich gerichtet, nahm sie aus den Augenwinkeln flüchtig ihre Umgebung wahr. Links und rechts des Weges wuchs das Schilf mannshoch. Nur an wenigen Stellen war ein Stückchen des Grabens zu sehen, der die Weiden dahinter von der Straße trennte. Während auf der linken Seite das Gras auf der Weide etwa kniehoch stand, war es zu ihrer Rechten bis auf ein paar zottige Büschel hier und da bis zu den Wurzeln abgefressen. Hinter einem Stacheldrahtzaun standen ein paar Kühe herum und beobachteten sie. Als sie näher kam, setzten sie sich in ihre Richtung in Bewegung und folgten ihr auf ihrer Seite des Grabens, ohne sie auch nur eine Sekunde aus den Augen zu lassen.

Das hat was von Wölfen auf der Jagd, dachte Tanja verwundert. Sie hatte nicht gewusst, dass Kühe so versessen auf menschliche Gesellschaft waren, dass sie einem hinterherliefen. Erst dort, wo die Weide endete und durch einen Graben von der nächsten getrennt war, blieben die Tiere stehen, und eines machte seinem Unmut mit einem Muhen Luft, das so laut und durchdringend war, dass Tanja es trotz der Musik aus den Kopfhörern hören konnte.

Tanja schüttelte den Kopf und lief weiter.

Bis auf die seltsamen Kühe war es wirklich schön hier: plattes Land, so weit das Auge reichte, nur von vereinzelten Bauminseln unterbrochen, die anzeigten, wo sich Bauernhöfe befanden. In einiger Entfernung war die Kirchturmspitze von Langwarden zu sehen, dahinter erhob sich der Deich. Das Meer war hier fast so nah wie in dem sündhaft teuren Hotel auf Sylt. Die Luft hier war ebenso gut wie dort, und zudem fehlten die auf der Insel unvermeidlichen Touristen.

Ein Ort, wo mein Herz zu Hause ist …

So hatte Henry Reimann es in seinem Testament ausgedrückt. Ihn als ihren Vater zu bezeichnen, brachte Tanja selbst in Gedanken nicht fertig. Erst jetzt fiel ihr ein, dass sie ja noch gar nicht den Brief gelesen hatte, den Henry ihr hinterlassen hatte und der noch in ihrer Handtasche steckte. Sie würde ihn öffnen, wenn sie vom Joggen zurück war. Nach dem Frühstück …

Bördiek. Ein Ort, um Ruhe zu finden.

Ja, es war wirklich unglaublich ruhig hier. Kein Verkehr, kein Stress, keine Hektik, keine Termine. Tanja musste sich eingestehen, dass sie – bis auf den Traum mit dem ausgebüxten Hund – seit Ewigkeiten nicht so ungestört und tief geschlafen hatte wie in der letzten Nacht. Und obwohl die Matratze bestimmt alles andere als orthopädisch war, hatte sie weder Nacken- noch Kopfschmerzen wie sonst an jedem Morgen.

Vielleicht wäre es doch eine gute Idee, einfach ein paar Tage hierzubleiben, statt gleich nach Sylt zurückzufahren. Nur, wie sollte sie ihre Koffer hierherbekommen, und was würde Judith sagen, wenn sie sich einfach so auf dem Hof einquartieren würde?

Tief in Gedanken versunken lief sie die Straße entlang, als plötzlich hinter ihr ein lang gezogenes und ohrenbetäubendes Hupen ertönte.

Tanja fuhr zusammen und sah über die Schulter in die Scheinwerfer eines gewaltigen Traktors direkt hinter ihr.

Instinktiv machte sie einen Satz zur Seite. Dabei rutschte sie mit dem Fuß über die Kante der Betonplatte und geriet ins Stolpern. Zwei, drei Schritte versuchte sie noch, sich wieder zu fangen, ehe sie komplett das Gleichgewicht verlor. Die Hände nach vorn gestreckt rutschte sie durch das Schilf und landete kopfüber im Graben, dessen Wasser über ihr zusammenschlug.

Prustend und schnaubend tauchte sie wieder auf. Es dauerte ein paar Sekunden, ehe es ihr gelang, auf dem weichen Untergrund auf die Füße zu kommen. Angeekelt wischte sie sich Schlamm und Entengrütze aus den Augen und sah zur Betonstraße hoch.

Der Traktor hatte angehalten. Die Kabinentür öffnete sich, der Fahrer sprang mit einem Satz auf die Straße und lief zu der Stelle hinüber, wo Tanja eine Schneise in das Schilf gerissen hatte. Suchend wanderte sein Blick den Graben entlang, ehe er sie entdeckte. »Na, Gott sei Dank ist Ihnen nichts passiert!«, rief er. »Ich hab schon befürchtet, ich müsste in den Gubbelgraben steigen, um Sie herauszuholen.«

Seine tiefblauen Augen blitzten amüsiert unter dem Schirm seiner Tweedmütze hervor. Er kletterte ein paar Schritte die Berme hinunter, beugte sich vor und streckte ihr die Hand entgegen. Ganz offensichtlich hatte er Mühe, ein Grinsen zu unterdrücken.

»Nichts passiert?«, rief Tanja wutschnaubend. Die ausgestreckte Hand ignorierte sie. »Ich hätte tot sein können! Wie kommen Sie denn auf die hirnrissige Idee, direkt hinter mir zu hupen und mich so zu erschrecken? Sie haben sie doch nicht mehr alle!«

»Ich?« Jedes Amüsement war mit einem Mal aus seinen Augen verschwunden. Der Mann runzelte die Stirn und zog die Hand zurück. »*Ich* hab sie nicht mehr alle? Wer rennt denn mitten auf der Straße herum, Kopfhörer in den Ohren, und sieht und hört nichts, was um ihn herum vor sich geht? Ich fahr schon seit der Bullenweide dahinten hinter Ihnen her, Gnädigste.« Er deutete vage zu den Kühen hinüber. »Das haben Sie nur nicht mitbekommen. Tut mir ja schrecklich leid, aber ich habe nicht den ganzen Tag Zeit zu warten, dass Sie mal Platz für meinen Trecker machen. Das hier ist ein Landwirtschaftsweg, und hier habe ich Vorfahrt.«

»Alles kein Grund, so dicht aufzufahren! Sie hätten mich überrollen können.«

»Blödsinn, so dicht war das gar nicht! Außerdem kann ich auf der Stelle anhalten, die Bremsen sind neu.«

»Ach, die Bremsen sind neu! Das ist ja sehr beruhigend!« Tanja legte so viel Verachtung in ihre Stimme, wie sie nur konnte, und funkelte ihn böse an. Etwas Feuchtes, Glibberiges löste sich aus ihren Haaren und rutschte ihr in die Stirn. Sie griff danach und schrie entsetzt auf, als sie feststellte, dass sich ein dünner, fingerlanger dunkelroter Wurm zwischen ihren Fingern wand. Angewidert schleuderte sie ihn von sich und schüttelte sich.

»Kommen Sie mal besser schnell raus aus dem Wasser, sonst haben Sie nachher noch überall Blutegel sitzen«, sagte der Mann und streckte ihr erneut seine Hand entgegen. »Die Biester sind anhänglich!«

Tanja kämpfte sich langsam und vorsichtig durch das brusthohe Wasser auf das Ufer zu, bedacht darauf, im zähen Schlamm am Boden des Grabens nicht stecken zu bleiben und hinzufallen. Schließlich war sie so dicht am Ufer, dass sie nach der Hand des Mannes greifen konnte. Mit einem Ruck zog er sie hoch, und sie landete auf den Knien im Schilf. Mühsam rappelte sie sich auf und kletterte zur Betonstraße hoch.

»Nun schauen Sie sich nur an, wie ich aussehe!«, rief sie entrüstet, als sie an sich hinuntersah. »Die Hose und die Schuhe kann ich wegwerfen. Haben Sie eine Ahnung, was die Schuhe gekostet haben? Das war eine Spezialanfertigung!« Sowohl die eng anliegende Laufhose wie auch die ehemals purpurfarbenen Schuhe waren mit einer dicken graubraunen Schlammschicht bedeckt, die bestialisch stank. »Wer ersetzt mir das jetzt?«

Herausfordernd sah sie dem Mann mit der Tweedmütze ins Gesicht. Er war groß, Tanja schätzte ihn auf fast zwei Meter, und breitschultrig wie ein Bär. Dazu passte auch der Bauchansatz, der das karierte Hemd zum Spannen brachte. Sein Alter konnte sie nicht genau schätzen wegen seines struppigen grau melierten Barts, aber er war bestimmt mindestens fünfzig. Seine tiefblauen Augen funkelten spöttisch.

»Tja, gegen erwiesene Dummheit kann man sich auch als Touristin nicht versichern«, sagte er mit einem breiter werdenden Grinsen im Gesicht. Damit tippte er sich an den Schirm seiner Mütze, nickte ihr knapp zu und drehte sich um. Für einen so massiv gebauten Mann sprang er überraschend leichtfüßig auf den Traktor, startete den Motor, und schon schoss das knatternde grüne Ungetüm an Tanja vorbei.

Vor Wut zitternd sah sie dem Trecker für einen Augenblick nach. »Blöder Bauer!«, schrie sie dem Mann hinterher und ballte die Fäuste, ehe sie kehrtmachte und zum Hof zurückstapfte.

Acht

»Krieg ich noch ein Toastbrot, Mama?« Anna schob Judith das Resopalbrettchen mit den ausgeblichenen Blümchen und den zahllosen Schnittspuren entgegen. »Mit Nutella, bitte!«

»Das ist dann ja schon Nummer drei.«

»Du sagst doch immer, ich soll was zum Frühstück essen, sonst darf ich nicht rausgehen.« Annas grüne Augen blitzten auf, als sie breit zu grinsen begann. Sie liebte es, ihre Mutter mit deren eigenen Worten zu schlagen. »Sonst schimpfst du immer, wenn ich morgens nichts mag. Aber wenn ich jetzt noch einen Toast möchte …«

Judith seufzte. »Ist ja schon gut. Ich mach dir noch einen.« Sie erhob sich und steckte noch zwei von den labbrigen Weißbrotscheiben in den altmodischen Toaster mit Bauernmalerei auf den emaillierten Blechen. Nachdem die ersten Scheiben zu Holzkohle verbrannt waren, hatte sie inzwischen den Bogen raus. Nun knisterte und summte der Toaster eine Weile lang, ehe er goldbraunen Toast in die Höhe spuckte, den Judith mit Butter und Nutella bestrich, die sofort zu einer schmierigen, unappetitlichen Masse verschmolzen. Sie legte eine zweite Scheibe darauf, um das Elend nicht ansehen zu müssen, und schnitt die Scheiben diagonal durch, ehe sie das Brettchen wieder zurück zu ihrer Tochter schob, die sich begeistert über den Toast hermachte.

»Junge, Junge, du hast aber Hunger heute«, stellte Judith fest. »Iss mal lieber langsam, diese Mengen ist dein Magen nicht gewohnt. Außerdem müsste Tanja jeden Moment mit den Brötchen zurückkommen. Und wenn du dir dann schon den Bauch mit Nutella-Toast vollgestopft hast …«

»Tanja ist cool. Die hat bestimmt nichts dagegen, wenn ich kein Brötchen mehr mag.« Anna biss herzhaft in ihren Toast, der auf ihren Wangen einen breiten schokoladenbraunen Streifen hinterließ. »Außerdem mag ich keine Körnerbrötchen«, fügte sie nuschelnd hinzu. In Windeseile verschwand auch der dritte Nutella-Toast in ihrem Mund, und sie sprang auf die Füße. »Kann ich aufstehen?«, fragte sie überflüssigerweise. »Ich möchte gucken, ob es im Stall Tiere gibt.«

»Wenn du noch wartest, bis ich meinen Kaffee ausgetrunken habe, können wir gleich zusammen rausgehen und die Katzen und Hühner füttern. Vorhin war ein Nachbar da, der das bislang immer gemacht hat, und hat mir gesagt, wo ich das Futter finde. Aber vorher gehst du dir erst mal gründlich die Zähne putzen, meine Süße. Und wasch dir das Gesicht!«

Dass Anna das noch gehört hatte, bezweifelte Judith, denn sie hatte schon die Badezimmertür hinter sich geschlossen.

Seufzend erhob sich Judith, trank im Stehen noch den letzten Schluck aus ihrer Tasse und brachte sie zur Spüle hinüber, als sie aus dem großen Flur eine Frauenstimme ein lang gezogenes »Moooo-hooooin!« rufen hörte, ehe es energisch an der Küchentür klopfte.

Noch bevor Judith etwas sagen konnte, wurde die Tür aufgezogen, und eine hochgewachsene Frau mittleren Alters trat ein, die Judith erst auf den zweiten Blick als Annegret Oltmanns erkannte. Ohne Umschweife kam sie auf Judith zu, griff mit einem strahlenden Lächeln mit beiden Händen nach ihrer Rechten und schüttelte sie heftig, während sie einen wahren Redeschwall auf sie niederprasseln ließ.

»Ach, Judith, was ist das schön, dass du wieder hier bist. Wie lange ist das her, dass wir beide uns zuletzt gesehen haben? Das müssen doch mindestens acht oder neun Jahre sein, dass du zuletzt bei Onkel Henry und Tante Alma zu Besuch warst, oder? Nein, das muss sogar noch länger her sein. Das war in dem Sommer, als es beim Landjugendfest im Saal vom alten Büsing die Schlägerei gegeben hat, weißt du noch? Damals haben sich die Jungs vom Landjugendverein mit den Klootschießern in die Haare gekriegt. Christoph Janssen ist dazwischengegangen und wollte die Prügelei verhindern. Du weißt doch, das ist der große Dunkelhaarige hier aus der Nachbarschaft, der jüngere der Janssenjungs, denen der Hof beim Deich gehört. Wo war ich stehen geblieben? Ach ja. Einer der Klootschießer hat nicht aufgepasst und Christoph aus Versehen die Nase gebrochen. Das hat vielleicht geblutet, weißt du noch? Als die Johanniter ihn ins Krankenhaus gefahren haben, hast du ganz bedröppelt neben deinem Onkel gestanden und dem Krankenwagen hinterhergeguckt, weil Christoph doch mit dir zusammen auf die Feier gegangen war. Kannst du dich nicht mehr daran erinnern? Elf Jahre ist das her. Das war das letzte Jahr, in dem mein Hergen das Fest organisiert hat. Im Frühjahr hatte er dann den Herzanfall und ist gestorben.« Annegret schüttelte betrübt den Kopf. »Ist nun auch schon zehn Jahre nicht mehr da, mein Hergen. Ja, so ist das. Die Guten sterben früh.« Annegret seufzte theatralisch, ehe sie fortfuhr. »Dann wurde deine Tante Alma krank, und jetzt ist auch noch Henry von uns gegangen. Von einem Tag auf den anderen, ganz plötzlich. Da hat ja keiner damit gerechnet, dass der auf einmal längelang im Flur liegt. Mitte sechzig ist ja nun kein Alter! Gertrud Köhler war völlig mit den Nerven fertig. Sie hat ihn doch gefunden, als sie die Post gebracht hat. Tagelang hat sie von nichts anderem mehr gesprochen. Traurig, so was.« Sie schüttelte betrübt den Kopf, dann tätschelte sie Judiths Hand, die sie noch immer umfasst hielt. »Aber so eine schöne Beerdigung war das, Deern, das kannst du mir glauben. Die Kirche war rappelvoll. Die Nachbarn und die Vettern von Almas Seite, der Bürgerverein aus Lanwarden und die ganze Feuerwehr – alle waren sie da. Aber dass sich von eurer Seite nun so gar keiner hat blicken lassen …« Annegret zog missbilligend die Stirn in Falten und richtete ihre freundlichen hellgrauen Augen auf Judith.

Judith öffnete den Mund, um etwas zu erwidern, wie sie es schon ein paarmal während Annegrets Ausführungen versucht hatte, aber auch diesmal ließ die hagere Nachbarin ihr keine Gelegenheit, auch nur ein einziges Wort von sich zu geben. »Ist ja auch irgendwie verständlich«, fuhr Annegret fort. »Es ist ja wirklich eine lange Fahrt für euch, um herzukommen. Wie lange ist man da unterwegs? Vier, fünf Stunden? Und dann kommt noch dazu, dass dein Papa und Henry sich nicht so gut vertragen haben. Das hat Henry mal irgendwann erwähnt. Traurig, so was. Blut sollte doch eigentlich dicker sein als Wasser, oder? Du bist damit natürlich nicht gemeint, versteh mich nicht falsch. Mit einem so kleinen Kind kann man natürlich nicht mal eben hopplahopp zu einer Beerdigung fahren. Ein kleines Mädchen hast du, das stimmt doch, oder? Aber an den Namen kann ich mich nicht erinnern, dabei hat Henry oft von der Kleinen gesprochen. Ich weiß nur noch, es war irgendwas mit H oder A. Ich …«

»Anna«, erwiderte Judith und unterbrach damit zum ersten Mal Annegrets Redefluss. »Sie heißt Anna.«

»Ach, das ist aber mal ein hübscher Name. Nicht so ein neumodischer Kram, bei dem man immer überlegen muss, wie man das nun wieder schreiben soll. Anna! Kurz und eigentlich leicht zu merken. Jedenfalls, wenn man nicht so ein Gedächtnis wie ein Sieb hat wie ich.«

Annegret lachte herzlich über ihre eigene Bemerkung. Judith

fühlte sich von Annegrets Mitteilungsbedürfnis leicht überfordert. Ihr Gehirn kam mit dem Tempo, in dem die Nachbarin redete, nicht ganz mit, und ihr war ein wenig schwindlig.

Onkel Henry hatte über Annegret Oltmanns gesagt, sie hole vermutlich mit dem Hintern Luft, sonst könne sie gar nicht so schnell sabbeln. Bei dem Gedanken biss Judith sich auf die Lippen, um nicht zu grinsen.

Annegret schien es nicht zu bemerken. Sie zog eine große Frischhaltedose aus dem Korb, der an ihrem Arm hing, und stellte sie auf den Küchentisch. »Ich habe vorhin zufällig Jürgen Peters getroffen, und der hat mir gesagt, dass ihr hier seid. Da hab ich schnell ein paar Stücke von dem Rhabarberkuchen eingepackt, den ich gestern gebacken habe. Eigentlich sollte der ja für die Kollegen in der Genossenschaft sein, aber die sind sowieso schon zu dick!« Sie stieß Judith mit dem Ellbogen an, zwinkerte ihr mit Verschwörermiene zu und lachte schallend. »Besonders Hannelore Rüther. Die kennst du doch auch noch von früher, oder? Die hat mal in Bördiek gewohnt, ist aber vor ein paar Jahren nach Nordenham gezogen.«

Judith schüttelte langsam den Kopf und ließ die Einzelheiten aus dem Leben von Annegrets Arbeitskollegin Hannelore Rüther, die nach ihrer Schwangerschaft furchtbar aus dem Leim gegangen war, an sich vorüberrauschen.

›Jürgen Peters zufällig getroffen …‹, dass ich nicht lache, dachte sie. Pustekuchen! Ich bin sicher, sie ist extra noch mal zu Jürgen hinübergelaufen, um ihn auszuhorchen, wer da auf Onkel Henrys Hof ist.

Während Annegret die lange und traurige Geschichte erzählte, wie sie nach dem plötzlichen Tod ihres Mannes Monate gebraucht hatte, eine Arbeit zu finden, und dann in der Raiffeisengenossenschaft in Ruhwarden eine Halbtagsstelle im Büro angenommen hatte, beobachtete Judith die Nachbarin so unauffällig sie konnte. Die zehn Jahre und der Tod ihres Mannes hatten deutliche Spuren hinterlassen. Sie hatte Annegret als ziemlich schlanke Frau mittleren Alters mit dunkelblonden Haaren in Erinnerung, jetzt hingegen war die Nachbarin hager, ja geradezu dürr und bekam bereits einen leicht krummen Rücken. Sie musste inzwischen Ende vierzig sein, ihr Gesicht war faltig, und bei der Auswahl ihres Haarfärbemittels hatte sie nicht gerade ein glückliches Händchen bewiesen. Dieses dunkle Rot in der fusseligen Kurzhaarfrisur machte sie nicht nur blass, sondern ließ sie auch noch deutlich älter wirken.

Nur ihre hellen Augen waren so lebhaft wie eh und je, und ihr Lachen war immer noch so ansteckend wie früher. Sie war damals, als Judith noch regelmäßig zu Besuch kam, bei Onkel Henry und Tante Alma ein- und ausgegangen und hatte sich beinahe jeden Tag zum Klönschnack auf einen Tee eingeladen. Judith wusste, dass Tante Alma große Stücke auf sie gehalten hatte. Annegret mochte eine Schwatztasche sein, aber Tante Alma hatte immer betont, es gäbe niemanden in Bördiek, der ein so großes Herz hätte und so hilfsbereit sei wie sie. »Aber auch niemanden, der so neugierig ist und so viel sabbelt!«, hatte Onkel Henry ergänzt.

»Soll ich uns vielleicht schnell einen Tee kochen?«, fragte Judith höflich. »Ich meine, wo du schon Kuchen mitgebracht hast?«

Annegret winkte ab. »Nee, lass mal, ich muss gleich zur Arbeit, und dann wird mir das zu knapp, aber ein andermal gern! Lasst ihr drei euch den Kuchen mal gut schmecken. Ist nach dem Rezept deiner Tante. Ich komme einfach morgen oder übermorgen vorbei, und dann können wir ordentlich Klönschnack halten.« Annegrets Augen strahlten, als sie Judith die

Hand gab und so fest drückte, dass Judith das Lächeln schwerfiel. »Ich fahr dann jetzt mal los.«

In diesem Moment wurde die Küchentür aufgerissen, Tanja kam hereingestürmt und warf die Tür mit so viel Schwung wieder zu, dass die Tassen im Küchenschrank klirrten. Sie war völlig durchnässt, in ihren Haaren klebten Entengrütze und Grashalme, und ihre Hose und die Schuhe waren mit einer graubraunen Schlammschicht überzogen, die auf die Fliesen tropfte.

Ihre Augen funkelten vor Wut. »So ein gottverdammter Idiot!«, schnappte sie. Dass Judith nicht allein war, schien ihr gar nicht aufzufallen. Judith bemerkte, wie Annegret ihre Cousine mit offenem Mund anstarrte.

»Was hast du denn gemacht?«, fragte Judith. »Ich meine, was ist denn passiert? Bist du in den Graben gefallen?«

»Gefallen?«, rief Tanja aufgebracht. »Von wegen gefallen. Irgend so ein Volltrottel von einem Bauern hat mich mit dem Trecker von der Straße gedrängt, und da bin ich gesprungen, um mich in Sicherheit zu bringen. Beschauliches Landleben, dass ich nicht lache, hier ist es lebensgefährlich!« Sie streifte die Schuhe von den Füßen und beförderte sie in den Mülleimer neben der Spüle, ehe sie sich wieder zu Judith umdrehte. »Und jetzt kann ich mich gleich noch mal unter diese eiskalte Dusche stellen«, fauchte sie. »So ein Mist!«

Sie machte kehrt und stapfte auf Socken aus der Küche in den guten Flur.

Judith und Annegret sahen ihr mit offenem Mund hinterher. »Also stimmt es«, sagte Annegret nach einem Augenblick leise. »Henry hatte wirklich eine uneheliche Tochter.« Sie wandte sich zu Judith um und nickte wichtig. »Sie ist ihm wie aus dem Gesicht geschnitten. Guck dir mal die alten Fotos an, die in der Stube hängen.«

Neun

Nachdem Annegret sich eilig verabschiedet hatte, kam Tanja klatschnass und schmutzig aus ihrem Zimmer zurück. Judith erklärte kurz, dass die Frau eine Nachbarin sei, die Kuchen vorbeigebracht habe.

»Willst du auch ein Stück?«, fragte sie, während sie vorsichtig für sich und Anna, die auf einem der Stühle saß und mit den Beinen schlenkerte, je ein Stück auf einen Teller legte.

»Nein, ich geh erst mal duschen«, sagte Judith. »Lasst mir einfach etwas übrig. Ich hatte noch kein Frühstück und sterbe vor Hunger.«

»Wir wollen gleich in den Stall und die Tiere füttern!«, verkündete Anna mit vollem Mund. »Kommst du mit, Tanja? Dann musst du dich aber beeilen.«

»Geht ruhig schon mal los, ich komme nach«, sagte Tanja. »Es wird sicher etwas dauern, bis ich mir den ganzen Dreck aus den Haaren gewaschen habe.«

»Iff gut«, erwiderte Anna kauend. »Der Kuchen iff echt lecker!« Damit schaufelte sie sich eine weitere Gabel voll in ihren ohnehin schon übervollen Mund. Tanja unterdrückte ein Grinsen und verschwand im Badezimmer.

Diesmal machte ihr das immer kälter werdende Wasser nicht mehr so viel aus wie am frühen Morgen. Als sie endlich fertig war und in ein Handtuch gewickelt vor dem Waschbecken stand, um ihr Haar zu kämmen und zu einem Pferdeschwanz zusammenzubinden, warf sie ihrem Spiegelbild ein anerkennendes Lächeln zu.

»Gut siehst du aus, Tanja«, murmelte sie.

Was eine Nacht ungestörten Schlafes doch ausmachte. Die dunklen Ringe, die sonst unter ihren Augen lagen, waren fast ganz verschwunden, und das kalte Wasser der Dusche hatte ihrer Haut einen rosigen Teint verliehen. Zufrieden vor sich hin summend zog sie sich an. Die Jeans und das schlichte weiße T-Shirt waren die letzten sauberen Kleidungsstücke, die sich noch in ihrem Koffer befunden hatten. Wenn sie nicht im Stall in ihrem Business-Anzug herumlaufen wollte, würde sie morgen nach Sylt zurückfahren oder sich von Judith etwas borgen müssen.

Da Judith und Anna offenbar schon in den Stall gegangen waren, als sie aus dem Badezimmer kam, kehrte sie in ihr Zimmer zurück. Ihr Blick fiel auf den Brief von Henry, der noch immer ungeöffnet aus ihrer Handtasche lugte. Jetzt wäre die Gelegenheit, ihn zu lesen, doch sie brachte es nicht über sich, den Umschlag auch nur in die Hand zu nehmen.

Später, dachte sie. Vielleicht heute Abend. Oder besser noch, wenn ich wieder auf Sylt bin.

Stattdessen griff sie nach ihrer Notebooktasche und trug sie in die kleine Stube hinüber. Nachdem sie den Schreibtisch freigeräumt hatte, zog sie das LAN-Kabel aus Henrys Rechner und verband es mit ihrem Notebook. Zufrieden sah sie, dass sich ihr Rechner mit dem Internet verband.

»Wenigstens etwas, was heute funktioniert«, sagte sie, während ihre E-Mails heruntergeladen wurden. Sie scrollte einmal durch die lange Liste, löschte die Werbung und stellte fest, dass außer ihrer Telefonrechnung und einer kurzen Nachricht ihrer Freundin Bärbel, die sich wunderte, dass sie so lange nicht angerufen hatte, nichts Interessantes dabei war.

»Keine Jammer-Mail von Olaf«, murmelte Tanja. »Der wird wohl keine Zeit haben, weil er den ganzen Tag in irgendwelchen Meetings sitzt und sich total wichtig vorkommt.«

Den Groll, der bei dem Gedanken an ihn in ihr aufstieg, schob sie erfolgreich beiseite. Sie schrieb in einer kurzen Mitteilung an das Hotel auf Sylt, dass sie aufgehalten worden sei, und bestellte ihr Frühstück für den nächsten Tag ab. Wieder zwanzig Euro gespart. Einen Moment lang war sie versucht, die Ruhe zu nutzen und ihre Kontakte in Hinblick darauf zu durchforsten, wen sie wegen einer neuen Arbeitsstelle anrufen könnte, aber dann entschied sie sich dagegen. Das hatte Zeit, bis sie wieder auf Sylt war. Anna wartete sicher schon auf sie. Also klappte sie den Rechner wieder zu, erhob sich und verließ die Stube.

Als die Tür zum Wohnhaus hinter ihr ins Schloss fiel, sah sie Anna und Judith nebeneinander in der Diele stehen. Anna schüttete aus einem Beutel, auf dem eine glücklich lächelnde Katze abgebildet war, sehr vorsichtig Trockenfutter in eine Bratpfanne enormen Ausmaßes, die auf dem Boden stand. Judith schaute ihrer Tochter mit verschränkten Armen zu.

»Stopp! Das reicht bestimmt«, sagte sie. »Wir können ihnen ja heute Abend noch ein bisschen geben, falls sie Hunger haben.« Sie tippte Anna an. »Oder besser, *du* kannst ihnen noch was geben. Das Füttern der Katzen ist ab jetzt deine Aufgabe.«

Anna strahlte. »Meinst du, ich kann die Katzen dann auch streicheln?«, fragte sie eifrig.

»Keine Ahnung. Jürgen sagte, das sind verwilderte Katzen. Die lassen sich nicht anfassen, das weißt du doch.«

»Ach, menno!«

»Warte es einfach ab, Anna. Wir gehen mal ein Stückchen zur Seite, dann kommen die Katzen bestimmt. Die müssen doch Hunger haben.«

Anna nickte und schaute sich suchend um, dabei entdeckte sie Tanja, die noch immer an der Tür stand, und winkte ihr zu. »Du kommst aber spät, Tanja!«, rief sie und lief auf sie zu. »Wir sind schon längst fertig. Hinten im Schweinestall sind ein paar Kaninchen, denen haben wir Gras gegeben. Und Mama hat bei den Hühnern drei Eier gefunden. Heute gibt es Spiegelei, hat sie gesagt.«

Tanja grinste. »Das wird ja ein üppiges Mahl!«

Kaum hatte sich auch Judith zu den beiden gesellt, schlichen zwei grau getigerte Katzen näher, die unter dem Trecker Deckung genommen hatten. Vorsichtig huschten sie auf die Futterschale zu, ohne die drei an der Tür aus den Augen zu lassen. Dann gesellte sich eine schmale dreifarbige Katze dazu, die mit hocherhobenem Schwanz durch die Dielentür hereingekommen war. Jetzt schien das Eis gebrochen. Nach und nach tauchten von überall her Katzen in allen Größen und Farben auf und schlugen sich an der gefüllten Bratpfanne den Bauch voll.

»Zehn, elf, zwölf … Du meine Güte«, sagte Judith gedämpft. »Das ist ja die reinste Invasion.«

»Meinst du, ich kann mal versuchen, eine zu streicheln?«, flüsterte Anna.

»Warte ein paar Tage ab. Wenn die mitkriegen, dass du die mit dem Futterbeutel bist, hast du wahrscheinlich bessere Chancen«, erwiderte Judith.

»Ich versuch es trotzdem mal«, sagte Anna leise und schlich langsam und auf Zehenspitzen auf die Katzen zu. Kaum sahen die Tiere das Mädchen, ließen sie Futter Futter sein und gaben Fersengeld. Nur eine große grau getigerte Katze mit ausgefransten Ohren blieb stehen und blickte ihr entgegen. Wegen des großen runden Kopfes mutmaßte Tanja, es müsse sich um einen Kater handeln.

»Liebe Mieze, gute Mieze«, sagte Anna leise beim Näherkommen, beugte sich leicht hinunter und streckte langsam die Hand nach dem Tier aus.

Tanja hatte nicht gewusst, dass Katzen eine so ausgeprägte Mimik besaßen. Die ganze Haltung des Tieres sagte deutlich: ein Menschenkind – wie lästig. An deiner Stelle wäre ich vorsichtig! Ich habe Krallen und Zähne und keinerlei Hemmungen, sie zu benutzen. Tanja wartete nur darauf, dass der große Grautiger Anna anspringen würde.

Doch die Haltung des Tiers entspannte sich. Der Kater schien kurz nachzudenken, ob dem Kind zu trauen war, dann nahm er mit gestrecktem Hals Witterung auf. Er kam ein paar Schritte auf Anna zu, maunzte und rieb den Kopf an ihrer Hand. Tanja konnte sogar auf die Entfernung hören, dass das Tier schnurrte wie ein Uhrwerk. Anna strahlte über das ganze Gesicht, ging in die Knie und streichelte den Kater zwischen den Ohren, worauf dieser genießerisch die Augen verdrehte.

»Der ist jedenfalls nicht wild«, stellte Tanja fest.

Anna drehte sich halb zu den beiden Frauen um, ohne aufzuhören, den Kater zu streicheln, der den Hals reckte, damit Anna ihn unter dem Kinn berühren konnte. »Das ist Otto«, sagte sie.

»Otto?«, fragte Judith. »Wieso denn Otto?«

Anna zuckte mit den Schultern. »Keine Ahnung. Ich denke einfach, der heißt Otto.«

Vom Hof her war das Schlagen einer Autotür zu hören. Der Kater schaute in Richtung Dielentor, grollte tief in der Kehle und war mit einem Satz unter dem alten Traktor verschwunden.

Die Dielentür öffnete sich, und ein kleiner braun gefleckter Mischling schoss wild kläffend herein und verschwand ebenfalls unter dem Trecker. Tanja hörte Otto fauchen und brummen, schließlich sogar spucken, während der Hund wie verrückt weiterkläffte. Plötzlich stieß der Hund ein hohes Winseln aus und kam eilig wieder hervorgekrochen. Mit eingezogenem Schwanz lief er zur Dielentür, die sich inzwischen geöffnet hatte und den Blick auf einen hochgewachsenen Mann freigab, der einen riesigen grauen Hund neben sich an der Leine führte.

»Siehste, Gustav, das hast du nun davon!«, sagte der Mann streng, bückte sich und leinte Gustav an. »Selbst schuld. Du sollst dich nicht immer mit den Katzen anlegen. Dabei ziehst du jedes Mal den Kürzeren.«

Tanjas Magen sackte eine Etage tiefer, als sie ihn erkannte. »Der dumme Bauer…«, stieß sie tonlos hervor. »Ach, du Sch…«

Judith warf ihr einen verständnislosen Blick zu. »Das ist Jürgen Peters. Ich habe doch erzählt, dass er herkommen wollte, um dein Auto zur Werkstatt abzuschleppen.«

»Ich muss hier weg«, sagte Tanja und drehte sich zur Tür hinter sich um, aber Judith griff nach ihrem Arm und hielt sie fest.

»Nichts da«, sagte sie entschieden. »Wenn er sich schon die Mühe wegen des Cabrios macht.«

Jürgen Peters kam mit großen Schritten auf sie zu. Tanja machte einen halbherzigen Versuch, sich aus Judiths Griff zu lösen und zu verschwinden, gestand sich aber ein, dass das nun wirklich albern aussähe. Sie straffte die Schultern und sah dem Vollidioten abschätzig entgegen.

Jürgen stutzte kurz, ehe sich ein breites Lächeln auf sein Gesicht legte, bei dem sich sein Bart wie eine Bürste aufstellte.

»Na? Wieder trocken?«, fragte er Tanja und streckte ihr die Rechte entgegen, die sie jedoch voller Verachtung ignorierte.

»Das schon«, sagte Tanja. »Aber Sie sind daran schuld, dass

ich heute zweimal kalt duschen musste.« Ihr Tonfall hatte ein wenig von oben herab klingen sollen, aber selbst in ihren Ohren hörte sie sich furchtbar schnippisch an.

Jürgens Augen wurden schmaler, aber sein Grinsen vertiefte sich noch. »Kalte Güsse sollen ja gut für den Kreislauf sein! Hoffen wir mal, es senkt Ihren Blutdruck ein bisschen.«

»Also, hören Sie mal! Sie sind schuld, dass ich in den Graben gefallen bin. Wenn Sie nicht so dicht aufgefahren wären, dann ...«, rief Tanja entrüstet.

»Und wenn Sie nicht mit Stöpseln in den Ohren rumgelaufen wären!«, unterbrach er sie.

»Jetzt hört aber mal auf, alle beide!«, sagte Judith entschieden. »Das ist doch kein Grund, sich anzuschreien. Eigentlich ist doch gar nichts passiert. Im Graben sind wir alle schon mal gelandet.« Sie wandte sich Jürgen zu. »Oder?«

»Stimmt! Wenn man auf dem Land aufwächst, gehört das sozusagen dazu. Als Kind lag ich jede Woche mindestens einmal im Graben und bin mit Gubbel und Entengrütze in den Haaren wieder nach Hause gekommen. Meine Mutter hat immer gesagt, dass ich mich nicht so haben soll, das würde den Haarwuchs anregen.« Dabei strich er sich über den Zottelbart und lachte. »Muss wohl was dran sein.«

Judith stimmte in sein Gelächter ein, und obwohl sie sich alle Mühe gab, ernst zu bleiben, konnte auch Tanja ein Lächeln nicht komplett unterdrücken.

»Na also«, sagte Judith und strahlte von einem Ohr zum anderen. »Damit haben wir den Streit aus der Welt geschafft. Wäre doch auch blöd so unter Nachbarn. Jürgen, das ist meine Cousine Tanja Merker, von der ich dir heute früh erzählt habe. Tanja, das ist Jürgen Peters. Ihm gehört der Nachbarhof. Und jetzt gebt euch die Hand.«

Erneut streckte Jürgen die Hand aus, und diesmal ergriff Tanja sie, wenn auch zögernd. »Freut mich«, sagte er.

»Herr Peters«, erwiderte sie und nickte ein wenig steif.

»Herr Peters …« Judith schüttelte den Kopf. »Hier duzen wir uns. Das ist Jürgen.«

»Lass mal gut sein, Judith«, sagte Jürgen. »Eine richtige Stadtpflanze braucht länger als fünf Minuten, um Freundschaft zu schließen.«

Tanja lag schon wieder eine aufbrausende Bemerkung auf den Lippen, aber sie kam nicht dazu, sie loszuwerden. Anna, die dem Streitgespräch der Erwachsenen mit offenem Mund zugehört hatte, war näher gekommen und zupfte Jürgen am Ärmel. »Sind das da deine Hunde?«, fragte sie.

Jürgen ließ Tanjas Hand los und drehte sich zu Anna um. »Der kleinere schon. Das graue Monstrum hier hat früher Onkel Henry gehört. Der ist bei mir nur zu Besuch, bis er ein neues Zuhause gefunden hat.«

»Darf ich die beiden mal streicheln?«, fragte Anna mit flehendem Blick. »Bitte.«

»Wenn du keine Angst hast?«

Anna schüttelte entschieden den Kopf. »Ich hab keine Angst vor Hunden. Ich kenne ganz viele. Katzen mag ich auch gern. Ich hab vorhin Otto gestreichelt, und er hat ganz doll geschnurrt, dabei hat Mama gesagt, die Katzen hier kann man nicht streicheln, weil sie verwildert sind.«

»Otto?«, fragte Jürgen verständnislos.

»Ja, die dicke graue Katze. Guck, die da!« Sie deutete auf den Kater, der inzwischen sein Versteck verlassen hatte, neben dem Trecker saß und sich demonstrativ putzte, während er die beiden angeleinten Hunde nicht aus den Augen ließ. Gustav winselte leise, Mordlust in den Augen.

»Wow!«, sagte Jürgen verblüfft. »Du musst aber wirklich ein Händchen für Tiere haben. Ich hab den noch nie anfassen dürfen.« In seiner Stimme klang ehrliche Bewunderung mit.

Anna strahlte ihn dankbar an. »Darf ich?«, fragte sie und näherte sich Hermann mit ausgestreckter Hand.

»Klar«, sagte Jürgen. »Hermann ist lieb und tut keiner Fliege was zuleide. Wenn du möchtest, kannst du mit ihm gern eine Weile spazieren gehen. Passt mir ganz gut, wenn nicht beide Hunde im Auto herumturnen, wenn wir gleich den kaputten Wagen abschleppen.«

»Darf ich wirklich?« Annas Augen wurden groß.

»Sicher. Aber versprich mir, ihn gut festzuhalten, damit er nicht wegrennt.« Damit gab er die Leine an Anna weiter, die vor Stolz fast zu platzen schien.

»Ich werde prima aufpassen!«, sagte sie. Sie hielt die Leine fest mit der Linken umklammert, beugte sich ein wenig herunter, bis sie fast auf Augenhöhe mit Hermann war, und streichelte ihm vorsichtig über den Kopf. Hermann revanchierte sich, indem er ihr quer übers Gesicht schleckte.

»Ihhhh!«, machte Anna und wischte sich mit der Hand über die Wangen. »Hermann, lass das«, sagte sie streng, hob den Zeigefinger, sah dem riesigen Hund in die Augen und sagte: »Mach mal Sitz, Hermann!«

Der riesige Hund gehorchte sofort, setzte sich und sah das Mädchen aufmerksam an. Anna lachte und sah sich beifallheischend zu Jürgen um.

»Donnerwetter!«, sagte der anerkennend. »Du solltest Dompteuse werden. Das ist *der* Beruf für dich.«

»Nee, ich werde lieber Tiertrainerin!« Anna tätschelte Hermann und zog ihn dann an der Leine mit sich hinaus auf den

Hof. Otto, der dicke Kater, erhob sich und stolzierte ihnen mit hocherhobenem Schwanz hinterher.

Judith sah dem Trio kopfschüttelnd nach. »Mit Fremdwörtern hat sie es noch nicht so«, sagte sie grinsend.

»Hältst du das für eine gute Idee? Ich meine, dieser Hund ist riesig und Anna nur ein kleines Mädchen«, sagte Tanja vorsichtig. »Was, wenn er bissig ist?«

»Hermann ist ein Schaf«, sagte Jürgen an Judiths Stelle. »Gutmütig und nicht sehr helle. Der hat noch nie irgendwas ausgefressen oder gar jemanden gebissen. Nicht so wie dieser Kollege hier, nicht wahr, Gustav?« Der kleine Hund sah zu ihm hoch und bellte einmal. »Da ist Terrier drin. Die haben nichts als Blödsinn im Kopf.«

»Anna kann mit Hunden umgehen«, sagte Judith. »Ich bin schon seit einer Ewigkeit Gassigängerin im Tierheim – erst bei meinen Eltern zu Hause und später dann in Hannover. Anna habe ich schon im Kinderwagen immer mitgenommen.« Sie zuckte mit den Schultern. »Außerdem bin ich keine Helikoptermama, die immer mit Putzlappen und einer Packung Heftpflaster um ihre Brut herumkreist. Man muss seinen Kindern was zutrauen, die sind nämlich nicht aus Zucker.«

Jürgen lachte und schlug ihr mit der Hand auf die Schulter. »Das ist die richtige Einstellung«, sagte er. »Weißt du was, du gefällst mir, Judith.« Dann wandte er sich Tanja zu. »Wie sieht es aus, Gnädigste?«, fragte er. »Wollen wir dann mal Ihr Cabrio an den Haken nehmen?«

»Oh-haua-ha!«, tönte es düster und unheilvoll aus der Grube hervor, über die Jürgen Peters, Tanja und Gerd Frerichs, Inhaber von *Gerd Frerichs Automobile und KFZ-Werkstatt*, Tanjas

Cabrio geschoben hatten. Der Chef war persönlich in die Vertiefung geklettert, und eine Weile lang hatten sie nur undeutliches Gemurmel und leise Klopfgeräusche gehört. Jetzt kletterte er schnaufend aus der Grube und machte ein besorgtes Gesicht, während er sich an einem alten Lappen, den er aus der Hosentasche seines Overalls zog, die Hände abwischte.

»Das sieht aber gar nicht gut aus«, sagte er bekümmert. »Sie müssen unglücklich über einen spitzen Stein geschrappt sein. Man sieht einen langen Kratzer quer über der Ölwanne, und an drei oder vier Stellen ist sie aufgerissen. Gut, dass Sie erst gar nicht versucht haben loszufahren, das hätte ganz fix einen Kolbenfresser gegeben, und Sie hätten sich endgültig vom Motor verabschieden können.«

»Kriegst du das wieder hin, Gerd?«, fragte Jürgen Peters, der neben Tanja stand, ehe sie auch nur den Mund öffnen konnte.

Frerichs faltete das Putztuch sorgfältig zusammen und steckte es in seine Tasche zurück. »Blöde Frage. Sicher krieg ich das wieder hin«, sagte er im Brustton der Überzeugung. »Aber das wird ein paar Tage dauern. Ich muss eine neue Ölwanne bestellen, und selbst, wenn die im Zentrallager vorrätig ist, ist die frühestens am Dienstag hier. Kann aber auch ein paar Tage länger dauern, denn für die älteren Modelle haben die nicht immer alles da. Früher, da war so was kein Problem, aber inzwischen sitzen die ganzen Autofirmen auf einem derartig hohen Ross, unglaublich ist das! Was meinst du wohl, wie lange ich neulich auf ein Teil für einen Mercedes gewartet habe. Drei Wochen lang haben die mich vertröstet.«

Der hagere Mechaniker erging sich in einer umständlichen Beschreibung, wie er immer wieder dort angerufen hatte und von »Pontius zu Pilatus« verbunden worden war, weil sich keiner zuständig gefühlt hatte.

»So ein Mist«, fluchte Tanja leise. Sie hatte nicht damit gerechnet, noch mindestens bis Ende nächster Woche auf dem Hof festzuhängen. »Und wenn ich den Wagen zu einer Vertragswerkstatt bringe, geht es da schneller?«

»Nee, das dauert mindestens genauso lange«, sagte Frerichs. »Die müssen das Teil auch bestellen, genau wie ich. Und Sie müssen vorher einen festen Termin vereinbaren wie beim Doktor. Alles Massenabfertigung. Mit ihren Diagnosegeräten können diese jungen Kerls ja umgehen, aber so ein Schätzchen wie das hier wissen die gar nicht zu würdigen.«

Frerichs strich mit den Fingerspitzen vorsichtig über den glänzenden Lack der Fahrertür. Es sah aus, als würde er das Cabrio streicheln. Als sie das versonnene Lächeln auf dem Gesicht des alten Mechanikers sah, verwarf Tanja die Idee mit der Vertragswerkstatt sofort wieder. Besser als hier war ihr Schmuckstück nirgends aufgehoben, davon war sie nun überzeugt. Trotzdem blieb das Problem, dass sie ja eigentlich nach Sylt zurückmusste. »Eine andere Möglichkeit gibt es nicht?«, fragte sie vorsichtig.

»Wenn es nur ein einziges Loch wäre, könnte ich versuchen, es zu schweißen, aber so? Und wesentlich schneller geht das auch nicht«, sagte Frerichs. »Erst den Motor ausbauen und sauber machen, dann die Ölwanne wieder zurechtdengeln, dann schweißen, und dann alles wieder zusammenbauen.« Er zählte die Arbeitsschritte an den Fingern ab und wiegte skeptisch den Kopf hin und her. »Da geht auch ’ne ganze Menge Zeit bei drauf. Nicht, dass es mich nicht in den Fingern jucken würde, das zu machen, aber vernünftiger ist es, auf eine neue Ölwanne zu warten.«

Tanja seufzte. »Sie sind der Fachmann. Dann machen wir das so.« Sie gab Frerichs die Hand. Dann kramte sie in ihrer Handtasche und zog eine Visitenkarte heraus, die sie ihm in die Hand drückte. »Da ist meine Handynummer drauf, für den Fall, dass es Verzögerungen gibt. Ich … Ach, Mist«, unterbrach sie sich selbst. »Ich hab ja hier gar kein Netz.«

»Du kannst auch bei Henry Reimann zu Hause anrufen«, sagte Jürgen Peters. »Sie hat den Hof geerbt und wohnt im Moment da.«

Frerichs warf Tanja einen überraschten Blick zu. »Ach, Sie gehören zu Henry!«, sagte er. »Das ist ja ein Ding! Bleiben Sie denn jetzt hier auf dem Hof? Dann sehe ich das Cabrio ja hoffentlich öfter mal.« Er schüttelte traurig den Kopf. »Ja, das mit Henry, das war schon eine schlimme Sache. Wirklich eine Schande, dass der so früh von uns gegangen ist. Und dann auch noch so plötzlich. War wirklich ein netter Kerl! Tags zuvor war er noch bei mir und hat sein Auto hergebracht, weil der Auspuff kaputt war. Er hat auch so ein Schätzchen gefahren wie Sie, aber noch eine Nummer älter: einen Mercedes 190 E, Baujahr '85 – ein feines Auto.« Frerichs sah Tanja fragend an. »Im Moment steht der hier auf dem Hof. Henry ist gestorben, ehe der Auspuff geliefert wurde, und ich wollte mich die ganze Zeit schon erkundigen, wer für den Nachlass zuständig ist. Aber wie das dann so ist, erst kommt immer was dazwischen, und dann hat man es vergessen.« Er deutete durch die geöffnete Werkstatttür nach draußen. »Da steht das gute Stück. Hat zwar schon fast dreihunderttausend runter, aber bei diesen alten Autos musst du ja mit 'nem Hammer in den Motor hauen, um die kaputt zu kriegen.«

Tanja folgte seinem ausgestreckten Arm mit dem Blick und sah ganz hinten auf dem Hof eine Mercedes-Limousine, deren ursprüngliche Farbe unter dem Dreck kaum noch auszumachen war.

»Wenn Sie die Erbin sind, dann können Sie mir vielleicht auch sagen, was mit seinem Auto passieren soll. Ich könnte den Auspuff reparieren, dann können Sie erst mal damit fahren, jedenfalls hier in der Gegend. Eine lange Strecke über die Autobahn würde ich dem alten Opa aber im Moment nicht zumuten. Der TÜV läuft diesen Monat ab, und um den Wagen da durchzubringen, muss er generalüberholt werden. Ob sich das für Sie noch lohnt, kann ich so nicht sagen.« Frerichs zuckte mit den Schultern. »Aber wenn Sie so nötig ein Auto brauchen?«

Tanja strahlte ihn an. »Würden Sie das tun? Das würde mir wirklich weiterhelfen.«

»Jo, kloor!«, erwiderte der alte Mechaniker breit. Er streckte die Rechte aus und wartete darauf, dass Tanja einschlug. »Dann können Sie den Mercedes morgen Nachmittag abholen.« So etwas wie einen Werkstattauftrag gab es offenbar nicht. Das Ganze erinnerte mehr an einen Viehhandel.

»Abgemacht«, sagte Gerd Frerichs, als sie ihm die Hand gegeben hatte, und grinste von einem Ohr zum anderen. »Dann sehen wir uns morgen. Und keine Sorge, ich mach das nicht so teuer. Allein schon wegen Henry«, fügte er hinzu.

Zusammen mit Jürgen Peters verließ Tanja die Werkstatt und ging auf seinen schmutzstarrenden Jeep zu, in dem Gustav auf und ab hüpfte wie ein Gummiball. Auf Jürgens Zeichen hin sprang der kleine Hund vom Beifahrersitz auf den Rücksitz, sodass Tanja vorn Platz nehmen konnte.

Als sich die Tür geschlossen hatte und Jürgen angefahren war, verzog Tanja unbewusst das Gesicht. Der Wagen stank penetrant nach nassem Hund und kalter Pfeife. Sie ließ die Seitenscheibe ein Stück herunter und atmete tief die frische Luft ein.

»Na, sehen Sie, ist doch alles prima«, sagte Jürgen zufrieden.

»Morgen Nachmittag haben Sie erst mal wieder ein Auto zur Verfügung.«

»Schon«, antwortete sie missmutig. »Aber das löst nicht mein Problem. Ich müsste dringend nach Sylt zurück. In meinem Hotelzimmer stehen die Koffer mit all meinen Sachen.«

»Sie könnten natürlich die Bahn nehmen«, sagte er. »Ich kann Sie gleich morgen früh nach Nordenham zum Bahnhof fahren, gar kein Problem. Allerdings ist das eine ziemliche Strecke. Wie lang fährt man nach Sylt? Sechs, sieben Stunden? Und dann noch mal das Ganze zurück, wenn Sie Ihr Cabrio nächste Woche wieder abholen müssen.« Jürgen zog die Mundwinkel nach unten. »Eine ganz hübsche Ochsentour. Ich hätte dazu keine Lust. Aber ich bin nicht der Maßstab, ich fahr nicht gern Eisenbahn.« Er warf ihr einen kurzen Blick zu. »Wäre sicherlich vernünftiger und vor allem bequemer, bis Donnerstag oder Freitag hierzubleiben. Judith hat bestimmt nichts dagegen.«

»Nein, das glaube ich auch nicht.« Tanja seufzte. »Trotzdem ...«

»Wenn es wegen der Klamotten ist, in Nordenham gibt es zwar keine Prada- und Dior-Boutiquen, aber was zum Anziehen kriegt man dort auch. Da müssten Sie Ihre Ansprüche nur etwas runterschrauben. Ist eben eher Provinz-Gucci.«

»Sehe ich etwa so aus, als würde ich immer nur in Prada oder Gucci herumlaufen?«, fragte sie bissig.

»Ein bisschen – vielleicht.« Er lachte, sah zu ihr hinüber und zwinkerte ihr zu. Seine Augen wirkten in seinem braun gebrannten Gesicht so tiefblau, dass es beinahe aussah, als würde er farbige Kontaktlinsen tragen.

Komisch, dachte Tanja, dass mir das noch gar nicht aufgefallen ist. Eigentlich sieht er ganz annehmbar aus. Wenn nur dieser furchtbare Strubbelbart nicht wäre.

»Sie haben ja eine enorm gute Menschenkenntnis«, sagte sie.

»Ja, darauf habe ich mir immer viel eingebildet.«

Tanja drehte sich ein wenig, um ihn genauer betrachten zu können, und verschränkte die Arme vor der Brust. »Dann mal raus mit der Sprache«, sagte sie. »Was denkt der Menschenkenner über mich? Einen kompletten Lebenslauf und ein psychologisches Gutachten hätte ich gern.«

Jürgen lachte. »Nichts da. Ich will ja nicht gleich wieder mit Ihnen in Streit geraten. Außerdem würde das viel zu lange dauern«, sagte er. »Aber wir können das gern morgen Vormittag nachholen, wenn ich Sie zum Einkaufen nach Nordenham kutschiere. Jetzt muss ich nach Hause, meine Schweine haben Hunger.« Er stoppte den Wagen und deutete aus dem Seitenfenster auf die Auffahrt, die zu Henrys Hof führte. »Wenn es Ihnen nichts ausmacht, lasse ich Sie hier schon raus. Wir sehen uns dann morgen früh gegen neun. Ich hole Sie ab.«

Tanja machte schon den Mund auf, um ihm zu widersprechen, aber dann nickte sie, während sie die Autotür öffnete.

»Und wenn Sie es sich doch noch anders überlegen, dann rufen Sie mich einfach an.« Jürgen kramte in der übervollen Ablage unter dem Autoradio herum und zog eine Visitenkarte hervor, die er ihr gab. »Da steht auch meine Handynummer drauf.«

Tanja stieg aus und sah, wie er durch das Seitenfenster grüßend die Hand hob, während der Jeep davonbrauste. Nachdenklich schaute sie ihm hinterher und blickte dann auf die Visitenkarte in ihrer Hand.

Die Karte aus wertigem Büttenpapier war dezent in Stahlstich bedruckt und zeigte die minimalistische Silhouette eines Bauernhofes, unter dem lediglich *Petershof – biologische Lebensmittel aus Bördiek* stand.

Da ist aber mal ein Profi am Werk gewesen, dachte sie beeindruckt. Solche Visitenkarten sind nicht billig.

Dann drehte sie die Karte um. *Prof. Dr. agr. Jürgen Peters, Inhaber* stand dort, und darunter folgten die Telefonnummern. Für einen Moment blieb ihr der Mund offen stehen.

»So viel zum Thema ›dummer Bauer‹«, murmelte sie.

Zehn

Nachdem Judith eine Stunde damit zugebracht hatte, im Haus aufzuräumen und Geschirr zu spülen, beschloss sie, es für diesen Tag gut sein zu lassen und lieber nachzusehen, wo Anna steckte. Sie hatte der Kleinen eingeschärft, in der Nähe des Hauses zu bleiben und sie zu rufen, falls sie Hilfe brauchen sollte.

Die große Dreschdiele war leer, und sie erhielt keine Antwort, als sie nach Anna rief, also ging sie durch den Kälberstall in die leere Viehdiele hinüber, wo früher die Kühe gemolken worden waren.

Langsam schritt Judith auf dem Futtergang zwischen den Fanggittern entlang und erinnerte sich daran, wie Onkel Henry ihr gezeigt hatte, wie sie das Melkgeschirr halten musste, damit sie die Melkbecher aus Metall über die Zitzen der Kühe stülpen konnte, ohne dass diese wieder herunterrutschten.

»Du hast Talent«, hatte er anerkennend gesagt, weil sie es auf Anhieb hinbekommen hatte. »Du solltest Bäuerin werden!«

Lächelnd schüttelte Judith den Kopf, als auch jetzt wieder dieses Gefühl von Stolz, etwas richtig gemacht zu haben, in ihr aufstieg. Dreißig Kühe hatten hier im Stall Platz gehabt, dazu die Färsen und Jährlinge. Nicht genug, um die Landwirtschaft rentabel zu betreiben, hatte Onkel Henry immer gesagt, aber er wolle sich nicht den Spaß an der Arbeit verderben lassen, indem er einen dieser elenden Industriebetriebe aus dem Hof mache.

»Stell dir mal vor, Judith, die großen Bauernhöfe haben hundert oder sogar noch mehr Kühe. Alles nur noch reine Massenabfertigung. Nee, nicht mit mir.«

Dabei hatte er seiner Lieblingskuh Lieschen, einer hübschen Schwarzbunten mit seelenvollem Blick, über die Schwanzwurzel geschubbert, worauf Lieschen das Kreuz durchgedrückt und gemuht hatte.

Jetzt war der Stall leer. Von den Deckenbalken hingen Spinnweben herab, die grau vor Staub waren, und durch ein zerbrochenes Fenster hinter der Kuhreihe schwirrten Schwalben aus und ein, die in den Nestern an den Balken ihre zweite oder dritte Brut des Sommers aufzogen.

Doch auch hier war von Anna keine Spur zu sehen.

Judith öffnete die Tür, die zum Hof führte, und trat in den blendenden Sonnenschein hinaus.

»Anna?«, rief sie. »Wo steckst du denn?«

Sie war gerade im Begriff – Brennnesseln hin oder her –, den Weg am Haus entlang in den Garten zu nehmen, als sie aus einiger Entfernung helles Kinderlachen hörte.

»Anna?«, rief sie lauter.

»Ich bin hier, Mama!«, ertönte es aus Richtung der Kuhweide, die sie wegen der Bäume, die die Auffahrt säumten, nicht sehen konnte.

Eilig lief Judith ein Stück die Auffahrt entlang. »Ich hatte dir doch gesagt, du sollst in der Nähe des Hauses bleiben!«, wollte sie sagen, aber als die Weide in Sicht kam, blieb sie sprachlos stehen.

Dort, mitten auf der Weide, hockte Anna auf den Knien zwischen den Grasbüscheln, die die alten Kühe stehen gelassen hatten, den rechten Arm hatte sie um Hermann geschlungen, der neben ihr saß, den linken hatte sie nach einer der Kühe, die in einer Reihe vor ihr standen und sie neugierig betrachteten, ausgestreckt und ließ sich beschnuppern. Jetzt sah sie zu Judith hinüber und strahlte über das ganze sommersprossige Gesicht.

»Guck mal, Mama, die Kühe sind ganz zahm!«, rief sie begeistert. Sie stand auf, versuchte vergeblich, sich den Schmutz von ihrer Jeans zu schlagen, dann griff sie nach Hermanns Leine und zog ihn zum Gatter hinüber, wo Judith auf sie wartete. Otto, der dicke Kater, hatte den Kühen offenbar ebenfalls einen Besuch abgestattet und erhob sich von seinem sonnigen Fleckchen, reckte sich und stolzierte hinter dem Mädchen her.

»Was machst du denn auf der Weide?«, fragte Judith streng. »Das hier sind alte Kühe, die tun normalerweise niemandem was. Aber wenn das jetzt Jungbullen gewesen wären, dann …«

»Hermann hat sich losgerissen und ist in den Graben gesprungen«, unterbrach Anna sie. »Vielleicht wollte er die Kühe besuchen, weil er doch früher hier gewohnt hat. Ich habe ihn gerufen, aber er wollte nicht kommen. Und da bin ich eben über das Gatter geklettert, um ihn zu holen.«

»Du machst vielleicht Sachen! Und wie siehst du eigentlich aus?« Judith schüttelte den Kopf.

Anna sah an sich herunter. »Sind doch alles olle Klamotten, die kriegt man in der Waschmaschine wieder sauber. Und das Loch war vorher schon in der Jeans«, behauptete sie. »Blöde ist nur, dass ich in einen Kuhfladen getreten bin. Jetzt habe ich wirklich Scheiße am Schuh!«, setzte sie kichernd hinzu.

»Anna!«

»Was'n? Stimmt doch. Guck!« Zum Beweis hielt sie ihren rechten Fuß hoch. Die ehemals rosa Sandale und die weiße Socke waren jetzt grünbraun.

Judith seufzte. »Du brauchst Gummistiefel«, stellte sie fest. »Ganz dringend. Am besten heute noch.« Vorsichtig öffnete sie das Gatter einen Spaltbreit und ließ Anna und Hermann hindurch, während Otto elegant unter der untersten Latte hindurchschlüpfte. »Wenn du sauber bist und dich umgezogen hast, gehen wir zu Tante Köhler.«

Wenn schon der Kuhstall in Judith Kindheitserinnerungen weckte, so war das Gefühl, dass die Zeit stehen geblieben war, in Tante Köhlers winzigem Laden noch um ein Vielfaches größer. Hier schien alles unverändert. Noch immer war das Häuschen mit wildem Wein überwuchert, der in die Fenster und die Türöffnung hineinwuchs, neben der das Emailleschild mit der Aufschrift *Gertrud Köhler, Gemischtwaren* angebracht war. Noch immer hing die belaufene Messingglocke an einer Spirale über der Tür und gab ein melodisches *Dingding* von sich, sobald man den Laden betrat. Auf den Regalen an den Wänden stapelten sich Lebensmittel und Dinge des täglichen Bedarfs bis zur Decke hoch. Noch immer brummte der Kühlschrank mit Milch und Wurst in der einen Ecke und die Kühltruhe mit dem Speiseeis in der anderen. Hinter dem Tresen, der den kleinen Raum teilte, stand der Holzstuhl mit dem gestrickten Kissen, auf dem Tante Köhler auf Kunden wartete, neben sich auf einem Tischchen ihr Strickzeug und eine Tasse Tee. Nur die alte Waage mit dem dicken roten Zeiger in einem dreieckigen Feld und der Aufschrift *Bizerba* war verschwunden und hatte einem modernen Modell mit Digitalanzeige Platz gemacht.

Als Judith mit Anna an der Hand eintrat, wandten sich die Köpfe der beiden Frauen, die am Tresen standen, ihr zu, und eine bis dahin offenbar angeregte Unterhaltung verstummte abrupt. Auf dem Tresen standen Teebecher, und der Duft von Rhabarberkuchen lag in der Luft.

»Moin!«, sagte Judith.

Tante Köhler öffnete die Klappe im Tresen, kam auf Judith zu und umarmte sie herzlich.

»Das ist aber schön, dass du vorbeikommst, Judith. Annegret hat gerade erzählt, dass du hier bist.« Damit zeigte sie auf Annegret Oltmanns, die am Tresen lehnte und Judith ein strahlendes Lächeln schenkte.

An Tante Köhler war die Zeit nicht so spurlos vorbeigegangen wie an ihrem Laden. Ihr früher aschblondes Haar, das sie wie immer zu einem Pferdeschwanz im Nacken gebunden trug, war inzwischen grau und an den Schläfen schlohweiß. Sie war schmaler und kleiner als früher und vor allem viel faltiger im Gesicht. Auch die Lesebrille, die sie weit vorn auf der Nase balancierte, war neu. Aber der Blick ihrer klugen blauen Augen war so herzlich und warm wie eh und je.

»Jetzt brauche ich dich wohl nicht mehr zu fragen, ob du dir zur Begrüßung ein Eis aus der Truhe nehmen möchtest, oder?«, fragte sie und zwinkerte Judith lächelnd zu, ehe sie sich Anna zuwandte. »Aber vielleicht möchtest du ja eines, Deern?«

»Das ist Anna«, stellte Judith ihre Tochter vor, der anzusehen war, dass ihr die neugierigen Blicke der beiden unbekannten Frauen peinlich waren.

Tante Köhler schob ihre Brille ein Stückchen höher und musterte Anna wohlwollend. »Anna! Was für ein schöner Name. Wenigstens muss man da nicht nachfragen, wie das nun wieder geschrieben wird. Nicht so wie bei der Lütten von den Leuten, die das Haus von Cordes gekauft haben. Wie heißt die noch mal, Annegret?«

»Jaqueline-Noelle!«, antwortete Annegret wie aus der Pistole geschossen.

»Richtig. Und auch noch mit Bindestrich.« Tante Köhler schüttelte missbilligend den Kopf. »Da ist das Kind ja schon wieder einen Zentimeter gewachsen, ehe du den Namen einmal richtig über die Zunge gekriegt hast. Da ist Anna doch viel besser!« Sie streckte ihre Hand aus, die Anna, wenn auch zögernd, ergriff. »Freut mich, dich kennenzulernen, Anna. Dann such dir mal ein Eis aus. Das durfte deine Mama auch immer, wenn sie bei Onkel Henry und Tante Alma zu Besuch war.«

Anna warf ihrer Mutter einen fragenden Blick zu. Erst als Judith nickte, ging Anna zur Truhe hinüber und angelte sich nach langem Entscheidungsprozess ein Vanillehörnchen heraus.

»Danke schön«, sagte sie artig zu Tante Köhler, ehe sie das Papier entfernte und zu essen begann. Als Anna auch noch unaufgefordert das Papier in den kleinen Mülleimer neben der Tür warf, nickte Tante Köhler anerkennend, und Judiths Mutterherz schwoll vor Stolz an.

»Was brauchst du denn, Judith?«, fragte Tante Köhler. »Oder seid ihr zwei zum Teetrinken vorbeigekommen?«, fügte sie mit einem Augenzwinkern hinzu.

»Nein, ich wollte fragen, ob du vielleicht Kindergummistiefel in Größe 33 dahast.«

»Ich bin vorhin volle Kanne in Kuhscheiße getreten!«, verkündete Anna strahlend. Judith fühlte, wie ihr das Blut in die Wangen schoss. So viel zum guten ersten Eindruck, dachte sie.

Tante Köhler und Annegret lachten.

»Da mach dir mal nichts draus«, sagte Tante Köhler. »Das ist deiner Mama auch öfter mal passiert, als sie noch klein war. Gummistiefel für Kinder«, sagte sie dann und rieb sich nachdenklich das Kinn. »Früher hatte ich immer alle Größen da, aber seit es nur noch so wenige Kinder in der Gegend gibt … Lass mich mal in den Keller gehen und nachsehen. Vielleicht haben wir ja Glück.« Damit kehrte sie hinter den Tresen zurück und verschwand in der Tür, die zu ihrer Wohnung hinter dem Laden führte.

»Wenn Gertrud keine hat, musst du morgen in der Genossenschaft vorbeikommen. Wir haben reichlich da. Allein schon für die Touristen«, sagte Annegret leise, als Tante Köhler eine Weile außer Sicht war. »Und ein bisschen billiger sind unsere vermutlich auch.«

»Das schon, aber …«

Judith verstummte, als sie eine triumphierende Stimme aus der Ferne rufen hörte: »Siehste, wusste ich's doch!«

Einen Augenblick später kam sie zurück und hielt ein paar leuchtend rote Gummistiefel wie eine Trophäe vor sich ausgestreckt. »Das letzte Paar am Lager! Ist allerdings Größe 34. Ich hoffe, die passen trotzdem.«

»Rote Gummistiefel! Genau wie die, die ich immer hatte«, rief Judith, nahm sie entgegen und stellte sie vor Anna auf den Boden. »Hier, probier mal an.«

»Alle kleinen Mädchen in Bördiek haben rote Gummistiefel getragen. Aber jetzt? Das letzte Paar habe ich im Frühling verkauft, an die Lütte von …« Tante Köhler verstummte und schaute aus dem Fenster, das zur Betonstraße führte. Sie lachte. »Ach, sieh mal, wer da kommt. Wenn man vom Teufel spricht«, sagte sie und deutete hinaus.

Judith folgte ihrem Blick und sah einen dunkelhaarigen, hochgewachsenen Mann und ein kleines blondes Mädchen, die ihre Fahrräder vor dem Haus abstellten. Das Mädchen blieb in einiger Entfernung von Hermann stehen, der neben der Tür am Gartenzaun angeleint war und die Neuankömmlinge schwanzwedelnd begrüßte. Erst als ihr Vater sie an die Hand nahm, traute sie sich an dem großen Hund vorbei.

Judith ließ mit einem leisen Keuchen die Luft aus den Lungen entweichen, als sie den Mann erkannte.

»Christoph …«

»Ja, Christoph ist auch gerade hier. Das wollte ich dir heute Morgen schon erzählen«, sagte Annegret eifrig. »Aber da gab es ja so viel Neues zu beschnacken, da bin ich da wieder ganz von abgekommen. Er ist für drei Wochen zu Besuch bei seinen Eltern und hat seine Tochter mitgebracht. Die sind ja jetzt geschieden, er und seine Frau. Sie soll wohl einen anderen haben und ist mit der Lütten zu ihm gezogen. Und die kleine Lena soll da kreuzunglücklich sein, hat Christophs Mutter jedenfalls erzählt. Darum ist er …« Annegret verstummte mitten im Satz, als die Türglocke klingelte und Christoph und seine Tochter eintraten. Als sie die drei Frauen sah, klammerte sich die Kleine fest an seine Hand und versteckte sich halb hinter seinem Rücken.

»Na, komm schon, Lena, nun stell dich nicht so an«, sagte Christoph und beugte sich zu ihr hinunter. »Du kennst Tante Köhler doch. Und eben wolltest du noch unbedingt ein Eis.«

Lena antwortete nicht, sondern schüttelte nur den Kopf, während sie die Anwesenden mit großen Augen und zusammengekniffenen Lippen anstarrte. Christoph seufzte und richtete sich auf. »Moin, erst mal! Annegret, Tante Köhler«, sagte er und nickte den beiden zu. Als er zu Judith blickte, stutzte er. »Judith?«, fragte er ungläubig.

»Hallo, Christoph«, hörte sie sich selbst mit seltsam heiserer Stimme sagen. Irgendein Winkel ihres Gehirns funktionierte zum Glück noch, obwohl der größte Teil von Schwaden rosaroter Hormonwolken eingenebelt wurde, die aus einem Verlies mit der Aufschrift *Teenieschwärmerei – um Gottes willen nicht öffnen!* entwichen waren.

Auf einmal war Judith wieder fünfzehn und bis über beide Ohren verknallt in den hoch aufgeschossenen Christoph, der gerade Abitur gemacht hatte, den jüngeren Sohn vom Schröder-Hof, mit seinen dunkelbraunen Locken und dem verwegenen Lächeln. Christoph, mit seinen wunderschönen braunen Augen, in denen sie zu versinken glaubte. Christoph, mit dem sie über alles reden, bei dem sie sich ausheulen konnte. Christoph, der sie ganz hinten auf dem Dachboden geküsst hatte und mit ihr zum Landjugendfest gegangen war …

Und jetzt stand er wirklich und leibhaftig wieder vor ihr, und Judith starrte ihn mit offenem Mund an, als habe sie ein Alien gesehen.

»Mama, die passen!«

Annas Worte ergaben gar keinen Sinn. »Was?«

Erst als ihre Tochter an ihrem Ärmel zog und den Fuß mit dem roten Gummistiefel hochhielt, registrierte Judith, dass sie gemeint war. »Guck! Die Gummistiefel passen.«

»Das ist schön, Anna.«

Anna runzelte die Stirn und schüttelte missbilligend den Kopf. »Ich geh mal vor die Tür und gucke nach, was Hermann macht. Nicht, dass der sich noch losreißt. Kommst du auch gleich?«

»Wie?«, fragte Judith abwesend. Dann riss sie sich mit Mühe zusammen und versuchte, ihren Schwebezustand zu verlassen und wieder zur Erde zurückzukehren. Sie räusperte sich. »Ja, ich bezahle nur noch, dann komme ich.«

»Okay«, sagte Anna und ging in Richtung Tür. Neben Christophs Tochter blieb sie stehen. »Willst du mitkommen und Hermann mal streicheln?«, fragte sie.

Lena starrte sie entsetzt an. »Den großen Hund? Nee, lieber nicht. Ich hab Angst vor Hunden.«

»Aber vor Hermann doch nicht, der ist ganz lieb. Ich zeig dir, wie man es macht«, erwiderte Anna gönnerhaft. »Komm!« Sie nahm Lena an die Hand und zog sie mit sich. Ob es an Annas nassforscher Art oder am Überraschungsmoment lag, jedenfalls ließ Lena die Hand ihres Vaters los und folgte Anna nach draußen.

Mit verblüfftem Gesicht schaute Christoph den beiden Mädchen hinterher. »Donnerwetter! Die leidet aber nicht an mangelndem Selbstbewusstsein«, sagte er. »Ist das deine Tochter? Wie heißt sie noch gleich?«

»Anna!«, sagten Judith und Annegret im Duett.

»Ja, richtig. Anna.« Er nickte und lächelte Judith an. »Meine Mutter hat erzählt, dass du eine Tochter hast, die im gleichen Alter wie Lena ist.«

»Im November acht geworden.« Komisch, die Worte kamen Judith ganz leicht über die Lippen, solange sie nur vermied, in Christophs Augen zu sehen.

»Lena wird nächsten Monat neun, aber sie ist ziemlich klein für ihr Alter. Sie war ein Frühchen, das hängt ihr immer noch ein bisschen nach.«

»Ja«, sagte Judith. »Manche brauchen etwas länger, aber irgendwann holen sie dann auf.«

Was redest du da eigentlich für einen Schwachsinn?, fragte eine gehässige Stimme in ihrem Kopf. Onkel Henry hat erzählt, dass Christoph Medizin studiert hat. Der wird das bestimmt besser wissen als du. Meine Güte, bist du peinlich!

»Ich meine … Du weißt … Ich wollte nicht …«, stammelte sie und zwang sich, tief Luft zu holen. »Das habe ich jedenfalls mal gehört.« Sie sah hoch, ihre Blicke trafen sich, und schon hing sie wie ein Magnet an seinen Augen.

Mein Gott, dieses Haselnussbraun, diese endlos langen Wimpern. In Judiths Magen begann es zu flattern, und sie spürte, wie ihr das Blut in die Wangen schoss. Sie fühlte sich wirklich wieder wie ein Teenie.

»Stimmt schon. Allerdings ist Lena auch gesundheitlich

nicht ganz auf der Höhe. Sie ist mit einem Herzfehler auf die Welt gekommen und hat schon einige OPs hinter sich. Aber so ganz allmählich wird es besser. Sie …«

Christoph redete immer weiter, aber was er sagte, rauschte an Judith zum größten Teil vorbei. *Asthma* hörte sie und *Nordseeluft, Allergien, Großeltern* und *Bauernhof*. Judith nickte immer an Stellen, an denen sie es intuitiv für angemessen hielt.

Schließlich sah Christoph auf seine Armbanduhr. »Oh Mist, schon nach drei!«, sagte er erschrocken. »Wir müssen zusehen, dass wir nach Hause kommen. Wenn wir zum Teetrinken nicht pünktlich am Tisch sitzen, wird Mama fünsch.«

Er lachte, und die beiden älteren Frauen stimmten nickend ein. Christoph ging zur Eistruhe hinüber und zog ein Eis am Stiel heraus, das er bei Tante Köhler bezahlte, ehe er sich wieder zu Judith umdrehte.

»Hat mich wirklich gefreut, dich mal wiederzusehen, Judith«, sagte er und streckte ihr seine Rechte entgegen. »Wir sind noch drei Wochen hier, Lena und ich. Vielleicht trifft man sich ja noch mal.«

Judith machte den Mund auf, um etwas Geistreiches oder Witziges zu erwidern, aber heraus kam nur ein lahmes »Ja«.

Christophs schön geschwungene Lippen öffneten sich zu einem breiten Lächeln, das blitzende, strahlend weiße Zähne freilegte, und als sie dann seine Hand schüttelte, hoben in ihrem Magen schon wieder die Schmetterlinge ab.

Er zwinkerte ihr zu und ging zur Tür hinüber, blieb dann aber mit der Klinke in der Hand stehen und starrte wie vom Donner gerührt aus den Butzenfenstern. »Ich glaube es nicht«, murmelte er.

Christoph winkte die Frauen zu sich und deutete nach draußen. Lena und Anna saßen neben Hermann im Gras, streichelten den grauen Rüden abwechselnd und schienen in eine wichtige Unterhaltung vertieft zu sein.

»Lena scheint endlich eine Freundin gefunden zu haben«, sagte Christoph und drehte sich strahlend zu Judith um. »Ihre allererste!«

Als Tanja nach ihrer Rückkehr von der Autowerkstatt das Wohnhaus betreten wollte, fand sie die Tür verschlossen vor. Sie kramte in ihrer Handtasche nach dem Schlüssel, den ihr der Notar ausgehändigt hatte, aber dann fiel ihr wieder ein, dass sie ihn in *ihrem* Zimmer auf den Nachttisch gelegt hatte.

»Mist!«, fluchte sie. »Ausgesperrt.«

Judith hatte nichts davon gesagt, dass sie heute noch wegfahren wollte. Hätte sie einen Ausflug mit ihrer Tochter geplant, hätte sie es wahrscheinlich erwähnt. Vielleicht waren die beiden auch nur im Garten.

Tanja ging durch die Diele auf den Hof zurück, wandte sich nach rechts und folgte dem von Brennnesseln überwucherten Kiesweg, der in den Garten führte. Hier auf der Südseite stand eine Reihe alter Obstbäume: Apfel- und Birnbäume, eine Pflaume, die voller winziger Früchte hing, und ein uralter Kirschbaum, der sich unter der Last der dunkelroten Früchte bog. Sie pflückte eine Handvoll ab, probierte und verzog das Gesicht. »Sauerkirschen! Wir sollten einen Kuchen backen«, murmelte sie.

Hinter den Obstbäumen, direkt am Wohnhaus, lag eine zottige Rasenfläche, umgeben von Staudenbeeten, in denen das Unkraut die Oberhand gewonnen hatte. Das musste der Ziergarten gewesen sein.

War früher bestimmt mal sehr hübsch hier, dachte sie. Und

mit ein wenig Arbeit könnte der Garten auch wieder zu einem Schmuckstück werden.

»Judith? Anna!«, rief sie, aber es kam keine Antwort. Vielleicht waren die beiden ja auf der anderen Seite des Hauses. Sie lief an der Veranda vorbei zur Giebelseite, wo weitere Obstbäume und eine lange Reihe von Beerenbüschen standen. Auch die Johannisbeeren waren bereits reif, während die Brombeeren und Himbeeren noch blühten.

Noch mehr Zutaten für einen Kuchen, dachte Tanja und lächelte. Es hatte eine Zeit gegeben, da hatte sie leidenschaftlich gern gebacken – jeden Sonntag einen Kuchen für Paps und ihre Brüder. Reihum hatte sich jeder etwas wünschen dürfen. Und zu den Geburtstagen hatte sie immer eine Sahnetorte mit Kerzen auf den Tisch gestellt. Dann waren das Studium und der Job gekommen, und sie hatte nicht einmal mehr die Zeit gehabt, zu den Geburtstagen nach Hause zu fahren.

Auf der Nordseite des Gebäudes befand sich der Gemüsegarten mit den überwucherten Beeten, den sie am Morgen durch ihr Schlafzimmerfenster bewundert hatte. Von Judith und Anna war auch hier nichts zu sehen.

Tanja seufzte. Nützt nichts, ich muss warten, bis die beiden zurückkommen, dachte sie.

Zwischen ein paar Buchsbaumkugeln, die schon ewig keine Schere mehr gesehen hatten, direkt bei den Gemüsebeeten stand eine windschiefe Gartenbank, deren weiße Farbe abblätterte. Vorsichtig nahm Tanja darauf Platz, wippte ein paarmal hin und her, um die Stabilität zu prüfen, dann lehnte sie sich zurück, schloss die Augen und hielt ihr Gesicht in die Sonne.

Es war so friedlich hier. Ein Platz, an dem man zur Ruhe kommen konnte. So ähnlich hatte Henry Reimann in seinem Testament geschrieben.

Ruhe … Zeit haben. Keine Termine im Kalender. Keine übervolle To-do-Liste für die kommende Woche, säuberlich gegliedert in *brandeilig, sofort erledigen* und *sobald wie möglich*. Keine Geschäftsessen mit Klienten, Kunden, Partnern oder Olafs ach so wichtigen Freunden. Einfach Zeit haben, den Kopf in die Sonne zu halten und sich den Wind über die Stirn streichen zu lassen. Ein Gedanke, an den man sich gewöhnen konnte.

Aber das war ja gar nicht sie selbst, diese Sehnsucht passte nicht zu Tanja Merker. Sie war die, der es gar nicht hektisch genug sein konnte, die aufblühte, wenn die Termine sich überschlugen, und am glücklichsten war, wenn sie mit fünfzehn verschiedenen Projekten gleichzeitig jonglierte.

»Du kannst aber auch nicht eine Sekunde lang Arbeit Arbeit sein lassen, oder?«, hatte Olaf sie immer wieder lachend gefragt, wenn sie noch im Bett sitzend am Notebook gearbeitet hatte.

»Sonst kommt man im Leben nicht weiter«, hatte sie dann geantwortet.

War sie wirklich im Leben weitergekommen? War es nicht vielmehr so, dass sie vor dem Leben davongelaufen war?

Vielleicht hatte Bärbel ja recht. Vor ein paar Wochen hatten die Freundinnen sich zu einem Mädelsabend getroffen, waren essen und danach tanzen gegangen und hatten schließlich leicht beschwipst auf einer Parkbank in dem komischen Kaff im Taunus, wo Bärbels Familie wohnte, den Sonnenaufgang betrachtet.

»Bist du eigentlich glücklich?«, hatte Bärbel gefragt.

»Ja, sicher«, war Tanjas Antwort gewesen. »Ich hab doch alles. Einen tollen Job, immer was zu tun, genügend Geld, um mir meine Wünsche erfüllen zu können …«

»Aber was ist mit Wünschen, die man sich nicht mit Geld erfüllen kann?«

»Keine Ahnung, was du meinst.«

»Ich meine, bist du zufrieden mit deinem Leben, so wie es ist? Du wirkst immer so abgehetzt, als seist du auf der Flucht.«

»Ich habe mir den ganzen Abend für dich freigeschaufelt, sitze mit dir auf einer Bank und guck mir den Sonnenaufgang an. Etwas, was ich bestimmt seit meiner Schulzeit nicht mehr gemacht habe.«

»Eben«, hatte Bärbel gesagt. »Wenn du seit der Schulzeit keinen einzigen Sonnenaufgang mehr beobachtet hast, ist das entschieden zu lange her. Du kannst so was gar nicht mehr genießen, weil du mit deinem Kopf immer schon beim nächsten Termin bist. Du hast doch gar nichts vom Leben. Nur Arbeit.«

»Weil die Arbeit nun mal mein Leben ist.«

Bärbel hatte ihr über den Rand ihrer Brille hinweg einen strengen Blick zugeworfen. »Blödsinn. Wenn du wegen zu viel Stress in die Grube fährst, wird auf deinem Grabstein stehen: *Sie hatte noch so viel vor, aber ist vor Arbeit nicht dazu gekommen.* Im Ernst! Nimm mal einen Gang raus, und kümmere dich mehr um dich als die Firma. Wenn du irgendwann auf der Nase liegst, dankt es dir niemand aus der Chefetage. Die stiften höchstens einen hübschen Kranz, aber von dem hast du dann auch nichts mehr.«

Tanja hatte es versprochen und dann das Gespräch in eine andere, weniger verfängliche Richtung gelenkt. In den nächsten Tagen und Wochen hatte sie so viel mit ihrem beruflichen Aufstieg in die Chefetage zu tun gehabt, dass sie nicht mehr an das Gespräch mit Bärbel gedacht hatte. Oder hatte sie den Gedanken, es könne anderes, Wichtigeres als ihre Arbeit geben, ganz weit nach hinten geschoben und verdrängt, weil er ihr Angst machte und sie irritierte? Vielleicht sollte sie Bärbel anrufen, um ihr zu sagen, dass sie womöglich doch nicht so falschlag.

Tanja öffnete ihre Handtasche, um das Handy herauszuholen, dabei fiel ihr Blick auf den Umschlag, den ihr der Notar übergeben hatte. Langsam zog sie den Brief ihres Vaters heraus und hielt ihn einen Moment unschlüssig in den Fingern, ehe sie sich einen Ruck gab und ihn öffnete. Er enthielt ein altes Foto und vier dicht beschriebene Seiten Papier, die sie eine Weile betrachtete, ehe sie zu lesen begann.

Liebe Tanja,

ich glaube, ich habe hundert Anläufe gebraucht, bis ich die richtigen Worte für diesen Brief gefunden habe. Es gibt eine Menge, wofür ich mich zu entschuldigen, und noch mehr, was ich zu erklären habe. Wo soll ich anfangen? Am besten ganz vorn …

Deine Mutter und ich waren eigentlich nicht mehr als gute Freunde. Studienkollegen, die sich eine Wohnung mit noch zwei anderen Kommilitonen teilten. Eines Abends gingen wir alle zusammen auf eine Party, feierten ausgelassen, tranken zu viel und landeten schließlich zusammen im Bett. Am nächsten Morgen war uns beiden die Sache ein bisschen peinlich, aber was soll's? So was kam damals unter uns Studenten schon mal vor! Wir beide redeten nicht mehr darüber und machten genau so weiter wie vor dieser Feier. Wir besuchten die Uni, kochten zusammen und stritten uns darüber, wer den Abwasch zu erledigen und das Bad zu putzen hatte. Abends saßen wir mit den anderen um den großen Küchentisch herum und diskutierten über Gott und die Welt, als hätte es diese Nacht nicht gegeben. Es war eben nur ein einmaliger Ausrutscher gewesen, nichts weiter. Als Deine Mutter mir ein paar Wochen später sagte, sie sei schwanger und nur ich könne der Vater sein, machten wir beide lange Gesichter. Eine Abtreibung stand für sie außer Frage, und sie wurde fuchsteufelswild, als ich das Thema vorsichtig ansprach. Eine andere Lösung musste her. Wir beide beschlossen, es miteinander zu versuchen, aber wir waren nun mal nicht ineinander verliebt, sondern nur befreundet. Wir stritten uns drei Monate lang, bis wir erkannten, dass es nicht funktionieren würde, und trennten uns – zum Glück rechtzeitig genug, dass wir Freunde bleiben konnten.

Ich versprach, sie bei allem zu unterstützen, so gut es mir möglich war, aber wenig später lernte sie Deinen Vater kennen und lieben und konnte mich in ihrem Leben nicht mehr gebrauchen. Kurz nachdem Du geboren wurdest, haben wir uns noch einmal getroffen, Deine Mutter und ich. Du warst auch dabei, kaum drei Wochen alt, hast Du in Deinem Kinderwagen alles verschlafen. Damals hat sie mir erzählt, dass sie heiraten und wegziehen würde. Sie meinte, es sei besser, Dir nichts von mir zu erzählen, Dein Vater würde das so wollen, und auch sie hielte es für die beste Lösung. Das würde Dir ersparen, Dich immer hin- und hergerissen zu fühlen. Aber sie versprach mir, Fotos zu schicken und mich am Telefon über Dich auf dem Laufenden zu halten. So haben wir es all die Jahre gehalten, doch dann, als du fünfzehn warst, rief auf einmal Dein Vater an und teilte mir mit, dass Deine Mutter plötzlich gestorben war. Alma und ich boten ihm Hilfe an, aber die wollte er ebenso wenig annehmen, wie den Vorschlag überdenken, dass wir Dich bei uns aufnehmen. Er bestand darauf, dass alles so bleiben sollte, wie es zwischen Deiner Mutter und mir besprochen war. Erst wenn Du volljährig würdest, solltest Du von mir erfahren und dann selbst entscheiden können, ob Du Kontakt zu mir haben willst oder nicht.

Du willst es offenbar nicht, denn Du hast Dich nie bei mir gemeldet. Ich habe das akzeptiert, wenn auch schweren Herzens, denn Alma und ich hatten leider keine Kinder. Trotzdem haben wir immer Anteil an Deinem Leben genommen. In meinem Schreibtisch habe ich einen ganzen Schuhkarton mit Bildern von Dir. Ich weiß von Deinem ersten Lachen, dem ersten Zahn, dem ers-

ten Schultag. Ich habe gehört, was für ein Sturkopf Du sein konntest, wie fürsorglich Du auf Deine kleinen Brüder achtgegeben hast und wie gut Du in der Schule warst. Ich habe ein Bild von Deinem Abiball und eins von Dir in Deinem ersten eigenen Auto. Ich weiß von Deinem Ehrgeiz im Studium und Deinem Erfolg im Beruf. Das alles hat mich sehr stolz gemacht. Der Kontakt zu Deinem Vater ist nie abgerissen, und ich bin ihm sehr dankbar dafür. Ich weiß, er hat nie einen Unterschied zwischen Dir und Deinen Brüdern gemacht. Vermutlich wäre ich Dir nie ein auch nur halb so guter Vater gewesen, wie er es für Dich war. Es hat schon alles seine Richtigkeit, so wie es gekommen ist. Es gibt nichts zu bedauern, außer vielleicht, dass wir nie die Gelegenheit hatten, uns persönlich kennenzulernen, zu reden oder einfach Zeit miteinander zu verbringen.

Trotzdem habe ich das Gefühl, Dich gut zu kennen. Ich weiß, Du bist eine patente junge Frau, die mit beiden Beinen im Leben steht, die Menschenkenntnis hat und genau weiß, was sie will. Darum habe ich den Mut, eine große Bitte an Dich zu richten, liebe Tanja.

Es geht um Judith, Deine Cousine. Wenn Du diesen Brief in Händen hältst, wirst Du sie höchstwahrscheinlich bereits kennengelernt haben und wissen, was für ein liebenswerter Mensch sie ist. Judith war für Alma und mich wie eine Tochter. Die Schulferien hat sie immer bei uns verbracht, und wir haben versucht, ihr das liebevolle Zuhause zu geben, das sie von ihren Eltern nicht kannte. Ihr Vater, mein Bruder Torsten, ist … Was soll ich über ihn sagen, ohne ausfallend zu werden? Ein egozentrischer Despot umschreibt es vielleicht ganz gut. Alles, was für ihn zählt, ist der äußere Schein. Was sollen die Leute denken, was die Nachbarn, was der Gemeinderat oder Gott weiß wer sonst noch? Judiths Lebensweg war schon geplant, als sie noch nicht einmal laufen konnte, doch sie hatte weder Deinen Mut noch Deinen Sturkopf, um sich ihrem

Vater zu widersetzen. Für Judiths Mutter ist jedes Wort Gesetz, das aus Torstens Mund kommt, sie war Judith nie eine Hilfe.

Darum hat Judith dieses Pharmaziestudium angefangen und ist damit natürlich gescheitert. Und seit ihre Tochter auf der Welt ist, hangelt sie sich so gut es geht mit Aushilfsjobs durchs Leben. Nichts gegen Aushilfsjobs, wenn man damit glücklich ist, aber das ist genau der Punkt. Judith ist nicht glücklich mit ihrem Leben, auch wenn sie am Telefon mir gegenüber immer etwas anderes behauptet. Sie weiß nicht, was sie will, lässt sich treiben, und das ist nicht gut. Judith braucht Zeit und Raum, um sich zu entscheiden, was sie mit ihrem Leben anfangen will – was sie glücklich macht. Und sie braucht jemanden, der ihr ein bisschen Halt gibt und ihr den Kopf zurechtrückt, wenn sie, wie es ihre Art ist, über das Ziel hinausschießt und in Wolkenkuckucksheim landet. Für das Erste kann ich sorgen, um das Zweite bitte ich Dich.

Liebe Tanja, sei Judith eine Freundin, oder besser noch, die große Schwester, die sie so dringend bräuchte. Hilf ihr herauszufinden, was sie vom Leben will, und steh ihr mit Rat und Tat zur Seite. Sie braucht das, und Du würdest mir einen Herzenswunsch damit erfüllen.

Bleibt vielleicht eine Weile zusammen in Bördiek und lernt euch richtig kennen. Judith war immer so gern hier, ich könnte mir gut vorstellen, dass sie für immer hierbleiben will, aber keine Ahnung hat, wie sie das anstellen soll. Nichts würde mich glücklicher machen, als zu wissen, dass eine von euch auf dem Hof bleibt und er nicht an jemand Fremdes verkauft wird. Das zu verwirklichen, wird sicher nicht einfach sein, aber wenn jemand einen Weg findet, dann bist Du es, da bin ich sicher.

Ich umarme Dich in Liebe
Dein Vater
Henry

Langsam ließ Judith den Brief in den Schoß sinken und strich nachdenklich mit dem Finger über die Unterschrift ihres Vaters.

Sie wusste nicht, womit sie gerechnet hatte – mit Entschuldigungen und Ausflüchten vielleicht, warum er ihre Mutter hatte sitzen lassen, als sie schwanger gewesen war, oder mit Klagen und Fragen, weshalb Tanja sich nicht bei ihm gemeldet hatte, nachdem sie die Wahrheit erfahren hatte. Sicher hatte sie nicht den ruhigen, fast sachlichen Ton seiner Worte erwartet und schon gar nicht seine Bitte, Judith ein wenig unter ihre Fittiche zu nehmen.

Tanja faltete den Brief zusammen und drehte das Foto um, das in dem Umschlag gesteckt hatte. Es war der Abzug eines alten Urlaubsfotos, das sie zusammen mit ihren Brüdern an der Ostsee zeigte. Sie saßen zu dritt in einer enormen Sandburg und grinsten stolz wie Bolle in die Kamera.

Tanja konnte sich noch an den Tag erinnern, als Paps das Bild aufgenommen hatte. Es war der erste Urlaub seit Jahren gewesen, und sie war damals neun oder zehn Jahre alt gewesen. Sie hatte zusammen mit ihren Brüdern den ganzen Tag gebuddelt, Sand aufgehäuft und Muscheln gesammelt, um die Burg mit ihren Namen zu schmücken. Nach dem Abendessen waren sie noch einmal alle zusammen zum Strand zurückgegangen, und Paps hatte sie mit ihrem Kunstwerk fotografiert, ehe die Flut es sich holen konnte.

Die kleine Tanja saß in der Mitte – ein hoch aufgeschossenes, schmales, hellblondes Mädchen mit Zahnspange, das jeweils einen Arm um ihre dunkelhaarigen kleinen Brüder geschlungen hatte und in die Kamera lachte. Ja, sie war eine gute große Schwester gewesen.

Aber Judith war doch schon erwachsen. Sie hatte selbst ein Kind und brauchte niemanden, der ihr sagte, wo der Hase lang lief. Ganz sicher hatte sie keine große Schwester nötig, um zu entscheiden, was das Richtige für sie war.

Entschlossen faltete Tanja den Brief zusammen, steckte das Foto dazu und stopfte beides in ihre Handtasche zurück.

»Ich muss selbst sehen, dass ich klarkomme«, sagte sie halblaut. »Sobald mein Auto fertig ist, fahre ich nach Sylt zurück und werde mich von dort aus um einen neuen Job kümmern. Das alles hier geht mich doch eigentlich gar nichts an.«

Sie erhob sich und ging zu den Gemüsebeeten hinüber, in denen sich die Kartoffelpflanzen durch das Unkraut einen Weg ans Licht zu kämpfen versuchten.

Kopfschüttelnd bückte sich Tanja und begann, Quecke und Ackerwinde zwischen den Pflanzen herauszuziehen. Die Arbeit beruhigte ihren Herzschlag, der in ihren Ohren pochte, die Sonne prickelte in ihrem Nacken, und der Wind, der vom Deich her wehte, kühlte ihre Stirn.

Gartenarbeit hatte ihr schon immer Spaß gemacht und sorgte dafür, dass ihre Gedanken aufhörten, sich im Kreis zu drehen. Doch auch als sie die dritte Reihe Kartoffeln vom Unkraut befreit hatte, war da noch immer diese nagende, leise Stimme in ihrem Kopf und wollte nicht schweigen.

Das sind doch alles nur Ausflüchte. Um einen neuen Job kannst du dich auch von hier aus kümmern, Tanja. Warum willst du denn nach Sylt zurück? Kann es sein, dass du mal wieder auf der Flucht bist?, fragte sie sich. Und was soll das heißen, das alles geht dich nichts an? Klar geht es dich was an. Nun gib dir mal einen Ruck.

Tanja biss die Zähne zusammen und zerrte an einer Queckenwurzel, die sich nicht aus dem schweren Kleiboden ziehen lassen wollte. Plötzlich gab die Wurzel dann doch nach und kam zusammen mit einer Kartoffel, an der lauter kleine Knollen hingen, aus dem Boden. Tanja verlor das Gleichgewicht und plumpste unsanft mit dem Hintern in Kartoffelpflanzen.

Ein Schauer von Erdklumpen und Kartoffeln rieselte in ihren Schoß, und Tanja musste lachen.

»Nur gut, dass es hier kein Publikum gibt«, sagte sie, rappelte sich hoch und betrachtete die vielen abgeknickten Pflanzen. »Irgendjemand hat wohl beschlossen, dass wir in den nächsten Tagen Pellkartoffeln essen sollen!«

Sie schlug sich die trockene Erde von der Jeans und sah zu ihrer Handtasche auf der Bank hinüber, in der sich Henrys Brief befand. »Und was Judith angeht … Ich kann ja mal vorsichtig sondieren, was sie zu den Ratschlägen einer großen Schwester sagen würde.«

Elf

»Aber warum kann er denn nicht bei uns bleiben?« Anna kickte missmutig einen Stein von der Betonstraße in das hohe Gras der Berme. »Du hast doch selbst gesagt, dass Hermann ein lieber Hund ist.«

Judith rollte genervt die Augen. Seit sie von Tante Köhler aufgebrochen waren, ging das nun schon so. Anna hatte sich in den Kopf gesetzt, dass ihr neuer bester Freund Hermann bei ihnen bleiben sollte. »Aber es ist doch nicht unser Hund«, sagte sie. »Wir bringen ihn jetzt zu Jürgen zurück, da ist er gut aufgehoben und damit Ende der Diskussion!«

»Jawohl ist das unser Hund!« Anna blieb stehen. »Dieser Mann, der das Testament vorgelesen hat, hat gesagt, dass ihr den Bauernhof bekommt, mit allem, was dazugehört, Tanja und du. Und Hermann gehört dazu.«

Judith seufzte. »Damit war nicht Hermann gemeint.«

»Warum nicht? Er hat doch früher Onkel Henry gehört, oder?«

»Das schon. Aber er gehört jetzt zu Jürgen. Außerdem können wir doch in unserer Wohnung in Hannover gar keinen Hund halten, schon gar nicht so einen großen wie Hermann.«

»Aber …«

»Anna, nun sei doch mal vernünftig. Du musst doch einsehen, dass das unmöglich ist.«

»Aber warum?« Anna blieb stehen und sah ihrer Mutter herausfordernd in die Augen. Judith hasste es, wenn Anna versuchte, ihren Dickschädel durchzusetzen. Leider hatte sie viel zu oft Erfolg damit.

Auch Judith blieb nun stehen und zählte die Argumente an ihren Fingern ab. »Erstens, Hermann ist zu groß, und unsere Wohnung ist zu klein. Zweitens, ein großer Hund wie Hermann frisst jede Menge, und wir haben kein Geld für Futter. Drittens, jemand muss mit ihm spazieren gehen, und zwar morgens, mittags und abends. Dafür hat keiner von uns Zeit: Du bist in der Schule, und ich gehe bald wieder arbeiten.«

Die Punkte vier – Wir müssen aus der Wohnung raus, und mit dem Hund finden wir nie eine neue! – und fünf – Keine Ahnung, wann ich wieder eine Arbeit finde, und bis dahin haben wir nicht mal Geld genug für uns, geschweige denn für Hermann! – verschwieg sie lieber. »Außerdem wäre Hermann bestimmt nicht glücklich bei uns in Hannover«, fügte sie stattdessen hinzu.

Anna verschränkte trotzig die Arme vor der Brust. »Er ist mein Freund und will da sein, wo ich bin. Stimmt doch, oder, Hermann?« Zum Beweis streichelte sie über den zottigen Kopf von Hermann, der ein Stückchen hochsprang und Anna abschleckte.

Judith musste daran denken, wie sie ungefähr in Annas Alter gewesen war und ihre Eltern angebettelt hatte, einen Hund oder eine Katze haben zu dürfen, aber ihr Vater hatte ihren Wunsch mit einem Federstrich beiseitegefegt. »So ein haarendes Vieh kommt mir nicht ins Haus! Schluss, aus, Ende!«, war alles gewesen, was er dazu gesagt hatte. Die Enttäuschung brannte noch immer in ihrem Inneren und machte es ihr noch schwerer, Anna den Wunsch abzuschlagen. Sie seufzte.

»Wir können ja Jürgen fragen, ob Hermann vielleicht ein paar Tage bei uns auf dem Hof bleiben kann«, sagte sie schließlich.

Annas Gesicht hellte sich schlagartig auf. »Wirklich?«

Sofort bereute Judith, nachgegeben zu haben. Das Problem wurde damit nicht gelöst, nur nach hinten verschoben und würde sich zu einer wahren Katastrophe ausweiten, wenn Anna und Judith in knapp drei Wochen nach Hannover zurückfahren mussten. Aber daran wollte Judith jetzt noch nicht denken. »Aber *du* musst Jürgen fragen, ob es ihm recht ist«, fügte sie hinzu.

»Jürgen ist nett, der hat bestimmt nichts dagegen!«, behauptete Anna strahlend. »Hörst du, Hermann? Heute Abend darfst du bei mir im Bett schlafen. Komm mit.« Damit zog sie an der Hundeleine und stapfte mit Hermann neben sich die Betonstraße entlang auf die Auffahrt des Petershofes zu.

Judith sah ihr einen Moment kopfschüttelnd hinterher, ehe sie den beiden folgte.

»Bettdecke mit Pelzbesatz, na bravo«, murmelte sie.

Jürgen marschierte gerade in Arbeitsklamotten und Gummistiefeln über den Hof, als Judith und Anna ankamen. Anna ließ die Leine los, Hermann sprintete los, sprang an Jürgen hoch und legte ihm die Pfoten auf die Schultern, um Küsschen zu geben. Offenbar freute er sich sehr, Jürgen zu sehen. Der hatte etwas Mühe, den Rüden abzuwehren.

»Nun geh doch mal von mir runter, du graues Monstrum!«, rief er lachend und schob den Hund von sich. Dann klopfte er Hermann auf die Seite. »Na, mein Alter?« Er sah zu Judith hoch und grinste. »Ihr hättet euch ruhig eine Weile Zeit lassen können, Hermann wieder herzubringen! Ich muss gleich melken, und im Melkstand kann ich die Hunde gar nicht gebrauchen.«

Judith tippte Anna an und nickte ihr aufmunternd zu. Andere Kinder hätten sich vielleicht geziert, oder der Mut hätte sie verlassen, aber nicht so Anna. Selbstsicher marschierte sie zu Jürgen, der noch immer Hermanns Flanke tätschelte, und schenkte ihm ein strahlendes Lächeln.

»Du, Jürgen, kann Hermann während der Ferien bei uns bleiben?«, fragte sie geradeheraus. Ehe Jürgen auch nur den Mund öffnen konnte, zählte Anna alle Argumente auf, die aus ihrer Sicht für das Projekt *Hermann bleibt bei Anna* sprachen. »Mama hat nichts dagegen. Ich passe auch immer gut auf ihn auf, das verspreche ich dir. Ich geh mit ihm dreimal am Tag spazieren, füttere ihn, gebe ihm Leckerlis, und er darf sogar bei mir im Bett schlafen. Mama hat es erlaubt.«

Jürgen zog bei Annas Redeschwall verblüfft die Augenbrauen hoch und warf Judith einen fragenden Blick zu. Die lächelte und zuckte verlegen mit den Schultern.

»Das hast du ja schon alles genau geplant, was, Anna?«, fragte er grinsend. »Da kann ich ja kaum noch Nein sagen.«

Anna nahm seine Worte als eindeutiges Ja, gab ein begeistertes Quieken von sich und schlang ihre Arme um seine Taille. »Danke, Jürgen!«, rief sie, ehe sie sich zu dem großen grauen Rüden umdrehte und auch ihn umarmte. »Siehst du, Hermann, ich hab dir doch gesagt, dass du mitkommen kannst. Na komm!« Sie griff nach Hermanns Halsband und wollte ihn mit sich ziehen.

»Warte mal, Anna«, sagte Jürgen. »Hast du nicht was vergessen? Seinen Napf, einen Beutel Hundefutter und seine Decke solltest du schon mitnehmen.«

Anna nickte wichtig. »Stimmt. Hundefutter haben wir keines, und vom Tisch sollen Hunde nichts kriegen, sagt Sabine immer.«

»Sabine?«, fragte Jürgen Judith.

»Die Leiterin des Tierheims, bei dem wir Gassigänger sind«, erklärte Judith.

»Ah so.« Er wandte sich wieder Anna zu. »Da hat Sabine ganz recht. Mal ein Stückchen Wurst schadet nicht, aber das ist dann für Hermann wie etwas Süßes für dich. Ein Stück Schokolade ist okay, aber eine ganze Tafel statt Abendbrot gibt Bauchweh.«

Anna zog die rechte Augenbraue hoch und bedachte Jürgen mit einem Blick, der deutlich sagte: *Ich bin doch nicht blöd und auch kein Kleinkind mehr. Also rede vernünftig mit mir.* Aber zu Judiths Erleichterung behielt Anna diesen Gedanken für sich.

»Ich habe noch eine geschlossene Tüte Trockenfutter im Hofladen stehen. Die könnt ihr mitnehmen!« Jürgen deutete auf eine Glastür in einem Anbau des Hofes, über der ein Schild mit der Aufschrift *Peters Hofladen* in geschwungenen Buchstaben hing.

»Du betreibst einen Hofladen?«, fragte Judith.

»Ja«, sagte Jürgen. »Das heißt, früher habe ich das getan. Bis vor zwei Jahren hat sich meine Mutter darum gekümmert. Das war so was wie ihr Steckenpferd, und sie hatte vor allem unter den Touristen viel Kundschaft. Mama hat hier nicht nur unsere Vorzugsmilch und Wurst und Schinken von den Bentheimer Schweinen verkauft, sondern auch Obst und Gemüse aus dem eigenen Garten. Aber dann hatte sie einen schweren Schlaganfall und ist seitdem im Pflegeheim.«

»Oh, das ist schlimm«, sagte Judith betroffen.

Sie musste an die Zeit vor fünfzehn, zwanzig Jahren denken, als sie sich gelegentlich mit Jürgens Schwester Petra zum Spielen verabredet hatte. Jürgens Mutter hatte meistens selbst gebackene Kekse und Limo für sie gehabt und war wie ein geölter Blitz durch ihre Küche gewirbelt, während sie auf der Eckbank saßen und aßen. Damals musste sie schon mindestens fünfzig gewesen sein, schätzte Judith, eine lebhafte, immer lachende Bauersfrau mit schlohweißen Haaren und ein bisschen zu viel auf den Hüften. Traurig, sie sich in einem Altersheim vorzustellen.

»Ach, ihr geht es ganz gut da, jedenfalls sagt sie mir das immer, wenn ich sie besuchen fahre. Petra wohnt nur ein paar Straßen entfernt und guckt jeden Tag bei ihr vorbei. Außerdem war es Mutters eigene Idee, ins Heim zu gehen. Wegen ihrer halbseitigen Lähmung kann sie kaum noch laufen und wollte auf gar keinen Fall Petra oder mir zur Last fallen.« Jürgen zog ein Schlüsselbund aus der Hosentasche und schloss die Tür zum Hofladen auf.

Neben einer großen leeren Kühltheke, die nicht in Betrieb war, befanden sich ein Holzgestell mit leeren Holzkisten und Körben für Obst oder Kartoffeln und ein kleiner hölzerner Tresen mit einer Registrierkasse. An den Wänden waren Weinkisten als Regale angebracht, in denen altmodische Küchenutensilien und Trockenblumen verstaubten.

»Das ist hübsch!«, sagte Judith.

»Hübsch vielleicht, aber überflüssig. Ich hätte gar nicht die Zeit dafür, mich hier hinzustellen, um mein Zeug zu verkaufen. Wie auch, wenn ich den Hof allein bewirtschaften muss: fünfzig Kühe, dazu Mastrinder und Bentheimer Schweine. Zum Glück alles bio, sonst würde sich das überhaupt nicht tragen, so wie die Lebensmittelpreise am Markt sind.«

Judith lag auf der Zunge, dass sie bis vor Kurzem in einem Biosupermarkt gearbeitet hatte und vielleicht etwas im Hofladen aushelfen könnte, aber sie brachte die Worte nicht über die Lippen. Sie war nur drei Wochen hier, dann musste sie wieder nach Hannover zurück. Deshalb würde ihr Angebot niemandem helfen, und sie wollte auf keinen Fall aufdringlich wirken.

»Die Bentheimer Schweine sind so eine Art Hobby von mir. Das ist eine ganz alte Schweinerasse, die schon fast ausgestorben war und jetzt wieder gezüchtet wird. Sehr robuste Tiere, aber ein Kotelett weniger als die Standardschweine, und sie brauchen länger bis zur Schlachtreife«, fuhr Jürgen fort. »Tolles, marmoriertes Fleisch, das in der Pfanne nicht schrumpft. Warte mal kurz.« Damit ging er um den Tresen herum und verschwand in einem Raum dahinter. Als er zurückkam, hielt er eine Tüte in der Hand, die er Judith reichte. »Hier«, sagte er. »Der Schlachter, der mir die Schweine abnimmt, hat mir Salami, Schinken und Leberwurst aus eigener Herstellung mitgebracht. Ist eine echte Spezialität, müsst ihr unbedingt mal probieren.«

In seiner Stimme schwang so viel Stolz mit, dass Judith die Wurst unmöglich ablehnen konnte, auch wenn sie kein großer Freund von Schweinefleisch war. Stattdessen bedankte sie sich artig. Durch die Scheibe in der Tür sah sie zu Anna hinaus, die mit Hermann *Sitz* übte.

Sie deutete nach draußen. »Ich hoffe, es ist dir wirklich recht, wenn Hermann mit zu uns kommt.«

»Klar, sonst hätte ich das nicht gesagt. Und wenn ihr gar nicht mit ihm zurechtkommt, bringt ihr ihn einfach wieder her.« Jürgen ging zu einem der Wandregale hinüber und nahm eine große Tüte Hundefutter heraus, die er an Judith weiterreichte. »Hier, das sollte für ein paar Tage reichen. Obwohl, so verfressen wie Hermann ist, reicht es vielleicht auch nur über das Wochenende. Aber es ist ja noch mehr da. Gustav frisst das sowieso nicht, der ist verwöhnt, und ehe Hermann verhungert, kommt ihr einfach noch mal vorbei.« Jürgen grinste. »Dann kann sich Anna auch die kleinen Ferkel angucken. Eine der Sauen hat vorgestern geworfen.«

»Gern! Aber bitte lass dich dann nicht von ihr überreden, dass wir dringend auch noch eines deiner Ferkel auf dem Hof haben müssen.«

Als Judith die Tür zum Wohnhaus verschlossen fand, wunderte sie sich, dass Tanja noch nicht von der Autowerkstatt zurückgekehrt war. Sie ging in die Küche, legte Wurst und Schinken in den Kühlschrank und begann, im Küchenschrank nach einer großen Schüssel zu suchen, die sie als Wassernapf für Hermann benutzen konnte.

»Ich geh zu Tanja in den Garten«, verkündete Anna, die am Küchenfenster stand. »Komm mit, Hermann!«

Judith drehte sich um und sah ebenfalls hinaus. Tanja stand mitten im Gemüsebeet, eine Forke in der Hand, und buddelte Kartoffeln aus, die sie in einen Erntekorb fallen ließ.

»Ist gut, Anna. Aber zieh dir deine Gummistiefel an. Ich komme gleich nach«, sagte Judith.

»Mach ich!« Damit hüpfte Anna zur Tür hinaus. Hermann trottete hinter ihr her.

Als sich die Küchentür hinter den beiden geschlossen hatte, zog Judith eine Kunststoffschüssel aus der hintersten Ecke des Schrankes, füllte etwas Hundefutter hinein und stellte sie neben die Spüle. Dann ging auch sie in den Garten hinaus.

Für einen Moment blieb sie in der Seitentür stehen und sah zu, wie Anna auf den Knien neben Tanja hockte, mit den Händen die Knollen auflas, die Tanja ausgegraben hatte, und dabei mit Begeisterung in der Stimme erzählte, dass Hermann jetzt für den Rest der Ferien bei ihr bleiben würde. Hermann beobachtete jede ihrer Bewegungen mit Argusaugen.

Anna drehte sich um und winkte Judith zu. »Guck mal,

Mama, heute Abend essen wir Kartoffeln aus dem Garten, hat Tanja gesagt!«

Tanja richtete sich aus ihrer gebückten Haltung auf, sah über die Schulter zu Judith hinüber und lachte. »Und morgen und übermorgen auch, fürchte ich. Ich bin ausgerutscht und habe beim Hinfallen einige der Kartoffelpflanzen plattgemacht. Die Knollen müssen wir jetzt alle ausgraben, sonst verrotten sie.«

Wie jung und zufrieden sie auf einmal aussieht, dachte Judith. Gar nicht mehr wie die Yuppie-Tante von gestern.

»Soll ich euch helfen?«, fragte sie laut.

»Nein, lass nur. Ich hab ja schon tüchtige Hilfe«, sagte Tanja. »Außerdem macht mir das Gärtnern Spaß. Ist so schön beruhigend.« Sie lachte entspannt. »Ich könnte mich glatt daran gewöhnen.«

Sie griff nach der Forke, lockerte eine weitere Kartoffelpflanze und zog sie aus der Erde. Graue Erdklumpen und hellbraune Kartoffeln plumpsten auf den Boden vor Anna, die die Knollen aufklaubte und in den Erntekorb warf. Tanja steckte die Forke erneut in den Boden, doch statt weiterzuarbeiten, drehte sie sich um und kam auf Judith zu, die noch immer in der Seitentür stand.

»Ich habe eine Weile nachgedacht, bevor ihr zurückgekommen seid«, sagte sie. »Eigentlich ist es doch Blödsinn, wenn ich nach Sylt zurückfahre. Von Bördiek aus kann ich mich genauso gut um eine Wohnung und einen neuen Job kümmern. Die Nordsee ist ebenso nah wie bei meinem Hotel auf Sylt, und ich kann mich hier außerdem im Garten austoben und ein bisschen klar Schiff machen. Und vor allem kostet mich der Aufenthalt hier kein kleines Vermögen.« Sie lächelte vorsichtig. »Also, wenn ihr nichts dagegen habt, dann würde ich gern eine Weile bleiben.«

Judith grinste breit. »Dagegen haben? Ich dachte schon, du würdest nie fragen!«

Zwölf

Nachdem sie ein fürstliches Mahl aus Pellkartoffeln mit Butter und Salz an Schinkenwürfeln und je einem Spiegelei verspeist hatten, machten sie es sich vor dem Fernseher bequem. Hermann rollte sich neben Anna auf dem Sofa zusammen und schnarchte gelegentlich. Seine Müdigkeit schien ansteckend zu sein, denn auch Anna hatte nach kurzer Zeit Schwierigkeiten, die Augen aufzuhalten, und protestierte nur noch pro forma, als Judith sie schließlich ins Bett brachte. Zu Tanjas Überraschung umarmte das Mädchen sie beim Gutenachtsagen und drückte ihr sogar einen Kuss auf die Wange. Hermann schlurfte mit gesenktem Kopf hinter Anna her, als sie die kleine Stube verließ.

Tanja nutzte die Zeit, die sie allein war, schaltete den Fernseher aus, setzte sich an ihren Computer und schrieb eine Mail an ihr Sylter Hotel, in der sie ihr Zimmer stornierte und darum bat, dass man ihr per Post ihre Koffer schickte. Danach warf sie einen flüchtigen Blick auf ihre neuen E-Mails und klickte sich durch ein paar Newsseiten, aber außer Celebrity-Klatsch und den üblichen Sommerloch-Themen gab es nichts Interessantes in den Schlagzeilen. Als Judith in die kleine Stube zurückkam, hatte Tanja ihr Notebook bereits wieder zugeklappt.

»So, erledigt!«, sagte Judith. »Anna war so platt, dass sie beim Vorlesen schon eingeschlafen ist.«

»Du liest ihr Gutenachtgeschichten vor?«

»Na ja, Märchen und so was schon lange nicht mehr. Inzwischen sind wir bei *Harry Potter*. Ich glaube, die fünf Seiten von heute kann ich morgen gleich noch mal wiederholen, das wird ihr gar nicht auffallen.«

»Liest sie nicht selber?«

»Doch, schon, aber Vorlesen findet sie viel schöner.« Judith grinste. »Was meinst du, wollen wir zwei uns noch einen Moment in den Garten setzen? Es sieht nach einem tollen Sonnenuntergang aus.«

Tanja erhob sich. »Gern! Leider ist kein Rotwein mehr da, um darauf anzustoßen. Aber Sonnenuntergang allein ist ja auch schon schön!«

Statt in den Gemüsegarten führte Judith sie in den Ziergarten auf der anderen Seite des Hauses, wo zwischen den Buchsbaumkugeln ein paar alte Gartenmöbel aus verblichenem Kunststoff standen, auf denen sie Platz nahmen. Obwohl es bereits halb zehn war, war es im Vergleich zum Nachmittag deutlich wärmer geworden. Die tief stehende Sonne färbte die turmhohen Gewitterwolken am Horizont blutrot und tauchte den Garten in ein unwirkliches gelbliches Licht.

»Puh, ist das stickig«, sagte Judith. »Würde mich nicht wundern, wenn es später noch ein ordentliches Gewitter gibt. Mir soll's recht sein, bei der Hitze kleben einem ja die Klamotten am Leib.«

Tanja stimmte ihr zu. Sie überlegte fieberhaft, wie sie das Gespräch auf Judiths Zukunftspläne lenken sollte. Zu gern hätte sie ihre Cousine ein wenig ausgehorcht, aber die Gelegenheit ergab sich nicht. Nach einer Viertelstunde war die Sonne hinter den Wolken verschwunden, und es wurde plötzlich bedenklich dunkel.

»Lass uns mal besser reingehen, das gibt gleich noch einen Husch. Hoffentlich hast du keine Angst, wenn's blitzt und kracht«, sagte Judith augenzwinkernd. Damit wies sie auf die Gewitterwolken, die sich im Westen zum Angriff sammelten.

»Nein, keine Sorge. Und wenn du dich fürchtest, kannst du dich gern bei mir unter der Bettdecke verstecken, das haben meine kleinen Brüder auch immer gemacht. Ich war eine sehr beschützende große Schwester.«

Jetzt lachte Judith. »Vielen Dank für das großzügige Angebot, aber das wird nicht nötig sein. Ich bin schussfest, wie man das bei Pferden nennt. Wenn ich mal schlafe, kann man Kanonenkugeln neben mir abfeuern, und ich kriege nichts davon mit. Ist bei Anna zum Glück genauso.«

Im Wohnhaus war von der Schwüle draußen nichts zu spüren. Früher hat man noch so gebaut, dass man keine Klimaanlage brauchte, dachte Tanja und atmete erleichtert auf, als sie die Tür hinter sich geschlossen hatten.

»Wärst du mir böse, wenn ich mich auch schon aufs Ohr lege?«, fragte Judith und gähnte, dass die Kiefergelenke knackten. »Das muss die Seeluft sein, ich bin hundemüde.«

Tanja verneinte, wünschte ihr eine gute Nacht und sah zu, wie sie im Schlafzimmer verschwand. Einen Augenblick dachte sie daran, sich noch kurz in der Stube vor den Fernseher zu lümmeln, aber sie entschied sich dagegen. Auch sie fühlte sich wie erschlagen. Sicher wäre es besser, zeitig ins Bett zu gehen und noch ein paar Seiten in ihrem Historienschinken zu lesen.

Plitsch, plitsch, plitsch …

Regentropfen zerplatzten auf dem grauen Pflaster zu ihren Füßen. »Aber um Gottes willen, Tanni, was willst du denn mit so einem großen Köter?«, hörte sie Olafs Stimme sagen. »Vor allem, wie sollen wir den ins Flugzeug kriegen? Der passt doch nie und nimmer ins Handgepäck.«

Platsch!

Ein dicker Wassertropfen traf ihr Augenlid und ließ Tanja aus ihrem Traum hochschrecken. Sie hob die Hand und wischte den Tropfen weg, dann tastete sie nach dem Schalter der kleinen Lampe auf ihrem Nachttisch. Der nächste Tropfen traf sie an der Schulter, noch bevor sie die Leuchte gefunden hatte.

»Was zur Hölle …«

Den Bruchteil einer Sekunde lang wurde es taghell im Zimmer, dann krachte ein ohrenbetäubender Donnerschlag. Mit einem Satz war Tanja aus dem Bett und fand sich neben der Zimmertür wieder, wo sie mit zitternden Fingern das Licht einschaltete.

Sie holte ein paarmal tief Luft, dann hatte sich ihr Herzschlag so weit beruhigt, dass er nicht mehr in ihren Ohren dröhnte. Normalerweise war sie nicht besonders schreckhaft, aber das hier war alles andere als normal.

Der mit dicken Hagelkörnern vermischte Regen prasselte so heftig gegen die Fensterscheiben, dass es klang, als würde jemand schaufelweise Kies dagegen werfen. Wieder zuckte ein Blitz über den Himmel, dem sofort krachend und rollend der Donner folgte. Das Gewitter musste direkt über ihnen sein.

Der Sturm heulte um die Hausecken, pfiff durch das auf Kipp gestellte Fenster und blähte die Gardine auf wie ein Segel. Eilig lief Tanja zum Fenster und schloss es sorgfältig. Wieder zuckte ein Blitz über den Himmel, und sie konnte für einen Moment sehen, wie sich draußen im Sturm die Bäume beugten, deren Blätter abgerissen und davongetragen wurden.

Plötzlich krachte und schepperte es vom Dachboden her, und Tanja fuhr herum. Sie hatte keine Ahnung, was dort oben war, aber es klang, als sei etwas Großes umgefallen und zerbrochen. Ihr Blick ging zur Decke hinauf, und sie bemerkte einen großen feuchten Fleck über ihrem Bett, von dem sich Wassertropfen lösten, die auf Kissen und Bettdecke fielen.

»Auch das noch«, murmelte Tanja. Sie versuchte, das Bett ein Stück von der Wand abzurücken, aber es war bleischwer und ließ sich nur millimeterweise von der Stelle bewegen. Nach ein paar vergeblichen Versuchen gab sie auf und blieb schwer atmend und fluchend vor dem Bett stehen. Wieder wurde das Zimmer von einem Blitz in gleißendes Licht getaucht, und wieder dröhnte ein gewaltiger Donnerschlag fast gleichzeitig. Es klang nicht danach, als würde das Gewitter schwächer werden, und noch immer fielen mit schöner Regelmäßigkeit Wassertropfen auf ihr Bett. Das Kissen triefte bereits.

Was tun? Auf den Dachboden gehen und nachsehen, wo es durch das Dach regnete? Besser nicht. Sie wusste nicht einmal, wie man dort hinaufgelangte. Und überhaupt, was sollte sie jetzt, mitten in der Nacht, dort ausrichten können? Wahrscheinlich hatte sich eine von den Dachpfannen verschoben, doch daran war während des Sturms sowieso nichts zu ändern. Trotzdem hatte Tanja nicht die Absicht, sich im Bett nassregnen zu lassen.

Barfuß lief sie in die Küche hinüber und holte aus dem Küchenschrank ein paar große Plastik- und Metallschüsseln, die sie so auf ihrem Bett verteilte, dass die meisten Tropfen aufgefangen wurden. *Plink, plenk, plink, plonk* machte es in unterschiedlichen Tonhöhen, je nachdem, in welches Gefäß die Tropfen fielen. Und wenn das Wasser neben den Schüsseln auf Bettdecke oder Matratze landete, gab es ein dumpfes Geräusch. Dann öffnete sie Tante Almas Nähschrank, wühlte in ein paar Kartons herum und fand eine der quietschbunten Patchwork-Decken, die diese immer genäht hatte. Tanja klaubte ihre Sachen zusammen, warf das Handy und den E-Book-Reader in ihre Handtasche, wickelte sich die Decke um die Schultern und stapfte in die kleine Stube hinüber, wo sie es sich auf dem Sofa so bequem wie möglich machte und durch das Fenster dem tobenden Unwetter zusah.

Es dauerte ungefähr eine halbe Stunde, bis der Sturm allmählich nachließ. Der Regen prasselte nicht mehr so laut gegen die Scheiben, und die Pausen zwischen Blitz und Donner wurden länger, bis schließlich bis auf Wetterleuchten und entferntes Grummeln nichts mehr zu sehen und zu hören war.

Tanja seufzte, zog die Decke enger um sich, holte ihren Reader aus der Handtasche und begann, zur Beruhigung noch ein paar Seiten zu lesen, ehe sie einschlief.

Das schrille Läuten eines Telefons riss sie jäh aus ihren Träumen. Sie hatte das Gefühl, dass sie nur kurz eingenickt war, aber an dem grauen Licht, das durch die Fenster in die kleine Stube fiel, erkannte sie, dass es bereits früher Morgen sein musste.

Mühsam rappelte sie sich auf und stolperte um den Tisch herum zum Schreibtisch, wo das alte grüne Telefon noch immer klingelte. »Merker?«, nuschelte sie in den Hörer und kämpfte darum, endlich die Augen aufzubekommen.

»Judith, bist du das?«, rief eine Männerstimme aufgeregt.

»Nein, hier ist Tanja!«, antwortete sie. »Tanja Merker. Wer ist denn da? Und warum rufen Sie mitten in der Nacht hier an?«

»Ist da nicht Reimann?«, fragte der Mann. Dann hörte Tanja ein Räuspern auf der anderen Seite der Leitung. »Mein Name ist Dr. Christoph Janssen.« Die Stimme klang jetzt ruhig und sehr professionell. »Entschuldigen Sie bitte die Störung. Ich muss mich wohl verwählt haben.«

»Doch, doch, hier ist bei Reimann. Einen Moment, ich muss Judith erst aufwecken.« Sie war im Begriff, den Hörer wegzulegen, aber dann meldete sich ihr schwesterlicher Beschützerinstinkt, und sie stockte kurz. »Worum geht's denn?«, fragte sie misstrauisch.

»Um den Laden von Gertrud Köhler! Vor dem Haus ist einer der großen Bäume umgeknickt und liegt jetzt halb auf dem Dach. Wir trommeln gerade die Nachbarn zusammen, um zu retten, was zu retten ist.«

»Aber die Feuerwehr, was ist denn mit …«

»Haben wir schon versucht, aber die Wehren sind alle im Einsatz. Bei Burhave steht ein Bauernhof in Flammen, haben sie gesagt, vermutlich ein Blitzschlag, außerdem hat es mehrere Verkehrsunfälle gegeben. Das geht natürlich vor. Die Feuerwehr kommt erst, wenn das alles unter Kontrolle ist. Hier bei uns sind ja keine Menschenleben in Gefahr. Nur Köhlers oller Tante-Emma-Laden.« Ein merkwürdiges Geräusch erklang aus dem Hörer, irgendwas zwischen Schnauben und Lachen. »Wie gesagt, Jürgen Peters und ich trommeln gerade die Nachbarn zusammen, um zu helfen. Aber wenn …«

»Gar keine Frage. Natürlich kommen wir auch«, hörte Tanja sich antworten. Sie ließ diesem Christoph Sowieso nicht einmal einen Sekundenbruchteil Zeit, etwas zu erwidern. »In spätestens einer Viertelstunde sind wir da. Ich muss nur Judith wecken, und dann machen wir uns sofort auf den Weg. Bis gleich!«

Ohne eine Antwort abzuwarten, legte sie auf.

Als Tanja auf ihr energisches Klopfen hin keine Antwort erhielt, öffnete sie leise die Schlafzimmertür und trat ein. Judith hatte sich die Bettdecke so weit über die Ohren gezogen, dass nur noch ihr dunkler Haarschopf zu sehen war. Leise, um sie nicht zu erschrecken, ging Tanja zum Bett und berührte sie an der Schulter. »Judith?«, sagte sie leise.

Keine Reaktion. Judith atmete nicht einmal schneller. Tanja schüttelte stirnrunzelnd den Kopf. »Das nenne ich mal einen gesegneten Schlaf«, murmelte sie, dann beugte sie sich über ihre Cousine und rüttelte sie kräftig. »Hey, Judith! Aufstehen!«, sagte sie lauter.

Judith schob Tanjas Hand von ihrer Schulter und drehte sich auf die andere Seite. »Lass mich in Ruhe, Anna. Geh wieder ins Bett und lass mich noch einen Augenblick schlafen«, brummte sie.

Tanja grinste, wurde aber sofort wieder ernst. »Nichts da!«, sagte sie energisch. »Du musst aufstehen, Judith. Wir müssen los. Ein Notfall!«

Judith drehte den Kopf in ihre Richtung und öffnete ein Auge einen Spaltbreit. »Tanja? Was'n los?«, nuschelte sie.

»Nun komm schon raus aus dem Bett! Wir müssen uns beeilen. Ich hab diesem Christoph gesagt, dass wir in einer Viertelstunde bei dem kleinen Laden sind.«

»Spinnst du? Es ist doch mitten in der Nacht!«

Tanja seufzte. Judith war wirklich kein Morgenmensch. »Bei dem Gewitter ist ein Baum umgestürzt und auf das Dach vom Tante-Emma-Laden gefallen. Wir sollen helfen kommen.«

»Ich verstehe nur Bahnhof. Gewitter?« Judith setzte sich auf und gab sich alle Mühe, die Augen aufzubekommen. »Was denn für ein Gewitter?«

Tanja schüttelte fassungslos den Kopf. »Nun sag bloß, dass du davon nichts mitbekommen hast. Es hat sich angehört wie der Weltuntergang mit vier apokalyptischen Reitern!«

»Ich hab dir doch gesagt, dass man neben mir Kanonen

abfeuern kann, wenn ich erst mal schlafe.« Sie gähnte ausgiebig. »Was ist denn passiert?«

»Ein Mann hat angerufen und gefragt, ob wir auch zum Helfen kommen können. Ein Christoph Sowieso.«

Auf einmal machte Judith große Augen. »Christoph?« Sie schlug die Decke zurück und sprang aus dem Bett. Eilig begann sie, sich anzuziehen. »Worauf wartest du denn?«, fragte sie ungeduldig und musterte Tanja von oben bis unten. »Willst du etwa so los? Das könnte etwas kühl werden.«

Tanja sah an ihrem Big-Shirt herunter. »Ich? Nein, natürlich nicht. Ich ziehe mich rasch an.«

Sie machte auf dem Absatz kehrt und lief zurück ins Nähzimmer. Noch immer tropfte es von der Decke in die Schüsseln auf ihrem Bett. Darum würden sie sich später kümmern müssen. Zum Glück waren ihre Klamotten auf dem Stuhl, auf den sie sie gestern geworfen hatte, trocken geblieben. Nachdem sie sich die Jeans und ihr T-Shirt vom Vortag noch einmal übergestreift und ihre alten Sneaker zugebunden hatte, griff sie nach ihrer Jacke und warf sie sich über die Schultern.

»Christoph also«, murmelte sie, während sie zur Flurtür ging. »Dann wollen wir diesen Christoph mal ein bisschen unter die Lupe nehmen!«

Als die beiden Frauen auf der Betonstraße in Richtung Bördiek entlangliefen, ging gerade die Sonne auf und färbte die kleinen Schäfchenwolken rötlich, die den Himmel bedeckten. Die schwülwarme Luft vom Vortag war verschwunden, jetzt wehte ein kühler Wind, der den Geruch von Schlick und Salz mit sich trug.

Das Gewitter hatte wirklich heftig gewütet. Überall auf der

Straße lagen Zweige und Blätter herum. Das Gras auf einer der Weiden, an denen sie vorbeikamen, lag so flach auf der Erde, als habe jemand eine Walze darübergezogen. Schon aus einiger Entfernung konnte Tanja Jürgen Peters Trecker erkennen, der zwischen den Häusern vor ihnen rangierte.

»Schau? Da, wo die Leute zusammenstehen«, rief Judith und deutete nach vorn die Straße entlang. »Da ist der Baum umgefallen, man kann die Lücke deutlich sehen!«

Tanja nickte nur.

Bevor sie vom Hof aufgebrochen waren, hatte Tanja Judith gefragt, was denn mit Anna sei. Ob es nicht besser sei, sie zu wecken und mitzunehmen.

Judith hatte abgewinkt. »Ich schreibe ihr einen Zettel, dass sie nachkommen soll. Sie war ja gestern schon bei Tante Köhler und kennt den Weg.«

»Kriegt sie denn keine Angst, wenn sie merkt, dass sie ganz allein im Haus ist?«

»Anna hat vor nichts und niemandem Angst.« Judith hatte schief gelächelt. »Darüber mache ich mir viel mehr Sorgen.«

Etwa hundert Meter voraus konnte Tanja eine Kreuzung mit ein paar Häusern erkennen. Dort stand eine Gruppe von vielleicht zehn Leuten um den Trecker von Jürgen Peters herum, die miteinander redeten. Zu verstehen war nichts, aber für Tanja sah es nach einer lebhaften Diskussion aus. Vermutlich war man unterschiedlicher Meinung, wie bei der Rettungsaktion vorzugehen sei. Der Einzige, den sie erkannte, war Jürgen Peters, der an seinem Trecker lehnte und mit einem hochgewachsenen Mann sprach, der den Neuankömmlingen den Rücken zuwandte. Jetzt nickte Peters und deutete mit der Hand in ihre Richtung.

Der andere Mann drehte sich um, winkte ihnen zu und kam ihnen freudestrahlend entgegen.

Tanja legte den Kopf schräg und kniff die Augen halb zusammen, während sie ihn beim Näherkommen betrachtete.

Ich gehe jede Wette ein, dass das dieser ominöse Christoph ist, dachte sie. Kein Wunder, wenn Judith ganz aus dem Häuschen ist. Der ist wirklich ein Sahneschnittchen.

Der Mann war ungefähr in Judiths Alter, vielleicht etwas älter, so um die dreißig, höchstens fünfunddreißig. Er war braun gebrannt und muskulös, ohne dabei wie ein Muckibudengänger zu wirken. Der Kerl sieht aus, als sei er aus einem Magazin gestiegen, dachte Tanja amüsiert. Dass man so was auf dem platten Land findet?!

Breite Schultern, schmale Hüften, federnder Gang, dunkles, gewelltes Haar und Dreitagebart – der reinste Adonis. Die randlose Brille, hinter der seine haselnussbraunen Augen sie freundlich anblickten, sah sie erst, als er schon fast bei ihnen war.

»Das ist schön, dass ihr auch kommt!«, sagte er warm und gab zunächst Judith mit einem strahlenden Lächeln die Hand. Tanja entging nicht, dass sich ihre Wangen sichtbar röteten, und sie musste sich ein Grinsen verkneifen. Lag ich also richtig, dachte sie.

Jetzt drehte er sich zu ihr und streckte ihr seine Rechte entgegen. »Wir haben vorhin telefoniert, nicht wahr?«, sagte er. »Ich sag einfach mal du. Mein Name ist Christoph Janssen.«

»Tanja Merker«, erwiderte sie. »Freut mich!«, fügte sie hinzu und meinte es auch so. Christoph machte einen wirklich netten Eindruck.

Er trat einen Schritt zurück und sah von einer zur anderen. »Das war vielleicht ein Gewitter, was? Meine Mutter dachte schon, unser Dach fliegt weg. Lena ist von dem Krach aufgewacht und zu mir ins Bett gekrochen. Sie hat furchtbare Angst vor Gewitter. Gerade war ich wieder eingeschlafen, da hat Tante Köhler ganz aufgelöst angerufen, dass bei ihr ein Baum umgekippt und im Laden gelandet ist. Sie war völlig durcheinander.« Er schüttelte den Kopf. »Ich hab dann die Feuerwehr angerufen, und als man dort sagte, dass vor acht Uhr morgens niemand hier sein kann, hab ich die Nachbarn alarmiert. Kommt ihr mit?« Christoph wandte sich zum Gehen, und Judith und Tanja folgten ihm. »Jetzt überlegen wir gerade, wie wir den Baum vom Haus bekommen, ohne noch mehr kaputt zu machen. Jürgen meint, wir sollen einfach eine Kette drumwickeln und den Baum mit dem Trecker vom Dach ziehen. Aber ich fürchte, das klappt nicht.«

Inzwischen hatten sie die Gruppe erreicht, die sich vor dem kleinen Laden versammelt hatte. Die Wurzelscheibe einer gewaltigen Blautanne hatte sich aus dem Boden gehoben, und nun lag der Baum schräg über dem Dach. Einer der Zweige hatte sich durch das Fenster neben der Eingangstür gebohrt.

Jürgen Peters stand noch immer mit verschränkten Armen an die Kabine des Traktors gelehnt und nickte Tanja grinsend zu, ehe er sich zu Christoph wandte.

»Eine andere Möglichkeit sehe ich nicht, Christoph«, sagte er. »Vor allem müssen wir das schwere Ding vom Dach bekommen, ehe der Dachstuhl nachgibt und auch noch die Seitenwand einreißt.«

»Die Wand? Meinst du, dass das passieren kann?«, fragte eine ältere Dame erschrocken. »Das Haus ist doch stabil gebaut!« Die Rothaarige, die gestern bei Judith in der Küche gesessen hatte, legte tröstend den Arm um sie.

Jürgen zuckte mit den Schultern. »Was man so stabil nennt. Hast du den Riss nicht gesehen, der über dem Fenster nach oben zum Dach läuft? Wenn der Baum weiter runterrutscht, könnte die Seitenwand einfach wegbrechen, fürchte ich. Und wenn das eine tragende Wand ist, Prost Mahlzeit, dann stürzt vielleicht das halbe Haus ein. Am besten wäre natürlich, wir würden einen richtigen Kran kommen lassen, aber das könnte ein paar Tage dauern. So lange macht der Dachstuhl es nicht mehr. Wenn ich die Tanne mit dem Frontlader ein Stück anhebe, können wir sie hoffentlich mit Tauen vom Dach wegziehen und den Stamm neben dem Haus zu Boden lassen.« Er sah sich zufrieden um. »Genug Leute sind wir ja!«

»Glaubst du denn, dass du die Tanne mit dem Frontlader überhaupt hochbekommst?« Ein anderer Mann, ein hochgewachsener Kerl, der Christoph verblüffend ähnlich sah und den Tanja daher für seinen Bruder hielt, machte ein skeptisches Gesicht.

»Das klappt schon«, erwiderte Jürgen zuversichtlich. »Wozu hab ich denn den großen Trecker? Wenn ich bis an das Haus heranfahre und …«

»Vorher sollten wir den Laden aber noch leer räumen«, unterbrach Judith ihn. »Die Ware und die Möbel in Sicherheit bringen.«

»Überflüssig. Zahlt doch eh alles die Versicherung«, sagte Jürgen leichthin und winkte ab.

Tanja sah den besorgten Blick, den ihre Cousine der älteren Dame, offenbar der Besitzerin des Ladens, zuwarf.

»Mag ja sein. Trotzdem«, sagte Judith. »Ihr könnt ja schon mal mit dem Baum anfangen, wir räumen in der Zwischenzeit alles aus. Kommst du mit, Tanja?« Mit entschlossenem Gesicht ging sie zum Haus und begann damit, sich durch das Geäst der Tanne zur Ladentür zu kämpfen. Tanja folgte ihr.

Es dauerte einen Moment, ehe sich ihre Augen an das dämmerige Licht im Inneren gewöhnt hatten. Der Laden war winzig, vielleicht fünfzehn Quadratmeter groß, und wurde von einem Holztresen in zwei Bereiche geteilt. Dort, wo der Stamm der

Tanne auf dem Dach lag, hatte sich der Putz von der Decke gelöst und gab den Blick auf die Lattenkonstruktion und die Strohmatten frei, die sich darunter befanden. Direkt neben der Eingangstür war eines der Wandregale umgefallen. Auf dem dunklen Linoleumboden lagen zerbrochene Flaschen, aufgeplatzte Mehlpakete und durchweichte Rätselhefte zwischen Deckenputz und Glasscherben. Alles triefte vor Nässe, offenbar hatte es durch das zerbrochene Fenster heftig hereingeregnet.

»Ach du Sch…«, murmelte Judith. »Das sieht schlimm aus.«

Tanja nickte. »Egal. Lass uns anfangen.«

In der nächsten halben Stunde trugen sie gemeinsam mit den anderen Frauen der Nachbarschaft alles an Waren, Gerätschaften und Mobiliar nach draußen, was noch halbwegs in Ordnung zu sein schien, und stapelten es draußen in einiger Entfernung zum Gebäude auf. Auch die Inhaberin des Ladens wollte tragen helfen, aber Judith schüttelte energisch den Kopf und brachte sie dazu, sich draußen auf den Stuhl zu setzen, der hinter dem Tresen gestanden hatte. »Bleib du lieber hier, Tante Köhler, wir machen das schon«, sagte sie entschieden.

Während die Frauen ausräumten, waren die vier Männer des nachbarlichen Rettungsteams damit beschäftigt, Taue an der umgestürzten Tanne zu befestigen. Schließlich streckte Christoph den Kopf zur Tür herein.

»Ihr solltet besser rauskommen. Jürgen will jetzt versuchen, den Baum vom Dach zu heben«, sagte er. »Nicht, dass wir euch noch unter irgendwelchen Trümmern hervorziehen müssen. Ich hab keine Lust, jemanden wiederbeleben zu müssen.«

Tanja bat ihn, zuvor noch beim Tragen eines alten Apothekenschrankes mit anzufassen, der in der Ecke hinter dem Tresen stand und der den Frauen zu schwer war.

»Was wollt ihr denn mit dem alten Ding?«, fragte er. »Der hat doch schon Wurmlöcher.«

»Das sind keine Wurmlöcher, das ist antik!«, meinte Judith.

Christoph fasste mit an, und zu dritt gelang es ihnen, das Ungetüm mit den vielen kleinen Schubladen ins Freie zu wuchten.

Jürgen hatte inzwischen den Traktor in Position gebracht und balancierte auf einer Aluleiter, die am Frontlader lehnte, um die Kette zunächst um den Baumstamm und dann um den Frontlader zu wickeln. Wieder unten, nickte er zufrieden, während er sein Werk betrachtete, nahm dann die Leiter weg, stieg ins Führerhaus und startete den Motor.

»Na, dann mal ran an die Seile«, rief er aus dem offenen Fenster. »Und schön mit Gefühl ziehen!«

Christoph und die anderen Männer nahmen ihre offenbar zuvor abgesprochenen Positionen ein und griffen nach den Tauen, die von den Ästen herabhingen. Tanja sah, wie Jürgen einen Hebel betätigte. Der Frontlader fuhr hoch, die Kette straffte sich, und Zentimeter für Zentimeter wurde der Stamm der Tanne in die Höhe gezogen.

»Oh, oh«, hörte Tanja Judith neben sich sagen. Jetzt sah sie es auch. Die Hinterräder des Treckers schwebten bereits ein Stückchen über dem Boden. Sie zog scharf die Luft ein.

Die Männer zogen an den Seilen und gingen langsam rückwärts, das Holz knirschte und ächzte, als der Baumstamm sich vom Dach wegbewegte. Dann ließ Jürgen den Frontlader herunter, und die Tanne fiel direkt neben dem Haus zu Boden. Alle Umstehenden klatschten Beifall.

Jürgen stellte den Motor ab, stieg aus und grinste breit. »Wer ruft denn jetzt bei der Feuerwehr an und sagt denen, dass sie nicht mehr kommen müssen, weil wir ihren Job schon erledigt haben?«

»Das war aber haarscharf«, sagte Tanja finster. »Ich habe jeden Moment erwartet, dass der Trecker umkippt.«

Jürgen winkte ab. »Ach was, Blödsinn! Ich kenne meinen Trecker ganz genau, da war noch jede Menge Luft.« Er hielt inne und deutete an den anderen vorbei die Straße entlang. »Da kommt übrigens deine Tochter mit Hermann!«, rief er Judith zu. »Fragt sich nur, wer hier wen spazieren führt.«

Tanja und Judith drehten sich um. Anna kam, stilvoll mit Schlafanzug und Gummistiefeln bekleidet, die Betonstraße entlanggelaufen. Sie schien Mühe zu haben, die Leine des großen Hundes festzuhalten, der es offenbar sehr eilig hatte.

»Wieso habt ihr mich denn nicht geweckt?«, fragte sie vorwurfsvoll, als sie Judith und Tanja erreichte. »Ich hätte doch auch helfen können.«

»Wir haben gedacht, wir lassen dich besser schlafen, Maus. Hier hättest du sowieso nichts tun können«, sagte ihre Mutter. »Das war Arbeit für Erwachsene, und du hättest dich wahrscheinlich nur gelangweilt. Guck, hier sind keine anderen Kinder.«

Anna zog skeptisch die Stirn in Falten, dann nickte sie. »Na gut. Trotzdem war das blöd, dass ihr mich nicht mitgenommen habt, jetzt habe ich alles verpasst. Dafür war ich schon fleißig. Ich habe zu Hause die Katzen und die Hühner gefüttert. Dann müsst ihr das nicht mehr tun«, setzte sie gönnerhaft hinzu. »Gehen wir jetzt zurück? Ich hab Hunger.«

»Wir Janssens geben Frühstück aus«, sagte Christophs Bruder und zog sein Handy aus der Tasche. »Spiegeleier für alle. Gut, dass Mama wegen Lena zu Hause geblieben ist, da kann sie schon mal die Pfanne heiß machen. Wer kommt mit?« Etliche Hände gingen in die Höhe. »Jürgen, was ist mit dir?«

»Ich muss jetzt melken. Erst die Arbeit, dann das Vergnügen«, erwiderte Jürgen. »Ich komm später nach.«

»Aber was ist denn mit meinen ganzen Sachen? Die können doch nicht hier an der Straße liegen bleiben. Nachher wird alles geklaut!«, rief Gertrud Köhler und kämpfte sich von dem Stuhl hoch, auf dem sie während der Rettungsaktion gesessen hatte. Sie war auf einmal leichenblass und schien Schwierigkeiten zu haben, Luft zu bekommen.

Christoph zog die Augenbrauen zusammen, lief zu ihr und griff nach ihrem Arm, um sie zu stützen. »Alles in Ordnung?«

»Jaja, Jung, geht schon wieder. Ich bin wohl nur zu schnell hochgekommen. Da ist mir ein bisschen schwarz vor Augen geworden.«

Christoph fasste nach ihrem Handgelenk und legte kurz die Hand auf ihre Stirn, dann drückte er sie auf den Stuhl zurück und drehte sich nach seinem Bruder um, der sein Telefon noch in der Hand hielt. »Uwe, kannst du mal einen Rettungswagen rufen?«

»So ein Tühnkram!«, protestierte die alte Dame schwach. »Ich brauch doch keinen Rettungswagen.«

»Wer ist hier der Arzt?«, fragte Christoph. »Die Aufregung war ein bisschen viel für dein Herz, Tante Köhler. Besser, wir klären das mal ab.«

»Aber …«

»Nichts aber! Keine Widerrede! Nur zur Sicherheit.« Er tätschelte ihr den Arm. »Wird schon nicht so schlimm sein.«

Uwe, der sich zum Telefonieren ein paar Schritte entfernt hatte, nahm sein Handy vom Ohr. »Der Rettungswagen ist gerade auf dem Weg zum Krankenhaus, danach kommt er hierher. Wird ungefähr eine halbe Stunde dauern, meinen sie. Ob sie den Hubschrauber anfordern sollen.«

»Nein, das müssen sie nicht, so schlimm scheint es nicht zu sein. Ich kann sie auch mit dem Auto in Krankenhaus fahren, das geht vermutlich sogar schneller.«

»Nimm mal besser meinen Jeep«, sagte Jürgen. »Der ist geräumiger als deine kleine Reisschüssel. Den müssen wir bloß eben vom Hof holen. Ich würde dich ja selber fahren, dann kannst du dich währenddessen neben Gertrud setzen und dich um sie kümmern, aber, wie gesagt, ich muss melken.«

»Ich könnte fahren!«, sagte Tanja und wunderte sich im gleichen Moment über sich selbst. Nicht, dass sie nicht hilfsbereit war, aber normalerweise war sie Fremden gegenüber zurückhaltender, um nicht den Eindruck zu erwecken, sich aufdrängen zu wollen. Aber nach dieser Rettungsaktion kamen ihr die Bördieker gar nicht mehr wie Fremde vor.

Jürgen nickte. »Prima Idee«, sagte er, öffnete die Fahrerkabine des Treckers und machte eine einladende Handbewegung. »Immer rein in die gute Stube, Gnädigste. Auf den Notsitz durchrutschen, bitte.«

Kaum hatte Tanja auf dem schmalen Polster neben dem Fahrersessel Platz genommen, setzte er sich neben sie, startete den Motor und brauste los. Tanja musste sich am Sitz festhalten, so sehr beschleunigte er den Trecker auf der schmalen Straße und bog, ohne nennenswert abzubremsen, kurz darauf in die Auffahrt zu seinem Hof ab. Während der ganzen Fahrt sagte Jürgen kein Wort. Als er den Motor abgestellt hatte und Gustav, der aus dem Dielentor geschossen kam, kläffend um den Trecker herumsprang, um sein Herrchen zu begrüßen, zog Jürgen seinen Autoschlüssel aus der Hosentasche und warf Tanja einen anerkennenden Blick zu.

»Hat mir wirklich gut gefallen, Ihr Einsatz heute. Dass Sie sofort hergekommen sind und richtig mit zugepackt haben, hätte ich Ihnen gar nicht zugetraut. Sie passen viel besser hierher, als ich für möglich gehalten hätte.«

Das Krankenhaus am Stadtrand von Nordenham war so neu, dass man fast noch die Farbe riechen konnte. Frau Köhler weigerte sich strikt, sich mit einem Rollstuhl schieben zu lassen, schien aber doch ganz froh zu sein, dass Tanja und Christoph sie unterhakten, während sie langsam vom Parkplatz bis zur Notaufnahme gingen. Sie standen am Empfang, um die Formulare auszufüllen, als ein junger Arzt mit wehendem Kittel aus einem der Behandlungsräume kam. Er stutzte, als er Christoph sah, und kam dann strahlend und mit ausgestreckter Hand auf ihn zu.

»Chris? Ich glaub es ja nicht! Was machst du denn hier? Mal wieder Heimatluft schnuppern, was?«

Christoph grinste und ergriff die Hand des Arztes. »So ähnlich, Nico, ich hab Urlaub und besuche meine Eltern. Aber jetzt bringe ich euch Kundschaft. Frau Köhler hier ist eine Nachbarin. Sie klagt über Herzbeschwerden. Angina Pectoris schätze ich, möglicherweise Herzinfarkt.«

Die Augen von Frau Köhler weiteten sich vor Schreck. »Herzinfarkt?«, fragte sie.

»Das müssen wir abklären, Tante Köhler. Dr. Schmidt wird dich untersuchen, und dann wissen wir es genau.«

Dr. Schmidt, ein blonder Hüne, der eher aussah wie ein Bauarbeiter, der sich mit einem Arztkittel verkleidet hatte, lächelte der alten Dame aufmunternd zu. »Wir nehmen Ihnen jetzt Blut ab und schreiben ein EKG, Frau Köhler. Kommen Sie einfach mit mir.« Er hakte sie unter und ging mit ihr zu einem der Behandlungszimmer. In der Tür blieb er stehen und blickte zu

Christoph und Tanja zurück. »Du wartest auf die Ergebnisse, oder, Chris?«

»Klar!«

»Dann bis gleich.« Damit verschwand Dr. Schmidt und schloss die Tür hinter sich und Frau Köhler.

Christoph ging zu einer gepolsterten Sitzbank und setzte sich. Tanja folgte ihm.

»Glaubst du, dass es lange dauert?«, fragte sie.

»Schwer zu sagen. Hängt davon ab, was sonst noch in der Notaufnahme los ist. Aber mit ein bis zwei Stunden müssen wir rechnen.«

Tanja setzte sich neben ihn. »Na, bravo. Bis dahin sind die Spiegeleier kalt.«

Christoph grinste. »Die anderen sitzen sicher alle noch bei uns in der Küche, wenn wir zurückkommen, darauf kannst du wetten. Und meine Mama macht uns bestimmt neue Eier.«

»Na, Gott sei Dank. Ich sterbe vor Hunger. Kistenschleppen regt den Appetit an.«

»Stimmt. Besonders auf nüchternen Magen.« Er stand auf. »Ich werde mal nachsehen, ob die Cafeteria schon aufhat, und hole Kaffee. Willst du auch welchen?«

»Gern.« Als sie ihr Portemonnaie aus der Tasche ziehen wollte, winkte Christoph ab. »Lass mal stecken. Du bist eingeladen.«

Tanja sah ihm hinterher, während er durch eine große Flügeltür verschwand. Wirklich ein netter Kerl, dieser Christoph, dachte sie. Sehr freundlich und dabei bodenständig. Nicht so selbstgefällig und großkotzig wie die beiden Ärzte, die Olaf in seinem Freundeskreis hatte.

Es dauerte zehn Minuten, ehe er mit zwei großen Bechern in der Hand zurückkam, von denen er einen an sie weiterreichte.

»Ich hoffe, du magst Milchkaffee«, sagte er und kramte diverse Zuckertütchen aus seiner Jackentasche.

»Sehr gern sogar«, erwiderte Tanja und schüttelte beim Anblick der Zuckertüten den Kopf. Sie versuchte, den Kaffee durch den Schaum zu trinken, und verbrannte sich prompt den Mund. Fluchend pustete sie über Zunge und Lippen. Aus den Augenwinkeln sah sie, dass Christoph ein Lachen unterdrücken musste.

»Ich hätte dich warnen sollen, die Bedienung in der Cafeteria hat extra gesagt, dass der Kaffee heiß ist«, sagte er.

»Heiff ift untertrieben«, stieß sie hervor. »Daf ift die reinfte Lava!« Als das Brennen auf ihrer Zunge nachgelassen hatte, probierte sie es sehr vorsichtig noch mal und stellte fest, dass der Kaffee nicht nur stark, sondern auch sehr gut war.

Eine Weile lang nippten sie schweigend an ihren Bechern, ehe Tanja versuchte, das Gespräch wieder in Gang zu bringen.

»Woher kennst du den Arzt?«, fragte sie und nickte in Richtung der Tür, hinter der Frau Köhler untersucht wurde.

»Nico Schmidt? Wir haben ein paar Semester zusammen studiert und waren während unserer AiP-Zeit im gleichen Krankenhaus in Oldenburg. Ist ein netter Kerl, und das will für einen Notfallmediziner schon was heißen.« Christoph zwinkerte ihr zu. »Können ja nicht alle so sympathisch sein wie die Orthopäden.«

»So, du bist also Orthopäde?«

»Ja, oder vielmehr ich werde in etwa einem halben Jahr einer sein. Im Moment mache ich meine Facharztausbildung am Klinikum Münster. Interessant, aber anstrengend. Und vor allem zeitraubend«, fügte er hinzu.

»Glaub ich gern!«

Er drehte sich ein wenig in Tanjas Richtung. »Und was machst du so, damit der Rubel rollt?«

»Ich habe Jura studiert und war bis vor Kurzem bei einer großen Firma im Management tätig.«

»Klingt auch zeitintensiv.«

»Ja, durchaus. Aber jetzt habe ich massenhaft Zeit, ich bin gerade auf Stellensuche.«

»Und da machst du erst mal Ferien auf dem Bauernhof?«

»Könnte man so sagen, ja. Ein paar Tage bleibe ich sicher noch hier. Vielleicht auch Wochen. Mal sehen, wohin es mich dann verschlägt.«

»Aber ihr habt den Hof vom alten Henry Reimann zusammen geerbt, Judith und du, stimmt doch, oder?«

Tanja nickte. »Woher weißt du das denn?«

»Neuigkeiten sprechen sich in so einem kleinen Kaff schnell herum. Besonders, wenn man eine wandelnde Nachrichtenbörse wie Annegret Oltmanns im Ort hat. Die ist schneller als die Klatschspalte der Bild-Zeitung. Gestern war sie bei uns und hat erzählt, dass ihr im Hof eingezogen seid.«

»Eingezogen ist wohl etwas zu viel gesagt. Und was hat sie noch an Gerüchten verbreitet?«

Christoph warf ihr einen überraschten Blick zu. Sie hatte schärfer geklungen, als sie es beabsichtigt hatte.

»Sie sagte, dass du Judiths Cousine bist«, erwiderte er nach kurzem Zögern. »Henry Reimanns Tochter.« Er nahm einen Schluck Kaffee und schien zu überlegen, wie er fortfahren sollte. »Stimmt das?«, fragte er schließlich.

»Ja, es stimmt. Aber ich habe ihn nie kennengelernt. Für mich war er ein völlig Fremder. Und jetzt hat er mir einen Bauernhof vermacht, und ich weiß gar nicht, ob ich fluchen oder mich freuen soll.«

»Oh«, sagte Christoph leise. Er schwenkte seinen Becher, um den Schaum vom Rand zu bekommen, und trank aus. »Schade, dass du Onkel Henry nicht gekannt hast. Ich mochte ihn gern. Er war ein netter Kerl und hatte viel für uns Kinder übrig. Als wir klein waren, sind wir immerzu bei Reimanns auf dem Hof gewesen, um zu spielen, manchmal auch alle Kinder aus der Nachbarschaft zusammen. Das war toll. Egal, was er gerade tat, er hatte immer Zeit für uns und immer eine Tüte Gummibärchen in der Kitteltasche. Muss ein komischer Anblick gewesen sein: vorneweg Onkel Henry und hinter ihm eine ganze Horde Kinder. Und besonders schön war es auf seinem Hof, wenn Judith zu Besuch war. Wir waren schon als Kinder befreundet und später dann …«

Er schwieg und betrachtete nachdenklich den leeren Kaffeebecher in seiner Hand, ehe er ihn mit einem Seufzen zerdrückte und in den Abfalleimer neben sich warf.

Tanja wusste nichts zu sagen.

»Was wird jetzt mit dem Hof?«, fragte Christoph nach einer Weile. »Werdet ihr ihn verkaufen?«

»Ganz ehrlich, ich weiß es nicht. Ich hab mich noch nicht einmal daran gewöhnt, ihn zu haben, geschweige denn habe ich mir Gedanken machen können, was damit werden soll. Viel wert sein kann er eigentlich nicht. Eine alte Bruchbude voller alter dunkler Möbel mitten im Nirgendwo, mit einem kaputten Badeofen und Löchern im Dach, durch die es auf die Betten regnet. Eigentlich wäre es Wahnsinn, den Hof behalten zu wollen.«

»Eigentlich?« Ein schmales Lächeln umspielte seine Lippen. »Das klingt aber, als sei bei der Entscheidung mehr als nur Vernunft im Spiel.«

Tanja zuckte mit den Schultern. »Der alte Henry hat in seinem Testament geschrieben, der Hof sei für ihn ein Rückzugsort gewesen, an dem er Frieden gefunden hätte. Eine Heimat im besten Sinn des Wortes. Und dass er hofft, dass Bördiek für Judith und mich auch zu so etwas werden könnte. Ich kann nicht für Judith sprechen, aber ich könnte es mir inzwischen beinahe vorstellen.«

Sie wunderte sich, dass es ihr so leichtfiel, mit Christoph darüber zu sprechen. Aber vielleicht war es wirklich so, wie man immer sagte: Fremden gegenüber sitzt die Zunge lockerer.

»Es ist so friedlich hier«, fuhr sie fort. »Gestern habe ich stundenlang im Garten gebuddelt und mich großartig dabei gefühlt. Und nachts schlafe ich wie ein Baby. Na ja, bis auf gestern ...«

»Das Gewitter ...«

»Vor allem der Regen, der durch die Decke direkt auf mein Bett tropfte.« Sie seufzte und trank den letzten Schluck aus ihrem Kaffeebecher.

»Wenn du möchtest, kann ich mal einen Blick auf das Dach werfen«, sagte Christoph. »Ich bin ziemlich geschickt beim Handwerken. Ist so eine Art Hobby von mir. Vielleicht krieg ich auch den Badeofen wieder hin.«

»Würdest du das tun? Das wäre großartig. Nichts gegen Kneippsche Güsse, aber nicht, wenn ich heiß duschen möchte.«

»Klar, kein Problem. Ich freue mich, wenn ich helfen kann. Im Urlaub nur rumzusitzen ist nicht mein Ding. Das hat Birgit immer zur Weißglut getrieben. Birgit ist ...« Er räusperte sich. »Birgit ist meine geschiedene Frau. Sie lag im Urlaub am liebsten von morgens bis abends am Strand und hat sich braten lassen. Sie hat es gehasst, wenn wir nach Bördiek gefahren sind, um meine Mutter und meinen Bruder zu besuchen. Länger als übers Wochenende hat sie es nicht ausgehalten.«

»Strand gibt es hier doch auch.«

»Schon, aber eben keine Sonnengarantie wie am Mittelmeer.

Na ja, mit ihrem jetzigen Lover ist das sicher alles kein Problem mehr.« Er lehnte sich zurück und sah an Tanja vorbei zu den Türen der Behandlungszimmer. »Na, komm schon, Nico. Mach hin«, murmelte er.

Beide schwiegen. Tanja überlegte, ob sie Christoph fragen konnte, ob er inzwischen auch wieder jemanden gefunden hatte, doch sie wagte es nicht. So sahen sie zu, wie mit dem Rettungswagen ein Jugendlicher gebracht wurde, der sich bei einem Fahrradunfall das Knie verdreht hatte, wie die Sanitäter der Schwester am Empfang erzählten.

Gerade als Tanja fragen wollte, ob sie noch einen weiteren Kaffee holen sollte, trat Dr. Schmidt aus dem Behandlungszimmer und kam auf sie zu. In der Hand hielt er einen langen Papierstreifen.

»Ist nicht so dramatisch mit Frau Köhler«, sagte er zu Christoph. »Ein akuter Herzinfarkt ist es nicht, eher Angina Pectoris, wie du schon vermutet hast. Was mir Sorgen macht, ist ihr Blutdruck, der geht fast durch die Decke, außerdem hat sie ziemlich starke Herzrhythmusstörungen. Ich habe ihr vorgeschlagen, ein paar Tage zur Beobachtung in der Klinik zu bleiben. Begeistert war sie nicht gerade von der Idee, weil doch ein Baum auf das Dach ihres Ladens gefallen ist und ihre ganzen Sachen noch auf der Straße stehen. Ihre größte Sorge ist aber, dass sie kein Nachthemd dabeihat. Du siehst, ich bin genau im Bilde.« Dr. Schmidt grinste. »Vielleicht geht ihr noch mal kurz zu ihr, um sie etwas zu beruhigen, ehe sie auf Station gebracht wird. Ich muss mich um unseren Neuzugang kümmern, bis der Chirurg hier ist. Dumm, dass du im Urlaub bist, Chris. Das wäre ein Fall nach deinem Geschmack. Da kann sich ein Orthopäde richtig austoben.« Er deutete auf die Trage mit dem verletzten Jugendlichen. »Wirklich zu schade, dass du keine Lust auf die Arbeit in einem Provinzkrankenhaus hast.« Dr. Schmidt strahlte Christoph an und gab ihm die Hand. »Hat mich echt gefreut, dich wiederzusehen, Chris«, sagte er. »Lass uns doch mal zusammen einen Kaffee oder ein Bier trinken und schnacken, solange du in der Gegend bist. Hast du noch die gleiche Handynummer wie früher?«

Dreizehn

Judith schob den Teller ein Stück von sich. »Für mich nicht mehr, Rita. Ich platze fast.«

Christophs Mutter drehte sich zu ihr um. »Wirklich nicht? Du hattest doch noch gar nicht so viele Spiegeleier. Ich kann noch mehr machen, ich hab noch Eier da.«

»Ich hab vier Stück gegessen und drei Scheiben Brot dazu!« Sie lehnte sich zurück und strich sich mit der Hand über den Bauch. »Ich kann wirklich nicht mehr.«

Die Frühstücksrunde in Janssens Küche war inzwischen merklich zusammengeschrumpft. Beckers vom Deichhof und die beiden Wiechmann-Brüder waren die Ersten, die aufgebrochen waren, danach hatte sich Christophs Bruder Uwe damit entschuldigt, jetzt auch mal langsam in den Stall zu müssen. Nun saßen nur noch Annegret Oltmanns und Judith auf der Bank hinter dem großen Küchentisch.

Christophs Mutter stellte den Herd aus und nahm die Pfanne herunter, ehe sie die Kaffeekanne holte und allen am Tisch noch einmal nachschenkte. Dann setzte sie sich. »Von den beiden Mädchen hört man keinen Mucks«, stellte sie fest.

»Die scheinen sich wirklich gut zu verstehen, die beiden«, sagte Judith und goss sich Milch in ihren Kaffee.

»Ja, das Gefühl habe ich auch«, sagte Rita Janssen. »Es wäre zu schön, wenn unsere Lena endlich mal eine Freundin finden würde. Sie hat es in letzter Zeit wirklich nicht leicht gehabt, die arme kleine Maus, da könnte eine Freundin über vieles hinweghelfen.« Sie seufzte vernehmlich, während sie nach dem Zuckertopf griff.

Christophs Mutter, die sie als Kind immer Tante Janssen genannt hatte, musste inzwischen um die sechzig sein. Ihr früher braunes Haar war stahlgrau geworden, das runde Gesicht hatte etliche Falten mehr, und in ihren Augen lag ein sorgenvoller Blick, den Judith von früher nicht kannte.

»Eine harte Zeit?«, fragte sie.

»Eine Scheidung trifft die Kinder doch immer am schlimmsten«, sagte Annegret wichtig. »Besonders, wenn das Kind so zart und empfindlich ist wie die kleine Lena. Und wenn das dann auch noch so geht wie bei Christoph und seiner Madame.« Sie schüttelte den Kopf. »Unglaublich! Was die sich bloß dabei gedacht hat! Sie hätte doch wissen müssen, auf was sie sich einlässt, wenn sie einen Arzt heiratet. Dass der manchmal über Tage hinweg in der Klinik arbeiten muss, war doch klar, oder? Aber sich dann einen anderen anzulachen und zu behaupten, Christoph sei selbst schuld, er hätte sich ja nicht um sie und die Kleine gekümmert? Was für eine Dreistigkeit! Dabei hängt er doch so an der Lütten! Aber ich hab ja immer gesagt, dass diese Birgit nichts taugt.«

»Ganz so einfach war die Sache sicher nicht. Die Schuld liegt nie allein auf einer Seite, Annegret«, sagte Rita und rührte in ihrer Kaffeetasse. »Sitz du mal allein mit der Verantwortung für ein krankes Kind zu Hause, und dein Mann ist nie da, weil er immerzu arbeiten muss. Und wenn dann einer kommt und hat Zeit und Verständnis für dich, dann ist es kein Wunder, wenn du dich neu verliebst. So was kommt immer wieder vor. Schlimm ist vor allem, dass Lena mit Birgits neuem Mann nicht zurechtkommt. Und Birgit sagt nur, Lena soll sich nicht so anstellen, die beiden müssten sich nur aneinander gewöhnen. Deshalb soll Christoph sich zurückziehen und auf sein Besuchsrecht verzichten. Das geht jetzt alles übers Gericht. Die reden nur noch über Anwälte miteinander. Ganz schlimm! Dazu kommt, dass Birgit wieder schwanger ist und vorsichtig sein soll, damit sie nicht wieder eine Frühgeburt hat, so wie bei Lena. Deshalb durfte Christoph die Lütte auch ausnahmsweise mit herbringen, weil Birgits neuer Mann arbeiten muss. Sonst hätte sie dazu nie Ja gesagt. Dabei geht es Lena hier immer so gut. Sie hat hier nicht einmal gehustet. Das muss wohl die Seeluft sein.« Rita nahm einen großen Schluck.

»Da muss Christoph mal mit der Faust auf den Tisch hauen und sich durchsetzen«, sagte Annegret entschieden. »Aber der war ja immer schon so weich und hat sich von dieser Birgit auf der Nase herumtanzen lassen. Schon damals, als …«

Den Rest von Annegrets blumiger Schilderung von den Untaten der untreuen Birgit ließ Judith an sich vorbeirauschen.

Ach Mensch, Christoph, dachte sie. Was für eine Scheißsituation, in der du da steckst. Das Herz brannte ihr vor Mitleid in der Brust. Wie es sich anfühlen musste, die eigene Tochter nur gelegentlich an den Wochenenden und für kurze Zeit während der Ferien sehen zu können, darüber wollte sie gar nicht nachdenken. Sie erinnerte sich, wie sie Christoph und Lena bei Tante Köhler getroffen hatte, wie er ihr ein Eis gekauft hatte und seine Augen vor Stolz geleuchtet hatten, als er durch das Fenster die beiden Mädchen beobachtete, seine Lena, die mit ihren goldblonden Locken wie ein Rauschgoldengel aussah, und daneben Anna mit den Sommersprossen, der Stupsnase und der feuerroten Mähne.

Annegret schien mit ihrer Erzählung fertig zu sein, nickte noch einmal bekräftigend und griff dann nach der Kaffeekanne, um nachzuschenken. »Wo wir gerade so schön zusammensitzen, was machen wir denn jetzt mit den Sachen aus Gertruds Laden?«, fragte sie. »Ich meine, wir können sie ja wirklich schlecht auf der Straße liegen lassen.«

»Ich frag Jens, ob er sie nachher mit dem Viehhänger wegfahren kann. Wenn noch mal ein paar Leute mit anpacken, ist das fix erledigt«, sagte Rita.

»Bei uns in der Dreschdiele ist reichlich Platz«, bot Judith an. »Die nächsten drei Wochen bin ich auf dem Hof, danach kann ich einem von euch den Schlüssel geben, damit ihr rankönnt, wenn Tante Köhler den Laden wieder aufmachen will.«

Annegret wiegte den Kopf hin und her. »Ja, wenn …!«, sagte sie mit unheilschwangerer Stimme. »Erst mal gucken, was die im Krankenhaus sagen. Wenn sie wirklich einen Herzinfarkt hatte, kann das Mooonate dauern, bis sie wiederkommt. Außerdem muss man abwarten, was die Reparatur des Hauses kostet. Ob Gertrud so viel Geld in den Laden stecken will? Sie hat oft genug zu mir gesagt, dass es ihr zu viel wird. Die ganze Arbeit, und es kommt nichts dabei rum. Zum Einkaufen fahren die Bördieker nach Nordenham, und zu ihr kommt keiner mehr. Höchstens noch mal, wenn einer eine Kleinigkeit vergessen hat oder ein Pfund Mehl zum Backen braucht.«

»Das wäre aber wirklich ein Jammer, wenn Gertrud aufgeben würde«, sagte Rita. »Wo soll man denn dann mal eben ein paar Eier holen? Oder einen schönen Klönschnack halten?«

»Vor allem, wo gibt es sonst noch so was wie einen richtigen Tante-Emma-Laden?«, fragte Judith. »All die vielen Kindheitserinnerungen, die daran hängen: die Truhe mit dem Eis am Stiel für zwanzig Pfennig, der große Korb in der Ecke mit den Äpfeln aus ihrem Garten und das Bonbonglas auf dem Tresen, aus dem wir uns als Kinder immer eines herausnehmen durften.« Ganz plötzlich hatte sie einen dicken Kloß im Hals. »Wir können doch nicht einfach so zulassen, dass das alles vorbei sein soll.«

»Schade wäre es schon, aber was will man machen, das ist nun mal der Lauf der Welt«, sagte Annegret. »Damit muss man sich abfinden.«

»Blödsinn. Wenn wir alle den Laden von Tante Köhler vermissen würden, müssen wir eben alle mit anpacken, damit er weiterexistieren kann. Das Dach flicken, aufräumen, putzen, die Waren wieder einräumen und alles ein klein bisschen schicker machen. Das sollte doch zu schaffen sein.« Judith spürte plötzlich einen ungeheuren Tatendrang in sich, und das fühlte sich großartig an. Ihre Augen blitzten vor Enthusiasmus.

Rita nickte. »Zuallererst müsste jemand nachgucken, wie groß der Schaden ist, den der Baum angerichtet hat«, sagte sie. »Das könnte Christoph machen, der repariert auch immer alles, was hier auf dem Hof kaputt ist, wenn er herkommt. Uwe hat für so was leider so gar kein Talent.«

»Hat Uwe eigentlich jetzt eine Freundin? Susanne Coldewey aus Ruhwarden soll ja wohl auf dem Maibaumsetzen in Stollhamm tüchtig mit ihm gefeiert haben.« Annegret warf Rita einen unschuldigen Blick zu.

»Nein, nicht, dass ich wüsste«, erwiderte Rita knapp. »Und nun lenk mal nicht vom Thema ab, Annegret. Die Idee von Judith ist prima. Aber wie genau bringen wir den Laden von Gertrud wieder auf Vordermann?«

Sie stand auf, holte aus einer Schublade in der Küchenzeile einen Notizblock und einen Stift und sagte: »Lasst uns mal überlegen, wer was übernehmen könnte.«

Die nächste halbe Stunde verbrachten die drei Frauen damit, eine lange Liste mit möglichen Aufgaben für jeden in der Nachbarschaft zu erstellen.

»Was ist denn mit der komischen Trulla, die letztes Jahr in die Schäferei gezogen ist?«, fragte Annegret schließlich. »Sollten wir die nicht wenigstens fragen, ob sie was helfen kann? Das Haus gehört doch immerhin zu Bördiek dazu.«

»Die dicke Esoterik-Tante?« Rita runzelte die Stirn. »Nee, besser nicht! Die kommt höchstens vorbei, stellt ein paar von ihren Blechpötten in die Ecken vom Laden, schlägt mit dem Klöppel dagegen und sagt *Ommmm*, um die bösen Geister zu vertreiben.« Annegret und Rita lachten schallend.

Judith schaute verständnislos von einer zur anderen. »Eine Esoterik-Tante? Hier in Bördiek?«

»Ja-ha!«, rief Annegret. »Was wir alles hier haben, das glaubt man gar nicht!« Sie trank einen Schluck Kaffee und verzog das Gesicht. »Hast du noch ein paar Kekse, Rita? Ich kann den Kaffee nicht so trocken runterwürgen.«

Rita stand auf und holte von einem Regal eine große Blechbüchse, die sie öffnete und auf den Tisch stellte. »Wie gut, dass ich letzte Woche Krüllkuchen gebacken habe«, sagte sie augenzwinkernd.

Annegret beugte sich vor, um sich eine der gerollten Aniswaffeln herauszuangeln.

»Du kennst doch die alte Schäferei direkt am Deich«, sagte sie, die Waffel noch in der Hand. »Als der alte Speckels gestorben ist, hat das Haus ein paar Jahre leer gestanden, ehe seine Kinder sich darauf einigen konnten, es zu verkaufen. Dann ist diese Esoterische eingezogen. Ich bin ein paar Tage später mal da gewesen, um Kuchen vorbeizubringen, wie man das als gute Nachbarin nun mal tut, wenn neue Leute zuziehen. So auf den ersten Blick ist die ganz nett, aber ganz dicht im Kopf ist die sicher nicht. Keine Möbel im Haus, nur ein paar Kissen auf dem Dielenboden, an den Wänden Bilder von so einem indischen

Guru, Räucherstäbchen überall und eine ganze Batterie von Blechpötten nebeneinander. Klangschalen nannte sie die, als sie mich rumgeführt hat.

Nicht, dass sie nicht freundlich war, das nicht! Hat mir einen Tee angeboten, der furchtbar nach Lakritz geschmeckt hat, und hat auch ein Stück Apfelkuchen mit mir gegessen. Aber die Frau hat eindeutig einen Sprung in der Schüssel. Irgendwann guckt die mich an und meint, meine Aura wäre nicht rund und würde rötlich schimmern, ob ich das wüsste. Da sei bestimmt was in einem früheren Leben schiefgelaufen, vielleicht wäre ich da mal ermordet worden, deshalb wäre ich wohl heute auch so mager. Sie könnte mich dahin zurückführen, dann könnte ich mir das angucken. Den Teufel wollte ich! Ich hab gesagt, dafür hätte ich im Moment leider wirklich nicht die Zeit, weil ich in einer halben Stunde in der Raiffeisengenossenschaft sein müsste, um Rechnungen zu schreiben. Da hat sie mir einen Prospekt von sich in die Hand gedrückt, und ich hab zugesehen, dass ich da ganz fix wieder vom Hof kam. Zu Hause habe ich mir das Blatt mal durchgelesen, aber ich hab nichts davon verstanden. Sie schreibt Lebensratgeber und gibt wohl irgendwelche Selbstfindungskurse, glaube ich. An den Wochenenden steht ihre ganze Auffahrt immer voll mit dicken Autos mit fremden Kennzeichen.«

»Ja, und in der Woche geht sie hinter dem Deich schwimmen«, fügte Rita hinzu, die sich ebenfalls einen Krüllkuchen aus der Dose nahm und abbiss. Ein Schauer von Krümeln rieselte auf ihre Bluse, die sie akribisch mit spitzen Fingern aufpickte und in ihren Mund beförderte. »Uwe hat sie neulich gesehen, als er unsere Schafe umgetrieben hat. Erst sitzt sie eine Weile in ihren weiten Leinenklamotten im Andelgras und singt irgendwas Unverständliches, dann wirft sie alle Kleider ab und geht ins Wasser. Meine

Güte, die muss so um die fünfzig sein und mindestens hundert Kilo wiegen.« Rita schüttelte missbilligend den Kopf. »So was macht man doch nicht, und schon gar nicht in dem Alter!«

Bei dem Gedanken an Christophs älteren Bruder Uwe, wie er von der Deichkrone aus mit schreckgeweiteten Augen die Szene beobachtet hatte, musste Judith ein Grinsen unterdrücken. Er war so schüchtern, dass er Frauen gegenüber kaum je den Mund aufbekam. Seit dem Tod seines Vaters vor über fünfzehn Jahren war er der Bauer auf dem Janssenhof. Uwe war immer noch unverheiratet und stand ziemlich unter der Fuchtel seiner resoluten Mutter Rita, die ihm den Haushalt führte.

Die Küchentür öffnete sich, und Lena und Anna, die Hermann am Halsband festhielt, kamen herein. Lena lief auf ihre Großmutter zu und schmiegte sich an sie.

»Du, Oma?«, fragte sie lang gezogen. »Dürfen Anna und ich nach draußen gehen? Ich wollte ihr die kleinen Kälber zeigen.« Anna hielt sich diplomatisch im Hintergrund, aber Judith wusste trotzdem genau, von wem die Initiative ausging.

Rita drückte das schmächtige Mädchen an sich. »Klar dürft ihr das. Hier, nehmt euch jeder einen Krüllkuchen!« Sie griff nach der Dose und streckte sie den Mädchen entgegen.

»Was hast du denn da an, Anna?«, fragte Judith ihre Tochter, die sich artig für das Gebäck bedankte.

»Lena hat mir eine Jogginghose und einen Pulli gepumpt«, sagte Anna, während sie bereits kaute. »Ich hatte doch nur den Schlafanzug an. Guck! Passt genau.«

»Und dein Schlafanzug?«

Anna lupfte den Pulli ein Stückchen, und der geblümte Stoff kam zum Vorschein. »Ist drunter!«

Judith seufzte. »Also gut. Pass aber auf, dass keine Löcher in Lenas Sachen kommen. Und auch keine Flecken, die nicht wieder rausgehen«, fügte sie hinzu. »Bleibt nicht zu lange draußen, wir wollen bald wieder zurück.«

»Ich mach nie Löcher in Klamotten«, sagte Anna entrüstet. »Na komm, Lena, wir gehen nach draußen in den Stall.«

Sie hielt Hermann die Hälfte der Waffel vor die Nase, die dieser mit einem Happs verschlang, dann trollten sich die beiden Mädchen und der große graue Hund aus der Küche.

Rita lächelte glücklich. »Das ist wirklich schön, dass Lena sich so gut mit deiner Anna versteht. Die scheint ja eine ganz Patente zu sein und nicht auf den Mund gefallen. Vielleicht kommt Lena dann mal ein bisschen aus sich heraus. Sie ist immer so still und ernst. Viel zu erwachsen für ihr Alter.«

»Hauptsache, Anna stiftet sie nicht zu Blödsinn an«, sagte Judith seufzend.

»Was sollen sie hier denn schon groß anstellen?«, fragte Rita.

Vom Flur her erscholl wildes Gebell, und eine Männerstimme rief: »Aus, Gustav! Nun lass Hermann doch mal in Ruhe! Hallo, Deerns«, fügte der Mann leiser hinzu.

»Ah, Jürgen ist da! Dann will ich mal schnell noch ein paar Eier in die Pfanne hauen«, sagte Rita und stand auf.

Es klopfte einmal an die Küchentür, und Jürgen Peters trat ein. Er zog Gustav hinter sich her, der sehnsüchtig in Richtung Tür zurückblickte. In der Hand hielt Jürgen einen Korb, den er Rita entgegenstreckte. »Hier«, sagte er. »Ich hab meine Hühner beklaut. Ihr sollt die Last nicht allein tragen. Ich kenne doch unsere verfressenen Nachbarn!«

Alle lachten, als Rita den Korb dankend entgegennahm. »Prima«, sagte sie. »Dann habe ich ja auf alle Fälle genug Eier. Ich dachte schon, das könnte knapp werden, wenn Christoph und … wie heißt sie noch mal …?«

»Tanja!«, kam die Antwort gleichzeitig von Judith, Annegret und Jürgen.

»Richtig, Tanja! Wenn die beiden vom Krankenhaus zurückkommen. Vier Stück für dich, Jürgen?«

»Ja, gern«, sagte er, angelte sich eine Scheibe Brot aus dem Korb auf dem Tisch und griff nach der Butter. »Was nützt das schlechte Leben?«

Annegret sprang auf, holte einen Becher aus dem Küchenschrank und goss ihm einen Kaffee ein. Offenbar kannte sie sich bestens in Ritas Küche aus.

»Und? Was habe ich verpasst, während ich gearbeitet habe?«, fragte Jürgen und rührte in seiner Tasse.

»Wir haben beschlossen, Tante Köhlers Laden wieder in Schuss zu bringen!«, sagte Judith und umriss kurz, was sie mit Annegret und Rita Janssen besprochen hatte.

Jürgen nickte, nachdem sie geendet hatte. »Im Prinzip eine gute Idee. Vor allem weil man nicht wissen kann, wie viel die Versicherung zahlen wird.« Er schnitt ein großes Stück Brot mit Spiegelei ab, schob es sich in den Mund und machte ein nachdenkliches Gesicht, während er kaute. »Aber wenn wir das schon in Angriff nehmen, sollten wir es auch vernünftig machen. Wir könnten Gertruds Laden gleich ein bisschen modernisieren.«

»Aber geht dann nicht das Besondere daran verloren?«, fragte Judith skeptisch.

»Das muss man natürlich vorsichtig angehen. Aber nur die Bördieker Nachbarschaft reicht nicht als Kundschaft. Gertrud sollte ihr Sortiment erweitern.«

»Ich verstehe nicht ganz, was du meinst.« Judith runzelte die Stirn.

»Ich hab da so eine Idee, aber ich muss noch ein bisschen darauf herumdenken, ehe ich dazu was Konkretes sagen kann.«

Er aß seine Spiegeleier, während Rita ihm die Liste mit der Aufgabenverteilung vorlas. Bei den meisten Punkten nickte er, schlug aber auch noch ein paar Veränderungen vor. Gerade als er mit dem Essen fertig war, kamen Christoph und Tanja zurück. Judith rutschte auf der Bank näher an Annegret und machte Platz für Tanja, die so neben Jürgen am anderen Ende des Tisches zu sitzen kam. Annegret stieß Judith mit dem Ellbogen an, machte eine Kopfbewegung in Richtung der beiden und grinste vielsagend. Judith beschloss, sie für den Moment lieber zu ignorieren.

»Wie geht es Tante Köhler denn?«, fragte sie Christoph stattdessen, der ihr gegenübersaß.

»Einigermaßen«, sagte er. »Aber sie soll zur Beobachtung und für weitere Tests ein paar Tage in der Klinik bleiben. Ihr Blutdruck ist viel zu hoch, und sie hat Herzrhythmusprobleme. Sie hat mir ihren Schlüssel mitgegeben, damit jemand ein paar Sachen für sie holen und ihr vorbeibringen kann.«

Annegret hob den Zeigefinger wie in der Schule. »Das mach ich heute Nachmittag. Ich habe frei, da kann ich sie besuchen fahren.«

»Sie macht sich natürlich Sorgen, aber ich hab ihr schon gesagt, dass wir uns erst mal um alles kümmern werden.«

»Kümmern ist ein gutes Stichwort«, sagte Judith und berichtete den beiden Neuankömmlingen von dem Plan, den sie geschmiedet hatten. Sie schob die überarbeitete Liste mit der Aufgabenverteilung zu Christoph hinüber.

»Das sieht doch gut aus!«, sagte er, nachdem er das Blatt überflogen hatte. »Nach dem Frühstück schaue ich mir die Schäden mal genauer an. Dann sehen wir, was wir selbst machen können und wofür wir Handwerker brauchen. Wer ruft denn die anderen an und fragt, ob sie mitmachen?«

Wieder hob Annegret die Hand. Christoph bemühte sich, nicht zu grinsen, als er es sah. »Schaffst du das denn, wenn du auch noch ins Krankenhaus fährst, Annegret?«, fragte er.

»Aber sicher, kein Problem«, antwortete Annegret freudestrahlend. Eine Gelegenheit, alle Nachbarn anzurufen, um den neuesten Tratsch zu verkünden, schien ihre gute Laune beträchtlich zu steigern.

»Was schätzt du denn, wie lange Gertrud im Krankenhaus bleiben muss?«, fragte Jürgen.

»Ich würde sagen bis Mitte der Woche, wenn nichts dazwischenkommt. Aber ich könnte mir gut vorstellen, dass die Ärzte ihr raten, in Zukunft erheblich kürzerzutreten. Ich hab das EKG gesehen, das sah nicht berühmt aus. Tante Köhler sollte die Arbeit bei der Post aufgeben und darüber nachdenken, sich Hilfe für den Laden zu holen, wenigstens stundenweise.«

Alle am Tisch schwiegen betreten. Rita, die am Herd stand, um Spiegeleier für die Neuankömmlinge zu braten, drehte sich zu ihrem Sohn um. »Meinst du, sie sollte den Laden besser schließen?«, fragte sie.

»Das würde sie aber sehr hart treffen, sie hängt doch so daran. Ich denke, nur auf dem Sofa herumzusitzen und die Wände anzustarren wäre nichts für sie. Da würde sie eingehen wie eine Primel. Aber sie sollte nicht mehr alles allein machen, das ist einfach zu viel für sie, immerhin ist sie nicht mehr die Jüngste.«

»Wenn wir Nachbarsfrauen uns abwechseln, ginge das vielleicht für eine gewisse Zeit, aber das ist natürlich keine Dauerlösung«, sagte Rita. Sie wendete die Spiegeleier und verteilte sie auf zwei Teller, die sie vor Christoph und Tanja auf den Tisch stellte. »Aber wie sagte meine Oma immer: Kommt Zeit, kommt Rat, und mit leerem Magen kann man nicht nachdenken.«

Kurz vor Mittag löste sich die Runde in Janssens Küche auf, und Tanja und Judith machten sich auf den Heimweg. Rita hatte gesagt, Anna könne gern noch bei ihnen bleiben, Lena und sie seien doch gerade so schön am Spielen.

Eine Weile gingen die beiden Frauen schweigend nebeneinander die Betonstraße entlang. Der Wind hatte aufgefrischt und trieb die Blätter, die der Sturm abgerissen hatte, vor sich her.

Schließlich räusperte sich Tanja. »Sag mal, Judith«, begann sie zögernd, »ich denke schon die ganze Zeit über was nach. Du hast doch neulich Abend erzählt, dass du in Hannover einen Job in einem Biomarkt hattest. Wäre es dann nicht eine gute Lösung, wenn du in dem Tante-Emma-Laden arbeiten würdest? Ich weiß doch, dass du am liebsten hier in Bördiek bleiben würdest. Oder irre ich mich da?«

Judith sah hoch und begegnete Tanjas fragendem Blick. Als Christoph vorhin den Vorschlag gemacht hatte, Tante Köhler solle sich eine Hilfe suchen, hätte sie am liebsten sofort wie Annegret den Finger gehoben und gesagt, dass sie die Aufgabe mit Kusshand übernehmen würde. Aber dann hatte die Stimme der Vernunft im Tonfall ihrer Mutter zu ihr gesprochen: Bist du verrückt geworden, Mädchen? Komm mal wieder auf den Boden der Tatsachen zurück! Das bisschen, was Tante Köhler dir zahlen kann, wird nie im Leben reichen, um damit auch nur ansatzweise finanziell über die Runden zu kommen. Wenn du hierbleibst, müsste Anna die Schule wechseln, und das ganze Drama geht wieder von vorn los. Dazu kommt, dass dir der Hof nicht allein gehört! Du kannst nicht davon ausgehen, dass du auf Dauer umsonst dort wohnen kannst. Du musst in drei Wochen wieder nach Hannover zurückkehren, alles andere wäre völlig verrückt.

Aber jetzt machte Tanja den Vorschlag! Judith wurde bewusst, dass sie stehen geblieben war und ihre Cousine mit offenem Mund anstarrte.

»Ich … ich habe auch schon daran gedacht«, sagte sie. »Aber das geht leider nicht.«

»Wieso nicht?«

Judith hob hilflos die Arme. »Weil ich nun mal zurück nach Hannover muss.«

»Aber …«

»Nichts aber, Tanja. Anna hat ewig gebraucht, ehe sie in der Schule zurechtgekommen ist. Es gab Zeiten, da war es so schlimm, dass sie sich einfach geweigert hat, hinzugehen. Gerade ist es ein bisschen besser geworden, und hier müsste sie sich wieder komplett neu in alles einfinden. Natürlich würde es mir Spaß machen, bei Tante Köhler im Laden auszuhelfen, aber das ist auch nur wieder ein kleiner Aushilfsjob, und meine Chancen, eine Arbeit zu finden, von der Anna und ich einigermaßen leben können, sind in Hannover nun mal viel besser als hier. Hinzu kommt noch, dass alle meine Sachen dort sind und ich nicht einmal wüsste, wie ich sie hierherbekommen soll. Auf lange Sicht bleibt mir nichts anders übrig, als mein Studium irgendwann mal zu beenden.«

»Das du hasst wie die Pest«, ergänzte Tanja trocken.

»Ich muss nur meinen inneren Schweinehund treten und mich endlich auf den Hosenboden setzen, dann geht das schon.«

Tanja blieb stehen und sah Judith zweifelnd an. »Und was soll das Studium bringen? Wenn ich das, was du mir erzählt hast, richtig interpretiere, dann ist dir das Pharmaziestudium zuwider. Du kannst dir nicht vorstellen, je als Apothekerin zu arbeiten, und hast damit überhaupt nur angefangen, weil dein Vater es so wollte.« Sie stützte die Arme in die Hüften. »Das trifft es doch, oder?«

»Ganz so einfach ist es nicht.«

»Doch, genau so einfach ist es! Es wird höchste Zeit für was Neues, Judith. Für etwas, das dir Spaß macht und das du wirklich willst. Komm schon, gib dir einen Ruck, wirf dein Herz voraus und spring hinterher. Glaub mir, alles andere wird sich finden.«

»Aber was ist mit Anna? Ich kann doch nicht einfach über sie hinweg …«

»Anna liebt es doch, hier zu sein. Das sieht ein Blinder mit Krückstock! Die fällt dir vor Begeisterung um den Hals, wenn du ihr sagst, dass ihr nach Bördiek zieht.«

»Nach Bördiek ziehen …«, murmelte Judith. Die näselnde Stimme der Vernunft in ihrem Inneren wurde allmählich leiser und machte Platz für die eines kleinen Mädchens mit roten Gummistiefeln, das bei der Aussicht, in den Ferien zu Onkel Henry zu fahren, vor Begeisterung gejubelt und in die Hände geklatscht hatte.

»Aber wovon soll ich denn hier leben? Der Aushilfsjob von Tante Köhler bringt doch nicht mehr als ein paar Euro«, sagte sie lahm, und der Einwand klang selbst in ihren Ohren halbherzig.

»Da muss sich doch was finden lassen! Ich habe jahrelang mein Geld damit verdient, große Firmen zu beraten, Innovationen zu entwickeln und umzusetzen. Es wäre doch gelacht, wenn mir das mit einem kleinen Start-up auf Henry Reimanns Hof nicht gelingen würde. Ab jetzt bist du nicht mehr nur meine Cousine, sondern auch meine Klientin.« Tanja streckte Judith die Rechte entgegen. »Schlag ein!«

Judith war schon im Begriff, die Hand zu ergreifen, doch dann zögerte sie. »Das Haus gehört uns beiden aber doch zusammen. Es wäre nicht richtig, wenn ich allein hier einziehe. So was wie Miete werde ich nicht zahlen können, fürchte ich.«

»Darum mach dir mal keinen Kopf. Ich denke, der alte Henry würde sich wahnsinnig freuen, wenn du auf dem Hof lebst. Lass mich einfach von Zeit zu Zeit ein paar Tage Urlaub auf dem Bauernhof machen, und halt mir dafür das Nähzimmer frei. Dann passt das schon!«

Ein warmes Gefühl der Dankbarkeit breitete sich in Judith aus, als sie lachend und weinend zugleich Tanjas Hand ergriff. »Weißt du, was ich immer schon mal zu jemandem sagen wollte? *Von jetzt an sind wir Partner, du und ich!*«

Damit umarmte sie Tanja ganz fest.

Vierzehn

»Es läuft immer auf das Gleiche hinaus. Mir fehlt das Startkapital«, sagte Judith seufzend. Sie warf den Kuli auf den Küchentisch, lehnte sich zurück und verschränkte die Arme vor der Brust. »Es ist zum Verzweifeln.«

»Nun wirf mal nicht gleich die Flinte ins Korn.« Tanja beugte sich vor und zog den Block zu sich her, auf dem Judith verschiedene Geschäftsideen notiert hatte. Jede Idee hatte ein eigenes Blatt bekommen, auf dem links das Pro und rechts das Kontra aufgelistet waren. »Wir haben gerade mal mit dem Brainstorming angefangen, und du erwartest sofort einen Geniestreich.«

Judith schnaubte durch die Nase. »Wenigstens irgendeine Idee, die nicht völlig unrealistisch oder idiotisch ist.«

»Also, was haben wir hier? Erstens: die Milchwirtschaft wieder aufnehmen …«

»Wie denn, ohne Kühe?«, fragte Judith. »Ich habe zwar mal gemolken, aber da war ich fünfzehn oder sechzehn. Von dem, was sonst noch zum Bauersein dazugehört, habe ich so gut wie keine Ahnung. Was hier noch an Maschinen rumsteht, ist uralt und funktioniert wahrscheinlich nicht mehr. Das können wir getrost vergessen.«

»Okay, wie du meinst.« Tanja angelte sich den Kugelschreiber und strich das Blatt durch. »Idee zwei: Ferien auf dem Bauernhof.«

»Dazu müsste man das Wohnhaus komplett umbauen. So

wie es jetzt ist, kriegst du keine Feriengäste hierher – rustikaler Charme hin oder her.«

Tanja blätterte um. »Was ist mit der Hochzeitsscheune oder dem Bauernkaffee?«

»Dasselbe in Grün. Wenn man so was aufziehen will, braucht man ordentliche Sanitärräume. Wenn du die bauen willst, bist du auch sofort bei einer fünfstelligen Summe, Minimum. Und woher soll ich die nehmen? Auf der Bank hab ich nichts als ein überzogenes Girokonto.«

»Wenn mein Bruder mir das Geld zurückzahlt, das ich ihm für sein Restaurant geliehen habe, wäre das Problem gelöst, aber das dauert noch mindestens zwei Jahre. Bis dahin…« Tanja rieb sich nachdenklich das Kinn. »Es muss doch irgendwas geben, in das man nicht gleich ein Vermögen reinstecken muss.«

»Aber was?« Judith warf ihrer Cousine einen ratlosen Blick zu. »Egal, welche Pläne wir schmieden, wir brauchen zuerst mal Geld.« Sie nahm den Block und klappte ihn zu. »Es wäre schön, hierbleiben zu können, aber wenn man es nüchtern betrachtet, wird das ein Traum bleiben.«

»Niemand hat gesagt, dass es einfach ist, sein Leben auf den Kopf zu stellen, um sich einen Traum zu erfüllen. Aber gleich bei der allerersten Hürde zu resignieren? Du kannst doch nicht immer so weiterwurschteln wie bisher.«

»Aber ich kann auch nicht die Augen vor den Fakten verschließen. Ich habe kein Geld, und ich habe kein Talent, mit dem man welches machen kann. Aber dafür habe ich eine Tochter, für die ich sorgen muss.«

»Und das willst du mit einem weiteren schlecht bezahlten Aushilfsjob in Hannover bewerkstelligen?« Tanja zog die rechte Augenbraue in die Höhe. »Über Jahre hinweg?«

»Ich kann doch sonst nichts. Wenn ich mein Studium beende, könnte ich zu meinen Eltern zurück und …«

»… zu Kreuze kriechen.«

»Zur Not, ja.«

Tanjas Augen wurden schmal. »Willst du dir von deinem Vater bis an dein Lebensende sagen lassen, was du zu tun und zu lassen hast?«

»Im Moment bist du diejenige, die mir das sagt.«

»Wie eine große Schwester?«

»Ja, wie eine große Schwester.«

»Dann will ich dir mal was über große Schwestern erzählen. Die sind manchmal dazu da, dass sie einem unangenehme Wahrheiten ins Gesicht sagen, auch wenn es wehtut.« Tanja erhob sich. »Vielleicht brauchst du jetzt so eine große Schwester.«

Judith antwortete nicht, sondern starrte auf den Schreibblock vor sich auf dem Küchentisch.

Tanja betrachtete sie einen Augenblick lang, dann schob sie ihren Stuhl an den Tisch und wandte sich zum Gehen. Sie hatte die Küchentür noch nicht erreicht, als sie auf dem großen Flur eine Männerstimme hörte, die laut »Moin!« rief. Dann klopfte es, und sie sagte: »Herein.«

Jürgen Peters zog die Tür auf und fuhr zusammen, als er sie direkt vor sich sah. Theatralisch griff er sich an die Brust.

»Meine Herren!«, stieß er hervor. »Mir so einen Schreck einzujagen! Das ist nichts mehr für einen alten Mann wie mich.« Er holte tief Luft und schüttelte den Kopf. »Ich bin gerade auf dem Weg Richtung Langwarden und habe mir gedacht, da könnte ich Sie doch gleich zu Gerd Frerichs mitnehmen.«

»Zu wem?«, fragte Tanja verständnislos.

»Zur Werkstatt. Der Mercedes müsste doch inzwischen fertig sein. Aber wenn Sie lieber hinlaufen möchten?«

»Ach, stimmt ja. Daran hatte ich schon gar nicht mehr gedacht bei dem ganzen Trubel heute.« Sie zwang sich zu einem Lächeln. »Es wäre sehr nett, wenn Sie mich mitnehmen würden.«

Er nickte. »Dann mal hurtig. Ich hab noch einen Termin bei der Bank.« Er hielt ihr die Tür auf, bis sie an ihm vorbeigegangen war, drehte sich dann aber noch mal zu Judith um. »Übrigens wollte Christoph noch bei euch vorbeikommen, sobald er in Gertruds Laden fertig ist. Weil es bei euch durchgeregnet hat, hat er gesagt.«

Ohne eine Antwort abzuwarten, folgte er Tanja in den Flur. Erst als sie im Jeep saßen, warf er ihr einen fragenden Blick zu. »Nanu, dicke Luft bei Ihnen beiden?«, fragte er.

»Sozusagen.« In kurzen Worten erzählte Tanja ihm von der Idee, dass Judith in Bördiek bleiben und im Tante-Emma-Laden helfen könnte und dass sie bei der Suche nach möglichen weiteren Einnahmequellen für sie in Streit geraten waren. Sie wunderte sich selbst, wie offen sie Jürgen davon erzählte, dass sie Judith quasi vorgeworfen hatte, zu feige für einen Neuanfang zu sein. Als sie geendet hatte, rollte der Jeep auf den Hof der Werkstatt, und Jürgen stellte den Motor ab.

»So was hört keiner gern«, sagte er.

»Nein, aber manchmal muss es sein.«

»Stimmt. Manchmal muss es sein.« Erstaunt sah sie ihn an. Ein bitterer Unterton hatte in seiner Stimme mitgeklungen. Jetzt schaute er sie an und lächelte. »Leider muss ich jetzt weg. Wie schon gesagt, habe ich einen Termin, aber wenn Sie mögen, lassen Sie uns später weiterreden. Man sagt mir nach, dass ich gelegentlich auch ganz passable Ideen haben kann. Ich würde vorschlagen, wir treffen uns in Tossens in der Strandhalle, da kann man gut essen und hat einen wunderbaren Blick über das Wattenmeer. Ist ganz leicht zu finden, alles gut ausgeschildert. Wie wäre es? Ich lade Sie ein.« Er warf einen kurzen Blick auf seine Armbanduhr. »Gegen sieben?«

»Ich weiß nicht recht, ich …«

»Na, kommen Sie, Tanja, geben Sie sich einen Ruck. Es ist nur ein Arbeitsessen, kein romantisches Date bei Kerzenschein.«

Die Fältchen in seinen Augenwinkeln vertieften sich, als er lächelte. Und sein warmer Blick ließ ihre Skepsis schwinden.

»Also gut. Dann bis um sieben!«

Er streckte ihr die Hand entgegen, und sie ergriff sie, als hätten sie gerade einen Vertrag abgeschlossen. Mit Mühe riss sie sich von seinen blauen Augen los, stieg aus dem Wagen und sah zu, wie er davonbrauste.

»So ein Mist.«

Mit einem Ruck zog Judith die Hand aus dem warmen Spülwasser. An der Innenseite des Ringfingers bildete sich ein Blutstropfen, der in die Schüssel mit dem Abwasch fiel. Eines der Gläser musste die rabiate Behandlung mit der Bürste übelgenommen haben und war zerbrochen. Leise fluchend führte sie den Finger zum Mund und saugte an dem Schnitt. Sie warf die Bürste auf die Spüle, griff nach einem Geschirrtuch und trocknete sich vorsichtig die Hand ab. Dann presste sie den Daumen auf die Wunde und hielt die verletzte Hand hoch über den Kopf. Angeblich sollte das die Blutung stillen, wenn man es nur lange genug machte, jedenfalls hatte ihre Mutter das immer behauptet.

Seit Tanja so hastig mit Jürgen aufgebrochen war, war eine ganze Zeit vergangen. Inzwischen war es Nachmittag, und die Gemüsebeete, die Judith durch die Küchenfenster sehen konnte, lagen in hellem Sonnenschein. Vielleicht, so überlegte sie, sollte ich nachher hinausgehen und nachsehen, welche Schäden der Sturm im Garten angerichtet hat. Alles war besser, als auch nur einen weiteren Blick auf den blöden Schreibblock mit den Plänen für eine Zukunft hier in Bördiek zu werfen und über Tanjas Vorwurf nachzudenken, dass sie bei der ersten Schwierigkeit sofort aufgeben würde.

Allmählich wurde das Pochen in ihrem Finger etwas schwächer, und sie nahm die Hand wieder herunter, um die Wunde zu inspizieren. Ein tiefer Schnitt zog sich über ihre Fingerkuppe, aus dem noch immer kleine Blutstropfen hervorquollen.

Judith versuchte sich zu erinnern, wo Onkel Henry und Tante Alma die Dose mit dem Pflaster aufbewahrt hatten. Früher war sie in einer der Schubladen im Küchenschrank gewesen, glaubte sie. Nacheinander zog sie eine nach der anderen auf und durchwühlte sie, wobei sie darauf achtete, den Daumen der linken Hand auf die Wunde gepresst zu halten, um nicht auf den Fußboden zu tropfen.

»Suchst du was Bestimmtes?«, fragte eine dunkle Stimme hinter ihr.

Judith fuhr herum. Hinter ihr stand Christoph und lächelte.

»Hab ich dich erschreckt?«, fragte er. »Entschuldige, das wollte ich nicht. Ich habe im Flur gerufen, aber keiner hat geantwortet. Vielleicht solltet ihr mal über die Anschaffung einer Türklingel nachdenken. Ich weiß, das war früher nicht üblich, aber …« Er zog die Augenbrauen zusammen und musterte sie. »Stimmt was nicht? Du bist blass wie die Wand.«

»Nein, nein, alles in Ordnung«, beeilte sie sich zu versichern. »Ich hab mir nur in den Finger geschnitten und suche ein Pflaster.«

»In den Finger? Zeig mal her.« Er streckte seine Rechte aus.

»Ach was, so schlimm ist es nicht«, sagte sie verlegen und ärgerte sich über sich selbst, weil sie fühlte, wie sie schon wieder rot wurde.

»Na, komm schon, sei nicht feige. Immerhin bin ich Arzt.«

Zögernd reichte sie ihm ihre Hand. Er zog ihren Daumen weg und betrachtete die Wunde, während er ihre Finger mit beiden Händen umfasste. »Ganz schön tief«, sagte er. »Das ist an der Grenze, dass man es nähen sollte.«

»Blödsinn. Ein Pflaster drauf wird sicher reichen.«

Von der Stelle, wo seine Finger ihre Hand berührten, breitete sich ein Kribbeln aus, das durch ihren ganzen Körper lief und ihr die Luft zum Atmen nahm. Meine Güte, Judith, reiß dich mal zusammen, dachte sie. Du benimmst dich ja wie ein Teenager.

»Ist wenigstens dein Tetanusschutz in Ordnung?«, hörte sie ihn fragen. »Wann bist du zuletzt geimpft worden?«

»Letzten Sommer«, antwortete sie. »Da bin ich beim Baden in eine Scherbe getreten.«

Sein Lächeln vertiefte sich, und seine dunklen Augen begannen, amüsiert zu leuchten. »Du scheinst ja ein richtiger Pechvogel zu sein«, sagte er. »Aber ein Jahr ist in Ordnung, dann müssen wir nichts unternehmen.« Er deutete an ihr vorbei auf die geöffnete Schublade. »Da ist das Pflaster.« Er ließ ihre Hand los und griff danach. »Wenn du jetzt noch eine Schere besorgst, dann mach ich dir einen Verband nach allen Regeln der Kunst.«

In einer der anderen Schubladen fand sich eine Haushaltsschere. Sie setzten sich an den Tisch, Judith stützte ihren Ellbogen auf und beobachtete, wie Christoph den Finger säuberte und verband. Beide schwiegen.

Als die Stille zu laut wurde, räusperte sich Judith. »Warst du schon drüben im Laden?«, fragte sie.

Er nickte. »Ja, gleich nach dem Mittagessen. Anna hat sich bei uns übrigens vorbildlich benommen. Meine Mutter ist völlig begeistert von ihr.« Er sah von ihrem Finger hoch und lächelte sie an. »Du hast sie gut erzogen.«

»Anna hat sich selber erzogen, damit hatte ich nicht viel zu tun. Sie kann ganz Zucker sein, wenn sie sich wohlfühlt, aber wenn ihr was gegen den Strich geht oder sie zu etwas gezwungen werden soll, was sie nicht einsieht, dann wird sie unausstehlich. Autsch!« Judith verzog das Gesicht, als Christoph das Pflaster auf den Schnitt drückte.

»Zu fest?«, fragte er.

»Nein, geht schon.«

»Ein bisschen Druck muss drauf sein, sonst blutet es gleich wieder.« Zufrieden betrachtete er sein Werk von allen Seiten. »So. Fertig.«

Dann sah er hoch, und für eine kleine Ewigkeit verlor sie sich in seinen braunen Augen. Das Herz schlug ihr bis zum Hals, und sie hatte auf einmal das Gefühl, jemand habe einen festen Ring um ihren Brustkorb geschnürt, der ihr das Atmen schwer machte. Noch immer lag ihre Hand in seiner, und sie spürte, wie sein Daumen über ihre Finger strich.

Ganz plötzlich schien ihm bewusst zu werden, was er tat. Sein Lächeln wurde geschäftsmäßig, er ließ ihre Hand los und lehnte sich auf dem Stuhl zurück.

»Der Schaden bei Tante Köhler ist gar nicht so dramatisch, wie es den Anschein hatte. Zum Glück sind keine tragenden Teile betroffen. Ein paar Ziegel und ein Teil der Dachlatten müssen erneuert werden, und eine neue Fensterscheibe muss natürlich her. Aber den allergrößten Teil können wir Nachbarn selbst machen. Den Glaser habe ich vorhin schon bestellt, der kommt morgen zum Ausmessen vorbei, und ich kümmere mich dann mit Uwe und Jürgen zusammen um das Dach und den Putz an der Decke. Wenn alles so klappt, wie ich mir das vorstelle, brauchen wir ungefähr eine Woche, inklusive eines neuen Anstrichs für den Laden. Dann kann alles zurückgeräumt werden, und Tante Köhlers Laden ist so schön wie vorher. Wahrscheinlich sogar schöner.« Er zwinkerte ihr zu. »Sag mal, ist Tanja gar nicht da? Als wir im Krankenhaus gewartet haben, hatte ich angeboten, mal bei euch nach dem Rechten zu sehen. Sie sagte, es hätte durchgeregnet.«

»Tanja hat mir gar nicht erzählt, dass du vorbeikommen wolltest.«

»Das hat sie sicher in all der Hektik heute Morgen vergessen.«

»Sie ist vorhin mit Jürgen nach Langwarden gefahren.« Judith sah auf die Uhr. »Komisch, eigentlich hätte sie schon längst zurück sein müssen, sie wollte nur Onkel Henrys Wagen aus der Werkstatt holen.«

»Kannst du mir dann den Dachboden aufmachen, damit ich schnell mal nach dem Loch im Dach sehen kann? Ich bin ein bisschen unter Zeitdruck, weil ich Uwe versprochen habe, beim Transport von Tante Köhlers Kram zu helfen, und der wird fuchsteufelswild, wenn ich nicht pünktlich bin.« Christoph grinste.

»Stimmt ja, Tante Köhlers Sachen hatte ich schon beinahe vergessen. Besser, wir beeilen uns. Komm mit.«

Judith erhob sich und ging voraus in die Dreschdiele. Neben der Eingangstür zum Wohnhaus befand sich eine steile Holztreppe, die zum Heuboden über dem Kälberstall und zum Dachboden hinaufführte.

Eine der scheuen Katzen schoss wie ein geölter Blitz in Deckung, als sie auf der knarrenden Treppe nach oben stiegen und schließlich vor einer Metalltür stehen blieben. Tanja nestelte den Schlüsselbund aus ihrer Hosentasche und öffnete die Tür, die ein protestierendes Quietschen von sich gab. Ein Schwall staubiger Luft schlug ihnen entgegen.

»Meine Güte, so groß hatte ich das nicht in Erinnerung!«, sagte Christoph. »Hier könnte man ja mehrere Wohnungen reinbauen, wenn man wollte.« Er ließ den Blick durch den großen Raum schweifen.

Die Sonne schien durch drei hohe Fenster in der Giebelmauer herein und warf Lichtflecken auf den Dielenboden. Der Dachboden sah noch genauso aus wie damals, als Judith als Kind hier oben gespielt hatte. Ein paar alte staubgraue Schränke, deren Furnier sich überall wellte, standen an der Wand zum Stallgebäude, ein Stapel Holzkisten voller Gerümpel lehnte daneben. Rechts unter der Schräge befand sich ein großer Lattenverschlag. Onkel Henry hatte erzählt, dass dort früher die Tagelöhner übernachteten, die im Sommer auf dem Hof gearbeitet hatten. Daneben war die Villa Kunterbunt. So hatten sie die winzige Knechtekammer genannt, in der der Aufpasser für die Tagelöhner schlafen musste. Tanja ging zu der windschiefen Tür hinüber, an der noch immer das Pappschild hing, das sie als Kind mit Wachsstiften gemalt und mit Heftzwecken am Holz befestigt hatte. *Willa Kunterbund. Eindrit verboten!* stand in krakeliger Kinderschrift darauf.

»Es ist immer noch da«, hörte sie Christoph neben sich sagen. Er war ihr gefolgt und deutete auf das Schild.

Judith zog die Tür mit Mühe ein Stückchen weiter auf, tastete nach dem Lichtschalter, und eine einzelne Glühbirne flammte auf, die in einer nackten Fassung von der Decke baumelte.

In der Ecke der Kammer stand das einfache Feldbett, auf dem sie als Kinder herumgehopst waren. Auf dem Tisch lagen noch immer Filzstifte und ein vergilbter Zeichenblock. Tageslicht fiel nur durch ein kleines blindes Fenster in Höhe des Fußbodens in den winzigen Raum.

Hier hatten sie Vater-Mutter-Kind gespielt oder nebeneinander auf der alten Matratze gesessen und sich Geschichten erzählt. Und zuletzt …

»Hier hab ich dich zum ersten Mal geküsst, weißt du noch?«, sagte Christoph leise.

Sicher, wollte sie sagen, *wie könnte ich das vergessen. Das war mein erster richtiger Kuss. Ich war total verknallt in dich. Und dann kam diese Landjugendfeier und …*

»Warum hast du dich eigentlich nie mehr bei mir gemeldet?«, fragte sie stattdessen. »Ich meine nach der Feier beim alten Kröger in der Gastwirtschaft und der Prügelei. Du warst doch mit der gebrochenen Nase nur für eine Nacht im Krankenhaus, und ich bin erst zwei Tage später nach Hause gefahren. Die ganze Zeit habe ich gewartet, dass du anrufst, oder später dann, als ich wieder bei meinen Eltern war, dass du mir vielleicht schreibst, aber nichts – nicht ein Wort. Ich hatte angenommen, wir …« Judith sah auf und begegnete seinem Blick. Christoph seufzte und schwieg eine Weile, dann hob er die Hände in einer hilflosen Geste.

»Glaub nicht, dass ich nicht gewollt hätte, aber meine Eltern haben mir eine Standpauke gehalten, die sich gewaschen hatte. Sie meinten, dass du zu jung wärst, dass die Sache zwischen uns keine Zukunft hätte und dass ich mich lieber auf mein Studium konzentrieren sollte.«

»Deine Eltern hatten was gegen mich?«, fragte sie ungläubig.

»Eher im Gegenteil. Mama meinte, ich sollte es beenden, ehe es zwischen uns zu ernst werden würde. Immer wieder habe ich versucht, dir zu schreiben, aber ich habe es einfach nicht hinbekommen. Und je mehr Zeit verstrich, desto schwieriger erschien es mir, die richtigen Worte zu finden. Dann zog ich weg und fing an zu studieren.« Er stockte einen Moment und senkte den Blick. »Und schließlich kam Birgit.«

Er seufzte und sah wieder hoch zu ihr. »Aber weißt du, ich hab nie wirklich aufgehört, an dich zu denken. Vielleicht war es auch nur mein schlechtes Gewissen, keine Ahnung. Immer wieder war da diese Frage, was du jetzt wohl machst, wie es dir geht, ob du glücklich bist – besonders in der Zeit, als die Beziehung mit Birgit in die Brüche ging.«

Christoph holte tief Luft, straffte die Schultern und schüttelte den Kopf. Das Lächeln auf seinem Gesicht wirkte künstlich. »Aber ich will dir nichts vorjammern«, sagte er. »Ich bin schließlich selbst schuld. Wie hat mein Deutschlehrer in der Oberstufe immer gesagt? Fremdverschuldetes Unglück ist Tragödie, selbstverschuldetes Unglück ist Komödie. Also bin ich definitiv eine Lachnummer.«

Dieses gezwungene Lächeln und der Blick seiner traurigen Augen waren zu viel für Judiths mühsam aufrechterhaltene Selbstbeherrschung. Sie schlang ihre Arme um ihn, zog ihn an sich und spürte gleichzeitig, wie seine Arme sie umschlossen.

»Oh Judith, ich habe mich so unglaublich gefreut, als du da in Tante Köhlers Laden plötzlich vor mir standst. Es war, als wären die ganzen Jahre auf einmal wie weggeblasen.«

Mir ging es genauso, wollte sie antworten, aber ihre Kehle war wie zugeschnürt. Ihr Herz klopfte wie verrückt, und alles, was sie fertigbrachte, war, ihn noch fester in die Arme zu nehmen und mit der Hand über seinen Rücken zu streichen.

»Wir waren damals die besten Freunde«, flüsterte er. »Du glaubst nicht, wie sehr ich einen Freund brauche, mit dem ich über alles reden kann.«

Seine Worte trafen Judith wie ein Schlag in die Magengrube. *Ein Freund, mit dem man reden kann …* Das war es, was er wollte. Nur einen Freund, nicht mehr. Sie hätte sich ohrfeigen können, weil sie geglaubt hatte, da sei mehr, und spürte, wie ihr die Tränen in die Augen stiegen.

Blöde Kuh!, dachte sie. Nun reiß dich gefälligst zusammen! Hier geht es nicht um dich oder das, was du dir zusammenfantasiert hast. Es geht um Christoph.

Mühsam schluckte sie die Tränen herunter und löste sich ein wenig aus der Umarmung, um ihn ansehen zu können.

»Dann sollten wir das tun, Christoph«, sagte sie leise. »Du weißt, du kannst mit mir über alles sprechen. Nur vielleicht nicht gerade jetzt. Du weißt doch, wir müssen Uwe beim Verladen helfen, sonst wird er fuchsteufelswild.« Sie lächelte, so gut es ging. »Lass uns die Stelle suchen, wo es durchgeregnet hat, ja? Und nächste Woche, wenn sich alles etwas beruhigt hat und wir wieder Urlaub haben, machen wir beide einen schönen langen Spaziergang ohne Kinder, okay? Und dann reden wir.«

Bei dem Lächeln, das er ihr jetzt schenkte, leuchteten seine Augen auf. »Das ist eine gute Idee. Judith, du bist die Beste!«

Damit beugte er sich ein Stück zu ihr herunter und küsste sie auf die Wange.

Der Ausblick war so überwältigend, dass sich Tanjas Augen kaum von der Fensterfront losreißen konnten. Vor ihr breitete sich gleißend das Wattenmeer im Licht der Abendsonne aus, die die wenigen Schönwetterwolken in blasses Gold tauchte. Im

Dunst, der über dem Horizont hing, war undeutlich ein Containerschiff zu erkennen, das sich seinen Weg durch die Fahrtrinne der Weser hinaus in die Nordsee bahnte. Weiter links glänzten die Containerkräne von Wilhelmshaven über die Mündung des Jadebusens. Jetzt, bei beginnender Ebbe, wurden die Bereiche, an denen der dunkle Wattboden unter dem Wasser hervorkam, immer größer.

»Ich hatte keine Ahnung, dass es hier so schön ist«, sagte Tanja.

Die Strandhalle, die wie ein gläserner Kasten oben auf der Deichkrone thronte, stammte aus den Sechzigern und war ursprünglich ein Café gewesen. Inzwischen war sie behutsam umgebaut und modernisiert worden und beherbergte nun eine gut besuchte Pizzeria.

Als Tanja um kurz vor sieben eingetroffen war, waren bereits fast alle Plätze besetzt gewesen. Offensichtlich hatte Jürgen reserviert, denn er hatte an einem der begehrten Tische direkt an der Fensterfront auf sie gewartet und ihr zugewinkt, als sie das Lokal betreten hatte. Dann war er ganz gentlemanlike aufgestanden und hatte den Stuhl für sie zurechtgerückt.

Er unterdrückte ein Lächeln, als er ihr gegenüber Platz nahm.

»Was ist denn so komisch?«, fragte sie.

»Nicht ganz Gucci, aber wirklich sehr schick. Steht Ihnen gut, die Farbe.«

Tanja sah an sich herunter. »Ach so, das Kleid«, sagte sie. »Ich konnte ja wohl nicht mit der schmuddeligen Jeans und dem alten T-Shirt zu einem Arbeitsessen gehen.«

»Wenn Sie meinen. Ich sehe das nicht so eng. Die meisten Gäste kommen vom Campingplatz hier hoch. Da kann man schon froh sein, wenn die mehr als eine Badehose tragen.«

Jürgen lachte und winkte dem Kellner zu, der daraufhin mit der Speisekarte an den Tisch kam und die Getränkewünsche aufnahm.

Jetzt kam sich Tanja tatsächlich ein wenig deplatziert vor. Eine Jeans und eine schlichte Bluse hätten sicher auch gereicht, aber als sie in der kleinen Boutique in Nordenham das weinrote, schmal geschnittene Leinenkleid anprobiert hatte, hatte sie nicht widerstehen können. Die Entscheidung war umso leichter gefallen, da es nicht nur wie angegossen passte, sondern auch noch um die Hälfte heruntergesetzt war. Gut, sie hatte nicht wirklich etwas gespart, weil sie auch noch flache Pumps gekauft und beim Friseur gewesen war, aber wenn sie an den Blick dachte, den er ihr zugeworfen hatte, als sie auf ihn zugegangen war, war es den Aufwand allemal wert gewesen.

»Was können Sie denn empfehlen?«, fragte sie.

Jürgen klappte die Karte wieder zu. »Die Pizza ist ordentlich. Das heißt, falls Sie so etwas Profanes wie Pizza überhaupt essen.«

»Nur weil ich gelegentlich Urlaub auf Sylt mache, heißt das nicht, dass ich mich nur von Hummer und Austern ernähre.«

Jürgen lehnte sich zurück und warf ihr einen amüsierten Blick zu. »Touché!«, sagte er lächelnd.

»Ich kann Austern nicht einmal ausstehen! Die sind irgendwie glibberig und sehen aus wie das Innere eines benutzten Taschentuchs«, fügte Tanja hinzu. »Und sie schmecken nur nach Meerwasser. Total überschätzt.«

»Also Pizza.«

Jetzt grinste Tanja. »Also Pizza!«

Jürgen bestellte sich »eine Pizza mit allen Schikanen«, wie er es nannte, und Tanja schloss sich ihm an.

Während sie auf ihr Essen warteten, sah Tanja schweigend

aus dem Fenster und drehte ihr Glas zwischen den Fingern hin und her.

»Wirklich wunderschön …«, wiederholte sie leise.

»Ja, das ist es tatsächlich. Und jeden Tag sieht das Meer anders aus.« Er trank einen Schluck aus seinem Bierglas und wischte sich dann den Schaum aus dem Bart. Tanja überlegte, wie er wohl ohne das wilde Gestrüpp im Gesicht aussehen würde.

»Es ist schon merkwürdig«, fuhr er fort. »Ich bin schon so viele Male hier gewesen, aber ich hab immer nur gegessen, ohne das Meer zu bewundern.«

Tanja legte den Kopf ein bisschen schief und sah Jürgen fragend an. »Darf ich Ihnen eine Frage stellen?«

»Sicher.«

»Wenn Ihnen das zu persönlich ist, dann sagen Sie es einfach, ja?«

Seine Augen blitzten vergnügt. »Immer heraus damit!«

»Was macht ein Herr Professor Doktor auf einem Bauernhof?«, fragte sie. »Ich meine, Sie könnten doch bestimmt etwas anderes tun als Trecker fahren und arglose Jogger in den Graben scheuchen.«

Er sah sie verblüfft an und nahm noch einen Schluck aus seinem Glas, ehe er zu einer Antwort ansetzte. »Das ist eine lange Geschichte«, sagte er ernst.

»Okay, das Thema ist zu privat«, stellte Tanja fest. »Kein Problem, wir suchen uns ein anderes.«

»Nein, nein, das ist es nicht. Es ist wirklich eine lange Geschichte.« Jürgen sah einen Moment nachdenklich aus dem Fenster, ehe er sich ihr wieder zuwandte. »Eigentlich waren wir ja hergekommen, um Pläne für Judith zu schmieden. Aber wenn Sie sie hören möchten?«

Seine tiefblauen Augen hielten Tanja für einen Augenblick gefangen, dann lächelte sie. »Sehr gern.«

Und so begann er zu erzählen. Von seiner behüteten und glücklichen Kindheit in Bördiek sprach er, von seinen Eltern und seinen beiden jüngeren Geschwistern. Es habe immer festgestanden, dass sein Bruder den Hof übernehmen sollte, aber auch für ihn sei nie etwas anderes infrage gekommen, als Bauer zu werden. Nach dem Abitur habe er eine Lehre in der Landwirtschaft gemacht, auch wenn ihm jeder gesagt hatte, er solle doch lieber Tiermedizin studieren oder Mathematik oder was auch immer. Die Lehre sei doch Perlen vor die Säue werfen, schon gar, weil er keine Aussicht hätte, den Hof zu erben. Als sei es ihm bei seiner Berufswahl um den Hof gegangen! Er habe es nur eben anders machen wollen, besser als sein Vater: ohne Kunstdünger auf den Heuweiden, der aus blühenden Wiesen Monokulturen machte, ohne Hochleistungsrinder, die sich selbst die übergroßen Euter zertraten und ständig krank wurden, ohne die krankgezüchteten Schweine, die auf dem Weg ins Schlachthaus an Herzversagen starben und deren Fleisch nur aus Wasser bestand.

»Die Landwirtschaft heute, das ist nicht so, wie es in diesen Hochglanzmagazinen über das Landleben dargestellt wird. Das ist kein Idyll, sondern ein knallhartes Geschäft.« Jürgens Gesichtsausdruck wurde bitter. »Und manchmal hat das Ganze ein bisschen was von Mafia. In jedem Fall sind die Strukturen festgefahren, und dagegen wollte ich anarbeiten.«

Während er erzählte, war die Pizza serviert worden, und sie begannen zu essen. Ob es an der Seeluft lag, die ja bekanntlich Hunger macht, wusste Tanja nicht, aber die Pizza war wirklich vorzüglich, und sie aß mit Appetit.

»Und wie bricht man solche Strukturen auf?«, fragte sie und schnitt sich ein Stück zurecht.

»Indem man den richtigen Leuten beibringt, wie es anders geht«, sagte Jürgen. »Darum habe ich nach der Lehre Agrarwissenschaften studiert und bin später als Dozent an die Uni Kiel gegangen. Dort habe ich dann auch meine Frau kennengelernt.«

»Oh …«, sagte Tanja verblüfft. Sie wusste nicht, wieso, aber sie hatte sich Jürgen als ewigen Junggesellen vorgestellt. »Sie sind verheiratet …«

»Ich war verheiratet«, korrigierte er. »Elisabeth ist Professorin für Alte Geschichte, Sie wissen schon – die alten Griechen, Rom und so weiter. Ich habe sie auf dem Campus kennengelernt, da stand sie gerade kurz vor ihrer Promotion. Ein paar andere Doktoranden hatten sie zu einer Studentenparty mitgeschleppt, auf der sie sich herzlich unwohl fühlte. Die Musik war zu laut, der Raum völlig überfüllt, die Luft schlecht. Irgendwann standen wir mit unserem Bier draußen vor der Tür und kamen ins Gespräch. So fing es mit uns an. Eine Zeit lang waren wir sehr glücklich. Wir ergänzten uns perfekt und waren uns gegenseitig genug. An Kinder haben wir nie gedacht, aber selbst wenn, es wäre auch gar keine Zeit dafür gewesen. Jeder von uns hatte den Kopf voll mit seiner Arbeit, Elisabeth mit ihrer Forschung und ich mit meiner Lehrtätigkeit.« Jürgen lachte leise. »Wir waren, wie man so sagt, Gegensätze, die sich anzogen, und solange wir in unserem Elfenbeinturm bleiben konnten, der uns von der Welt um uns herum abschirmte, waren wir glücklich. Aber dann …«

Er legte sein Besteck auf den Teller und schob ihn ein Stück von sich weg. Einen Moment lang sah er gedankenverloren aus dem Fenster, wo ein Schwarm Möwen am Strand von Touristen gefüttert wurde, dann seufzte er. »Mein Vater starb ganz überraschend, und mein Bruder übernahm wie abgesprochen den

Hof. Wie es dazu gekommen ist, ist nicht wichtig, doch nur ein paar Monate später stand der Hof vor der Zwangsversteigerung. Das konnte ich unmöglich zulassen, schon wegen meiner Mutter nicht. Also habe ich den Hof übernommen. Ich habe all mein Geld hineingesteckt, mich über beide Ohren verschuldet, und trotzdem hätte es nicht geklappt, hätte mir nicht der alte Henry sein Land für einen Appel und ein Ei verpachtet. Aber meine Ehe ist darüber kaputtgegangen.«

Jürgen verstummte.

»Was ist passiert?«, fragte Tanja nach einer Weile leise.

Er schien aus tiefen Gedanken aufzutauchen. »Ohne es zu wollen, habe ich unseren gemeinsamen Pakt aufgekündigt«, sagte er bitter. »Als meine Mutter anrief und mir sagte, dass mein Bruder sich abgesetzt und sie mit allem alleingelassen hatte, stand für mich sofort fest, dass ich einspringen musste. Dabei ging ich ganz selbstverständlich davon aus, dass Elisabeth an meiner Seite sein würde, und habe sie nicht mal nach ihrer Meinung gefragt. Aber sie ist einfach nicht für das Leben hier auf dem Land gemacht, das war sie nie. Nicht, dass Elisabeth es nicht versucht hätte: In der vorlesungsfreien Zeit im Februar jenen Jahres war sie vier Wochen hier, hat sogar versucht, im Stall zu helfen, obwohl sie panische Angst vor den Tieren hat. Aber dann wollte sie zurück nach Kiel zu ihrer Forschungsgruppe und ihren Büchern. Sie bat mich, mitzukommen und wieder in mein altes Leben zurückzukehren. Aber das konnte ich nicht mehr.«

Jürgens kluge Augen suchten ihren Blick.

»Ich hatte einfach das Gefühl, endlich meine Bestimmung im Leben gefunden zu haben. Sicher, es hat mir Spaß gemacht, vor meinen Studenten zu stehen und ihnen etwas beizubringen, aber das hier, der Hof, dieser winzige Ort direkt hinter dem

Deich, und die Menschen, so verrückt sie einem auch erscheinen mögen, geben mir ein Gefühl von innerem Frieden, der mir wichtiger ist als alles andere – wichtiger sogar als meine Frau. Wir haben uns friedlich getrennt. Die Scheidung verlief in gegenseitigem Einvernehmen und war am Ende nichts weiter als eine juristische Formalität. Inzwischen sind fünf Jahre vergangen, und wir sind wieder gute Freunde.«

Jürgen atmete tief ein und lehnte sich auf dem Stuhl zurück. Er lächelte dünn. »Jetzt hab ich Ihnen aber wirklich genug davon vorgejammert, wie übel mir das Leben mitgespielt hat. Eigentlich sind wir ja hier, um über Judith zu sprechen und darüber, welche Möglichkeiten sie hätte, hier über die Runden zu kommen.« Sein Lächeln wurde breiter, und ein warmer Glanz lag in seinen Augen. »Aber Sie sind eine gute Zuhörerin.«

Tanja erwiderte das Lächeln. »Danke«, sagte sie und war erstaunt darüber, wie sehr sie sich über sein Kompliment freute.

Der Kellner trat zu ihnen, warf einen fragenden Blick auf die halbvollen Teller und erkundigte sich, ob etwas nicht in Ordnung sei.

Jürgen verneinte. »Bei uns waren heute bloß die Augen größer als der Appetit«, fügte er hinzu. »Du kannst abräumen, Mario, aber wir hätten gern noch was zu trinken. Noch einen Weißen?«, fragte er an Tanja gewandt und deutete auf ihr leeres Weinglas.

Sie lachte. »Besser nicht. Ich muss den alten Mercedes noch heil nach Hause bringen, und der hat eine zickige Kupplung. Ein Wasser bitte.«

Der Kellner notierte die Bestellung und verschwand mit den Tellern.

»Sie haben heute Nachmittag gesagt, dass Sie gute Ideen hätten«, sagte Tanja. »Sind die schon so konkret, dass Sie sie verraten können?«

Er zögerte einen Moment, ehe er antwortete. »Schon ziemlich konkret«, sagte er schließlich. »Ich wollte Sie eigentlich nach Ihrer Meinung zu meinem Plan fragen, aber ich denke, zuerst sollte ich wohl besser mit Gertrud Köhler sprechen. Immerhin hat sie dabei ein wichtiges Wort mitzureden. Ich werde morgen mal im Krankenhaus vorbeifahren. Wenn sie meiner Idee zustimmt, erfahren Sie es als Zweite.«

»Versprochen?«

»Indianerehrenwort!« Jürgen grinste. »Und jetzt, meine Liebe, würde ich den Spieß gern umdrehen. *Quid pro quo*, wie mein alter Lateinlehrer immer sagte. Jetzt sind Sie dran, mir etwas über sich zu erzählen.«

Judith hielt die alte Holzleiter fest und sah besorgt zu Christoph hoch, der auf einer der oberen Sprossen stand und mit einer Taschenlampe in der Hand die Dachpfannen und die dicken Balken untersuchte.

Nachdem sie mit Christophs Bruder zusammen die Sachen aus Tante Köhlers Laden in den Viehhänger geladen und in der Dreschdiele von Henrys Hof aufgestapelt hatten, waren Christoph und Judith mit einer Leiter und einer Lampe bewaffnet auf den Dachboden zurückgekehrt, weil Christoph sich ein Bild vom Ausmaß des Schadens am Dach machen wollte.

Zwar hatten sie die undichte Stelle schnell in der hintersten Ecke des Dachbodens gefunden, weil dort ein paar Ziegel fehlten, die der Sturm aus ihrer Verankerung gerissen hatte und die jetzt in Scherben auf dem Boden lagen. Aber dann war Christoph aufgefallen, dass der Balken unterhalb des Loches vermutlich schon seit Längerem der Feuchtigkeit ausgesetzt gewesen war. Er bog sich unter dem Gewicht der Lattung und der Dachpfannen bedenklich durch und war an einigen Stellen von einem weißlichen Flaum überzogen.

»Hier muss schon seit einer ganzen Zeit Wasser durchgetropft sein«, sagte er besorgt. »Ich fürchte beinahe, dass das Hausschwamm ist.«

Sorgfältig klopfte er in der Nähe des Loches gegen die Dachziegel, um zu prüfen, ob sie noch fest saßen, und leuchtete Balken für Balken mit der Taschenlampe ab.

»In diesem hier sind Holzwürmer drin!«, rief er von oben herunter. »Aber ich kann nicht sagen, ob das alte oder neue Wurmlöcher sind. Der Balken sieht eigentlich noch ganz stabil aus.«

Der Lichtkegel der Taschenlampe erlosch, und vorsichtig kletterte Christoph die Leiter herunter.

»Das ist jetzt der dritte, der nicht in Ordnung ist und ausgetauscht werden sollte.« Er sah Judith mit einer Mischung von Mitleid und Besorgnis an. »Und das solltet ihr bald in Angriff nehmen, ehe der Schaden noch größer wird.«

»Was meinst du, wie teuer so was ist?«, fragte Judith.

»Das kann ich nicht abschätzen, aber ich denke mal, das wird bestimmt fünfstellig. Die Pfannen müssen runter, dann müssten die Balken erneuert werden. Möglicherweise auch mehr als nur die drei.«

»Verdammt…«

Judith spürte, wie ihr Herz eine Etage tiefer sackte. Konnte sich denn nicht zur Abwechslung mal etwas als Kleinigkeit herausstellen, was zunächst nach Katastrophe ausgesehen hatte? Musste denn immer gleich alles in ein Fiasko ausarten?

»Zehntausend Euro…«, stöhnte sie und schloss die Augen.

Sie spürte Christophs Hand auf ihrer Schulter.

»Ich bin kein Experte auf diesem Gebiet, Judith«, sagte er tröstend. »Kann durchaus sein, dass ich danebenliege und schwarzmale. Ich ruf morgen früh mal den Dachdecker in Ruhwarden an. Ich bin mit dem Juniorchef zusammen zur Schule gegangen. Er soll sich die Sache mal ansehen und einen Kostenvoranschlag machen. Keine Sorge, der zieht dich nicht über den Tisch. Wichtig ist zunächst, dass das Loch notdürftig repariert wird, damit es nicht mehr in Tanjas Bett tropft.« Seine Hand lag noch immer auf ihrer Schulter. »Ach Judith, nun mach doch nicht so ein trauriges Gesicht, bitte. Komm mal her, du.«

Langsam zog er sie in seine Arme und drückte sie an sich. Bei jeder anderen Gelegenheit wäre sie dahingeschmolzen, aber jetzt nahm sie seine Umarmung nur wie durch einen Nebel wahr.

Zehntausend Euro. Es hätten ebenso gut zehn Millionen sein können. Mit einem *Puff* zerplatzte ihre letzte Hoffnung, mit Anna hier in Bördiek bleiben zu können, wie ein rosafarbenes Wölkchen. Nicht in einem Haus, das sich als baufällige Ruine entpuppte.

»Das Abdichten des Daches wird höchstens ein paar Hundert Euro kosten, schätze ich«, hörte sie Christoph sagen. Er stutzte und sah ihr forschend ins Gesicht. »Weinst du etwa?«

»Nein, ich ärgere mich«, sagte sie finster. »Ich ärgere mich über mich selbst. Für ein paar Stunden habe ich ernsthaft mit dem Gedanken gespielt, hierher nach Bördiek zu ziehen und mich schon unglaublich darauf gefreut. Das ist eben der Fehler, ich darf mir keine falschen Hoffnungen machen, sonst grätscht mir garantiert irgendwas oder irgendjemand dazwischen. Ich sehe es schon kommen, dass ich tatsächlich bei meinem Vater zu Kreuze kriechen muss.«

»Dein Vater … Ja, das war früher schon immer Thema. Ich

erinnere mich daran.« Christoph legte die Hand an ihre Wange. »Lass dich bitte nicht so runterziehen. Es wird sich ein Weg finden, da bin ich ganz sicher. Hast du mit Tanja gesprochen? Was sagt sie denn dazu, dass du gern hierbleiben möchtest?«

»Die Idee kam eigentlich von ihr. Wir haben schon zusammen überlegt, was man auf die Beine stellen könnte, um hier Geld zu verdienen … und haben uns darüber in die Haare gekriegt.«

»Oh!«, sagte er. »Schlimm?«

Judith seufzte. »Schlimm genug. Im Prinzip hat sie das Gleiche gesagt wie du auch: Ich soll nicht gleich die Flinte ins Korn werfen. Aber das war, bevor wir wussten, dass das Dach repariert werden muss.«

Christoph strich mit der Hand über ihre Schulter, dann ließ er sie sinken. »Tanja scheint eine kluge Frau zu sein. Das Gefühl hatte ich schon, als ich mit ihr im Krankenhaus gewartet habe. Wir haben uns eine Weile unterhalten. Ich denke, du solltest auf ihren Rat hören.«

»Wie bei einer älteren Schwester …«

»Ältere Schwestern sind toll, ich wünschte, ich hätte eine. Ich könnte im Moment wirklich jemanden brauchen, der mir gute Ratschläge gibt.«

Da war er wieder, dieser traurige Ausdruck in seinen dunklen Augen. Für einen Moment war ihr sein Gesicht so nah, dass sie dachte, er würde sie gleich küssen. Doch dann riss er sich zusammen, wich ein Stück zurück und lächelte. »Ich glaube, ich muss langsam mal nach Hause, sonst wird meine Mutter sauer. Es muss bald Zeit fürs Abendessen sein.«

Judith sah auf ihre Uhr und erschrak. »Du meine Güte, schon nach sieben! Und Anna ist immer noch nicht wieder da.«

»Die hat bestimmt nur beim Spielen die Zeit vergessen.

Wahrscheinlich sitzt sie gerade bei uns mit am Abendbrottisch.«

»Mag sein, aber sie kann doch nicht den ganzen Tag nur bei euch rumhängen und sich durchfüttern lassen!«

»Warum denn nicht? Solange die beiden Mädchen sich vertragen und miteinander spielen, hat meine Mutter bestimmt nichts dagegen. Ein Esser mehr oder weniger am Tisch macht ihr nichts aus.«

»Ganz einfach, weil es peinlich ist«, sagte Judith. Sie spürte, wie sie rot wurde. »Ich werde mit dir mitkommen und sie abholen, sonst kommt sie noch auf die Idee, bei euch übernachten zu wollen.«

Als Judith zusammen mit Christoph eine Viertelstunde später die Dreschdiele des Janssenhofs betrat, standen alle Bewohner des Hauses samt Anna und Hermann in der Nähe des Heufaches in der Runde und diskutierten lebhaft. Keiner von ihnen bemerkte die beiden.

»Die armen kleinen Viecher!«, sagte Christophs Mutter und sah zu einem heugefüllten Erntekorb hinunter, der auf dem Boden zwischen ihnen stand und an dem Hermann herumschnüffelte. »Ob die zu der Katze gehören, die vorgestern totgefahren an der Deichstraße lag?«

Uwe, der neben ihr stand, beugte sich hinunter und hob ein Kätzchen heraus, das sofort protestierend miaute. »Könnte schon sein«, sagte er. »Die sind nur noch Haut und Knochen. Vielleicht sollte ich die Dose …« Er verstummte sofort, als er den warnenden Blick seiner Mutter sah, und legte das rot gescheckte Katzenjunge zurück.

»Später«, sagte sie nur.

»Was ist hier denn los?«, fragte Christoph.

Alle drehten sich zu den Neuankömmlingen um. Anna, die

neben dem Korb in die Knie gegangen war, sprang auf und lief zu ihnen.

»Wir haben kleine Katzen gefunden!«, rief sie. »Eigentlich hat Hermann sie gefunden, als wir im Heu gespielt haben. Sie sind noch ziemlich klein, aber die Augen haben sie schon auf, guck!«

Sie griff nach Judiths Hand und zog sie zu dem Korb hinüber, in dem dicht aneinandergedrängt fünf kleine Katzen lagen.

»Sind die nicht niedlich, Papa?«, rief Lena. »Guck mal, da ist eine ganz schwarze dabei.« Sie deutete auf eines der Jungen, das apathisch auf der Seite lag.

»Können wir sie großziehen, Mama?«, fragte Anna und setzte ihr Bettelgesicht auf. »Biiiiitte!«

»Das geht nicht, Anna. Wir fahren doch bald wieder weg«, erwiderte Judith zögernd.

»Aber die Katzenmama ist tot. Hast du doch gehört!«, fuhr Anna dazwischen. »Jemand muss sich um sie kümmern! Wie in den Videos, die wir auf YouTube geguckt haben. Die kleinen Katzen da waren noch viel kleiner als diese hier und mussten mit der Flasche gefüttert werden. Ich weiß genau, wie man das macht und worauf man achten muss.« Sie begann an den Fingern abzuzählen, was sie in dem Video gelernt hatte. »Zuerst muss du sie zum Tierarzt bringen, damit er guckt, ob sie krank sind, dann müssen sie mit der Flasche gefüttert werden, und hinterher muss man ihren Hintern mit Klopapier abwischen, damit sie pinkeln können.« Anna sah vorwurfsvoll zu ihrer Mutter hoch. »Hast du mir selbst noch mal erklärt. Und Sabine hat gesagt, dass sie schon ganz viele kleine Katzen aufgezogen hat. Die können wir auch anrufen und fragen.«

»Aber Sabines Tierheim ist in Hannover. Das ist viel zu weit weg, um die Katzen dorthin zu bringen.«

»Da sollen sie ja auch gar nicht hin. Wir beide werden die Katzen aufziehen, Mama.«

»Ach Anna …«, seufzte Judith und betrachtete ihre Tochter, die sie mit ihren hellgrünen Augen trotzig anfunkelte und die Arme vor der Brust verschränkt hielt.

Christophs Mutter beugte sich zu dem Mädchen hinunter und strich ihr über den feuerroten Haarschopf. »Hör mal, Anna, das ist nicht so einfach, wie du es dir vorstellst. Die kleinen Katzen haben schon über zwei Tage nichts zu fressen bekommen und sind ganz schwach und wahrscheinlich auch krank. Man sollte sie nicht noch weiter quälen, sondern von ihrem Leiden erlösen.«

»Aber wir wollen sie doch nicht quälen. Wir wollen sie füttern!« Anna zog die Augenbrauen zusammen. »Und was bedeutet das mit dem Leiden erlösen?«, fragte sie misstrauisch.

»Dass sie friedlich einschlafen und nicht mehr aufwachen. Uwe kümmert sich nachher darum. Glaub mir, das ist das Beste für sie.«

Mit entsetztem Gesicht riss Anna sich von ihr los und wich ein paar Schritte zurück. »Nein! Das dürft ihr gar nicht. Die sind doch noch ganz klein! Babys! Die darf man nicht umbringen. So was ist verboten!«

Lena begann leise zu schluchzen und klammerte sich an ihren Vater.

»Manchmal geht es aber nicht anders, Anna«, sagte Rita beschwichtigend.

»Ihr habt ja noch nicht einmal versucht, ob es anders geht!«, schrie Anna aufgebracht und drehte sich zu ihrer Mutter. »Mama, bitte!«, rief sie flehend.

Beim Anblick der beiden Kinder – Lena in ihrer stillen Verzweiflung und Anna, der der Zorn der Gerechten aus den Augen sprühte – konnte Judith nicht anders. Die Entschlossenheit, die sie auf einmal empfand, ließ keinen Raum für Zweifel, ob es richtig war, was sie vorhatte. Kein Zögern mehr, kein Abwägen der verschiedenen Konsequenzen. Sie wusste genau, was sie zu tun hatte.

»Anna hat recht!«, sagte sie entschieden. »Man sollte wenigstens versuchen, die kleinen Würmchen zu retten. Ich nehme die Katzen jetzt mit, und morgen früh suchen wir uns einen Tierarzt, der sie untersucht. Der soll dann entscheiden, ob sie eine Chance haben durchzukommen.« Sie bückte sich und hob den Korb mit den Katzenwelpen hoch. »Komm, wir gehen jetzt nach Hause, Anna«, sagte sie. »Und vergiss Hermann nicht. Gute Nacht zusammen!« Damit stapfte sie zur Hoftür hinaus und fühlte sich so stark und gelassen wie noch nie zuvor.

Gegen zehn Uhr abends lenkte Tanja Henrys alten Mercedes mit der zickigen Kupplung vorsichtig die Auffahrt entlang und wunderte sich darüber, dass das ganze Haus hell erleuchtet war, obwohl es eben erst zu dämmern begann. Sie stellte den Wagen vor dem Tor zur Dreschdiele ab, griff nach der Pappschachtel mit der Pizza, die sie als Friedensgabe für Judith mitgebracht hatte, und ging ins Wohnhaus. Überall brannte Licht, und aus der kleinen Stube erschollen aufgeregte Männerstimmen, unterbrochen von dramatischer Musik, die Tanja als Titelmelodie einer amerikanischen Krimiserie identifizierte. Sie holte tief Luft und öffnete die Tür.

Nur Hermann, der neben der schlafenden Anna auf dem Sofa lag, schien sie zu bemerken. Er hob den Kopf, während seine Rute ein paarmal auf das Polster klopfte, dann legte er wieder den Kopf neben Annas Schulter und seufzte wie ein schlechter Schauspieler.

Judith saß am Tisch, der mit allen möglichen Utensilien vollgestellt war, vor sich eine kleine grau getigerte Katze, der sie ein Fläschchen mit Milch schmackhaft zu machen versuchte. Sie war so konzentriert bei der Sache, dass ihr gar nicht aufzufallen schien, dass Tanja hereinkam. »Na, komm schon, du Zwerg. Wenigstens ein kleines bisschen musst du trinken.« Behutsam bewegte sie den Sauger im Mäulchen, und auf einmal schloss sich die rosa Zunge darum, und das Junge begann zu saugen, wobei sich seine Öhrchen hin und her bewegten. »Na siehst du, geht doch«, sagte Judith zufrieden.

»Was ist denn hier los?«, fragte Tanja und legte die Pizzaschachtel auf den Tisch.

Judith fuhr zusammen. »Meine Güte, hast du mich erschreckt!«, keuchte sie und griff sich mit der Rechten, in der sie noch immer die Milchflasche hielt, an die Brust. Ein paar Tropfen fielen auf ihr T-Shirt, die sie eilig abwischte, ehe sie den Sauger wieder in das noch immer geöffnete Mäulchen der kleinen Katze schob. »Entschuldige bitte«, sagte sie zu dem trinkenden Welpen, ehe sie zu Tanja hochsah. »So was wie ein Notfall«, sagte sie. »Anna und Lena haben bei Janssens im Heu diese kleinen Waisenkinder gefunden, und weil Christophs Mutter und sein Bruder meinten, sie hätten sowieso keine Überlebenschance, und sie einschläfern wollten, hab ich sie erst mal mitgenommen.«

Tanja trat näher und spähte in die Plastikbox auf dem Tisch, in der auf einer Wolldecke vier Kätzchen schliefen. »Gott, sind die niedlich«, sagte sie, streckte die Hand aus und streichelte vorsichtig mit den Fingerspitzen über die Köpfchen der Welpen, die sich daraufhin im Schlaf bewegten.

»Niedlich schon, aber leider sehr dünn und winzig für ihr Alter. Doch alle haben ein bisschen was getrunken, das ist ein gutes Zeichen.« Judith zog die Flasche aus dem Maul der kleinen Katze, der inzwischen die Augen zugefallen waren. Sie griff nach der Klopapierrolle neben sich, wickelte ein paar Blätter ab und rieb damit vorsichtig zwischen den Hinterbeinen des Tierchens, ehe sie dieses zu den anderen in die Kiste legte und sich erhob, um das Papier und ihre Handschuhe in den Papierkorb zu befördern.

»So, der Töpfchengang ist auch erledigt«, sagte sie. »Jetzt sollten wir ein paar Stunden Ruhe haben.« Sie deutete auf die Pappschachtel mit der Pizza. »Könnte ich vielleicht ein Stück davon abhaben? Ich bin noch gar nicht zum Essen gekommen.«

»Die habe ich für dich mitgebracht. Ich hab schon gegessen«, sagte Tanja.

Judith lächelte verlegen. »Das ist echt lieb von dir. Ich meine, wo ich doch heute Nachmittag so eklig zu dir war.«

»Blödsinn! Ich hab mich in deine Angelegenheiten eingemischt, und das steht mir nicht zu.«

Judith schüttelte den Kopf. »Nein, du hattest recht mit dem, was du gesagt hast. Ich lass mich furchtbar leicht entmutigen und gebe auf, sobald die ersten Schwierigkeiten auftauchen. Im tiefsten Inneren bin ich ein Feigling.«

Tanja betrachtete Judiths freundliches, rundes Gesicht mit den graugrünen Augen und der Stupsnase. »Vielleicht ein bisschen übervorsichtig, aber ganz sicher kein Feigling. In Bördiek zu bleiben ist eine Entscheidung von großer Tragweite. Natürlich will das gut durchdacht sein. Aber wenn es das ist, was du wirklich möchtest, dann werden wir etwas finden, mit dem du hier dein Geld verdienen kannst. Natürlich gehört Mut dazu, doch ich bin mir sicher, den hast du. Von wem sollte Anna sonst ihre ausgeprägte Kämpfernatur geerbt haben?«

Beide Frauen schauten zu dem friedlich schlafenden Mädchen auf dem Sofa hinüber.

»Außerdem glaube ich, wenn es um deine Tochter geht, wirst du zur Löwin«, fügte Tanja hinzu.

Judith schwieg einen Augenblick und nickte dann. »Da könntest du recht haben.« Sie seufzte. »Ich werde Anna jetzt mal zu Bett bringen, und dann machen wir mit dem Brainstorming dort weiter, wo wir heute Nachmittag aufgehört haben. Was hältst du davon?«

»Gute Idee.«

Judith hob Anna hoch und nahm sie auf den Arm. Schlaftrunken schlang Anna die Arme um den Hals ihrer Mutter und legte den Kopf auf ihre Schulter. »Ich bin gleich wieder da«, flüsterte Judith auf dem Weg zur Tür. Hermann kletterte umständlich vom Sofa und schlurfte hinter ihr her hinaus in den Flur.

Als Judith eine Weile später zurückkam, hatte sie eine Flasche und zwei Senfgläser aus Henrys Küchenschrank dabei. »Selbst gemachter Likör aus Onkel Henrys Kellerversteck«, sagte sie grinsend. »Ich dachte, den haben wir uns jetzt verdient. Keine Ahnung, um was für einen edlen Tropfen es sich handelt, aber ich tippe mal auf etwas aus der Kellerei *Château Migraine*. Onkel Henry war für seinen Aufgesetzten berühmt-berüchtigt.« Sie nahm ein Stück Pizza aus dem Karton und biss herzhaft hinein, dann füllte sie die Gläser und schob eines in Tanjas Richtung, ehe sie ihr zuprostete.

»Auf Onkel Henry und die anderen Bördieker!«, rief sie. »Das war vielleicht ein Tag, was? Gewitter, umgestürzter Baum, Tante Köhler im Krankenhaus, Loch im Dach und zuletzt auch noch eine Rettungsaktion für Katzenkinder.«

Als sie mit den Tierbabys hier angekommen sei, habe sie zuerst einmal ihre Bekannte Sabine in Hannover angerufen, um sie um Rat zu fragen, erzählte Judith. Als Tierheimleiterin kenne die sich natürlich bestens mit der Aufzucht von verwaisten Kätzchen aus. Sabine habe ihr die Nummer des hiesigen Tierschutzvereins herausgesucht und den Kontakt zu einer Pflegestelle nur ein paar Kilometer entfernt hergestellt. Leider sei diese Pflegestelle im Moment völlig überfüllt, und Edith, so der Name der Dame, sei sehr dankbar gewesen, dass Judith sich bereit erklärt hatte, die Katzenkinder vorerst bei sich zu behalten.

»Edith kam eine halbe Stunde später mit einer Dose Katzenaufzuchtmilch und ein paar Fläschchen vorbei, sonst hätten wir für die Lütten bis morgen nichts tun können. Sie meint, sie sind etwa vier bis fünf Wochen alt und können bald auf feste Nahrung umsteigen.« Judith warf einen Blick auf die schlafenden Katzenkinder. »Morgen früh würde ich sie gern beim Tierarzt vorstellen. Kannst du mich hinfahren? Sonst frage ich Christoph«, fügte sie hinzu.

»Klar fahre ich dich!« Tanja nahm einen Schluck aus dem Glas und verzog das Gesicht. »Junge, Junge! Der Likör ist wirklich eine Herausforderung. Da kommt bestimmt ein Kilo Zucker auf den Liter.«

»Den muss man sich vermutlich lecker trinken.« Judith leerte ihr Glas und schenkte noch einmal nach. Für einen Moment biss sie sich auf die Unterlippe und schien den Mut zu suchen, weiterzusprechen.

»Christoph war übrigens vorhin hier und hat nach der Stelle im Dach geschaut, wo es durchgeregnet hat«, sagte sie schließlich. »Er meinte, da kommt eine größere Reparatur auf uns zu, weil mehrere Balken ausgetauscht werden müssen. Es sitzt irgendein Pilz im Holz, wenn ich ihn richtig verstanden habe. Das wird bestimmt nicht billig. Er geht von ungefähr zehntausend Euro aus.«

»Puh, das ist heftig«, sagte Tanja. »Zehntausend hab ich nicht.«

»Frag mich mal!«

Nachdenklich drehte Tanja ihr Glas in den Fingern. »Aber gemacht werden muss es in jedem Fall.« Sie sah zu ihrer Cousine hoch. »Wenn es oben reinregnet, dann wird das Haus ganz schnell eine Ruine. Selbst wenn alles schiefgeht und wir in einem Jahr beschließen sollten, das Haus zu verkaufen, müssen wir das Dach reparieren lassen, sonst werden wir es nie im Leben los.«

Sie stürzte den Inhalt des Glases hinunter. Judith hatte recht – wenn man erst mal das erste Glas intus hatte, merkte man den Zucker nicht mehr so sehr.

»Aber malen wir mal nicht gleich schwarz, und werfen wir auch keine Flinten in irgendwelche Kornfelder. Vielleicht hatte der alte Henry noch Geld auf dem Konto, oder die Bank gibt uns eine Hypothek, falls das Haus nicht schon zu belastet ist. Wenn alle Stricke reißen, müssen wir was von den Möbeln verkaufen, die hier rumstehen. Könnte doch gut sein, dass da was von Wert dabei ist. Wir kommen schon an das nötige Geld. Und zwar nicht nur an die Summe für das Dach, sondern auch noch an das für eine Existenzgründung. Das wäre doch gelacht.« Sie trank aus und stellte ihr Glas so schwungvoll auf den Tisch zurück, dass eine der kleinen Katzen in der Box erschrak und fiepte. »Ich werde morgen diesen Notar Schwur oder Schnur, oder wie auch immer der heißt, anrufen und mich mal erkundigen, wie die finanzielle Lage genau aussieht. Aber erst morgen Mittag! Jetzt gehe ich ins Bett, weil ich nicht mehr geradeaus denken kann. Henrys Likör ist ein richtiges Teufelszeug. Gute Nacht, Judith.«

Fünfzehn

Die nächsten Tage waren so vollgepackt mit Arbeit, dass Tanja und Judith nicht die Zeit fanden, sich noch einmal zum Pläneschmieden zusammenzusetzen, auch wenn sie es sich immer wieder vornahmen.

Da waren zunächst die fünf kleinen Katzen, die alle paar Stunden gefüttert werden mussten. Der Tierarzt war zuversichtlich, dass alle durchkämen, wenn sie sich nicht Katzenschnupfen oder heftigen Durchfall eingefangen hätten. Er verpasste den drei kleinen Katern und ihren beiden Schwestern eine Spritze und entließ Judith und Tanja mit einer langen Liste guter Ratschläge und einer Rechnung von über hundert Euro, die Tanja seufzend beglich. Zusammen mit Anna und Lena, die jeden Morgen gleich nach dem Frühstück vorbeikam, richtete Judith in der Küche eine Kinderstube für die Kätzchen in einer großen Holzkiste ein, in der Tante Alma früher ihre Apfelernte eingelagert hatte. Am liebsten hätten die Mädchen den ganzen Tag mit den kleinen Katzen gespielt, aber Judith erklärte ihnen, dass das für die Tierchen zu viel des Guten wäre und sie viel schlafen müssten, um wachsen zu können, schließlich seien sie ja noch Babys. Damit scheuchte sie Anna und Lena zum Spielen nach draußen in den Garten oder den Stall.

Nach zwei Tagen waren die ehemals so lethargischen Kätzchen kaum noch wiederzuerkennen. Sie begannen, das Welpenfutter, das Judith mit Ersatzmilch zu einem Brei verrührte, aus einer flachen Schale zu schlabbern, nur ihre Tischmanieren ließen noch arg zu wünschen übrig, und sie sahen hinterher aus wie die Ferkel. Das Füttern war jetzt zwar wesentlich einfacher, aber dafür musste man die fünf nach jeder Mahlzeit gründlich mit einem feuchten Waschlappen abputzen. Wenn sie nicht schliefen oder fraßen oder die flache Pappschachtel benutzten, in der Judith ein Katzenklo für sie eingerichtet hatte, dann spielten Harry, Ron, Draco, Hermine und Ginny, wie die Kinder sie getauft hatten, purzelten übereinander hinweg oder versuchten, sich gegenseitig in die Füße zu beißen.

»Schön, dass das so gut klappt!«, meinte Edith, die resolute Frau vom Tierheim, die Judith mit der Erstausstattung für die Katzenwelpen geholfen hatte, als sie an einem der nächsten Tage auf eine Stippvisite vorbeikam. Zufrieden blickte sie auf die Kätzchen hinunter. »Sie haben tüchtig zugenommen und sind muntere kleine Kerlchen geworden. Wirklich prima. Dann hoffen wir mal, dass wir sie in ein paar Wochen alle gut vermittelt kriegen.« Sie sah zu Judith hoch und seufzte. »Wenn die Bauern ihre Katzen sterilisieren lassen würden, hätten wir diese Probleme mit den vielen Welpen nicht. Aber das kostet ja Geld! Für manche ist es immer noch einfacher und billiger, man ertränkt die Jungen oder steckt sie mit einem Äthertuch in eine Milchdose. Aber zum Glück machen das längst nicht mehr so viele Bauern wie früher.«

Mit Schaudern dachte Judith daran, welches Schicksal den fünf kleinen Fellbündeln, die gerade friedlich in einer Ecke der Kiste schliefen, erspart geblieben war, weil sie sie mitgenommen hatte.

»Ich soll dich übrigens ganz lieb von unserer Tierheimleitung fragen, ob du uns vielleicht öfter als Pflegestelle zur Verfügung stehen würdest. Ich hab erzählt, dass du den Hof vom alten Henry Reimann übernommen hast, und der hat uns früher schon von Zeit zu Zeit geholfen, wenn Not am Mann war.«

Ohne einen Gedanken daran zu verschwenden, dass ja noch gar nicht klar war, ob sie wirklich endgültig in Bördiek bleiben würde, sagte Judith zu. Tanja schüttelte nur den Kopf, als Judith ihr davon erzählte, und meinte grinsend: »Und du hast ernsthaft angenommen, dass du hier je wieder wegkommst? Jetzt müssen wir zügig eine Geldquelle für all die vierbeinigen Esser auftun.«

Tanjas Gespräch mit dem Notar war ernüchternd gewesen. Zwar lagen auf dem Girokonto knapp viertausend Euro für die laufenden Ausgaben des nächsten Jahres, aber für eine Reparatur des Daches würde das nicht im Ansatz reichen. Das sonstige Vermögen sei langfristig angelegt und vor dem nächsten Jahr nicht verfügbar. Eine Hypothek auf das Haus aufzunehmen werde auch schwierig, da im Moment weder Judith noch Tanja über ein regelmäßiges Einkommen verfügten.

Tanja hatte schon frustriert aufhängen wollen, als Schnur sie fragte, ob sie den Schaden am Dach denn schon der Gebäudeversicherung gemeldet habe, sonst werde er das in die Wege leiten, er habe die Unterlagen noch in der Kanzlei.

»Aber der verschimmelte Balken ist doch ein alter Schaden. Meinen Sie, die Versicherung kommt dafür auf?«

»Das kommt auf einen Versuch an, Frau Kollegin. Warten wir den Versicherungsgutachter und den Kostenvoranschlag des Dachdeckers ab. Wichtig ist erst mal, dass das Dach notdürftig geflickt wird, damit der Schaden nicht noch größer wird, und dafür ist Geld da. Alles Weitere entscheiden wir, wenn ich im August aus dem Urlaub zurück bin.«

Tanja war drauf und dran, Herrn Schnur zu sagen, dass sie im August vermutlich längst eine neue Arbeitsstelle Gott weiß wo haben würde und ganz und gar nicht vorhätte, sich bei ihrer Lebensplanung nach seinen Urlaubszeiten zu richten, aber sie schwieg, wünschte ihm eine schöne Zeit und verabschiedete sich.

Sich einen neuen Job suchen … Das war auf ihrer Prioritätenliste irgendwie immer weiter nach unten gerutscht. Noch hatte sie sich nicht ein einziges Mal aufraffen können, ihre Mail- und Telefonkontakte auch nur anzusehen, geschweige denn, jemanden wegen einer neuen Arbeitsstelle anzurufen. Sie vermied es, ihr Notebook, das betriebsbereit auf Henrys Schreibtisch stand, hochzufahren.

Das kann ich immer noch machen, sagte sie zu sich selbst. Es läuft mir nicht weg. Im Moment ist einfach Wichtigeres zu tun.

Wichtiger war vor allem Gertrud Köhlers Laden. Morgens, gleich nach dem Frühstück, zog sie sich ihre farbverschmierten Klamotten und die alten Sneaker an und joggte zum Tante-Emma-Laden hinüber. Meistens war sie die Erste dort, legte die Werkzeuge zurecht und begann mit der Arbeit, während die uralte Kaffeemaschine auf der Fensterbank die erste Ladung *Marke Lazarus* ausspuckte. Jürgen hatte das Gerät gleich am ersten Tag mitgebracht und gemeint, Kaffee sei unverzichtbar bei jeder Renovierung.

Christoph traf normalerweise kurz nach Tanja ein und verabschiedete sich vor dem Haus von Lena, die auf ihrem Fahrrad weiter zu Henrys Hof fuhr, um mit Anna zu spielen. Er sah ihr durch das Türfenster hinterher, bis sie von der Straße abbog, um sich zu vergewissern, dass sie auch heil dort ankam, erst dann begann er mit der Arbeit. Gegen neun Uhr gesellte sich noch Jürgen zu ihnen, wenn er mit der Arbeit im Stall fertig war. Jeden Tag werkelten die drei auf der Baustelle. Innerhalb weniger Stunden waren sie zu einem so gut eingespielten Team geworden, dass die anderen Nachbarn, die helfen wollten, den

Ablauf der Renovierung eher störten und sich deshalb darauf beschränkten, Material einzukaufen und das Arbeitsteam mit Essen zu versorgen.

Die drei waren in den letzten paar Tagen gut vorangekommen. Das Dach war schon wieder heil, die Decke verputzt, und der Glaser hatte die neue Fensterscheibe eingesetzt. Tanja, die einen Hut aus Zeitungspapier trug, war gerade dabei, der Wand hinter dem Tresen einen neuen Anstrich zu verpassen, als Jürgen zur Tür hereinkam.

»Schick!«, sagte er lachend und deutete auf ihre Kopfbedeckung. »Gucci?«

»Du Witzbold!«, gab sie zurück. »Setz dir lieber auch so ein Haute-Couture-Modell auf, und kümmere dich um die Decke.«

»Sofort, Gnädigste.«

Seit sie auf der Baustelle zusammenarbeiteten, hatten sie das förmliche Sie abgelegt, doch Jürgen machte sich immer noch einen Jux daraus, sie mit *Gnädigste* anzusprechen.

»Aber vorher brauche ich erst mal einen Kaffee«, fügte er hinzu, goss sich einen Becher ein und lehnte sich an die Fensterbank. Sein Blick wanderte über die Baustelle. »Ist nicht mehr viel zu tun, oder?«

Christoph, der ein paar Risse im Putz und alte Bohrlöcher zuspachtelte, hielt inne. »Bis zum Wochenende sollten wir fertig sein. Noch zwei Wände und die Decke streichen, die neuen Steckdosen anbringen, die Lampen aufhängen, danach muss sauber gemacht werden, und die Möbel können zurück.«

Jürgen nickte. »Denke ich auch.« Er nahm einen großen Schluck Kaffee. »Ich war gestern übrigens bei Gertrud im Krankenhaus und soll schön grüßen.«

»Wie geht es ihr denn?«, fragte Christoph und strich mit dem Gipsspachtel über ein Bohrloch.

»Ganz gut so weit. Sie kommt vermutlich morgen raus und soll dann für drei Wochen in die Reha gehen, was sie ganz und gar nicht einsieht. Ansonsten schimpft sie über das Essen im Krankenhaus und hat sich mit einer der Schwestern angelegt, die ihr eine Spritze geben wollte.«

»Sieht ihr ähnlich.« Christoph grinste. »Und was sagt sie zu unserer Aktion ›Rettet den Tante-Emma-Laden‹?«

»Sie sagt: ›Das hätte doch nicht notgetan!‹ Aber sie ist sehr gerührt, dass wir uns so viel Mühe mit ihrem alten Laden geben. Tja, und dann habe ich ihr erzählt, dass ich die Schufterei ja nicht ganz selbstlos auf mich nehme, und habe ihr auseinandergesetzt, was ich dabei im Sinn habe. Und weil ich ein Indianerehrenwort gegeben habe, seid ihr zwei die Ersten, die jetzt eingeweiht werden.«

Tanja runzelte die Stirn. »Was denn für ein Vorschlag? Hast du ihr einen Heiratsantrag gemacht?«, fragte sie grinsend.

»Sei nicht so frech, Gnädigste.« Jürgen lachte und zwinkerte ihr zu. »Nein, ich habe ihr eine geschäftliche Partnerschaft vorgeschlagen, und sie ist einverstanden. Ab sofort schmeißen wir unseren Kram zusammen, Gertrud und ich. *Gertrud Köhlers Tante Emma- und Hofladen mit beschränkter Haftung* sozusagen. Sobald wir mit der Renovierung fertig sind, holen wir die kleine Kühltheke und die Schütten aus meinem Hofladen und stellen alles hier auf.« Er machte eine vage Handbewegung in die Ecke des Raumes, in der der Kühlschrank gestanden hatte. »Ich hab das ausgemessen. Es wird zwar eng, aber es passt. Gertrud wird ihr Sortiment ein bisschen zusammenstreichen und nimmt dafür die Sachen aus meinem Hofladen dazu: Wurst, Schinken, Kartoffeln, Eier, ein bisschen Saisongemüse, Obst aus dem Garten. Alles, was gerade da ist. Und für den Deal gebe ich Gertruds Laden eine einmalige Finanzspritze und – *tadaa* – bezahle die

Teilzeitkraft.« Jürgen strahlte Tanja zufrieden an. »Was meinst du, ob Judith wohl Lust hätte, in Zukunft hier zu arbeiten?«

»Ob sie Lust hätte? Spinnst du? Die wird vor Freude Saltos schlagen, wenn ich ihr davon erzähle!«

Tanja lachte, warf die Farbrolle in den Eimer und lief auf Jürgen zu. Am liebsten wäre sie ihm um den Hals gefallen, aber dann stockte sie mitten in der Bewegung und blieb unschlüssig vor ihm stehen. »Das ist eine großartige Idee, Jürgen! Alle haben was davon. Gertrud bekommt eine Aushilfe, du kannst einen Hofladen betreiben, ohne dich selbst reinstellen zu müssen, und Judith hat eine Arbeitsstelle und kann in Bördiek bleiben. Eine Win-win-win-Situation. Besser geht's doch gar nicht. Wenn ich mich nicht von oben bis unten mit Farbe bekleckert hätte, würde ich dich jetzt umarmen.«

Jürgens Lächeln wurde breiter. »Nur zu! So ein bisschen Farbe stört mich nicht.« Langsam nahm er die Arme herunter, die er vor der Brust verschränkt hatte.

Wie viel Überwindung so ein Schritt doch kosten konnte. Tanjas Herz schlug bis zum Hals, als ihre und Jürgens Blicke sich trafen und sie im Blau seiner Augen versank. Langsam hob sie die Arme, legte sie um seinen Hals und schmiegte sich für eine endlose Sekunde an ihn.

Wie groß er war. Wie breit seine Schultern … Und wie gut er roch! Sie kannte dieses Aftershave, aber ihr wollte nicht einfallen, wie es hieß. Sein Bart, der so kratzig aussah wie eine Bürste, fühlte sich weich und angenehm an ihrer Wange an. Jetzt schloss er die Arme um sie, und sie fühlte, wie sich kleine Hitzewellen unter ihrer Haut ausbreiteten, wo seine Hände über ihre Hüften strichen.

»Danke, Jürgen«, flüsterte sie.

»Gern geschehen, Gnädigste«, gab er ebenso leise zurück.

Seine Lippen strichen beim Sprechen zart über ihre Wange, und Tanjas Knie bekamen die Konsistenz von Wackelpudding.

Christoph hustete leise und holte sie zurück in die Wirklichkeit.

Hastig befreite sich Tanja aus der Umarmung, wollte sich durch die Haare streichen und fegte sich dabei den Zeitungshut vom Kopf, an den sie gar nicht mehr gedacht hatte. Als sie sich danach bückte, fühlte sie, wie ihre Wangen glühten. Sie musste knallrot geworden sein.

Christoph rührte in seinem Gipsbecher herum und tat so, als habe er nichts von alldem mitbekommen. Tanja glaubte allerdings, ein Zucken um seine Mundwinkel gesehen zu haben.

Jürgen stand noch immer an die Fensterbank angelehnt und lächelte zu ihr herunter, ohne dass sie aus dem Ausdruck, der in seinen Augen lag, schlau wurde.

Sie räusperte sich, um das raue Gefühl in der Kehle loszuwerden. »Na, komm schon, schnapp dir eine Rolle, und dann wird die Decke gestrichen«, sagte sie zu Jürgen. »Je eher dabei, desto eher davon, wie meine Oma Ulla immer zu sagen pflegte. Schließlich haben wir ein Geschäft zu eröffnen.«

Wie an jedem Tag kam gegen elf Uhr Annegret vorbei, bewaffnet mit einer Thermoskanne Tee und selbst gebackenem Marmorkuchen im Gepäck. Solange Gertrud Köhler krank war, hatte sie für ihre Freundin den Postbotendienst übernommen und kutschierte vormittags im Postauto über Land, was ihr, wie sie immer betonte, viel mehr Spaß machte als der Bürojob in der Raiffeisengenossenschaft.

»Ich hab zwei große Kartons für dich hinten im Auto, Tanja«, sagte sie, nachdem sie für alle Tee eingeschenkt und den Kuchen auf Teller verteilt hatte. »Soll ich die lieber zum Hof bringen oder hierlassen? Absender ist ein Hotel in Sylt«, fügte sie mit einem fragenden Blick hinzu.

»Oh, das müssen meine Koffer sein! Na, die haben aber gebraucht!«, meinte Tanja kauend. »Wenn du die zum Hof bringen könntest, wäre das nett. Ich hab kein Auto hier und möchte sie nicht schleppen müssen.«

»Ist denn bei euch jemand zu Hause? Ich kann die Koffer ja nicht gut auf dem Hof stehen lassen.«

»Judith müsste da sein. Heute kommt der Gutachter von der Versicherung, der sich die Dachbalken angucken soll. Könnte höchstens sein, dass sie kurz mit den Mädchen nach Burhave zum Einkaufen gefahren ist.«

»Und wenn du sie siehst, dann sag ihr doch, dass sie mal ganz kurz hier im Laden vorbeikommen soll«, sagte Jürgen und nahm sich noch ein zweites Stück Kuchen. »Wir haben eine Überraschung für sie!«

Tanja versuchte, ein Grinsen zu verbergen, als sie sah, wie Annegrets Kopf in seine Richtung herumschoss. »Was denn für eine Überraschung?«, fragte sie so unverfänglich, wie ihre Neugier es zuließ.

»Wenn ich es dir erzähle, dann ist es ja keine Überraschung mehr, oder?«, erwiderte Jürgen mit unschuldigem Gesichtsausdruck. Christoph grinste nur.

»Also hör mal, Jürgen Peters!«, sagte Annegret entrüstet. »Wann hätte ich denn je jemandem eine Überraschung verdorben? Ich kann schweigen wie ein Grab.«

Christoph, der gerade aus seiner Tasse getrunken hatte, verschluckte sich bei diesen Worten und bekam einen Hustenanfall. Jürgen schlug ihm ein paarmal auf den Rücken, bis Christoph abwinkte. »Danke, geht schon wieder«, keuchte er.

»Nun sag doch mal, was los ist«, drängelte Annegret.

Jürgen setzte ihr mit knappen Worten auseinander, was er vorhatte, und als er damit fertig war, strahlte Annegret über das ganze Gesicht.

»Mensch, Jürgen, da hast du aber mal eine gute Idee gehabt!«, rief sie begeistert und schenkte allen, die am wackligen Campingtisch vor der Ladentür saßen, Tee nach. »Judith wird vielleicht Augen machen. Ich weiß ja, wie gern sie hierbleiben möchte, und hab mir schon den Schädel zermartert, womit sie Geld für sich und ihre Lütte verdienen könnte.«

»Ach, du auch?«, fragte Tanja und griff nach dem Zuckertopf auf dem Tisch. »Und ist dir was eingefallen?« Als sie den Blick sah, den Jürgen ihr zuwarf, hob sie entschuldigend die Hände. »Ich meine ja nur. Es ist doch immer besser, noch einen Plan B in der Hinterhand zu haben, falls das mit dem Hofladen nicht den gewünschten Erfolg hat.«

Annegret verzog das Gesicht und wiegte den Kopf hin und her. »Noch nicht so wirklich. Ich habe zuerst an die vielen großen Zimmer gedacht und überlegt, ob man die nicht an Feriengäste vermieten kann, aber dazu müsste man natürlich tüchtig umbauen … Außerdem, wer möchte schon immerzu Feriengäste mit im Wohnhaus haben? Und der Stall …«

Die Worte purzelten in Tanjas Kopf durcheinander, reihten sich neu zusammen und formierten sich plötzlich zu einer ganz anderen Idee. Der Stall … Feriengäste … Feriengäste im Stall.

»Eine Tierpension. Das ist es!«, rief sie. »Dass ich darauf nicht schon früher gekommen bin!«

Sie setzte ihre Tasse mit so viel Schwung auf den Tisch, dass der Tee überschwappte.

Christoph und Jürgen sahen sie verständnislos an, aber Annegret strahlte über ihr ganzes mageres Gesicht und nickte.

»Tierpension?«, fragte Christoph.

»Ja, eine Tierpension!«, rief Tanja. »Überleg doch mal. Für Leute, die hier Urlaub machen und ihre Hunde nicht mit ins Hotel nehmen können. Oder Leute von hier, die in die Ferien fliegen und ihre Tiere gut untergebracht wissen wollen. Hunde, Katzen, Kaninchen, ganz egal was!«

Annegret nickte und schüttelte ihren Zeigefinger in Tanjas Richtung. »In einem der Ferienhäuser in Fedderwardersiel habe ich vor ein paar Tagen einen Brief zugestellt und ein bisschen mit der Frau geschnackt. Die hat mir erzählt, dass sie so gern ihr Pferd in den Urlaub mitgebracht hätten, wenn sie das irgendwo hätten unterbringen können.«

»Ja, genau!«, sagte Tanja. »Pferde gingen auch. Wir haben drei große Boxen im Pferdestall. In diesem Sommer klappt das natürlich nicht mehr, aber für die nächste Saison könnte man das alles anbieten. Keine Ahnung, was man für die Unterbringung und Versorgung der Tiere an Geld nehmen könnte, aber das lässt sich ja herausbekommen. Wozu gibt es Google? Und später dann könnten wir den ungenutzten Gemüsegarten einzäunen, dann hätte man einen Freilauf für die Hunde …«

»… und auf der Schweineweide hinter dem Pferdestall könntet ihr eine Reitbahn anlegen«, ergänzte Annegret ganz Feuer und Flamme für die Idee. »Und dann …«

»Nun mal langsam mit den jungen Pferden!«, unterbrach Jürgen sie. »Schaltet mal einen Gang zurück, bitte. Da kommt ja kein Mensch mehr mit.«

»Aber, verstehst du nicht?«, rief Tanja. »Das ist die erste brauchbare Idee, die nicht auf Anhieb ein halbes Vermögen verschlingen würde.«

»Ganz billig ist so eine Reitbahn aber auch nicht gerade.«

»Aber man kann das doch alles nach und nach angehen«,

sagte Tanja. »Immer, wenn Geld da ist, kann man irgendwas erweitern und was Neues anbieten. Schritt für Schritt – immer eines nach dem anderen. Im ersten Jahr kümmern wir uns nur um ein paar Pferde und Hunde. Tierpension mit Familienanschluss sozusagen, und wenn wir später …«

»Wir?«, fragte Jürgen plötzlich und sah Tanja mit gerunzelter Stirn an. »Ich dachte, du bist auf Jobsuche und eigentlich nur für drei oder vier Wochen hier, ehe du wieder in irgendeine Chefetage verschwindest.«

Tanja starrte ihn an wie vom Donner gerührt. Einen Moment herrschte betretene Stille am Tisch. Annegret begann, unruhig auf ihrem Gartenstuhl hin und her zu rutschen, und erhob sich schließlich. Sie trank den letzten Schluck Tee aus ihrem Becher und stellte ihn zurück auf den Tisch.

»Ich muss dann jetzt mal weiter, sonst werde ich heute nie mit meiner Runde fertig«, sagte sie. »Wenn ich Judith zu Gesicht bekomme, schicke ich sie her.« Sie nickte den dreien am Tisch zu und ging zu dem gelben Kombi zurück, den sie an der Straße abgestellt hatte.

»Ich geh wieder an die Arbeit«, sagte Christoph und verschwand im Laden.

Unter Jürgens Blick fühlte sich Tanja zunehmend unwohl. Er hatte ja recht mit dem, was er sagte, und seine trockene Feststellung traf mitten hinein in das Wespennest, um das sie in den letzten Tagen so erfolgreich einen Bogen gemacht hatte.

Noch immer hatte sie nicht einmal mit der Jobsuche begonnen, nicht ein Telefonat geführt und keine einzige E-Mail geschrieben. Gut, sie hatten in den letzten Tagen viel mit der Renovierung zu tun gehabt, aber das war nicht der Grund ihres Zögerns. Auf einmal wurde ihr bewusst, wo der Hase im Pfeffer lag. Sie fühlte sich wohl hier, in diesem kleinen Kaff direkt hinter dem Deich zwischen Kühen auf der Weide und Schafen auf dem Deich. Sie mochte die Leute, den ruhigeren Takt, den das Leben hier hatte. Der Gedanke, auf Dauer hierzubleiben, schien gar nicht mehr so absurd wie noch vor ein paar Tagen. Und vielleicht hing es auch ein bisschen mit Jürgens blauen Augen zusammen, die sie noch immer fragend ansahen. Nicht, dass sie ihm nicht antworten wollte, aber es ging einfach nicht. Worte schossen ihr durch den Kopf, aber sie wollten keine zusammenhängenden Sätze bilden, die einen Sinn ergeben hätten, also schwieg sie und schaute betreten zu Boden. Jürgen seufzte und erhob sich. »Na komm, lass uns weitermachen, Gnädigste, sonst denkt Christoph noch, dass wir uns vor der Arbeit drücken.«

»Tut mir wirklich leid, dass ich Ihnen keine andere Antwort geben kann, Frau Reimann, aber den Schaden an den Dachbalken kann die Versicherung leider nicht abdecken.« Herr Ziegler, der Gutachter der Versicherung, machte ein betrübtes Gesicht. »Anders sieht es natürlich mit dem Sturmschaden aus. Da können Sie den Dachdecker beauftragen und uns die Rechnung für die Reparatur zuschicken. Wir begleichen sie dann umgehend.«

Judith versuchte, sich ihre Enttäuschung nicht anmerken zu lassen, lächelte so freundlich, wie sie konnte, und schüttelte ihm die Hand. »In Ordnung, Herr Ziegler. Soll ich Sie noch zur Tür bringen?«

»Nicht nötig, ich finde selbst hinaus. Trotzdem noch einen schönen Nachmittag.« Er lächelte ihr aufmunternd zu, griff nach seiner Aktentasche und ging zur Küchentür hinaus.

»Schönen Nachmittag … Na, schönen Dank auch«, murmelte Judith, als er gegangen war. Auf dem Großteil der Kosten für den Dachdecker würden sie sitzen bleiben, so viel stand fest. Christophs ehemaliger Schulkamerad war vor ein paar Tagen dagewesen, um das Loch notdürftig abzudichten und sich die Balken anzusehen. Am folgenden Tag hatte er einen Kostenvorschlag für die Versicherung vorbeigebracht. Zwölftausend Euro, dann sei das Dach aber auch wieder so gut wie neu, hatte er gesagt, achttausend, wenn man nur das Allernotwendigste reparieren würde.

Egal wie, Geld musste her – wenigstens die achttausend Euro für das Allernotwendigste.

Judith seufzte und sah nachdenklich auf die Katzenwelpen in der Apfelkiste hinunter, die dicht aneinandergedrängt in einer Ecke ein Nickerchen machten. Sie griff nach der Schaufel und machte das Katzenklo sauber, aber nicht einmal davon wurde die Rasselbande wach.

»Fresskoma«, stellte sie halblaut fest und grinste.

Sie straffte die Schultern und atmete tief ein. Nicht gleich aufgeben, sondern Pläne schmieden, wie wir an das notwendige Geld kommen können, darauf kommt es jetzt an, dachte sie. Also reiß dich zusammen, Judith.

»Wisst ihr was, ich gehe jetzt mal rüber zu Tanja und den anderen«, sagte sie zu den Kätzchen, bückte sich und kraulte Ron, den kleinen rot gescheckten Kater, unter dem Kinn. Schlaftrunken öffnete er ein Auge und gähnte herzzerreißend, ehe er wieder einnickte. »Außerdem möchte ich doch zu gern wissen, was das für eine Überraschung ist, von der Annegret gesprochen hat. Bis später, ihr Zwerge.«

Sie griff nach ihrer Jacke und ging hinaus in den Garten, wo Anna und Lena im Gras saßen und sich zu unterhalten schienen, Hermann zwischen sich, den sie abwechselnd streichelten. Nicht weit entfernt lag der dicke Otto in einem der Blumenbeete halb auf dem Rücken und ließ sich die Sommersonne auf den gefleckten Bauchpelz scheinen.

»Ich gehe zum Laden rüber, um zu gucken, wie weit die drei inzwischen sind!«, rief Judith den Mädchen zu. »Wollt ihr mit?«

»Klar!«, rief Anna und sprang auf. »Komm, Hermann! Gassi gehen!« Sie angelte sich die Leine vom Gartentisch und befestigte sie am Halsband des großen Rüden. Lena zögerte einen Augenblick, aber dann stand auch sie auf. Judith fiel jetzt erst auf, wie blass das blonde kleine Mädchen war.

»Alles in Ordnung, Lena? Geht es dir nicht gut?«, fragte sie. »Oder habt ihr euch gestritten?«

»Nein, nein, Mama«, sagte Anna fröhlich. »Alles in Ordnung. Wir haben nur gespielt.«

Lena sagte nichts.

Judith kannte ihre Tochter seit acht Jahren in- und auswendig und wusste genau, wann ihre Tochter die Wahrheit ein wenig zu ihren Gunsten zurechtbog. Das ging meistens mit eifriger Geschäftigkeit und aufgesetzter Fröhlichkeit einher. Sie runzelte die Stirn und musterte Anna eindringlich. »Wirklich?«

»Ganz wirklich!«, erwiderte Anna. »Ehrenwort.« Sie zerrte an Hermanns Leine, ging ein paar Schritte und drehte sich dann um. »Wollen wir ein Wettrennen machen?«, rief sie. »Wer zuerst an der Straße ist.« Damit flitzte sie los.

Judith und Lena folgten ihr langsamer.

»Wirklich alles in Ordnung?«, fragte Judith leise.

Lena nickte nur, sagte aber immer noch nichts.

»Na gut, aber lass dich von Anna nicht so unterbuttern, Lena. Wenn es dir zu viel wird, musst du es sagen, okay?«

»Okay«, sagte Lena fast flüsternd und griff zu Judiths Verblüffung nach ihrer Hand. Otto, dem der Sinn nach einem Inspektionsgang durch sein Revier zu stehen schien, stolzierte mit hocherhobenem Schwanz ein Stück neben ihnen her.

Anna wartete am Tor der Einfahrt auf sie. Statt darüber zu schimpfen, dass niemand sich an dem Wettrennen beteiligt hatte, griff sie nach Judiths anderer Hand, und so schlenderten sie gemächlich die Straße entlang bis zum Laden, dessen Tür sperrangelweit offen stand. Drinnen plärrte ein Radio irgendeinen Oldie, und einer der beiden Männer summte unmelodisch mit.

»Wollt ihr vielleicht zu deiner Oma rüberlaufen und sie fragen, ob sie ein Eis für euch in der Truhe hat?«, fragte Judith die beiden Mädchen vor der Tür.

Anna drehte sich zu Lena um. »Hat deine Oma Eis?«

»Glaub schon«, sagte Lena achselzuckend. »Weiß nicht genau.«

»Na komm, wir gehen hin und fragen mal.« Anna legte Lena einen Arm um die Schulter und zog sie mit sich, während Hermann an seiner Leine hinter ihnen hertrottete. Nachdenklich sah Judith den beiden einen Augenblick hinterher, ehe sie Tante Köhlers Laden betrat.

Sie war zwei Tage lang nicht da gewesen und verblüfft, wie weit die drei inzwischen gekommen waren. Tanja und Jürgen strichen gerade die Wände weiß, während Christoph auf einer Leiter mitten im Raum stand und damit beschäftigt war, eine neue Neonröhre anzuschrauben.

»Donnerwetter!«, rief Judith. »Ihr seid ja schon so gut wie fertig.«

Christoph drehte sich zu ihr um und strahlte sie an. »Allerdings«, sagte er. »Morgen wird geputzt, übermorgen kommen die Möbel wieder rein, und Anfang nächster Woche ist Neueröffnung.«

»Und die Neueröffnung ist die große Überraschung?«, fragte Judith. »Annegret sagte, dass ich unbedingt bei euch vorbeigucken soll, weil es eine Überraschung gibt. Aber ist denn Tante Köhler schon wieder fit genug, um im Laden zu stehen?«

Jürgen, dessen Bart durch die vielen Farbtropfen noch grauer war als sonst, grinste. »Nein, das wäre noch zu früh. Die Überraschung ist, dass du im Laden stehen sollst.«

»Ich?«

»Ja, du. Oder traust du dir das nicht zu?«, fragte Tanja. Sie umriss kurz Jürgens Plan, seinen Hofladen in den Tante-Emma-Laden zu integrieren und Judith für den Verkauf einzustellen.

»Und zwar mindestens halbtags«, ergänzte Jürgen.

»Wow!«, stieß Judith hervor. »Das ist … Ich weiß gar nicht, was ich sagen soll.«

»Wie ich vorhin schon zu den beiden Jungs hier sagte, ist das eine Win-win-win-Situation. Du kriegst einen Job, Jürgen kann den Hofladen wieder aufmachen, und Tante Köhler kriegt eine Hilfe, die sich mit dem Verkauf auskennt«, führte Tanja aus.

Als Judith nichts sagte, legte Tanja ihre Rolle auf den Deckel des Farbeimers und ging auf sie zu. »Hey, ich hatte mit etwas mehr Begeisterung gerechnet. Alles in Ordnung? Was ist denn los?«

»Der Gutachter. Die blöde Versicherung zahlt nur den Sturmschaden«, sagte Judith niedergeschlagen. »Wirklich, Jürgen, das ist ein tolles Angebot, das du mir da machst. Aber das wird leider nicht mal ansatzweise reichen, um das kaputte Dach zu bezahlen. Wir müssen ungefähr achttausend Euro aufbringen.«

»Mist!«, sagte Jürgen.

»Riesenmist!«, kam es von Christoph. Er stieg von der Leiter und legte Judith einen Arm um die Schulter.

Die ganze Zeit hatte Judith es geschafft, sich gegen das aufkommende Gefühl der Niederlage zu wehren, aber das war zu viel. Sie blinzelte und schluckte, konnte aber nicht verhindern, dass ihr die Tränen in die Augen stiegen. Sie kramte in ihrer Jacke nach einem Taschentuch und putzte sich die Nase. Christophs Hand strich tröstend über ihren Oberarm.

Tanja biss auf ihrer Unterlippe herum und machte ein nachdenkliches Gesicht. »Was ist denn mit der Idee, ein paar der Schränke im Haus und den alten Kram von Henry und Alma zu verkaufen? Da müssten doch einige tausend Euro zusammenkommen. Kennt einer von euch einen Antiquitätenhändler hier in der Gegend?«

Sowohl Christoph als auch Jürgen schüttelten den Kopf.

»Egal!«, sagte Tanja. »Tante Google kennt bestimmt welche. Ich werde morgen mal herumtelefonieren, und wir beiden Hübschen werden heute Abend durchs Wohnhaus gehen und schauen, welche Sachen für den Verkauf infrage kommen.« Sie tippte Judith mit dem Finger gegen die Brust. »Es sei denn, du möchtest diesen Job nicht und lieber wieder nach Hannover zurück.«

»Klar will ich den Job!«, sagte Judith. »Aber es geht ja hier nicht nur um mich. Es geht auch um Anna. Sie muss auch einverstanden sein, dass wir hierbleiben. Als sie geboren wurde, habe ich mir geschworen, dass ich nicht über ihren Kopf hinweg über ihr Leben entscheiden werde, so wie meine Eltern es immer bei mir getan haben. Für Anna wäre es hier ein ganz anderes Leben, als sie es gewohnt ist. Sie müsste die Schule wechseln, und …«

»Wir bleiben hier? Wirklich?«, rief eine helle Kinderstimme von der Tür her, dann stürzte Anna, ihre Eiswaffel wie die Fackel der Freiheitsstatue hoch erhoben in der Hand, an allen anderen vorbei und umarmte Judith so heftig, dass sie sie beinahe umwarf. »Wie cool ist das denn?! Oh, Mama, dann kann Hermann für immer bei uns bleiben, und die kleinen Katzen auch! Und ich kann in dem Zimmer mit der Veranda schlafen und kann hier zur Schule gehen, in eine ganz neue Klasse, ohne die ganzen Vollidioten.« Während ihrer Aufzählung hüpfte sie auf und ab wie ein Gummiball, dann zerrte sie an Judiths Jacke, bis ihre Mutter sich zu ihr herunterbeugte. Anna schlang die Arme um ihren Hals und klammerte sich an sie. »Danke, Mama!«, sagte sie und küsste sie auf die Wange. »Du bist so, so lieb!«

Judith hob sie hoch und umarmte sie ganz fest. Das Herz schlug ihr bis zum Hals, so glücklich war sie. Wie durch einen Nebel hindurch sah sie Chris, Tanja und Jürgen, die alle drei lachten, und schließlich blieb ihr Blick an Lena hängen, die noch immer in der Tür zum Laden stand. Ihre Augen waren schreckgeweitet, der Mund schmerzverzerrt.

Dann drehte sich das Mädchen um und ging hinaus.

Sechzehn

»Das Ganze hat was von Flohmarkt!«

Judith runzelte die Stirn und betrachtete das alte, geblümte Teegeschirr, die Kästen voller Silberbesteck und die Weinkelche aus Bleikristall, die sich auf dem ausgezogenen Esstisch in der guten Stube stapelten. »Ich komme mir vor wie ein Leichenfledderer, wenn wir Onkel Henrys und Tante Almas Wertsachen zu Geld machen.«

»Ach, Quatsch, rede dir das nicht ein«, sagte Tanja im Brustton der Überzeugung. Sie schob die Weingläser enger zusammen, um Platz für die silbernen Schnupftabakdosen zu machen, die sie ganz hinten in der Anrichte in der kleinen Stube gefunden hatte. »Warum sollte das Leichenfledderei sein? Henry hat uns den Kram vermacht, und solange wir beide uns einig sind, können wir dem Händler alles anbieten. Je mehr wir verkaufen, desto besser, wir brauchen das Geld für das Dach und die Tierpension.«

»Stimmt schon.« Judith seufzte. »Aber Tante Alma hat sehr an den Sachen gehangen. Das meiste davon stammt von ihrem Großvater. Sie hat erzählt, dass er vor dem Ersten Weltkrieg Ochsen nach England verkauft und damit richtig viel Geld verdient hat. Ein paarmal war er auch in London und hat dort alles Mögliche gekauft, um das neue Haus einzurichten. Von dort stammen auch die Tabakdosen.«

Sie strich mit den Fingern behutsam über die schwarz angelaufenen Silberdosen.

»Und jetzt werden die uns hoffentlich helfen, an Geld zu kommen.« Tanja zwinkerte ihrer Cousine zu. »Da niemand von uns raucht, braucht sie doch auch niemand.«

Judith lächelte schief. »Trotzdem.«

»Na, nun komm schon, mach nicht so ein Gesicht, sonst drückt der Kerl nur den Preis.«

Es hatte Tanja einen halben Nachmittag gekostet, die hiesigen Antiquitätenhändler im Internet herauszusuchen und anzurufen. Das Ergebnis der Telefonate war ernüchternd gewesen. Die meisten schienen nicht gerade erpicht darauf zu sein, sich alte Bauernschränke anzusehen, und einer hatte ganz offen gesagt, dass solche Möbel derzeit nahezu unverkäuflich seien. Nur ein Herr Rademacher aus Oldenburg war bereit gewesen, kurzfristig nach Bördiek zu kommen, um »einen unverbindlichen Blick darauf zu werfen«, wie er sagte. Die beiden Frauen erwarteten ihn in einer halben Stunde. Judith hatte Anna mit Hermann vorsorglich zu Janssens zum Spielen geschickt.

»Sehe ich geschäftsmäßig genug aus?«, fragte Tanja und sah an sich herunter. Sie trug ihren Businessanzug und hatte ihre Haare mit einer von Judiths Haarspangen in einem Pferdeschwanz zusammengefasst.

Judith kniff die Augen zusammen und legte den Kopf schief. »Also, ich würde dir alles abkaufen«, sagte sie. »Meinst du, wir sollen ihm Kaffee anbieten?«, fragte sie dann.

»Wäre eine Maßnahme. Kümmerst du dich darum? Dann mache ich hier alles fertig.«

Die beiden hatten sich am Tag zuvor darauf geeinigt, dass Tanja die Verhandlung führen sollte, und Judith war sehr damit einverstanden, sich im Hintergrund zu halten. »Du lässt dich weniger leicht zu irgendwas bequatschen«, hatte sie gemeint.

Tanja arrangierte die Sachen auf dem Tisch noch einmal neu

und betrachtete gerade kritisch ihr Werk, als sie eine Männerstimme laut Hallo rufen hörte.

Sie holte tief Luft, setzte ihr schönstes Business-Lächeln auf und trat auf den Flur hinaus.

Herr Rademacher, ein untersetzter Herr mit Stirn bis zum Nacken, stellte seinen Aktenkoffer auf den Boden, strahlte sie an und zerquetschte ihr beinahe die Hand.

»Frau Merker, nehme ich an? Wir hatten telefoniert, nicht wahr?«, sagte er.

Tanja nickte.

»Tut mir leid, wenn ich ein bisschen spät bin, aber das ist hier wirklich in der Mitte von Nirgendwo. Mein Navi hat die ganze Zeit gemeckert, dass ich von der Straße abgekommen bin. Bei der Straße kein Wunder.« Er lachte glucksend.

Judith kam aus der Küche und begrüßte Herrn Rademacher freundlich reserviert, nachdem sie sich vorgestellt hatte.

»Das Haus ist ja wirklich beeindruckend.« Er ließ seinen Blick durch den Flur streifen. »Wollen wir uns dann mal die Sachen ansehen, um die es geht?«

»Gern. Hier entlang«, sagte Tanja höflich und ging voraus. Herr Rademacher folgte ihr, und Judith bildete die Nachhut. Eine halbe Stunde dauerte der Rundgang durch das Haus und endete schließlich in der guten Stube. Bei den meisten Möbeln winkte der Antiquitätenhändler sofort ab, nur ein Vertiko und eine Anrichte in der guten Stube untersuchte er näher und machte sich Notizen dazu. Auch der Flohmarkttisch, wie Judith ihn genannt hatte, fand sein Interesse. Er zog ein Handy aus der Manteltasche und machte ein paar Fotos. Am längsten aber blieb er vor einem unscheinbaren, kleinen Gemälde in einem schlichten Holzrahmen stehen, das an der Wand in der guten Stube hing und das Tanja ihm nicht einmal angeboten hatte, weil sie es für wertlos hielt.

Rademacher hielt den Kopf schräg, murmelte etwas Unverständliches, zog eine Lesebrille aus der Tasche und ging ganz nahe an das Bild heran, um die Signatur näher zu betrachten.

»Können Sie mir sagen, woher dieses Aquarell stammt?«, fragte er.

Tanja warf Judith einen schnellen Blick zu.

»Ich glaube, der Großvater meiner Tante hat es um 1900 aus London mitgebracht«, sagte diese. »Wenn ich mich recht erinnere, hat sie erzählt, dass er es dort in einem kleinen Laden gekauft hat, weil er die Landschaft darauf so hübsch fand.«

»Ich hab schon bemerkt, dass viele der Dinge hier aus England stammen.« Er deutete auf die Tabakdosen auf dem Tisch. »Ich wollte nur sichergehen.«

Wieder zog er sein Handy heraus, machte ein Foto und tippte danach eine Nachricht, ehe er sich Tanja und Judith zuwandte. »Ich bin kein Experte, was Gemälde angeht, darum habe ich für alle Fälle ein Foto von dem Bild an einen Kollegen in Bremen geschickt. Aber wenn ich mich nicht irre und es sich als Original herausstellt, dann könnte es wertvoll sein.«

»Und wie wertvoll?«, fragte Judith.

»Ich möchte mich da nicht festlegen, solange ich nicht mit meinem Kollegen gesprochen habe, aber möglicherweise über tausend Euro«, sagte er.

Judith stieß Tanja mit dem Ellbogen an und grinste.

Tanja hingegen setzte wieder ihr Business-Gesicht auf. »Wenn das Bild echt ist, dann sind Sie doch sicher damit einverstanden, wenn wir dazu noch ein weiteres Angebot einholen, oder?«

»Wenn es das ist, was ich vermute, wird sowieso ein Gutachten erstellt werden müssen, ehe es in den Verkauf geht«, sagte Rademacher. »Aber jetzt lassen Sie uns mal sehen, was ich

Ihnen für die anderen Sachen anbieten kann.« Er zog einen Taschenrechner und seinen Notizblock heraus und begann zu rechnen.

»Dreitausendfünfhundert für alles: zwei Schränke, das komplette Geschirr und die Tabakdosen.« Tanja bückte sich, nahm drei Gläser mit gekörnter Brühe aus einem Karton und stellte sie in das Regal zu den Tütensuppen. Nachdem Rademacher wieder gefahren war, war sie zusammen mit Judith zum Laden hinübergegangen, wo ein Teil der Nachbarn schon seit dem Morgen dabei war, sauber zu machen und die Ware wieder einzuräumen.

»Und da ist noch nicht einmal dieses Bild dabei, das der Antiquitätenhändler mitgenommen hat«, ergänzte Judith, während sie den Apothekerschrank hinter dem Tresen gründlich auswischte.

»Mitgenommen?«, fragte Jürgen misstrauisch.

»Keine Sorge, wir haben es uns natürlich quittieren lassen. Er will es mit nach Bremen nehmen und einem Kollegen zeigen, der sich mit Malerei auskennt«, sagte Tanja. »Der soll prüfen, ob es echt ist. Kann sein, dass noch ein Gutachten erstellt werden muss, aber wenn es echt ist und uns wirklich so um die tausend Euro einbringt, dann haben wir das Geld für das Dach so gut wie zusammen. Ist das nicht toll?«

Gertrud Köhler nickte zufrieden. Sie war von Christoph genötigt worden, sich mit ihrem Strickzeug auf einen Stuhl zu setzen, statt den Nachbarn beim Einräumen zu helfen.

»Ich sag's ja immer. Wenn man nur lange genug wartet, dann kommt aus jedem Unglück irgendwas Gutes raus«, sagte sie. »Nee, Annegret! Nicht dahin! Die Nudeln kommen da drüben auf die Borde.« Ungeduldig deutete sie auf eines der Regale hinter dem Tresen. »Sonst komm ich noch ganz durcheinander. Ist ja schon schwierig genug, den ganzen Kram jetzt unterzubringen, mit dem Ding da in der Ecke.« Sie warf einen skeptischen Blick auf die Kühltheke, die Uwe und Jürgen hereingetragen hatten und die Christoph gerade an den Strom anschloss. Auch wenn sie zugestimmt hatte, so ganz schien sie sich mit der Sortimentserweiterung noch nicht arrangiert zu haben.

»Hierhin?«, fragte Annegret und deutete auf einen anderen Regalboden.

»Nee, da drüben, eins weiter.« Tante Köhler sprang auf die Füße. »Lass mich mal. Wenn ich das wegräume, dann brauchen wir nur die halbe Zeit.«

Christoph, der auf den Knien neben der Theke hockte, hob den Kopf. »Tante Köhler, bleib sitzen! Ärztliche Anweisung!«, sagte er streng. »Wir waren uns doch einig, dass du erst wieder im Laden arbeiten darfst, wenn du aus der Reha zurück bist.«

»*Du* warst dir einig, Jung«, erwiderte Tante Köhler finster. Das Thema Reha war für sie immer noch ein rotes Tuch. »Drei Wochen in so einer blöden Kurklinik im Harz mit alten Leuten, die einen Schlaganfall hatten. Ich weiß sowieso nicht, was ich da soll.«

»Wieder ganz gesund werden, damit du uns noch lange erhalten bleibst«, sagte Annegret. »Wo soll ich denn sonst die Klönschnack-Pause auf meiner Runde halten, wenn nicht hier in deinem Laden?«

Sie hatte Tanja und Judith schon vor ein paar Tagen hinter vorgehaltener Hand erzählt, dass sie zukünftig die Briefträgerstelle von Tante Köhler übernehmen würde. Die Postverwaltung wisse schon Bescheid und sei einverstanden. Annegret habe auch früher schon gelegentlich die Urlaubsvertretung für Tante Köhler gemacht, und sie seien froh, nun nicht erst jemanden einarbeiten zu müssen.

»Apropos Pause«, fügte Annegret hinzu. »Wie wäre es, wenn du uns eine Kanne Tee kochst, Gertrud? Ich habe Pfirsichkuchen mitgebracht.«

»Wenn wir immerzu Pause machen, werden wir nie mit der Arbeit fertig«, brummte Jürgen.

»Ach, Blödsinn!« Annegret winkte ab. »Wir haben noch zwei Tage bis zur Eröffnung, das schaffen wir leicht bis dahin.«

»Wenn dann überhaupt jemand kommt«, sagte Gertrud düster. Sie legte ihr Strickzeug aus der Hand und stand auf, um in ihre Wohnung hinüberzugehen, blieb aber noch einen Moment in der Tür stehen und sah sich im Laden um. »All die viele Arbeit, die ihr gehabt habt. Was, wenn das Ganze ein Schuss in den Ofen wird?«

»Nun unk mal nicht herum. Und ob da jemand kommt!«, sagte Annegret. »Ich hab überall, wo ich mit der Post hinmusste, von der Eröffnung erzählt, und ich hab die Werbezettel für den Hofladen verteilt, die Jürgen ausgedruckt hat. Das wird knallvoll, da kannst du Gift drauf nehmen.«

»Die Zeitung kommt auch und berichtet«, sagte Tanja. »Jürgen und ich haben für den Hofladen so was wie ein Werbekonzept aufgestellt. Am Lokalfernsehen bin ich ebenfalls dran!«

»Das hab ich auch rumerzählt«, sagte Annegret eifrig. »Nicht das mit dem Fernsehen, das nicht. Aber ich hab erzählt, dass du früher in der Chefetage von einer großen Firma gearbeitet hast und dass du Jürgen bei der Eröffnung hilfst. Kann gut sein, dass da auch noch der eine oder andere von den Handwerkern und Geschäftsleuten aus der Gegend auf dich zukommt.« Annegret lächelte selbstzufrieden.

»Aber ich kann doch nicht …«, begann Tanja und brach ab,

als sie sah, wie enttäuscht Annegret auf einmal guckte. »Ich meine, vielen Dank, Annegret, das ist wirklich lieb von dir. Aber ich habe von Handwerksbetrieben überhaupt keine Ahnung.«

»Ach was! Was im Großen funktioniert, funktioniert auch im Kleinen«, sagte Annegret und winkte ab. »Das kriegst du schon hin. Und jetzt werde ich mal den Kuchen holen.«

Annegret behielt recht: Die Eröffnung des Ladens wurde ein voller Erfolg. Kaum hatte Judith ihren Platz hinter dem Verkaufstresen eingenommen, da füllte sich der kleine Raum, und der Strom der Kunden hielt an bis zum Abend, als sie wieder abschlossen.

Gleich früh am Morgen kamen die Nachbarinnen, jede einen Strauß Blumen in der Hand, und brachten unter Annegrets Dirigat Tante Köhler ein Ständchen dar, von dem diese zu Tränen gerührt war.

»Jetzt sieht es mehr nach Blumenladen als nach Lebensmittelgeschäft aus«, meinte sie, nachdem Judith und sie alle Sträuße in Vasen gestellt und im Laden verteilt hatten. Aber nicht nur die Leute aus der Gegend, auch etliche Touristen von den umliegenden Campingplätzen kamen vorbei, machten Fotos von dem winzigen Laden und kauften Lebensmittel, die von Jürgens Hof stammten. Alle Besucher erhielten einen Becher Tee und ein Stück selbst gebackenen Kuchen. Das war Tanjas Idee gewesen, und Annegret hatte dafür gesorgt, dass alle Nachbarinnen einen Blechkuchen mitbrachten. Bei schönstem Sommerwetter saßen den ganzen Tag über Grüppchen von Leuten auf der Bank und den Gartenstühlen, die Tanja und Judith vorsorglich vor der Tür aufgestellt hatten, aßen ihren Kuchen und hielten Klönschnack. Das Ganze hatte etwas von einem Familientreffen.

Gegen Mittag bediente Judith eine füllige Mittfünfzigerin in farbenfrohen, weiten Leinengewändern, die Kartoffeln und Gemüse *aus dem eigenen Garten* kaufte und dann eine Bronzeschüssel samt Klöppel aus ihrem Einkaufsbeutel zog, die sie Judith überreichte.

»Als kleines Willkommensgeschenk«, sagte sie freundlich lächelnd. »Das ist eine Klangschale. Die sorgt für ausgeglichene Energie, damit das Miteinander besser funktioniert. Ich habe auch noch ein paar positiv aufgeladene Kristalle hineingelegt.«

Judith starrte sie eine Sekunde lang entgeistert an, ehe sie sich wieder halbwegs im Griff hatte. »Äh … ja, danke«, war alles, was sie hervorbrachte.

»Sagen Sie, sind Sie Frau Merker?«

»Nein, mein Name ist Reimann. Frau Merker ist meine Cousine«, antwortete Judith. »Sie muss hier aber irgendwo herumschwirren. Soll ich sie kurz suchen?«

»Nein, nein, es ist nicht so eilig«, sagte die Frau. »Ich habe von der Briefträgerin gehört, dass Frau Merker so etwas wie Businesspläne für ansässige Unternehmen erstellt, und ich würde mich gern mal mit ihr zusammensetzen. Vielleicht hat sie ja ein paar gute Ideen, wie ich noch mehr Teilnehmer für meine Managerseminare bekommen könnte. Meine Bücher verkaufen sich ja recht gut, sonst hätte ich mir nicht das Haus kaufen und das Schulungszentrum einrichten können, aber die Auslastung der Seminare lässt noch zu wünschen übrig. Ich brauche jemanden, der mir bei der Werbung unter die Arme greift.« Sie wühlte einen Moment in ihrer sackförmigen Handtasche und zog schließlich eine orange-rote Visitenkarte hervor, die sie Judith über die Kühltheke hinweg reichte. »Vielleicht kann sie mich ja mal anrufen, dann können wir alles Weitere besprechen.«

Judith bedankte sich freundlich, während sie die Karte

überflog. *Anjali Gundula Böse – Heilarbeit, Rückführungsseminare, Familienaufstellungen, Feng Shui und mehr* stand dort in geschwungenen violetten Buchstaben, die wegen des Farbkontrastes sofort vor Judiths Augen zu tanzen begannen. Sie blinzelte kurz, ehe sie zu Frau Böses erwartungsvollem Gesicht hochsah.

»Das gebe ich gern an Frau Merker weiter. Sie wird sich dann bei Ihnen melden.«

»Ach, das wäre schön!«, sagte Frau Böse. Dann schloss sie theatralisch die Augen, während sie die Rechte an ihre Brust presste und ein paarmal tief Luft holte. Judith war gerade im Begriff, sie zu fragen, ob alles in Ordnung sei, als Frau Böse die Augen wieder aufschlug und sich mit sorgenvoller Miene umsah. »Hier drin hängt aber eine ganz schlechte Energie«, verkündete sie schließlich. »Merken Sie das nicht? Da sollte man dringend mal eine Energieableitung machen. Das wäre bestimmt gut für den Umsatz.«

Frau Böse strahlte Judith an. »Na ja, das kann ich ja dann mit Frau Merker besprechen. Eine Hand wäscht bekanntlich die andere.« Sie sah sich um und deutete auf das Kuchenbüfett, das auf der Eistruhe aufgebaut war. »Sie wissen nicht zufällig, ob da auch was Veganes dabei ist, oder?« Damit ging sie zur Truhe hinüber, um den Kuchen einer genaueren Inspektion zu unterziehen.

Das also war die verrückte »Esoterik-Tante«, die nackt im Meer schwimmen ging. Judith steckte die Visitenkarte in die Brusttasche ihrer Bluse und schüttelte unmerklich den Kopf, ehe sie sich der nächsten Kundin zuwandte.

Kurz darauf stand Rita Janssen vor dem Tresen. »Du siehst aus, als hättest du das schon dein Lebtag gemacht«, sagte sie lachend und gab Judith über den Tresen hinweg die Hand. »Ich bin hier, um ein bisschen zu helfen.«

»Bist du allein gekommen, oder hast du die Mädchen dabei?«, fragte Judith.

»Nein, die sind mit Christoph bei uns zu Hause geblieben. Ich habe die Waschmaschine laufen, und die lass ich nicht gern unbeaufsichtigt. Christoph und Lena fahren doch am Freitag zurück nach Münster. Christoph hat am Wochenende gleich wieder Bereitschaftsdienst in der Klinik, und es ist blöde, wenn er dann noch waschen muss. Er hat übrigens gesagt, dass er später noch vorbeikommt, dann bringt er die beiden mit.«

Erst gegen halb fünf kam Judith dazu, für einen Moment Pause zu machen und sich mit einem Tee und einem Stück Pflaumenkuchen, das Tante Köhler für sie gerettet hatte, nach draußen auf die Bank zu setzen. Erschöpft, aber glücklich nippte sie an ihrer Tasse und sah die Betonstraße entlang, auf der ein paar Spaziergänger unterwegs waren. Schon aus einiger Entfernung erkannte sie Jürgen, der Gustav an der Leine bei sich führte, und Tanja neben ihm. Die beiden schienen sich angeregt zu unterhalten. Als sie näher kamen, winkte Tanja ihr zu.

»Na du«, sagte Jürgen. »Der Laden brummt ja ordentlich!«

»Allerdings«, erwiderte Judith. »Du musst nachher noch mal Leberwurst vorbeibringen. Da sind wir ratzekahl ausverkauft!«

»Ist ja auch hervorragende Qualität. Gustav mag die auch gern, nicht wahr?« Jürgen sah zu dem kleinen Mischling hinunter. »Gustav? Leberwurst!« Gustav leckte sich die Schnauze und bellte einmal. Tanja, Judith und Jürgen lachten.

»Du bist ganz schön gemein«, sagte Tanja. »Wo doch keine mehr da ist.« Jürgen zuckte nur breit grinsend mit den Schultern.

Tanja wandte sich Judith zu. »Die kleinen Katzen sind gefüttert. Wir werden uns übrigens was anderes ausdenken müssen, worin wir sie unterbringen. Als ich vorhin in die Küche kam, kam mir Draco, der Ausbrecherkönig, entgegenstolziert und hat sich beklagt, dass es außerhalb der Kiste nichts zu fressen gab. Ich habe ihn wieder reingesetzt, er hat sich den Bauch vollgeschlagen und ist zufrieden eingepennt, aber es würde mich nicht wundern, wenn er nachher wieder rausklettert.«

»Wir werden uns morgen ein paar Bretter suchen, mit denen wir die Kiste ein Stück erhöhen können. Wenn jemand da ist, können wir die Kätzchen ja auch in der Küche rumlaufen lassen, groß genug sind sie ja inzwischen. Ich denke mal, noch etwa vier oder fünf Wochen, dann können sie adoptiert werden.«

»Das wird bestimmt Tränen bei den Mädchen geben, wenn die aus dem Haus gehen«, sagte Jürgen.

»Und nicht nur bei ihnen, da kannst du sicher sein«, ergänzte Tanja. »Wir beide werden bestimmt auch heulen wie die Schlosshunde, wenn die Kleinen abgeholt werden.«

Judith zuckte mit den Schultern. »Das gehört dazu. Aber wir haben ihnen immerhin das Leben gerettet, und das ist ein tolles Gefühl.« Sie fingerte in ihrer Brusttasche herum und zog die Visitenkarte von Frau Böse hervor. »Apropos tolles Gefühl, Annegrets Werbemaßnahmen haben schon erste Wirkung gezeigt. Eine potenzielle Kundin hat sich nach dir und deinen Fähigkeiten als Businesscoach erkundigt.«

Tanja nahm die Karte entgegen und seufzte. »Da werde ich dann gleich mal absagen.«

»Absagen? Wieso das denn?«, fragte Jürgen.

»Na ja, du weißt doch selbst, wie viel Arbeit und Zeit so ein Plan kostet. Und ich habe doch keine Ahnung, wie lange ich noch hier bin.«

»Immer noch die Geschichte, dass du nur noch hier bist, weil du dich nicht zwischen den vielen Jobangeboten entscheiden kannst?«, fragte er. Judith konnte den Ausdruck in seinem Gesicht nicht deuten. War es Ärger oder Enttäuschung? »Ernsthaft, ich hatte gedacht, dass du inzwischen ehrlicher zu dir selbst bist.«

»Ich schau mal, ob ich drin was helfen kann«, sagte Tanja hastig, machte auf dem Absatz kehrt und verschwand im Laden.

»Was war das denn?«, fragte Judith, die ihr verblüfft hinterhersah.

»Das war Tanjas Feigheit, sich mit unbequemen Fragen auseinanderzusetzen«, sagte Jürgen grimmig. »Na ja, egal, dann werden wir eben später darüber reden. Ich muss jetzt sowieso nach Hause, füttern und melken. Später werde ich noch mal vorbeischauen, schließlich möchte ich doch wissen, wie viel ihr verkauft habt. Komm, Gustav!« Er tippte sich an seine Tweedmütze, drehte sich um und ging, ohne eine Erwiderung abzuwarten.

Judith hätte Tanja gern auf Jürgens merkwürdigen Kommentar angesprochen, aber die Gelegenheit ergab sich nicht. Entweder war der Laden zu voll, oder aber Tanja, die ebenfalls beim Verkaufen half, wich ihr geschickt aus.

Gegen sechs Uhr abends ging Judith zu Tante Köhler in die Wohnung, um sich den Schlüssel für die Tür zu holen. Die alte Dame war viel im Laden gewesen, hatte sich zwischendurch aber immer wieder für eine Weile zurückgezogen, um sich ein bisschen auszuruhen. Judith hatte ihr zwar mehrfach versichert, dass sie mithilfe der Nachbarinnen sicher alles auch allein bewältigen könne, aber davon hatte Tante Köhler nichts wissen wollen und ebenfalls die Kunden bedient. Jetzt lag sie auf dem Küchensofa, die Füße hochgelegt, und las in einem Groschenroman.

»Tante Köhler, ich würde gern abschließen. Gibst du mir den Schlüssel?«, fragte Judith.

»Der liegt auf dem Küchenschrank. Junge, Junge, das war vielleicht ein Tag, was?«

»Das kannst du laut sagen! Wenn ich gleich meine Schuhe ausziehe, kriege ich die bestimmt nicht wieder an, das glaub mal.«

Tante Köhler musterte sie lächelnd über ihre Lesebrille hinweg. »Das wird nicht immer so ein Andrang sein. Ab morgen wird es ruhiger werden.«

»Das schon, aber ich glaube, wir haben einen guten Start hingelegt. Und wenn erst mal der Artikel in der Zeitung ist... Ich bin zuversichtlich, dass wir den Laden gut am Laufen halten.«

»Es wäre zu wünschen. Vor allem für dich, Judith!« Tante Köhler schwang ihre Beine vorsichtig über den Rand des Sofas und stand auf. Lächelnd kam sie auf Judith zu und umarmte sie herzlich. »Ich freu mich so, dass du hierbleiben willst, Deern. Dann wird mein Leben nicht mehr so einsam sein.«

Judith zog die alte Dame fest an sich. »Ich glaube auch, dass das die beste Entscheidung ist, die ich je getroffen habe«, sagte sie leise.

Mit einem Ruck machte sich Tante Köhler von ihr los und wischte sich eine Träne aus dem Augenwinkel. »Und nun sieh zu, dass du den Laden abgeschlossen kriegst. Du hast deinen Feierabend mehr als verdient. Abmarsch mit dir!«

Judith schluckte. Jedes weitere Wort wäre Tante Köhler peinlich gewesen, das wusste sie genau, also lächelte sie nur, nickte ihr zu und ging in den Laden zurück.

Vor dem Tresen stand nur noch ein einziger Kunde, und das war Christoph. Judith sah auf den ersten Blick, dass etwas ganz und gar nicht in Ordnung war. Er war so blass, dass er unter seiner Sonnenbräune fast gelblich wirkte, und der Schmerz, der in seinen Augen lag, war noch um ein Vielfaches größer als sonst.

»Kann ich dich kurz sprechen, Judith?«, fragte er.

»Ja, klar. Lass mich nur eben abschließen und abrechnen, dann …«

»Es wäre wichtig, Judith.«

Sie sah den Blick, den Tanja ihr zuwarf, und gab die Schlüssel an sie weiter. »Mach du zu, und nimm die Kasse mit nach hinten«, sagte sie. »Tante Köhler kann sich um die Abrechnung kümmern.«

Dann öffnete sie die Klappe im Tresen, ging zu ihm und zog ihn am Ärmel mit sich hinaus.

»Was ist denn passiert?«, fragte sie.

»Ich wollte dir auf Wiedersehen sagen. Wir müssen morgen schon zurück, Lena und ich.« Er holte tief Luft und rieb sich mit der Hand über die Stirn.

»Morgen schon? Aber ich dachte, ihr fahrt erst am Freitag.«

»Ja, so war es geplant, aber Birgit hat vorhin angerufen. Sie ist doch wieder schwanger, jetzt liegt sie im Krankenhaus, und so wie es jetzt aussieht, wird sie für die nächsten viereinhalb Monate auch dort bleiben müssen. Wenn sie nicht konsequent liegt, wird sie das Kind verlieren, fürchten die Ärzte.«

Das ist es also, dachte Judith. Er liebt seine Exfrau immer noch. Vermutlich ist das eben so, wenn man so lange zusammen war und ein Kind hat. Die Enttäuschung, die in ihr aufstieg, schluckte sie mit Mühe hinunter. »Dass du dir Sorgen um sie machst, ist doch ganz normal«, sagte sie.

»Nein, das ist es nicht. Zwischen uns ist es lange vorbei. Aber … Es ist wegen Lena …« Wieder holte Christoph tief Luft und schien nach den richtigen Worten zu suchen. »Sie kommt doch mit ihrem Stiefvater nicht gut zurecht, und dann ist sie ganz allein mit ihm. Noch hat er ein paar Tage Urlaub, und Birgit besteht darauf, dass Bernd sich jetzt um Lena kümmern soll, damit sie sich in die neue Situation einfindet. Aber wenn Bernds Urlaub vorbei ist, soll sie bei seinen Eltern untergebracht werden, weil die im Nachbarort wohnen und sie zur Schule bringen können. Aber Lena kennt diese Leute doch kaum! Sie hat sie erst ein- oder zweimal gesehen. Ich hab keine Ahnung, wie ich ihr das beibringen soll. Sie wird sich vorkommen, als würden wir sie abschieben.« Wieder rieb er sich mit der Hand über die Stirn. »Ich würde sie ja liebend gern bei mir behalten, aber wie soll ich das organisieren? Bei dem Schichtdienst im Krankenhaus ist das einfach unmöglich. Ich hab mir schon den ganzen Nachmittag das Hirn zermartert, aber mir will einfach keine Lösung eingefallen.«

Hilflos hob Christoph die Arme und ließ sie kraftlos wieder sinken. Er sah so verloren aus, dass Judith ihn am liebsten in den Arm genommen hätte, aber sie war sich sicher, dass ihm das nicht recht wäre.

»Soll ich es Lena vielleicht sagen?«, fragte sie vorsichtig. »Vielleicht, wenn jemand Fremdes …«

»Nein, das muss ich schon selbst machen, Judith«, unterbrach er sie. »Aber vielen Dank für dein Angebot. Das bedeutet mir viel.«

Christoph lächelte, aber das Lächeln reichte nicht bis zu seinen Augen hinauf, die ihren Blick festhielten. Er hob die Hand und strich sanft über ihre Wange. »Jetzt kommen wir doch nicht mehr dazu, miteinander spazieren zu gehen«, sagte er leise. Er nahm die Hand wieder herunter. »Es wird wohl eine Weile dauern, bis ich wieder herkommen kann. Wenn ich jetzt freihabe, werde ich, so oft es geht, Lena zu mir holen. Keine Ahnung, wann wir beide uns wiedersehen. Dabei wollte ich …« Er brach ab und sah zu Boden. Beide schwiegen.

»Was wolltest du, Christoph?«, fragte Judith schließlich leise.

Er sah zu ihr hoch. »Ich wollte dir gern so vieles sagen, aber ich brachte einfach nicht den Mut dazu auf. Immer war unglaublich viel los, und ich dachte, vielleicht ergibt sich die Gelegenheit, mit dir zu sprechen, irgendwann in den nächsten Tagen, wenn sich alles wieder beruhigt hat. Ich wollte dir erklären, was in mir vorgeht. Die vielen Jahre, die wir uns nicht gesehen haben, waren in dem Moment weggewischt, als ich dich an jenem Tag in Tante Köhlers Laden wiedergesehen habe. Und gleichzeitig hab ich mir gesagt, sei lieber vorsichtig, lass dich besser nicht wieder auf eine Beziehung ein, denk an das Desaster mit Birgit. Versuch, es einfach bei einer Freundschaft zu belassen. Aber das sagt sich so leicht. Jede einzelne Minute, die wir zusammen waren, habe ich genossen. Ich habe mich in deiner Nähe wie früher gefühlt – so als wäre ich wieder ganz ich. Und das tat unglaublich gut.«

In seinen Augenwinkeln erschienen winzige Fältchen, als er lächelte. Er legte seine Arme um sie und zog sie langsam zu sich. Judiths Beine schienen plötzlich unter ihr nachzugeben.

»Jetzt hab ich keine Angst mehr, und ich wollte dich fragen, ob du uns noch eine Chance geben würdest«, flüsterte er. Seine Lippen berührten ihre und setzten sie dabei in Brand.

Doch noch ehe sie antworten konnte, holte eine Kinderstimme sie wieder in die Wirklichkeit zurück.

»Papa?«, hörte sie Lena rufen. »Papa!«

Christoph ließ Judith los und schob sie ein Stück von sich, ehe er sich umdrehte. »Ich bin hier!«, rief er.

Anna und Lena kamen um die Kurve der Straße gerannt, die zum Janssenhof führte, Hermann trabte neben ihnen her.

Schwer atmend blieben die beiden schließlich vor Christoph und Judith stehen.

»Stimmt das?«, keuchte Lena. »Fahren wir wirklich schon morgen nach Hause? Oma hat gesagt, ich muss meinen Koffer packen.«

Christoph zögerte eine Sekunde mit der Antwort und schien zu überlegen, wie er Lena antworten sollte. Dann beugte er sich zu seiner Tochter hinab. »Ja, es stimmt. Wir müssen morgen schon zurück«, sagte er ruhig, auch wenn Judith sehen konnte, wie viel Anstrengung ihn die Worte kosteten.

»Aber …«

»Lena, hör mir mal zu. Mama ist krank und liegt im Krankenhaus. Da wird sie auch eine ganze Zeit bleiben müssen, wahrscheinlich sogar, bis das Baby auf die Welt kommt. Ich bringe dich morgen zu Bernd, der wird sich erst mal ein paar Tage um dich kümmern.«

Lenas himmelblaue Augen füllten sich mit Tränen, und ihr Mund verzerrte sich. »Aber ich will nicht nach Hause, und schon gar nicht will ich zu dem blöden Bernd.«

Anna trat neben ihre Freundin und griff nach ihrer Hand. »Das ist echt gemein von dir, Christoph!«, rief sie aufgebracht. »Lena hat doch noch Ferien, und du hast ihr versprochen, dass du mit ihr hierbleibst, bis sie wieder zur Schule muss. Und das ist erst nächste Woche. Du hast es versprochen, und Versprechen muss man halten!« Ihre Augen sprühten, als sie sich wie ein zu klein geratener Racheengel vor ihm aufbaute.

»Das schon, Anna, aber manchmal geht es eben nicht anders.«

»Aber Lena mag den Bernd nicht. Der schimpft immer mit ihr. Ganz besonders, wenn Lenas Mama nicht dabei ist. Der ist echt gemein und sagt immer fiese Sachen zu ihr.«

»So schlimm wird es schon nicht sein.«

Anna stützte die Hände in die Hüften. »Doch, es ist so schlimm! Sie hat es mir selbst erzählt. Stimmt's, Lena?«

Lena, der die Tränen über die Wangen strömten, nickte nur.

»Siehst du?«, sagte Anna. »Lena hat zu mir gesagt, dass sie viel lieber bei dir ist als bei ihrer Mama und Bernd.«

»Aber sie kann nicht bei mir bleiben, ich muss doch in die Klinik und arbeiten. Da wäre sie ganz oft allein zu Hause, auch über Nacht.«

»Klar geht das, Lena ist doch kein Baby. Ich bin auch schon allein in der Wohnung gewesen, wenn Mama arbeiten musste. Stimmt's, Mama?« Anna wandte sich um Zustimmung heischend Judith zu.

»Ja, aber das kann man doch gar nicht vergleichen, Anna«, sagte Judith beschwichtigend. »Das war nur alle paar Wochen mal samstags für ein paar Stunden.«

»Wohl!«, rief Anna und stampfte mit dem Fuß auf. »Wenn Lena verspricht, lieb zu sein und keinen Blödsinn zu machen. Und außerdem ist Lena schon bald neun.«

Lena zog geräuschvoll die Nase hoch. »Bernd muss doch auch arbeiten. Da bin ich auch allein«, schluchzte sie.

»Wenn Bernd arbeitet, gehst du solange zu seinen Eltern. Die wohnen nur ein paar Straßen von deiner Schule entfernt. Seine Mutter bringt dich hin und holt dich auch wieder ab.«

»Aber … aber …«, begann Lena stockend. »Ich will da nicht hin! Ich will lieber bei dir bleiben. Bitte, Papa!« Plötzlich begann sie, bellend zu husten, und schnappte nach Luft.

Christoph nahm sie auf den Arm und drückte sie beruhigend an sich, gleichzeitig tastete er nach ihrer Jackentasche.

»Hast du dein Spray nicht dabei?«, fragte er.

Lena schüttelte den Kopf, während sie pfeifend um Atem rang. »Zu Hause ... Küchentisch ...«, stieß sie zwischen zwei Hustern hervor.

»So ein Mist! Du sollst das doch immer bei dir haben, Lena«, fluchte Christoph. »Versuch, ganz langsam Luft zu holen, hörst du? Einatmen und ausatmen. Wir gehen sofort zurück.«

»Sie muss ihr Asthmaspray nehmen, dann wird es gleich besser«, sagte er. »Ich ...«

»Ist schon gut, Christoph«, sagte Judith. »Wir kommen morgen früh zum Tschüss-Sagen bei euch vorbei, Anna und ich.«

Sein Versuch, ihr zuzulächeln, missglückte, aber seine Augen leuchteten kurz auf, als er ihr zunickte, ehe er mit großen Schritten und seine keuchende Tochter eng an sich gedrückt zur Straße lief.

Judith griff nach Annas Hand. »Na komm, wir gehen auch nach Hause«, sagte sie.

Siebzehn

»Jetzt ist sie endlich eingeschlafen«, sagte Judith seufzend, als sie wieder in die kleine Stube zurückkam, und ließ sich neben Tanja auf das Großvater-Sofa fallen. Sie streifte die Schuhe ab und legte die Füße auf die Armlehne eines der Sessel. »Gott, was für eine Wohltat! Du glaubst nicht, wie platt ich bin!«

»Doch, unbesehen. Ich weiß ja, wie meine Füße sich heute anfühlen, und ich hab nur ein paar Stunden im Laden geholfen.« Tanja erhob sich und holte aus dem Wohnzimmerschrank zwei Gläser und die angebrochene Flasche mit Onkel Henrys aufgesetztem Himbeerschnaps und stellte beides vor ihre Cousine auf den Tisch. »Ich glaube, den haben wir uns jetzt verdient«, sagte sie, während sie eingoss. »Was war denn los mit Anna? Sie war ja ganz aufgebracht, und du hast noch nie so lange gebraucht, um sie ins Bett zu bringen.«

Judith nahm das Glas entgegen und drehte es zwischen den Fingern, ohne zu trinken. »Stimmt, die ganze Sache mit Lena hat sie sehr mitgenommen, und sie hat mich gebeten, noch mal mit Christoph über seine Tochter zu reden. Lena hat Anna ihr Herz ausgeschüttet und von ihrer Mutter und deren Lover erzählt. Natürlich, es ist immer schwer, wenn sich Kinder auf die neuen Lebensgefährten ihrer Eltern einstellen müssen, aber so was? Die Kleine tut mir echt leid. Dieser Bernd hat wohl noch nie mit Kindern zu tun gehabt und dementsprechend überhaupt keine Ahnung, wie er mit Lena umgehen soll. Er bemüht sich, der Supervater zu sein, würde ich sagen. Auf der einen Seite überfreundlich, besonders, wenn die Mutter in der Nähe ist. Auf der anderen Seite ungeduldig und aufbrausend, wenn die Kleine mal was falsch macht. Sie soll sich in der Schule mehr anstrengen, sie soll nicht so empfindlich sein, sie soll nicht frech werden, sie soll, sie soll, sie soll. Zum Kotzen, so was.« Judith nahm einen Schluck aus ihrem Glas und verzog das Gesicht. »Dabei ist Lena doch echt umgänglich und pflegeleicht. Der sollte mal an ein Kind wie Anna geraten. Da würde er sich einen Strick nehmen!«

Tanja unterdrückte ein Grinsen. »Ja, Anna weiß genau, was sie will.«

»Vor allem weiß sie genau, wie sie ihren Dickschädel durchsetzt. Aber wie sie sich heute für ihre Freundin stark gemacht hat, hat mich richtig stolz gemacht. Es hat mir gezeigt, dass ich bei ihrer Erziehung wohl doch nicht alles falsch gemacht habe.«

»Du hast überhaupt nichts falsch gemacht!«, sagte Tanja entschieden. »Lass dir bloß nichts anderes einreden. Deine Anna ist ein tolles Mädchen.«

Judith lächelte ihr dankbar zu. »Danke, Tanja. Das finde ich auch.«

»Darauf trinke ich! Prost!« Tanja stieß ihr Glas gegen Judiths und leerte es dann in einem Zug. »Ich denke, es wäre wirklich eine gute Idee, mal mit Christoph zu reden. Du scheinst ja – wie soll ich es ausdrücken – einen sehr guten Draht zu ihm zu haben.« Sie grinste breit. »Sorry, aber es war nicht zu übersehen, so direkt vor dem Ladenfenster. Ihr zwei gebt echt ein nettes Paar ab.«

Judith errötete, doch dann seufzte sie und zuckte mit den Schultern. »Ein Paar? So weit würde ich im Moment nicht gehen wollen. Wenn er morgen wegfährt und dann für eine halbe Ewigkeit nicht wieder herkommt, kann man wohl kaum davon sprechen, dass wir ein Paar sind.«

»Hey, nicht gleich wieder schwarzmalen, Judith. Warte einfach ab, wie es sich zwischen euch entwickelt. Es gibt ja auch so nette, neumodische Erfindungen wie Telefon oder Skype. Außerdem lebt Christoph gerade mal zweieinhalb Autostunden von hier entfernt.«

»Stimmt schon. Aber …«

»Nichts aber. Nach einem solchen Tag wie heute solltest du optimistisch in die Zukunft sehen. Es läuft doch gerade alles supergut für dich. Du hast einen Job, die Ladeneröffnung war ein voller Erfolg, wir haben das Geld für die Reparatur des Daches weitgehend zusammen, und du wirst hierbleiben, wo dein Herz zu Hause ist.« Tanja griff nach der Flasche und schenkte noch einmal nach. »Bördiek ist wirklich ein schönes Fleckchen Erde mit netten Leuten, die einem das Gefühl geben dazuzugehören. Eine Heimat eben. Ich hätte nicht für möglich gehalten, dass ich das mal über dieses Kuhkaff sagen würde.«

Sie zog die Füße hoch aufs Sofa und nippte nachdenklich an ihrem Glas. Erst als sie aufschaute, bemerkte sie, dass Judith sie lächelnd musterte.

»Was denn?«, fragte sie.

»Wenn du das so empfindest, warum bleibst du dann nicht auch hier, Tanja?«

»Weil es realistisch betrachtet nicht geht. Ich bin zu jung, um schon in Rente zu gehen, und Jobs gibt es für mich nun mal nicht hier, sondern in Frankfurt, München, Berlin oder Hamburg.«

»Blödsinn! Du hast doch sogar schon das erste Jobangebot hier bekommen.«

»Du meinst das von dieser Frau Böse mit ihrer schrill bunten Visitenkarte?«

»Ganz genau. Ich wette mir dir, da gibt es noch mehr Betriebe, die sich von dir auf die Füße helfen lassen würden. Und wenn nicht hier vor Ort, dann kann man das vielleicht online aufziehen. Wie sagtest du doch? Es gibt da so nette neumodische Erfindungen. Alternativ könntest du doch auch wieder als Anwältin arbeiten. Es gibt so viele Möglichkeiten.«

»Ich weiß nicht…«

»Was hält dich davon ab, es wenigstens zu versuchen? Anna und ich würden uns sehr freuen, wenn du hierbleibst. Sie schwärmt von dir in höchsten Tönen. Oder ist es vielleicht wirklich so, wie Jürgen sagt, dass du zu feige bist und dich nicht mit unbequemen Fragen auseinandersetzen willst, sondern stattdessen lieber das Weite suchst.«

»Hat er das gesagt?«

»Ja, hat er. Und er weiß, was er sagt. Jürgen ist ein wirklich kluger Kopf.«

»Das hab ich gemerkt. Er hätte besser Psychologie studieren sollen statt Landwirtschaft.« Tanja leerte das Glas in ihrer Hand in einem Zug. »Aber hierbleiben und mit über vierzig noch mal ganz von vorn anfangen? Ein Aussteigerdasein auf dem Land? Ich weiß wirklich nicht, ob ich den Mut aufbringe…«

»Was gibt es da zu wissen? Das ist keine Frage des Verstandes, sondern eine des Herzens. Wenn du dich hier zu Hause fühlst, dann bleib in Bördiek, alles andere wird sich regeln. Du hast mal zu mir gesagt, wirf dein Herz voraus und spring hinterher. Jetzt sag ich das Gleiche zu dir.«

»Ist es wirklich so einfach?«

»Ich denke schon! Einen Versuch ist es auf jeden Fall wert. Gib dir ein halbes Jahr Zeit und probiere das Aussteigerleben auf dem Land aus, dann kannst du dich immer noch entscheiden, in dein bisheriges Leben zurückzukehren. Außerdem glaube ich, der alte Henry würde sich sehr freuen, wenn wir alle beide hierbleiben.«

Tanja lächelte, dann nahm sie ihr Glas und erhob sich. »Mag sein«, sagte sie. »Ich werde jetzt mal ins Bett gehen und darüber schlafen. Vielleicht sehe ich morgen klarer.«

Tanja wurde davon wach, dass irgendwo im Haus Türen geschlagen wurden und Stimmen aufgeregt durcheinanderriefen. Sie griff nach ihrem Bademantel, der über dem Fußende des Bettes hing, und streifte ihn über, ehe sie in den Flur hinüberlief, wo sie auf Judith und Christoph traf.

»Was ist denn los?«, fragte sie.

»Lena ist weg!«, sagte Christoph. »Und weil ich dachte, sie hätte sich vielleicht bei Anna versteckt, um mir einen gehörigen Schrecken einzujagen, bin ich hergekommen.«

»Aber Anna ist auch weg!«, rief Judith. »Sie muss irgendwann am frühen Morgen aufgestanden sein und ist mit Hermann verschwunden.«

»Bist du sicher, dass sie fort ist?«, fragte Tanja.

»Natürlich bin ich sicher. Ich hab schon überall nachgesehen.« Die Angst stand Judith deutlich ins Gesicht geschrieben.

»Nun beruhig dich erst mal etwas«, sagte Tanja beschwichtigend. »Vielleicht ist sie nur mit Hermann vor die Tür gegangen. Wie spät ist es denn eigentlich?«

»Ungefähr halb acht«, sagte Christoph. »Ich hatte gestern zu Lena gesagt, dass ich sie gegen sieben wecken würde, aber um diese Zeit war sie schon weg. Ihren Koffer hat sie mitgenommen.«

»Hat Anna auch eine Tasche dabei?«, fragte Tanja.

»Ich … Keine Ahnung. Ich hab nicht nachgesehen.« Judith lief zu Annas Zimmer hinüber. Die beiden anderen folgten ihr.

Hastig sah sie sich dort um, öffnete den Schrank und wühlte in den Schubladen der Kommode. »Ihre Klamotten sind noch da, aber ihr Rucksack fehlt«, stellte sie fest. »Wo kann sie nur stecken?«

»Du meinst, wo können *die beiden* nur stecken!«, sagte Christoph. »Sie können schon seit mehreren Stunden unterwegs und Gott weiß wo sein.« Er fuhr sich hilflos durchs Haar. »Wenn ich doch bloß gestern Abend nicht davon gesprochen hätte, dass Lena für die nächsten Monate allein bei diesem Bernd oder seinen Eltern bleiben muss. Ich hätte ihr sagen sollen, dass ich früher wieder zur Arbeit muss, und hätte sie einfach dort abliefern sollen. Aber dass Lena weglaufen könnte, wäre mir im Traum nicht eingefallen.«

»Ich glaube auch nicht, dass die Mädchen wirklich weggelaufen sind«, sagte Tanja. »Ich denke, die beiden wollen euch nur einen Schreck einjagen und haben sich irgendwo versteckt – in einem der Schuppen vielleicht oder auf dem Heuboden.«

»Und was, wenn nicht?«, rief Judith, den Tränen nah. »Was, wenn sie in irgendein Auto eingestiegen sind? Vielleicht sehen wir die beiden nie wieder!«

»Lena mag ja verzweifelt sein«, sagte Tanja und tätschelte ihrer Cousine den Arm. »Aber Anna ist viel zu bedacht darauf, ihre Freundin zu beschützen. Die würde nicht so dumm sein.«

»Anna ist doch erst acht Jahre alt.« Judith verbarg das Gesicht in den Händen.

»Aber sie ist sehr vernünftig für ihr Alter. Und sie hat eine Mutter, die sie zur Selbstständigkeit erzieht. Ich bin sicher, dass sie ziemlich überlegt handelt. Vermutlich hat sie was zu essen und zu trinken eingepackt, damit die beiden es in ihrem Versteck gemütlich haben.«

»Also meinst du, wir sollen einfach abwarten, bis sie wieder auftauchen?«, fragte Christoph.

Tanja schüttelte energisch den Kopf. »Nein, ich glaube, dass wir sie suchen sollten, aber mit Plan, nicht hektisch und voller Panik. Vor allem muss Lena sehen, dass du dir große Sorgen um sie machst und dass sie dir wichtiger ist als alles andere.«

»Aber das müsste sie doch wissen!«, rief Christoph.

»Nein, Christoph«, sagte Judith. »Versetz dich mal in Lenas Lage. Überleg mal, was du ihr gestern mitgeteilt hast und wie das auf sie gewirkt haben muss. Ihr muss das doch so vorgekommen sein, als sei alles andere wichtiger als sie: dass ihre Mutter krank ist, das neue Baby, dass sie in die Schule gebracht wird, dass Bernd arbeiten kann – alles ist wichtiger als das, was sie möchte.«

Christoph holte tief Luft. »Aber was möchte sie denn?«

»Das, was alle wollen: glücklich sein. Sich sicher fühlen. Geliebt werden«, sagte Tanja ruhig. »Vor allem möchte sie nicht herumgeschubst werden«, fügte sie hinzu. »Du musst ihr klarmachen, dass sie das Allerwichtigste für dich ist. Manchmal muss man es hören, damit man es glauben kann.«

Christoph sah Tanja einen Moment lang schweigend an, dann nickte er.

»Aber dazu müssen wir sie erst mal finden«, sagte Tanja. »Ich würde vorschlagen, ihr zwei sucht hier auf dem Hof alles ab, und ich rufe Annegret an, damit sie auf ihrer Postrunde die Nachbarn alarmiert. Hat mal jemand ihre Handynummer?«

Es dauerte eine Weile, bis Tanja Annegret ans Telefon bekam, die sich dafür entschuldigte, dass sie ihr Handy auf ihrer Postrunde im Auto hatte liegen lassen. Sie versprach, allen Nachbarn

Bescheid zu geben und sie zu bitten, nach den beiden Mädchen Ausschau zu halten. Tanja war schon im Begriff, sich Judith und Christoph anzuschließen, die die Stallungen absuchen wollten, aber dann griff sie, ohne weiter darüber nachzudenken, erneut zum Telefon und wählte Jürgens Nummer.

»Peters?«, hörte sie seine dunkle Stimme und fühlte wieder diesen merkwürdigen kleinen Hüpfer in ihrer Magengegend.

»Ich bin's, Tanja«, sagte sie.

»Nanu, Gnädigste! Was hat dich denn schon so früh aus den Federn getrieben?«

Seit sie ein einziges Mal eine halbe Stunde zu spät zur Umbautruppe des Ladens gestoßen war, zog er sie damit auf, dass sie sich als Urlauberin offenbar immer erst gegen Mittag aus dem Bett quälen würde. Doch statt ärgerlich zu sein, grinste sie, ehe sie sich wieder zur Vernunft rief. Mit kurzen Worten schilderte sie, dass die beiden Mädchen verschwunden waren.

»Ich bin schon seit kurz nach sechs Uhr im Melkstand und habe hier niemanden gesehen«, sagte er.

»Aber sie könnten sich doch irgendwo sonst auf deinem Hof versteckt haben.«

»Möglich wäre es natürlich. Auf dem Heuboden vielleicht oder im alten Kälberstall.«

»Könntest du dort mal nachsehen, Jürgen?«

»Gib mir noch zwanzig Minuten, dann bin ich mit dem Melken durch und kann mich umsehen«, sagte er. »Vielleicht wäre es gut, wenn du rüberkommst. Dich kennen die beiden besser als mich. Vielleicht kommen sie dann freiwillig aus ihrem Versteck.«

»Möglich. Ja gut, ich komme rüber.«

»Fein, bis gleich dann!«

Die Leitung war stumm. Offenbar hatte er aufgelegt.

Einen Moment lang starrte sie auf das schnurlose Telefon, ehe sie es in die Ladestation zurücksteckte, dann lief sie in ihr Zimmer und zog sich eilig an. Im Flur griff sie nach ihrer Regenjacke und machte sich mit dem Zopfgummi, das sie in der Jackentasche fand, einen Pferdeschwanz, ehe sie ihrem Spiegelbild im Garderobenspiegel einen kurzen Blick zuwarf.

»Von der gestandenen Geschäftsfrau ist nichts mehr zu sehen«, murmelte sie und schüttelte den Kopf über sich selbst. »Arbeitsklamotten, Ostfriesennerz, strubbelige Frisur und komplett ungeschminkt. Ich sehe schon aus wie eine Bäuerin.«

Auf der Dreschdiele konnte sie Judith und Christoph nicht finden. Tanja rief nach oben in Richtung Heuboden, dass sie zum Peterhof hinübergehen würde, erhielt aber keine Antwort.

Vielleicht suchen die beiden gerade in der Remise oder im Garten, dachte sie und beschloss, ihnen später telefonisch Bescheid zu geben, dann joggte sie los.

Jürgen trat gerade aus der Tür des Kuhstalls, der sich in einer neuen Halle neben dem ursprünglichen Gebäude befand, als sie seinen Hof erreichte.

»Da bist du ja. Habt ihr die Mädchen schon gefunden?«, fragte er.

»Nein, bislang nicht.«

»Sieht den beiden gar nicht ähnlich, einfach wegzulaufen. Was ist denn passiert?«

Tanja erzählte ihm knapp, was sie wusste, und Jürgen runzelte die Stirn, während er ihr zuhörte.

»Das erklärt natürlich einiges«, brummte er. »Ich bin kein Kinderpsychologe, aber Lena muss schon sehr verzweifelt und unglücklich sein, sonst würde sie nicht abhauen. Auf mich hat sie immer einen eher ängstlichen und unsicheren Eindruck gemacht. Sie klebt doch geradezu an Christophs Hosenbein.«

»Wenn du mich fragst, dann war das mit dem Weglaufen eher Annas Idee.«

»Stimmt, Judiths kleinem Feuerkopf sieht das ähnlicher.« Er strich sich mit der Hand über den Bart. »Sag mal, haben die beiden Hermann dabei?«

»Ja. Oder zumindest nehmen wir das an, weil er auch weg ist.«

»Das könnte die Sache erheblich vereinfachen. Komm mit!« Mit großen Schritten ging er auf die Viehdielentür im Hofgebäude zu und öffnete sie einen Spaltbreit. Gustav schoss heraus wie ein Kugelblitz und hüpfte aufgeregt um sein Herrchen herum. »Ich muss ihn immer hier einsperren, wenn ich melke, sonst macht er mir die Kühe nervös mit seinem Gehopse«, erklärte Jürgen und wandte sich dem kleinen Mischling zu.

»Gustav? Sitz!«, sagte er. Erst bei der dritten Wiederholung des Befehls hörte Gustav mit der Hüpferei auf, setzte sich hechelnd mit heraushängender Zunge vor sein Herrchen und war ganz Ohr.

»Gustav? Such Hermann!«, sagte Jürgen. Gustav legte den Kopf schief und bellte einmal. Jürgen seufzte. »Ich glaube, alles, was er verstanden hat, war L-E-B-E-R-W-U-R-S-T.« Das letzte Wort buchstabierte er.

»Gustav?« Jürgen hob einen Zeigefinger, wie Lehrer Lämpel in *Max und Moritz*. »Gustav, wo ist Hermann? Such Hermann!«

Jetzt bellte Gustav aufgeregt und schoss zurück in den Stall. Jürgen und Tanja folgten ihm. Zielstrebig rannte der kleine Hund über die Viehdiele und verschwand durch eine Tür am anderen Ende der Diele, wo er aufgeregt zu kläffen begann.

Tanja musste laufen, um mit Jürgen Schritt zu halten. Hinter der Tür befand sich ein Stall mit Boxen, von denen zwei mit

Stroh ausgestreut waren. Aus der einen blickte ihnen ein neugeborenes Kalb neugierig entgegen, in der zweiten saß Gustav auf einer alten grauen Decke und sah sehr zufrieden mit sich aus.

Jürgen schüttelte leise lachend den Kopf. »Du bist mir vielleicht ein Spürhund! Ich hab gesagt, du sollst Hermann suchen, nicht Hermanns Lieblingsplatz.«

»So falsch lag er dann doch gar nicht.«

»Stimmt natürlich. Also doch ein guter Spürhund, was, Gustav? Aber ehe wir weitersuchen, kommst du an die Leine, mein Freund. Ich habe keine Lust, die ganze Zeit hinter dir herzuhetzen.«

Jürgen holte von der Fensterbank des Kälberstalls eine Hundeleine und befestigte sie an Gustavs Halsband. »So, Gustav, jetzt noch mal das Ganze von vorn. Such Hermann!«

Der kleine Mischling schaute ihn mit schief gelegtem Kopf fragend an, als wolle er sagen: *Was willst du denn, Herrchen, ich hab ihn doch schon gefunden.*

»Na gut, du Held. Dann müssen wir wohl doch selber suchen!«, sagte Jürgen seufzend. Er führte Gustav zur anderen Tür des Kälberstalls, die auf die Dreschdiele führte. Jürgen blieb mitten in der großen Halle stehen und schaute zum Heuboden hinauf.

»Hermann?«, rief er so laut, dass Tanja unwillkürlich zusammenzuckte. »Komm, Hermann, Gassi gehen!«

Alles blieb still. Nur Gustav bellte einmal, stellte sich auf die Hinterbeine und sah erwartungsvoll zu seinem Herrchen hoch. Jürgen kraulte ihm abwesend den braun gescheckten Kopf.

»Wie ich es mir dachte. Die Mädchen sind nicht hier«, sagte er. »Hermann hätte sich sicher nicht aufhalten lassen, wenn ich ihn zum Gassigehen rufe. Zumindest gebellt hätte er.«

»Vielleicht haben sich die beiden im Wohnhaus versteckt.«

Jürgen schüttelte den Kopf. »Ich schließe immer ab, wenn ich in den Stall gehe, da kommt keiner rein.«

Tanja stieß nachdenklich die Luft aus. »Okay. Wenn sie hier nicht sind, wo sind sie dann?«

»Entweder bei euch zu Hause oder aber bei Janssens, würde ich sagen. Das sind die beiden Orte, die sie am besten kennen, weil sie da immer gespielt haben. Wenn Judith und Christoph bei euch alles absuchen, sollten wir zwei am besten zu Janssens hinübergehen.« Er sah zu Gustav hinunter, der es immer noch genoss, von ihm hinter den Ohren gekrault zu werden. »Und dich nehmen wir mit, du Bluthund!«

»Wenn sie hier auch nicht sind, bin ich mit meinem Latein am Ende«, sagte Judith und drückte die Tür zum Dachboden auf. »Mehr Versteckmöglichkeiten kenne ich nicht.«

Sie hatte mit Christoph zusammen den Garten, die Remise und alle Stallungen abgesucht. Ihre größte Hoffnung war der Heuboden gewesen, aber außer dem dicken Otto und zwei weiteren scheuen Hofkatzen, die panisch vor ihnen Reißaus genommen und sich hinter den aufgestapelten Heuballen versteckt hatten, hatten sie dort nichts gefunden. Nichts deutete darauf hin, dass Anna und Lena überhaupt hier gewesen waren.

Auf dem Dachboden war es noch dämmriger als sonst, denn über den Himmel, der durch die schmutzigen Scheiben der Giebelfenster zu sehen war, zogen dicke Regenwolken.

»Anna? Lena!«, rief Judith.

»Ich könnt ruhig rauskommen, ihr kriegt keinen Ärger!« Christophs Stimme hallte durch die Stille. Immer noch keine Antwort.

Judith lief zur Villa Kunterbunt hinüber und öffnete die Tür. Alles war dunkel, und der Raum war leer.

»Hier sind sie auch nicht!«, sagte sie zu Christoph, der ihr langsamer gefolgt war. »Eigentlich bin ich ja nicht der Typ, der leicht in Panik verfällt, aber so ganz allmählich mache ich mir Sorgen. Wo können sie denn bloß stecken?«

»Ich weiß es nicht. Wo haben wir uns versteckt, wenn wir als Kinder was ausgefressen hatten?«

»Haben wir denn jemals was ausgefressen?«

Ein schmales Lächeln umspielte Christophs Lippen. »Nicht sehr oft. Jedenfalls kann ich mich an nichts erinnern, was so schlimm gewesen wäre, dass wir es auch nur in Erwägung gezogen haben wegzulaufen.« Er seufzte. »Das ist alles nur meine Schuld.«

Judith griff nach seiner Hand. »Mach dich nicht fertig, Christoph. Das hilft niemandem.«

»Na ja, mein schlechtes Gewissen habe ich mir wohl verdient.«

»Ach, Christoph«, murmelte sie und nahm ihn in den Arm. »An dieser ganzen Scheißsituation trifft dich doch am allerwenigsten die Schuld.«

Für einen Augenblick lehnte er seine Stirn gegen ihre. »Ich weiß nicht. Ich hab vor lauter Angst, dass Birgit wegen des Besuchsrechts noch mehr herumzicken könnte als jetzt schon, überhaupt nicht nach einer anderen Lösung gesucht, sondern einfach alles hingenommen, was sie vorgeschlagen hat. Ich bin ein lausiger Vater.«

»Quatsch!«, sagte Judith entschieden. »Du bist ein toller Vater. Ich wollte, ich hätte einen so guten für Anna.« Im gleichen Moment, als sie es aussprach, fiel Judith erst auf, was sie da eigentlich gesagt hatte. »Ich … äh … ich meine … Natürlich heißt das nicht …«, stotterte sie.

Christoph hob den Kopf und suchte ihren Blick. »Das ist doch gar nicht so weit hergeholt«, flüsterte er. »Du hast mir gestern nicht geantwortet, als ich dich gefragt habe, ob du uns noch eine Chance gibst, weil Anna und Lena plötzlich vor uns standen. Wenn du Ja sagst, dann läuft es doch darauf hinaus, dass ich auch für Anna so etwas wie ein Vater sein würde. Und glaub mir, nichts würde mich glücklicher machen.«

Statt ihm eine Antwort zu geben, nahm Judith sein Gesicht in ihre Hände und küsste ihn. »Und nun lass uns überlegen, wo unsere Töchter stecken könnten«, sagte sie leise.

Aus den tief hängenden Wolken begann es zu tröpfeln, als Tanja und Jürgen sich zu Fuß auf den Weg zum Janssenhof machten. Tanja schloss den Reißverschluss ihres Ostfriesennerzes und zog sich die Kapuze über den Kopf.

»Ich hätte mir auch eine Regenjacke anziehen sollen«, sagte Jürgen, schlug den Kragen seines Arbeitsjacke hoch und zog Gustav mit der Leine ein Stück zu sich heran. »Schietwetter!«

Tanja lachte. »Das bisschen, das da runterkommt, ist doch höchstens leicht erhöhte Luftfeuchtigkeit. Ich dachte, ihr Ostfriesen seid harte Kerle.«

»Ostfriesen? Obacht, Gnädigste! Nenne niemals einen waschechten Butjenter einen Ostfriesen. Da liegen Welten zwischen. Und der ganze Jadebusen!«

»Ich werde es mir merken«, sagte sie lachend.

»Besser wäre es wohl, wenn du mit den Leuten hier klarkommen möchtest«, brummte er. »Obwohl du dich ja bislang für eine Zugereiste aus Bayern gar nicht so schlecht anstellst.«

»Bayern? Ich komme aus der Gegend von Frankfurt!«

»Alles jenseits von Bremen ist schon Süddeutschland, und direkt hinter Hannover fängt Bayern an.«

Tanja lachte. »Wie gut, dass ihr Butjenter keine Vorurteile habt.«

»Überhaupt nicht! Was uns auszeichnet, ist unsere Weltoffenheit.« Jürgen zwinkerte ihr grinsend zu. »Würdest du noch eine Weile hierbleiben, würdest du das feststellen.« Er warf ihr unter dem Schirm seiner Tweedmütze einen schnellen Blick zu. »Was macht denn übrigens deine Jobsuche? Rennen dir die Firmen schon mit lukrativen Angeboten die Bude ein?«

Es hatte beiläufig klingen sollen, aber Tanja entging nicht, dass seine Stimme bei aller zur Schau getragenen Lockerheit angespannt klang.

»Nicht wirklich«, antwortete sie. »Eigentlich gibt es bislang nur ein einziges Angebot, und ich denke darüber nach, es anzunehmen. Ich muss allerdings noch die genauen Bedingungen aushandeln. Bislang ist alles noch ziemlich vage.«

Er schürzte missbilligend die Lippen, was dazu führte, dass sich sein Bart wie eine Drahtbürste aufstellte. »Dann bist du bald verschwunden, was? Na ja, Reisende soll man nicht aufhalten.«

»Wie man es nimmt! Das Angebot ist von dieser Frau Böse in der alten Schäferei.«

Abrupt blieb Jürgen stehen und starrte sie entgeistert an. »Soll das heißen …«

Auch Tanja war stehen geblieben. Beim Anblick seines verblüfften Gesichts konnte sie ein Lächeln nicht unterdrücken. »Ja, das soll heißen, dass ich fürs Erste bleibe«, sagte sie. »Ich habe gestern Abend mit Judith darüber gesprochen und danach noch lange nachgedacht. Schließlich habe ich eine Entscheidung getroffen. Ich werde versuchen, mich selbstständig zu machen, und wenn ich genügend Aufträge an Land ziehen kann, dann bleibe ich vielleicht sogar ganz hier. Wenn alles klappt, wäre Frau Böse dann meine erste Kundin.«

Jürgen machte eine Bewegung auf sie zu, doch dann blieb er stehen, vergrub die Hände in den Taschen seiner Jacke und nickte. »Vernünftige Entscheidung«, brummte er.

»Nein. Vernünftig ist es nicht. Vernünftig wäre es, Himmel und Hölle in Bewegung zu setzen, um einen ähnlichen Job wie den letzten zu bekommen. Mir einen Job zu suchen, der Geld und Ansehen verspricht, statt bei den hiesigen Firmen Klinken zu putzen und um Aufträge zu betteln. Aber darum geht es nicht – nicht mehr. So kitschig es vielleicht klingt, mir ist in den letzten Tagen klar geworden, wie sehr ich Land und Leute mag, und wie sehr ich das alles vermissen würde, wenn ich wegginge, um mein altes Leben wieder aufzunehmen. Ich bin hier glücklicher und fühle mich mehr zu Hause, als ich es je irgendwo getan habe, und ich glaube, genau deshalb sollte ich hierbleiben.«

Jürgen antwortete nicht, und aus seinem verschlossenen Gesichtsausdruck wurde sie nicht schlau.

»Du müsstest das doch verstehen, Jürgen. Hast du mir nicht neulich, als wir essen waren, erzählt, dass es dir so ähnlich gegangen ist?«

Noch immer sagte er kein Wort, sondern schaute starr an Tanja vorbei. Sie wusste selbst nicht, mit welcher Reaktion sie gerechnet hatte, aber dass er sich nun gar nicht äußerte, ließ Unmut in ihr aufsteigen.

»Du hast doch selbst gesagt, dass ich mir mal durch den Kopf gehen lassen soll, länger hierzubleiben, und jetzt könnte man meinen, du wolltest mich lieber heute als morgen loswerden«, sagte sie. »Ich habe gedacht, du freust dich. Wenigstens hatte ich das gehofft.«

Endlich sah er sie an. »Doch, ich freue mich.« In seinen tiefblauen Augen lag der Anflug eines Lächelns. »Ich hatte nur nicht damit gerechnet, dass du *wirklich* bleiben willst. Anders ausgedrückt, ich hab mich nicht getraut, diese Möglichkeit ernsthaft in Erwägung zu ziehen. Ich kann nämlich enttäuschte Hoffnungen nicht ausstehen. Mir liegt eine Menge an dir, Tanja, aber ich bin ein gebranntes Kind. Die Trennung von meiner Frau hat mich viel Kraft gekostet, und es hat lange gedauert, bis ich darüber hinweg war. Bitte hab Verständnis, wenn ich dir nicht gleich um den Hals falle, nur weil du jetzt plötzlich sagst, dass du vorhast, hierzubleiben. Ich gebe zu, ich traue der Sache nicht. In meinen Augen bist du noch immer zu sehr eine Stadtpflanze. Was, wenn das mit der Selbstständigkeit nicht klappt? Was, wenn dir das Leben hier doch nach ein paar Wochen auf die Nerven geht? Ich möchte das alles nicht noch einmal durchmachen, verstehst du? Ich denke, wir brauchen einfach ein bisschen mehr Zeit, bis wir sicher sind, dass dein Entschluss der Wirklichkeit standhält. Und bis dahin …«

Er machte einen Schritt auf sie zu und küsste sie sanft auf die Wange, ohne die Hände aus den Taschen zu nehmen. »Auf gute Nachbarschaft, Gnädigste«, sagte er.

Für den Bruchteil einer Sekunde schloss Tanja die Augen und hoffte, Jürgen würde sie in den Arm nehmen und richtig küssen. Doch nichts dergleichen geschah, stattdessen zwinkerte er ihr mit einem schiefen Grinsen zu. »Jetzt lass uns aber erst mal sehen, ob unser Meisterfährtenhund nicht vielleicht doch eine Spur der ausgebüxten Deerns findet. Na komm, Gustav, auf geht's!«

Das Tor zur Dreschdiele des Janssenhofes stand weit offen, aber in dem hallenartigen Raum war niemand zu sehen.

»Denkst du wirklich, dass die Mädchen hier sind?«, fragte Tanja stirnrunzelnd, als sie eintraten. »Eigentlich müssten sie sich doch denken können, dass wir hier zuerst nach ihnen suchen, oder?«

»Ich glaube nicht, dass sie überhaupt über irgendwas nachgedacht haben«, sagte Jürgen. Er beugte sich hinunter und tätschelte Gustav den Kopf, ehe er die Leine losmachte. »Jetzt kommt deine große Stunde, mein Junge«, sagte er. »Gustav, wo ist Hermann? Such!«

Der kleine Hund legte den Kopf schief und bellte einmal, dann schoss er wie der Blitz in Richtung Heufach davon, sprang die dort aufgestapelten Heuballen hoch und verschwand auf dem Heuboden oberhalb der Viehdiele.

Jürgen grinste breit. »Da steckt wohl doch ein bisschen Bluthund drin!«

»Abwarten, ob er wirklich eine Spur hat. So weit waren wir vorhin auch schon. Wenn er jetzt auch wieder eine Decke findet, auf der Hermann mal gelegen hat, dann …« Sie verstummte, als sie Gustav in einiger Entfernung wie verrückt bellen hörte. Anerkennend zog sie die Augenbrauen hoch und nickte Jürgen zu. »Irgendetwas scheint er gefunden zu haben.«

Jürgen steckte Zeigefinger und Daumen der rechten Hand in den Mund und stieß einen so schrillen Pfiff aus, dass Tanja zusammenfuhr. »Entschuldige, ich hätte dich vorwarnen sollen«, sagte er.

Über ihnen im Heu, das auf der Decke des einstöckigen Kuhstalles gestapelt war, ertönte ein sonores *Wuff*. Es raschelte vernehmlich, und Tanja glaubte, unterdrücktes Flüstern zu hören, dann wurde das Rascheln lauter, ehe der Kopf des großen Rüden am Rand des Heubodens sichtbar wurde. Nur Sekunden später tauchte Gustav neben ihm auf, kläffte und sah ebenfalls zu Tanja und Jürgen hinunter.

»Wenn Hermann hier ist, dann sind die Mädchen auch auf dem Heuboden, so viel ist sicher«, sagte Jürgen leise.

Tanja nickte. »Anna? Lena? Na, kommt schon! Wir wissen, dass ihr da oben seid. Kommt doch mal runter, ihr beiden.«

Einen Moment lang war es still, dann war die gedämpfte Stimme eines der Mädchen zu hören. »... hab dir doch gesagt, dass das eine doofe Idee ist, Hermann mitzunehmen ...«, war alles, was Tanja verstehen konnte.

»Ruf mal bitte Judith an, dass wir die beiden gefunden haben«, sagte Jürgen leise zu Tanja. »Ich warte solange hier und verhindere potenzielle Fluchtversuche.«

Tanja nickte nur, zog ihr Handy aus der Jackentasche, lief nach draußen auf den Hof und schickte ein kurzes Stoßgebet an den Gott der Telekommunikation. Aus Erfahrung wusste sie, dass sie hier auf dem Land innerhalb von Gebäuden selten ein Netz hatte. Zu ihrer Erleichterung sah sie, dass das unter freiem Himmel anders war, und wählte Judiths Nummer.

Es klingelte nur zweimal, ehe abgenommen wurde. »Hallo?« In Judiths Stimme schwang Anspannung mit.

»Tanja hier. Entwarnung. Wir haben die beiden gefunden. Sie sitzen bei Christophs Bruder auf dem Heuboden.«

Im Hintergrund hörte Tanja Christophs Stimme, verstand aber kein Wort.

»Bei euch zu Hause ...«, sagte Judith – offenbar als Erklärung für ihn. »Wir sind schon auf dem Weg zu euch! Bis gleich!«

Die Leitung wurde unterbrochen, Tanja legte ebenfalls auf und verstaute das Handy wieder in ihrer Tasche. Es dauerte wirklich nur ein paar Minuten, ehe Tanja sah, wie Christoph und Judith Hand in Hand die Straße entlanggelaufen kamen.

»Nanu?«, murmelte Tanja. Nicht, dass sie überrascht war,

dass sich zwischen den beiden etwas entwickelte, damit hatte sie schon länger gerechnet, doch die gemeinsame Sorge um die Mädchen hatte offenbar wie ein Katalysator gewirkt und die Sache rasant beschleunigt.

Sie unterdrückte ein Lächeln, als die beiden sie erreichten, und gemeinsam gingen sie in die Dreschdiele, wo Jürgen noch immer auf seinem Posten vor den aufgestapelten Heuballen stand. Die Hunde saßen neben ihm und schauten wie er zum Heuboden hinauf.

»Da seid ihr ja«, sagte er leise. »Die Mädchen sind noch oben im Heu. Ich dachte, es sei besser, wenn einer von euch beiden sie ruft.«

»Rufen? Die werde ich da oben runterholen«, sagte Christoph. Er machte einen Schritt auf die Heuballen zu, aber Judith hielt ihn am Arm zurück.

»Lass sie selbst herauskommen, Christoph«, sagte sie. »Die zwei sind keine Kleinkinder mehr.«

Christoph sah sie einen Augenblick lang skeptisch an, dann nickte er.

»Anna? Lena!«, rief Judith zum Heuboden hinauf. »Kommt jetzt runter zu uns. Ich verspreche euch, ihr bekommt keinen Ärger.« Christoph runzelte die Stirn, sagte aber nichts.

Von oben war Getuschel zu hören, offenbar diskutierten Anna und Lena darüber, ob sie der Aufforderung folgen sollten oder nicht. Es dauerte einen Moment, bis die Mädchen aus ihrem Versteck hervorkrochen und vorsichtig über die Heuballen nach unten kletterten. Dort angekommen, zögerte Lena, sodass Anna ihre Hand nahm, um sie mit sich zu ziehen.

»Na, komm schon, Lena, Mama hat's versprochen«, sagte Anna. »Wir werden nicht ausgeschimpft.«

Hand in Hand blieben die beiden dann vor Christoph und

Judith stehen. Lena sah zu Boden, während Annas Blick zwischen ihrer Mutter und Christoph hin- und herging.

»Okay«, sagte Christoph, sichtlich bemüht, ruhig zu bleiben. »Ich werde nicht schimpfen, aber ich möchte wissen, was ihr euch dabei gedacht habt, einfach wegzulaufen.«

»Wir sind nicht weggelaufen«, erklärte Anna fest. »Wir haben uns nur im Heu versteckt.«

»Erzähl mir bitte nicht, dass ihr nur gespielt habt«, sagte Judith. »Nicht morgens um sieben, wenn noch alle schlafen.«

»Das hab ich ja gar nicht gesagt!« Anna warf ihrer Mutter einen vorwurfsvollen Blick zu. »Lena hat gestern gesagt, dass sie ausreißen will, wenn sie allein bei Bernd bleiben muss. Und diese alten Leute, die sie zur Schule bringen sollen, kennt sie doch gar nicht richtig. Sie hat ganz doll geweint, weil sie so traurig war, dass sie wegmuss. Da hab ich vorgeschlagen, dass wir uns verstecken, bis Christoph gefahren ist. Dann kann sie hier bei uns bleiben.«

»Aber Anna, das …«, begann Judith, aber Anna unterbrach sie sofort.

»Wohl geht das!«, rief sie. »Mein Zimmer ist groß genug, da passt ganz sicher noch ein Bett rein. Und sie kann auch hier zur Schule gehen, mit mir. Dann wären wir sogar zusammen in einer Klasse. Ach bitte, Mama, das wäre so toll! Bitte, bitte, Mama, Lena isst auch viel weniger als Hermann, und bei dem hast du auch Ja gesagt. Du brauchst mir dann auch nichts zu Weihnachten zu schenken! Bitte, bitte, darf Lena bei uns bleiben?«

Anna ließ Lena los, schlang die Arme um Judiths Taille und sah mit flehenden Augen zu ihr hoch.

Christoph ging vor Lena in die Hocke, griff nach ihren Händen und schaute seiner Tochter forschend ins Gesicht. »Stimmt das, Lena? Wolltest du wirklich lieber weglaufen, als zu Bernd und seinen Eltern zu gehen?«

Lena nickte nur und senkte den Kopf.

»Ach, meine Süße«, murmelte er und zog sie in seine Arme.

»Ich will lieber bei dir bleiben!«, schluchzte Lena, den Kopf an seiner Schulter.

»Du weißt aber doch, dass das nicht geht.«

»Aber warum denn nicht?!«

»Lena, bitte! Nicht wieder diese Diskussion.«

»Aber wenn ich verspreche, ganz artig ins Bett zu gehen, wenn du Nachtdienst hast? Ich mach bestimmt keinen Quatsch. Versprochen!«

»Du weißt doch, ich bin dann zwei Tage hintereinander in der Klinik und die Nacht über auch. Tut mir leid, Süße, das geht leider nicht.«

»Aber ich will nicht zu dem blöden Bernd!« Lena hob den Kopf, ihr Gesicht war tränenüberströmt, und sie holte rasselnd Luft. »Wirklich nicht«, stieß sie hervor und begann, bellend zu husten und nach Luft zu ringen. Eilig holte sie aus der Jackentasche ihr Asthmaspray heraus und benutzte es, während Christoph ihr mit der Hand langsam über den Rücken strich. Er drehte den Kopf zu den anderen. »Die ganze Zeit über hatte sie hier nicht einen einzigen Anfall. Erst seit sie weiß, dass sie zurückmuss, geht es ihr so schlecht«, sagte er bitter.

Tanja spürte, wie sich ihr Inneres vor Mitleid mit Lena und Christoph zusammenzog. »Gibt es denn wirklich keine andere Möglichkeit?«, fragte sie.

»Ich wüsste keine«, sagte Christoph, der noch immer seine weinende Tochter festhielt und sie beruhigend streichelte. »Ich kann Lena wegen der Arbeit nicht mit zu mir nehmen, und Birgits Eltern wohnen in Süddeutschland und arbeiten beide. Die Einzigen, die in der Nähe wohnen und Lena zur Schule bringen können, sind die Eltern von diesem Bernd.«

»Vergiss doch mal einen Moment die Schule«, sagte Tanja. »Wenn Lena vor Stress und Angst krank wird, kann sie eh nicht zur Schule gehen.« Sie ging zu Christoph und Lena und kniete sich neben die beiden. »Was möchtest du denn, Lena?«, fragte sie.

»Ich möchte bei Papa bleiben!« Lena schluchzte nun wieder heftiger und klammerte sich an ihren Vater.

»Ich weiß. Aber du hast doch gehört, dass das leider nicht geht. Also, wo möchtest du am zweitliebsten hin, bis deine Mama wieder aus dem Krankenhaus kommt. Zu deinen Großeltern nach Süddeutschland? Oder möchtest du …«

»Dann möchte ich hier bei euch bleiben!«, unterbrach Lena sie hastig. »Bei Anna und Judith und bei dir!« Lena hob den Kopf von Christophs Schulter und schaute mit so viel Hoffnung in den Augen zu Tanja auf, dass es dieser fast das Herz brach.

»Leider haben wir das nicht zu bestimmen, Lena«, sagte sie. »Da muss zuerst mal deine Mama gefragt werden, und die kennt uns ja gar nicht. Aber ich habe eine Idee. Wir könnten deine Oma Rita fragen, ob du noch eine Weile bei ihr bleiben könntest. Wäre das nicht auch eine gute Lösung? Vorausgesetzt natürlich, deine Mama ist einverstanden.«

»Aber was ist denn dann mit der Schule?«, fragte Christoph. »Sie muss doch nächste Woche wieder hin.«

»Lena kann doch genauso gut hier zur Schule gehen«, sagte Judith. »Anna ist auch neu in der Klasse, und weil die beiden schon Freundinnen sind, wäre es für sie einfacher, sich zurechtzufinden.«

Anna strahlte über das ganze Gesicht und nickte eifrig.

»Und natürlich kannst du bei uns übernachten, sooft du magst und deine Oma damit einverstanden ist«, fügte Tanja hinzu.

Christoph schob Lena so weit zurück, dass er ihr ins Gesicht schauen konnte. »Und ich würde vorbeikommen, sobald ich freihabe. Wäre das in Ordnung für dich, Lena? Soll ich mit Oma Rita und Mama darüber sprechen?«

Die Augen des schmächtigen blonden Mädchens füllten sich erneut mit Tränen. Lena schlang die Arme ganz fest um den Hals ihres Vaters und nickte. »Weil es nämlich hier am allerallerschönsten ist«, sagte sie weinend.

Achtzehn

»Warum sind wir eigentlich nicht schon gestern auf die Idee gekommen?«, fragte Rita kopfschüttelnd, als Christoph ihr im Beisein der anderen am Küchentisch Tanjas Plan auseinandersetzte. »Was sind wir bloß für Dösköppe!«

»Wenn man bis zu den Ohren in einem Problem drinsteckt, dann verliert man schnell den Überblick«, sagte Tanja, die neben Jürgen saß und an ihrer Teetasse nippte. Judith hatte sich schon verabschiedet, weil sie den *Tante Emma- und Hofladen* aufmachen musste. »Hat was mit Bäumen und Wäldern zu tun, denke ich. Da muss erst jemand von außen kommen, einen mit der Nase drauf stoßen, und dann liegt die Lösung klar auf der Hand.«

»Erst mal abwarten, was Birgit dazu sagt«, meinte Christoph seufzend.

»Was soll sie dagegen haben?«, fragte Rita stirnrunzelnd. »Ist ja nicht so, dass du ihr das Kind wegnehmen willst! Du sorgst nur dafür, dass eure Tochter gut untergebracht ist. So kann sich Birgit ganz auf das neue Baby konzentrieren und muss sich keine Sorgen um Lena machen.« Sie zwinkerte dem Mädchen zu, das ihr gegenübersaß und an seinem Nutellabrot mümmelte. »Wir werden uns bestimmt gut vertragen, was, Lenamaus?«

Lena nickte und wischte sich mit dem Handrücken über den Mund, wobei sie eine Nutellaspur quer über ihr Gesicht schmierte. Alle am Tisch lachten.

Vom Flur her ertönte ein lang gezogenes »Mooo-hooooin!«.

»Nanu? Annegret ist schon da?«, fragte Rita und stand von ihrem Stuhl auf. »Die ist aber früh dran heute.« Sie ging zum Küchenschrank hinüber, holte eine weitere Tasse heraus und rief laut »Herein!«, als es an der Küchentür klopfte.

Annegret stürzte herein und machte ein kummervolles Gesicht. »Ach, Christoph, ich weiß gar nicht, wie ich dir das sagen soll. Ich hab alle Nachbarn angerufen oder bin selbst vorbeigefahren. Alle haben versprochen, nach den Mädchen zu suchen, aber bislang hat sie noch keiner gefunden.«

Jürgen räusperte sich geräuschvoll und deutete auf die beiden Mädchen auf der Küchenbank. »Mein Gustav schon! Oder vielmehr hat der den alten Hermann gefunden, was aber aufs Gleiche hinausläuft. Die Mädchen sind wohlbehalten wieder aufgetaucht. Sie hatten sich hier auf dem Heuboden versteckt.«

Eine Sekunde lang starrte Annegret von Lena zu Anna und wieder zurück, dann schüttelte sie den Kopf. »Und ich mach alle Leute vogelig«, sagte sie und ließ sich schwer auf einen der Küchenstühle fallen. »Ihr seid mir ja vielleicht ein paar Strategen! Statt dass mir vielleicht mal jemand Bescheid sagt, dass die Deerns wieder da sind! Darauf muss ich jetzt erst mal einen Tee haben! Und, wenn du hast, auch noch ein paar Krüllkuchen, Rita!«

Christoph wollte am frühen Nachmittag zurück nach Münster fahren, um mit seiner Exfrau zu reden. Lena ließ er solange in der Obhut seiner Mutter. Er sagte Judith, er müsse das unter vier Augen mit Birgit durchsprechen, schließlich hätten sie das gemeinsame Sorgerecht. Judith hatte den Eindruck, dass er diesmal fest entschlossen war, seinen Vorschlag auch tatsächlich durchzusetzen.

»Es ist für alle Beteiligten das Beste, wenn Lena für eine Weile hierbleibt«, sagte er und lehnte sich an die Fahrertür seines Autos, das direkt vor Tante Köhlers Laden stand. »Vielleicht erst einmal, bis das Baby da ist, dann sehen wir weiter.« Er rieb sich mit Daumen und Zeigefinger die Stirn. »Hoffentlich lässt sich Birgit darauf ein. Ich mag mir gar nicht vorstellen, deswegen schon wieder zum Anwalt rennen zu müssen.«

Judith griff nach seiner Hand und hielt sie fest. »Versuch einfach, optimistisch zu bleiben, Christoph.«

»Das ist leicht gesagt. Es ist noch gar nicht lange her, da haben wir nur über die Anwälte miteinander kommuniziert.« Er seufzte, dann sah er Judith in die Augen und lächelte. »Drück mir mal die Daumen, dass es nicht wieder dazu kommt.«

»Wird schon gut gehen!« Judith legte so viel Optimismus in ihre Stimme, wie sie aufbringen konnte. »Schwangerschaft schlägt zwar aufs Hirn, das weiß ich aus eigener Erfahrung, aber eigentlich erst ab dem neunten Monat. Birgit sollte Vernunftgründen gegenüber aufgeschlossen sein.« Sie grinste. »Siehst du, jetzt lachst du schon wieder, wenigstens ein klein bisschen.« Dann zog sie Christoph an sich und küsste ihn. »Ich drücke alle Daumen, dass es klappt, und ich bin wirklich gut im Daumendrücken«, sagte sie. »Also grüble nicht so viel auf der Fahrt, und melde dich, sobald du mit Birgit geredet hast.«

»Das mach ich. Entweder ich ruf dich an, oder ich schreibe dir eine Nachricht. Egal, wie es ausgeht, morgen bin ich wieder hier – entweder mit Lenas Sachen oder schlimmstenfalls, um sie abzuholen und sie vorerst zu Bernd zu bringen, bis unsere Anwälte das geregelt haben.«

»Schschsch«, machte Judith. »Nichts da! So darfst du nicht mal denken. Und jetzt fahr besser los, sonst landest du noch mitten im Berufsverkehr. Bis morgen.«

Christoph drückte sie ganz fest an sich, dann nahm er ihr

Gesicht in beide Hände und küsste sie mit wachsender Leidenschaft. »Bis morgen, Judith. Ich werde dich furchtbar vermissen.«

Ohne auf Judiths Antwort zu warten, ließ er sie los und stieg in seinen roten Flitzer. Er startete den Motor, ließ die Seitenscheibe herunter und winkte, während er davonfuhr. Sie sah dem Wagen hinterher, bis er am Ende der Betonstraße in Richtung Langwarden abbog.

»Nicht halb so sehr wie ich dich«, murmelte sie und ging langsam zum Laden zurück.

Obwohl nicht mehr so viel zu tun war wie am Tag der Neueröffnung, riss der Strom der Kunden kaum einmal ab. Erst gegen fünf Uhr nachmittags wurde es ruhiger. Immer wieder zog Judith ihr Handy heraus, aber von Christoph war noch keine Nachricht gekommen.

»Was ist denn los, Deern?«, fragte Tante Köhler schließlich, die mit Strickzeug in der Hand auf ihrem Stuhl saß. »Du bist irgendwie gar nicht bei der Sache.«

Mit wenigen Worten erklärte Judith, was passiert war und dass sie auf einen Anruf von Christoph wartete. »Er müsste doch längst in Münster im Krankenhaus sein! Hoffentlich hatte er keinen Unfall«, schloss sie.

»Da mach dir mal keinen Kopp drum«, meinte Tante Köhler, rückte ihre Brille zurecht und wendete ihr Strickzeug. »Schlechte Nachrichten verbreiten sich schneller als gute. Wenn wirklich was passiert wäre, hätten wir das bestimmt schon gehört. Vielleicht hat er ja schon längst bei euch zu Hause angerufen.«

»Möglich wäre es natürlich.«

»Weißt du was? Mach einfach Schluss für heute, die letzte Stunde übernehme ich.«

»Aber …«

»Keine Widerrede. Es geht mir doch gut. Ich weiß sowieso nicht, was die Ärzte alle mit ihrer komischen Reha haben. Am liebsten würde ich einfach hierbleiben.«

»Kommt ja gar nicht in die Tüte. Du fährst übermorgen schön in den Harz. Ist doch mal eine nette Abwechslung, so viel Wald und Berge zu sehen und den ganzen Tag spazieren gehen zu können.«

»Berge haben einen ganz gewaltigen Nachteil, Deern. Sie sind abschüssig! Mal geht's steil hoch und dann gleich wieder mindestens ebenso steil runter. Das ist nichts für meine Gelenke.« Die alte Dame zwinkerte Judith lächelnd zu. »Aber mal im Ernst, du kannst wirklich beruhigt nach Hause gehen. Die eine Stunde schaff ich mit links. Ich kann genauso gut morgen meinen Koffer packen.«

»Tante Köhler, du bist ein Engel!« Judith nahm ihre Schürze ab, dann beugte sie sich zu ihr hinunter und küsste sie auf die Wange. »So viel steht fest.«

»Tühnkram«, sagte Tante Köhler lachend und winkte ab. »Höchstens einer mit einem B davor. Und nun hau schon ab. Wir sehen uns morgen früh.«

Nachdem Judith die ganze Strecke bis nach Hause gerannt war, war sie völlig außer Atem und beschloss, so schnell wie möglich eines der alten Fahrräder, die auf der Diele vor sich hin rosteten, wieder in Schuss zu bringen. Diese ewige Rennerei zwischen Hof und Laden machte sie ganz fertig.

In der Küche fand sie Anna und Lena, die auf dem Boden saßen und malten, während die fünf kleinen Katzen wie die Irrwische um sie und den schlafenden Hermann auf seiner Decke herumflitzten und Fangen spielten.

»Ach, du meine Güte, was ist hier denn los?«, fragte Judith. »Wer hat denn die Lütten rausgelassen?«

»Wir passen auf, dass sie keinen Blödsinn machen. Immer in der Kiste zu sitzen ist viel zu langweilig für sie«, sagte Anna, schnappte sich den zappelnden Harry und setzte ihn auf ihren Schoß, um ihn zu kraulen, was ihm aber gar nicht behagte.

»Hat das Telefon geklingelt?«

»Das klingelt die ganze Zeit immer wieder«, sagte Anna. »Tanja ist in der kleinen Stube, ich glaube, sie ist rangegangen.«

»Okay«, sagte Judith, wandte sich zum Gehen, blieb aber an der Tür noch einmal stehen. »Setzt sie gleich mal wieder in die Kiste. Noch sind sie nicht stubenrein.«

In der kleinen Stube saß Tanja am Schreibtisch vor ihrem Notebook und tippte an einer E-Mail. Als Judith hereinkam, drehte sie sich um.

»Hi! Du bist aber früh zurück«, sagte sie mit einem Lächeln. »War nichts los?«

»Doch, das schon, aber den Rest übernimmt Tante Köhler. Hat Christoph angerufen? Die Mädchen sagen, das Telefon hätte geklingelt.«

Tanja schüttelte den Kopf. »Das waren nur zwei potenzielle Kunden für mich und eine Sabine aus Hannover. Sie fragte, wann du zurückkommst, um Gassi zu gehen. Als ich ihr erzählt habe, dass du vermutlich nur noch nach Hannover kommst, um deine Sachen zu holen, weil du einen Bauernhof voller Gnadentiere geerbt hast, schien sie sehr interessiert und hat was von zwei Eseln und einem Hängebauchschwein gesagt. Du sollst sie in den nächsten Tagen mal zurückrufen.«

»Ach, du meine Güte«, seufzte Judith und ließ sich in den Sessel plumpsen. »Rosi, das Hängebauchschwein. Für Rosi sucht das Tierheim schon ewig einen Platz, wo sie dauerhaft bleiben kann. Arme Sau!«

Tanja grinste. »Vielleicht lässt sich da ja ein Deal machen. Sie bringt das Schwein her und nimmt gleich noch die Sachen aus deiner Wohnung mit. Du sagtest doch, es sind nur ein paar Kartons.«

»Guter Plan! Wenn wir uns Jürgens Jeep leihen könnten und Sabine mit dem Tierheim-Bulli samt Anhänger fährt, kriegen wir das locker alles hierher. Ich ruf sie morgen mal an.« Judith warf ihrer Cousine einen schnellen Blick zu. »Aber Jürgen müsstest bitte du nach seinem Auto fragen. Ich denke, da hast du wesentlich bessere Karten als ich.«

Tanja beließ es bei einem heiseren Räuspern und einem Nicken als Antwort. Judith entging allerdings nicht, dass sie ziemlich rot geworden war.

Das Klingeln des Telefons rettete die beiden aus der peinlichen Stille.

»Meine Güte, Annegret hat wirklich ganze Arbeit geleistet, als sie für meine Dienste die Werbetrommel gerührt hat.« Tanja seufzte. »Den ganzen Nachmittag über geht das nun schon so.«

Sie griff nach dem Telefon, aber Judith kam ihr zuvor.

»Vielleicht ist das ja Christoph!«, sagte sie und ging ran.

»Reimann?«, meldete sie sich und war enttäuscht, als sich statt ihm eine dröhnend tiefe Männerstimme meldete.

»Behrens vom Kunsthaus Behrens und Partner. Guten Tag, Frau Reimann!«, sagte der Mann. »Wie schön, dass ich Sie endlich erreiche. Heute Nachmittag habe ich es schon ein paarmal versucht, aber da war immerzu besetzt. Ich rufe im Auftrag von Herrn Rademacher aus Oldenburg an, der mir Ihr Gemälde zur Begutachtung vorbeigebracht hat.«

Judith brauchte einen Augenblick, ehe sie mit dem Namen Rademacher etwas anfangen konnte. Das war der Antiquitätenhändler, der ihnen das Porzellan und die Möbel abgekauft und das Bild aus der guten Stube mitgenommen hatte.

»Ach ja, natürlich!«

»Also, ich habe das Bild jetzt genauer untersucht und ... Wie soll ich es sagen ...«

»... es ist eine Fälschung und nichts wert«, ergänzte Judith mit einem Seufzer.

»Nein, nein! Ganz im Gegenteil. Ich bin mir zu 95 Prozent sicher, dass es sich um einen englischen Meister aus dem frühen 19. Jahrhundert handelt. William Turner, wenn Ihnen das was sagt.«

»Tut mir leid, aber ich habe von Malerei so gar keine Ahnung, doch ...«

Sie schaute zu Tanja, die sie fragend ansah. »Was ist denn los?«, formte diese mit dem Mund.

»Das Bild, das der Antiquitätenhändler mitgenommen hat, soll ein Bill Turner sein«, sagte Judith halblaut.

»William Turner«, korrigierte die Stimme aus dem Hörer.

»William Turner«, wiederholte sie.

Tanja sprang auf die Füße. »Was?!«, rief sie und streckte die Hand nach dem Telefon aus. »Lass mich mal!«

Judith reichte den Hörer weiter.

»Tanja Merker hier. Sie sagen, das Aquarell ist ein Turner?«, rief sie.

Judith mutmaßte, dass der arme Herr Behrens wegen Tanjas Lautstärke einen Hörschaden davontragen würde.

Gespannt folgte sie der Mimik ihrer Cousine, die sich mehr und mehr aufhellte und schließlich zu einem strahlenden Lächeln wurde. Was gesprochen wurde, konnte sie nicht verstehen, und aus Tanjas wiederholtem »Aha«, »Hm« und »Sicher« wurde sie auch keinen Deut schlauer.

»Was ist denn jetzt?«, flüsterte sie, aber Tanja winkte ab. Sie drehte sich ein wenig von Judith weg, griff nach einem Stift und begann hastig, etwas auf einen Block zu kritzeln.

»Nein, weiß ich nicht, aber wir werden nachsehen, und wenn wir etwas finden, gebe ich Ihnen sofort Bescheid.« Sie machte eine kurze Pause, dann nickte sie. »Ja, für Sie auch! Auf Wiederhören und vielen Dank noch mal!«

Sie nahm den Hörer vom Ohr und beendete das Gespräch. Als sie sich zu Judith herumdrehte, strahlte sie über das ganze Gesicht.

»Meine Güte, so was gibt es sonst nur im Film!«, sagte sie lachend. »Ich glaub es einfach nicht!«

»Nun spann mich nicht auf die Folter, Tanja. Was hat er gesagt?«

»Das Bild ist eine Aquarellskizze von William Turner, einem berühmten englischen Maler, da ist Behrens sich so gut wie sicher. Er würde es gern in ein Kölner Auktionshaus bringen, wo ein Turner-Experte arbeitet, und er hat gefragt, ob noch irgendwo Kaufunterlagen für das Bild existieren. Ist nicht zwingend nötig, würde aber das Gutachten deutlich beschleunigen. Dann könnte das Bild im September oder Oktober in die Auktion gehen, wenn wir es denn unter diesen Umständen überhaupt verkaufen wollen.«

»Ja, sicher! Wir haben doch noch immer nicht das Geld für die Reparatur des Daches zusammen. Da würden ein oder zwei Tausender sehr helfen!«

»Ein oder zwei Tausender?« Leise lachend schüttelte Tanja den Kopf. »Behrens hat mir verraten, was ihm als Anfangsgebot vorschwebt: fünfunddreißigtausend Euro! Der Zuschlag kann locker das Doppelte bringen!«

»Wie bitte? Siebzigtausend?«

»Natürlich geht da noch der Anteil des Auktionshauses und die Steuer runter, aber wir können das Dach reparieren! Ach, was sag ich! Wir können uns ein paar vergoldete Dachpfannen draufpacken lassen! Und dann bleibt immer noch genug für die ersten Boxen der Tierpension oder eine Toilette für das Hofcafé oder, oder, oder!«

Judith quietschte begeistert, umarmte ihre Cousine und führte mit ihr ein kleines Freudentänzchen auf.

»Und ganz wichtig, wir kriegen endlich einen neuen Badeofen«, rief Tanja begeistert. »Wechselduschen konnte ich noch nie leiden, auch wenn sie angeblich gut für den Kreislauf sind!«

Beide Frauen lachten.

»Aber lass uns lieber auf dem Teppich bleiben«, sagte Judith. »Wir sollten den Bären erst mal erlegen, ehe wir das Fell verteilen. Irgendwie habe ich Sorge, dass sich das Ganze doch noch als Flop herausstellt. Ich hab noch nie zu den Glückspilzen gehört.«

»Recht hast du«, sagte Tanja. »Jedenfalls, was den Teppich und den Bären angeht. Das mit dem Glückspilz glaub ich nicht, dazu freu ich mich viel zu sehr.« Sie zog die Schublade des Schreibtisches auf und holte einen dicken Stapel Papier hervor, den sie an Judith weiterreichte. »Da, leg mal auf den Tisch.«

»Was hast du denn jetzt vor?«, fragte Judith stirnrunzelnd.

»Nach Unterlagen suchen, die die Herkunft des Bildes belegen. Wäre doch gelacht, wenn wir nichts finden. Wir beide sind Glückskinder. Du musst nur dran glauben, Judith.«

Grinsend nickte Tanja ihrer Cousine zu, öffnete die linke Tür des Schreibtisches und ließ sich auf die Knie nieder, um besser darin kramen zu können.

Aus Judiths Hosentasche ertönte ein leises *Plink*. Sie legte den Papierstapel auf den Stubentisch und zog das Handy heraus.

Das blinkende grüne Licht zeigte, dass sie eine Nachricht erhalten hatte. Ihr Herz begann wild bis hinauf in ihren Hals zu schlagen, als sie das Handy anschaltete und die Nachricht aufrief.

Birgit ist einverstanden, dass Lena erst mal bis zu den Herbstferien in Bördiek bleibt. Morgen Mittag bin ich wieder da und bringe Lenas Sachen mit – auch ihren Schulranzen. Bis morgen, Liebes. Ich kann es kaum erwarten, dich wieder im Arm zu halten. Ich liebe dich! C.

Judith las Christophs Nachricht noch einmal und schließlich ein drittes Mal, und immer wieder blieb ihr Blick beim letzten Satz hängen.

Tanja tauchte mit einem zweiten Stapel Papier aus den Tiefen von Onkel Henrys Schreibtisch auf und sah sie fragend an. »Was ist denn passiert? Du bist ja ganz aufgelöst.«

Judith schluckte und blinzelte eine Träne aus dem Auge, die ihre Sicht verschwimmen ließ.

»Du hast eben gesagt, ich muss nur daran glauben, dass ich auch ein Glückskind bin. Jetzt ist es so weit – ich glaube es«, sagte sie und reichte Tanja das Handy.

Neunzehn

Es war ein wunderschöner lauer Augustabend, wie es ihn nur direkt an der Nordsee gibt, der auf Annas und Lenas ersten Schultag in der Grundschule in Burhave folgte. Den ganzen Tag über hatte ein warmer Wind vom Land aufs Meer hinausgeweht, der den Geruch von frischem Heu mit sich getragen hatte. Erst jetzt, gegen Abend, hatte er sich gelegt. Ein paar letzte Schwalben schossen auf der Jagd nach Fliegen durch die dunkelblaue Dämmerung, die sie bald den Fledermäusen überlassen würden, die tagsüber auf dem Dachboden über der Räucherkammer ihr Quartier hatten.

Judith legte den Kopf in den Nacken, schloss die Augen und sog die Luft tief in ihre Lungen. Gerade hatte sie Anna ins Bett gebracht und ihr noch ein paar Seiten *Harry Potter* vorgelesen. Auch wenn Anna steif und fest behauptet hatte, noch gar nicht müde zu sein, hatte sie sich doch eng an Hermann geschmiegt und nur noch mit Mühe die Augen offen halten können. Für die Mädchen war es ein aufregender und anstrengender Tag gewesen.

In ihren neuen Sommerkleidern, die Oma Rita spendiert hatte, waren die beiden Händchen haltend die Strecke bis zur Bushaltestelle gelaufen, gefolgt von Christoph und Judith, die ebenfalls Hand in Hand gegangen waren. Christoph hatte extra seinen Dienst mit einem Kollegen getauscht, um zu diesem denkwürdigen Anlass in Bördiek sein zu können.

Mittags war Anna mit zahlreichen Geschichten aus der Schule, aber dafür ohne Brotdose wieder nach Hause gekommen und hatte von den neuen Mitschülern erzählt und dabei so viele Namen in den Raum geworfen, dass Judith ganz schwindlig geworden war. Und weil die Kinder ja am ersten Tag noch keine Hausaufgaben aufhatten, hatten sie zu viert einen Ausflug nach Fedderwardersiel gemacht, am Hafenbecken ein Fischbrötchen gegessen und waren am Deich entlang spazieren gegangen – wie eine richtige Familie das eben tat.

Kurz vor Mitternacht würde Christoph vorbeikommen, aber er wartete immer, bis seine Mutter ins Bett gegangen war, ehe er sich auf den Weg zu Judith machte. Nicht, dass Rita etwas dagegen hatte, dass Judith und er nun zusammen waren, Christoph meinte nur, er wolle sie nicht unbedingt mit der Nase darauf stoßen, dass er seine Nächte bei Judith verbrachte, wenn er in Bördiek war, statt in seinem Jugendbett zu schlafen.

Judith rutschte ein Stückchen tiefer in den alten Gartenstuhl und räkelte sich zufrieden.

»Du siehst aus wie eine Katze, die in einen Milchladen eingebrochen ist«, sagte eine Stimme direkt neben ihr.

Sie öffnete ein Auge einen Spaltbreit und grinste. Tanja stand vor ihr, eine Flasche von Onkel Henrys Aufgesetztem und zwei Gläser in der Hand.

»Ich dachte, heute hätten wir was zu feiern«, sagte sie lachend und setzte sich. »Ich meinen ersten Geschäftsabschluss und du dein großes Schulkind.« Sie stellte die Gläser auf den windschiefen Gartentisch und schenkte ein. »Bedauerlicherweise ist es die letzte Flasche von Henrys Obstlikör. Ich bezweifle ja mal stark, dass meine ersten Versuche mit den Johannisbeeren an diesen erlesenen Stoff hier heranreichen werden, auch wenn wir sein Rezeptbuch gefunden haben.« Sie deutete auf die Flasche auf dem Tisch.

»Wie sagst du immer so schön: Optimistisch bleiben! Prost!« Judith hob das Glas und trank den Inhalt in einem Zug.

Tanja drehte ihr Glas nachdenklich zwischen den Fingern hin und her und schwieg eine Weile. »Ist doch eigentlich kaum zu fassen«, sagte sie schließlich. »Vor drei Monaten kannten wir uns noch nicht mal, ich wusste nichts von diesem Hof und hatte noch nie im Leben was von Bördiek gehört. Und jetzt?«

»Jetzt wohnst du hier, hast eine Cousine und eine Nichte, einen Hund, ein paar Kühe, Schafe, ein Schwein und zwei Esel. Du lieferst dir Wortgefechte mit den Bauern in der Nachbarschaft und hast eine erste Kundin, die mit Klangschalen die Welt verbessern will und Manager dazu bringt, ganz relaxt im Hier und Jetzt zu sein.«

Tanja lachte. »Dabei war ich vor ein paar Monaten selber eine von denen.«

»Und jetzt bist du so entspannt, dass du ganz bestimmt keine Kurse brauchst.«

»Stimmt. Schon gar keine, bei denen ich mich nackt hinterm Deich mit Schlick beschmieren muss.« Tanja trank aus und goss beide Gläser noch einmal voll. »Deine Bilanz kann sich aber auch sehen lassen, meine Liebe. Du hast nicht nur einen Aushilfsjob, du leitest de facto einen aufstrebenden Hofladen, hast fünf kleine Katzen aufgezogen und erfolgreich vermittelt und dir einen großen, verliebten Kater mit braunen Augen eingefangen.«

Judith grinste. »An deinem Kater arbeitest du ja noch«, stellte sie fest. »Ich schätze mal, in drei Monaten hast du den ebenfalls überzeugt.«

Tanja zuckte mit den Schultern. »Abwarten«, sagte sie nur. »Ich meine, es ist doch manchmal wirklich unglaublich, wie das Leben innerhalb weniger Wochen völlig auf dem Kopf stehen kann, oder? Da kriegt man einen Brief von einem Mann, den man nie kennengelernt hat, mit einer Aufgabe und …«

»Einer Aufgabe?«

»Ja, Henry hatte mir geschrieben, ich solle dich ein bisschen unter meine Fittiche nehmen, damit du deinen Weg findest und dich vielleicht sogar entschließt, hierzubleiben.«

»So ein Schlitzohr!«, rief Judith und setzte sich auf. »Ich hab auch eine Aufgabe von ihm bekommen. Ich sollte dafür sorgen, dass du endlich zur Ruhe kommst und zu dir selbst findest. Und ich soll dir eine Freundin sein.«

»So ein Schlitzohr – aber es trifft die Sache!« Tanja lachte. »Da hat der alte Herr uns beide aber schön vorgeführt. Vermutlich sitzt er jetzt auf seiner Wolke und lacht sich ins Fäustchen.«

»Das würde ihm ähnlich sehen. Aber es müsste schon eine große, bequeme Wolke sein, vorzugsweise in Couchform, damit er auch mal die Füße hochlegen kann.«

Nun lachten beide Frauen.

In diesem Moment schoss eine strahlend helle Sternschnuppe zwischen den ersten Sternen hindurch und verglühte erst kurz über den dunklen Baumkronen.

»Auf dich, Papa Henry«, sagte Tanja und hob ihr Glas. »Danke für alles!«